Truly Madly Yours

건달과 말괄량이

건달과
말괄량이

Truly Madly Yours

레이첼 깁슨 | 박미영 옮김

큰나무

박 미 영

이화여자대학교 영어영문과 졸업.
역서로『당신과 눈뜨는 아침』,『격정의 연인』,『프린스 차밍』,
『사랑의 파트너』등이 있다.

건달과 말괄량이

초판 인쇄 / 2003년 1월 10일
초판 발행 / 2003년 1월 15일

지은이 / 레이첼 깁슨
옮긴이 / 박미영
펴낸이 / 한익수
펴낸곳 / 도서출판 큰나무

등록 / 1993년 11월 30일(제5-396호)
주소 / 120-837 서울시 서대문구 충정로 3가 3-95 2층
전화 / 02) 365-1845 · 1846   팩스 / 02) 365-1847
e-mail / btreepub@chollian.net
홈페이지 / www.bigtreepub.co.kr

값 8,500원

ISBN 89-7891-151-X 03840

절대 연인이 될 수 없어 보이는 남녀의 좌충우돌 사랑 만들기.
그들이 과연 결혼할 수 있을까?

　<건달과 말괄량이>로 처음 우리나라에 선보이게 되는 레이첼 깁슨은 유머러스하고 톡톡 튀는 느낌의 현대물 로맨스를 쓰는 작가이다. 하지만 이 작품은 시종일관 가볍기만 한 코믹물은 아니다. 하품만 해도 눈물이 고일 정도로 약한 눈물샘 탓도 물론 있겠지만, 역자는 이 작품을 읽을 때마다 매번 같은 대목에서 가슴이 옥죄이고 눈이 따끔거리니까.

　레이첼 깁슨의 장점을 들라면, 있을 법하지 않은 인물이나 설정을 있을 법하게 그려내는 재주를 꼽고 싶다. 로맨스 소설에서는 흔하디 흔한, 유언장으로 인해 서로 얽히게 되는 남녀, 무진장 튀는 패션감각의 여주인공, 희한한 마을사람들 등.

　하지만 작품을 읽어보면 정말로 이런 마을이 어딘가에 있을 법한 독특한 존재감을 지니고 있다. 앞집 이웃도 잘 모르고 사는 아파트에서 십 년 넘게 살아온 역자로서는 조금은 부러운 마음이 들 정도로.

　이 작품을 볼 때마다 하는 생각. 어째서 남자애들은 여자애들을 짓궂게 괴롭히는 것으로밖에 관심 표현을 하지 못할까?

　하기야 요새는 초등학생들도 워낙 조숙해서 이성 친구와 커플링을 나눠 끼기도 한다니, 여기에 나오는 남주인공 닉의 어린 시절을 보면서 저기나 여기나 남자애들이란 다 똑같구나 하는 공감대를 느끼는 것도 이젠 지난 세기의 얘기가 되었을지도 모르겠다.

이제 양의 해가 밝았다. 새해에는 독자 여러분 모두가 행복하고 건강하기를 바란다. 더불어 하시는 일이 다 잘되기를 바라마지 않는다.

박미영

레이첼 깁슨
Truly Madly Yours

프롤로그

전열기에서 나온 벌건 불빛이 헨리 쇼의 주름진 얼굴에 와닿았고 아끼는 점박이 말들의 울음소리가 따스한 봄바람에 실려왔다. 오래된 카세트를 틀자 그윽하고 위스키처럼 까칠한 조니 캐시의 목소리가 마장 안을 채웠다. 종교에 귀의하기 전의 조니는 난다하는 술꾼이었다. 남자 중의 남자, 헨리는 그 점이 좋았다. 하지만 예수를 영접한 후 조니의 명성은 휴지통으로 추락했다. 삶은 늘 계획대로 진행되지 않는 법. 신과 여자, 그리고 병(病)이 끼어들어 방해하기 마련이다. 헨리는 자신의 계획을 방해하는 것은 죄다 싫어했다.

자신이 주도권을 쥐지 못하는 것이 싫었다.

헨리는 버본을 따르고 작업대 위의 작은 창문을 내다보았다. 풍요로운 산 아래 골짜기에 정착한 헨리의 조상들 이름을 딴 쇼 산 위에 지는 해가 걸려 있었다. 예리한 잿빛 그늘이 골짜기를 가르고 그의 고조모 메리 쇼의 이름을 딴 메리 호수 쪽으로 뻗어 있었다.

신과 병, 그리고 주도권을 쥐지 못하는 것보다 헨리가 더 싫어하는 게 바로 빌어먹을 의사들이었다. 그 돌팔이들은 뭔가 잘못된 구석을 찾아낼 때까지 찔러보고 쑤셔대고는, 그가 듣고 싶어하는 소리는 한 마디도 뻥긋 하는 법이 없었다. 그는 매번 그자들이 틀렸다는 걸 증명하려 했지만 결국엔 한 번도 그렇게 된 적이 없었다.

헨리는 아마인유를 면 누더기에다 뿌리고 골판지 상자에 넣었다. 지금쯤이면 손자들을 여럿 두고 있을 줄만 알았는데 하나도 없다. 그는 쇼 가문의 마지막이었다. 유서 깊고 존경받는 가문의 마지막. 쇼 일가의 대가 거의 끊어진 셈이란 생각만 하면 가슴에 구멍이 뻥 뚫린 기분이었다. 그가 죽고 나면 대를 이을 사람이 없었다. 닉을 빼고.

헨리는 낡은 사무용 의자에 앉아 버본을 입가로 가져갔다. 자신이 그 아이를 부당하게 대했다는 점은 인정하지 않을 수 없었다. 지난 몇 년간, 그는 아들과 화해하려 애썼다. 하지만 닉은 고집 세고 용서를 몰랐다. 반항적이고 귀엽지 않은 소년이었던 예전과 마찬가지로.

시간이 더 있다면 아들과 일종의 상호 이해에 도달할 수도 있었으리라. 하지만 그에겐 시간이 없었고 닉은 쉽게 넘어가 주지 않았다.

헨리는 닉의 어머니 베니타 알레그레자가 현관문을 두들긴 후 그가 그녀의 품에 안긴 검은머리 아기의 아버지라고 주장했던 날을 떠올렸다. 헨리는 베니타의 짙은 눈에서 옆에 서 있던 아내 루스의 푸른 눈으로 시선을 돌렸었다.

그는 절대 아니라고 부정했다. 물론 베니타의 주장이 사실일 수도 있었지만, 헨리는 일말의 가능성조차 부인했다. 설사 결혼한 몸이 아니었다 쳐도 바스크* 여자와의 사이에 아이를 가질 마음은 추호도 없었다. 그 사람들은 지나치게 검고, 지나치게 격렬하고, 지나치게 신앙심이 깊었다. 그는 흰 피부에 금발인 아기를 원했다. 자식들이 멕시코 불법 이민자와 혼동되길 원치 않았다. 아, 바스크 족이 멕시코인이 아니란 건 알지만 그의 눈엔 다 똑같아 보였다.

---

* 스페인과 프랑스의 비스케이 만 및 피레네 산맥 서쪽 기슭에 사는 민족.

베니타의 오빠, 호슈만 아니었다면 그와 젊은 과부 사이의 정사를 아무도 알지 못했으리라. 하지만 그 양치기 놈 호슈는 그를 협박하여 닉을 자식으로 인지하게 만들려 했다. 호슈가 찾아와, 남편을 잃고 슬픔에 빠진 여동생을 헨리가 농락했다고 온 마을 사람들에게 말하겠다고 했을 때 그는 괜한 허풍이라고 생각했었다. 그래서 위협을 무시했다. 하지만 호슈는 허풍치는 게 아니었다. 헨리는 다시 아버지임을 부인했다.

하지만 닉이 다섯 살쯤 되자 쇼 가문의 용모가 뚜렷해져 아무도 헨리의 말을 믿지 않게 되었다. 아내 루스조차도. 그녀는 그와 이혼하고 재산의 반을 가져갔다.

하지만 그때는 아직 시간이 있었다. 그의 나이 삼십대 후반, 아직 한창인 남자였다.

헨리는 357구경을 집어들고 여섯 개의 탄환을 탄창에 집어넣었다. 루스와 헤어진 후 그는 두 번째 아내로 그웬을 택했다. 비록 그웬이 가난한 미혼모이긴 했지만 여러 가지 이유에서 그녀와 결혼했다. 불임이 아닐까 의심스러웠던 전처 루스와 달리 그웬은 그렇지 않은 게 분명했고 더군다나 너무나 아름다워 그의 가슴을 아리게까지 만들었다. 게다가 그녀와 그 딸은 그에게 굉장히 고마워했기에 그가 원하는 대로 만들어가기가 수월했다. 하지만 결국, 의붓딸은 그를 몹시도 실망시켰고 그웬은 그가 아내에게서 가장 바랐던 한 가지를 주지 못했다. 결혼한 지 몇 년이 지나도 후계자가 탄생하지 않았던 것이다.

헨리는 탄창을 돌리고 손에 쥔 리볼버를 내려다보았다. 기름 적신 누더기가 든 상자를 권총 총신으로 전열기 쪽으로 밀었다. 자신이 가고 난 후 누가 난장판을 뒤처리하지 않게끔.

헨리는 기다리던 불타는 고리 안으로의 추락에 대한 노래가 나오자 볼륨을 올렸다.

자신의 삶과 남겨두고 가는 사람들에 대해 생각하자 헨리의 눈에 약간 물기가 고였다. 자신이 무슨 일을 했는지 알았을 때 그들의 표정을 곁에서 보지 못하게 되어 유감이었다.

1

"모든 이들이 그렇듯, 죽음으로 인해 사랑하는 이들과 피할 수 없는 이별을 하게 된,"

티펫 목사가 단조롭고 엄숙한 어조로 읊조렸다.

"사랑받는 남편이자 아버지, 우리 고장의 저명인사였던 헨리 쇼를 언제까지나 그릴 것입니다."

목사는 잠시 말을 멈추고 마지막 작별을 하기 위해 모인 많은 사람들을 둘러보았다.

"오늘 이렇게 많은 벗들이 여기 온 것을 보면 헨리가 기뻐하실 겁니다."

헨리 쇼라면 샐베이션 묘지 입구에 줄줄이 늘어선 차들을 한눈에 헤아려 보고, 자기 지위에 비해 문상객들이 좀 적다 여길 것이다. 작년 민주당 조지 태너시에게 밀려나기 전까지만 해도 그는 24년 넘게 아이다호주 트룰리의 시장을 맡아 왔다.

헨리는 조그만 고장의 큰 인물이었다. 이곳 사업체의 절반과 마을 전부를 합한 것보다 더 많은 재산의 소유주였다. 26년 전 첫 아내와 이혼한 직후 헨리는 밖으로 나가 그가 찾아낼 수 있는 제일 예쁜 여자로 그 자리를 메웠다. 주(州) 내에서 최고의 바이마라너 종(독일이 원산지인 개 종류) 사냥개인 듀크와 돌로레스를 갖고 있었고 최근까지 마을에서 제일 큰 저택에 살았다. 하지만 그건 알레그레자 형제가 곳곳에 빌딩을 짓기 전의 얘기다. 헨리에겐 또한 의붓딸도 있었지만 몇 년간 이야기조차 나누지 않았다.

헨리는 지역 사회에서의 자기 위치를 사랑했다. 자신의 의견에 찬동하는 사람들에겐 온화하고 관대했으나, 같은 편이 아니라면 곧 적이었다. 배짱 있게 그에게 도전한 사람들은 대부분 후회했다. 그는 오만하고 속좁은 남자였으며 숯덩이가 된 유해가 그의 생명을 앗아간 지옥의 불길 속에서 끌려나왔을 때, 지당한 결과라 여긴 사람들도 몇 있었다.

"우리가 사랑하는 이의 육신을 땅으로 돌려보내니. 헨리의 삶은……"

헨리의 의붓딸 딜레이니 쇼는 배경음악처럼 깔리는 티펫 목사의 목소리를 들으며 어머니를 홀끗 곁눈질했다. 남편을 잃어 생긴 은은한 그늘이 그웬 쇼에게 잘 어울려 보였다. 딜레이니는 놀라지 않았다. 어머니는 뭘 어쩌든 멋져 보이니까. 늘 그랬다. 딜레이니는 헨리의 관에 뿌려진 노란 장미로 시선을 돌렸다. 환한 유월의 햇살이 광이 나는 마호가니와 청동 장식에 부딪혀 빛을 뿌렸다. 그녀는 어머니한테 빌린 민트그린색 정장 안주머니에서 선글라스를 꺼냈다. 뿔테 선글라스로 눈을 찌르는 햇빛과 호기심 어린 주위 사람들의 시선을 피했다. 그녀는 어깨를 바로하고 숨을 깊게 몇 번 들이쉬었다. 십 년 동안 고향에 오지 않았었다. 언젠가는 돌아와 헨리와 화해할 생각이었는데…… 이젠 너무 늦었다.

가벼운 산들바람이 빨강과 금빛이 뒤섞인 곱슬머리를 흩트리자 딜레이니는 턱 길이의 머리칼을 귀 뒤로 넘겼다. 진작에 노력했어야 했다. 이렇게 오랫동안 떨어져 있지 말아야 했다. 하지만 그가 죽을 거란 생각을 전혀 하지 못했었다. 설마 헨리가. 마지막으로 만났을 때 그들은 서로에게 못할 말을 해댔었다. 그의 분노가 너무나 격렬했기에 아직도 또렷하게 기억났다.

그때, 신의 격노와도 같은 소리가 멀리서 울려오자 딜레이니는 헨리 같은 남자가 도착했으니 천국에 소란이 일어났으리라 확신하며 번쩍이는 번갯불이 보일 거라고 반쯤 예상하고 하늘로 시선을 들어올렸다. 하지만 하늘은 맑은 푸른색 그대로였다. 그러나 우르릉 소리는 계속되어 그녀의 주의를 묘지 정문 쪽으로 끌어당겼다.

바람에 흐트러진 머리와 넓은 어깨의 남자가 번들거리는 검은 칠과 반짝이는 크롬 오토바이에 올라타고 마지막 작별을 고하러 모여든 사람들에게로 돌진해 오고 있었다. 엔진이 땅을 울리고 공기를 뒤흔들었다. 바랜 청바지와 흰 티셔츠 차림의 남자는 속도를 줄이고 회색 영구차 앞에 할리를 끼익 세웠다. 엔진이 꺼지고, 지지대를 끌어 오토바이를 세워놓던 그의 부츠 뒷굽에 아스팔트가 긁혔다. 남자는 매끄러운 동작으로 벌떡 일어섰다. 며칠 자란 수염이 강인한 턱과 뺨을 짙게 물들이고 굳은 입매로 눈길을 끌어당겼다. 조그만 금고리가 한쪽 귓불에 달렸고 오클리 선글라스가 눈을 가리고 있었다.

그 거친 오토바이 남자가 왠지 희미하게 낯이 익었다. 매끄러운 올리브빛 피부와 검은머리가. 하지만 딜레이니는 딱 꼬집어 기억해 낼 수가 없었다.

"오, 하나님 맙소사."

어머니가 옆에서 헐떡였다.

"어떻게 저런 차림으로 나타날 수가 있담."

마찬가지로 경악한 다른 문상객들 몇이 예의를 잊고 소리내어 속삭였다.

"골칫거리야."

"뼛속까지 썩었다니까."

리바이스가 그의 단단한 허벅지를 애무하고 아랫도리를 감싸 긴 다리를 부드러운 데님 천으로 가리고 있었다. 따스한 산들바람이 그의 넓은 근육질 가슴에 셔츠가 달라붙게 했다.

딜레이니는 다시 그의 얼굴로 시선을 들어올렸다. 천천히 남자가 선글라스를 곧은 콧날에서 벗어내려 티셔츠 앞주머니에 찔러넣었다. 밝은 잿빛 눈이 그녀를 똑바로 마주하고 있었다.

딜레이니의 심장이 쿵 하고 멈췄다. 그녀를 뚫어져라 지켜보는 저 눈을 알아볼 수 있었다. 아일랜드인 아버지를 그대로 빼닮았으되 전형적인 바스크족 혈통의 얼굴에 박혀 있기에 훨씬 더 충격적인 저 눈.

닉 알레그레자, 그녀의 소녀 시절 동경의 대상이자 환멸의 근원. 능란한 말솜씨에 매끄러운 혀의 뱀. 그는 자신이 일으킨 소란을 알아채지 못한 듯 한쪽 발에 체중을 싣고 서 있었다. 뭐, 알아챘지만 그저 신경쓰지 않는 것일 가능성이 더 컸다. 딜레이니가 이곳을 떠난 지 십 년이 지났으나 분명 변하지 않은 것들도 있는 모양이었다. 체격이 더 건장해지고 이목구비도 원숙해졌지만 닉의 존재는 여전히 주의를 끌었다.

티펫 목사가 고개를 숙였다.

"헨리 쇼를 위해 기도합시다."

딜레이니는 턱을 내리깔고 눈을 감았다. 어린애일 때조차 닉은 유달리 주의를 끌었다. 그의 형 루이도 말썽꾼이긴 했지만 결코 닉만큼은 아니었다. 알레그레자 형제가 무모하고 충동적인 바스크족으로 손이 재빠르고 여자를 밝힌다는 것은 누구나 알고 있었다.

마을 소녀들은 모두 그 형제에게서 멀리 떨어져 있으란 경고를 들었으나, 불에 끌려드는 나방처럼 다수가 야성의 본능에 굴복하여 '그 바스크 녀석들'에게 몸을 던졌다. 닉은 거기에 더해 처녀들을 유혹해 낸다는 평판을 얻었다. 하지만 딜레이니를 유혹하진 않았다. 널리 퍼진 소문과 달리 그녀는 닉 알레그레자와 관계하지 않았다. 그는 그녀의 처녀를 가지지 않았다.

어쨌든 정확한 의미에선.

"아멘."

문상객들이 입을 모아 뇌였다.

"예. 아멘."

딜레이니는 기도중의 불경한 생각에 약간 죄책감을 느끼며 중얼거렸다. 선글라스 너머로 흘끗 넘겨보던 그녀의 눈초리가 가늘어졌다. 닉의 입술이 움직이며 재빨리 성호를 그렸다. 이 지역의 다른 바스크족 집안과 마찬가지로 그도 물론 가톨릭이었다. 그래도 저렇게나 육감적이고 긴 머리에 귀걸이를 한 남자가 마치 신부처럼 성호를 그리는 모습은 신성모독처럼 보였다. 그리고는 하루 종일이라도 시간이 있다는 듯 그는 딜레이니의 정장 앞자락에서 그녀의 얼굴로 시선을 들어올렸다. 한순간 그의 눈에서 무언가가 번뜩였지만 그만큼이나 빨리 사라졌고, 그의 주의는 옆에 선 핑크 슬립 드레스 차림의 금발에게 쏠렸다. 여자는 까치발을 하고 서서 그의 귀에다 뭐라고 속삭였다.

문상객들이 딜레이니와 어머니 주위에 몰려들어 애도의 말을 남기고 각자의 차로 향했다. 그녀는 닉의 모습을 놓치고 앞을 지나가는 사람들에게로 돌아섰다. 자신과 이야기하러 멈춰 선 헨리의 친구들을 대부분 알아봤지만 쉰 살 아래는 거의 없었다. 그녀는 미소짓고 목례하고 악수를 나누었으나 그들이 자신을 뜯어보고 살피는 게 너무나 싫었다. 혼자 있고 싶었다. 혼자서 헨리와 좋았던 시절에 대해 생각해 보고 싶었다. 서로에게 지독히도 실망하기 이전의 헨리를 기억하고 싶었다. 하지만 한참 지나야 그런 기회가 생기리라. 감정적으로 기진맥진한 상태였기에 집에 데려다 줄 리무진에 도착할 무렵엔 그저 콕 틀어박히고 싶을 뿐이었다.

닉의 할리 데이비슨이 내는 부르릉 소리에 그녀는 어깨 너머를 돌아보았다. 그는 엔진 회전 속도를 올리고 거대한 오토바이를 유턴시켜 총알처럼 달려나갔다. 딜레이니의 눈길은 그의 등에 인간 거머리처럼 착 달라붙은 금발에게 고정되었다. 닉은 무슨 바에라도 나온 듯이 헨리의 장례식장에서 여자를 낚아 가는 것이다. 딜레이니는 여자가 누군지 알아보진 못했지만 여자가 닉과 함께 장례식장을 떠나는 걸 보았다고 놀라진 않았다. 그에게 있어 신성한 것이란 없었다. 금지란 없었다.

그녀는 리무진에 올라타 폭신한 벨벳 시트에 몸을 묻었다. 헨리는 죽었지만 아무것도 바뀌지 않았다.

"정말 근사한 식이었지 않니?"

어머니의 질문이 딜레이니의 생각을 방해했고 차는 묘지에서 벗어나

55번 고속도로로 향했다.

딜레이니는 무성한 소나무숲 사이로 언뜻언뜻 비치는 메리 호수의 푸른 빛에 시선을 고정시켰다.

"그래요."

그녀는 어머니에게 눈길을 돌렸다.

"정말 괜찮았죠."

"헨리는 널 사랑했단다. 다만 타협할 줄 몰랐던 것뿐이야."

그들은 똑같은 대화를 전에도 수없이 나누었고 딜레이니는 그 얘기를 하고 싶은 기분이 아니었다. 늘 똑같이 시작해서 똑같이 끝났지만 아무것도 해결되지 않았다.

"얼마나 많이들 올까요?"

그녀는 장례식 후의 뷔페에 대해 물었다.

"거의 전부일걸, 아마."

그웬은 손을 뻗어 딜레이니의 옆머리를 귀 뒤로 넘겨주었다.

딜레이니는 어렸을 때처럼 어머니가 손가락을 적셔 앞머리에 컬을 만들어 주지나 않을까 걱정했다. 그때나 지금이나 그런 행동은 질색이었다. 지금 그대로의 그녀로는 충분치 않다는 듯 끊임없는 교정, 지금 그대로가 아닌 다른 모습으로 만들어야 한다는 듯한 끊임없는 수선.

그래, 아무것도 바뀌지 않았다.

"네가 돌아와서 정말 기쁘구나, 레이니."

딜레이니는 숨이 막힐 듯한 기분에 창문 스위치를 눌렀다. 맑은 산 공기를 들이마시고 천천히 내뱉었다. 이틀만이야. 이틀만 있으면 집으로 돌아갈 수 있어.

지난 주, 딜레이니는 자신의 이름이 헨리의 유언장에 올라 있다는 통지를 받았다. 그렇게 등을 돌렸는데 왜 그가 자신의 이름을 유언장에 넣었는지 도무지 알 수가 없었다. 그녀는 그가 닉도 넣었을지, 아니면 죽은 후에조차 친아들을 외면했을지 궁금했다.

혹 돈이나 부동산을 남겼을까? 십중팔구는 녹슨 고깃배나 두꺼운 담요 같은 놀림감이겠지. 뭐든 간에 유언장 발표가 끝난 직후에 떠날 것이다. 이제 어머니에게 말할 용기만 내면 된다. 솔트레이크시티 근처까지 가서 공중전화로 전화를 해도 좋겠지. 자신이 정말 숨을 쉴 수 있는 대도시의 집으로 돌아갈 그때까지 옛날 친구들을 좀 만나고, 동네 바에 들러볼 계획이었다. 며칠 이상 지냈다가는 제정신을, 혹은 자기 자신을 잃어버리리라는 걸 잘 알고 있었으니까.

"어머, 이게 누구야?"
딜레이니는 속을 채운 버섯 접시를 뷔페 테이블에 내려놓고 어린 시절의 숙적과 눈을 마주했다. 헬렌 슈넙. 학창 시절 헬렌은 딜레이니에게 눈의 가시, 신발 속의 잔돌 같은 존재였다. 딜레이니가 바라볼 때마다 헬렌은 바로 거기, 보통 한 걸음 앞서 있었다. 헬렌은 더 예쁘고 달리기도 더 빨랐으며 농구도 더 잘했다. 2학년 때 헬렌은 그녀를 지역 내 맞춤법 시합 최고 자리에서 밀어냈다. 8학년 때는 헬렌이 그녀를 누르고 치어리더 주장이 되었고, 11학년 때는 딜레이니의 남자친구 토미 마컴과 드라이브인 극장의 마컴네 자동차 뒷좌석에서 기마 자세로 하다가 들통났다. 여자란 그런 일을 잊지 않는 법이며 딜레이니는 헬렌의 갈라진 머리끝과 지나친 하이라이트(본래 머리색보다 밝게 부분 탈색하는 것)를 내심 고소하게 여겼다.
"헬렌 슈넙."
머리카락만 빼면 옛날의 숙적은 아직도 예뻤다. 젠장.
"이젠 마컴이야."
헬렌은 크로와상을 집어들곤 얇은 햄을 채워 넣었다.
"토미와의 행복한 결혼 생활이 이제 7년째지."
딜레이니는 억지 미소를 지었다.
"정말 잘됐네?"
두 사람에게 털끝만큼도 신경 안 쓴다고 속으로 되뇌었지만 그녀는 늘 헬렌과 토미가 영화 <우리에게 내일은 없다>식의 결말을 맞는 환상을 즐겨 왔었다. 자신이 아직 그런 적개심을 품고 있다는 게 어째서인지 별로 마음에 걸리지 않았다. 어쩌면 미뤄 왔던 정신 상담을 받아야 할 때가 되었는지도.

"결혼했니?"

"아니."

헬렌은 '불쌍해라' 표정을 지어 보였다.

"너희 어머니께서 네가 스캇데일에 산다고 하시던데."

딜레이니는 헬렌의 크로와상을 코에다 콱 밀어붙이고 싶은 충동과 싸웠다.

"피닉스에 살아."

"그래?"

헬렌은 버섯을 향해 손을 뻗으며 테이블 줄을 따라갔다.

"내가 잘못 들었나 보지."

딜레이니는 헬렌의 청력에 이상이 있으리란 생각은 들지 않았다. 하지만 머리카락은 다른 문제로, 딜레이니가 이미 며칠 안에 떠나기로 계획하지 않았다면, 그리고 좀더 착했다면 상한 끝을 좀 쳐주겠다고 나섰으리라. 헬렌의 가늘고 부슬부슬한 머리에 프로틴 팩을 하고 머리 전체를 비닐로 감싸주기까지 했을 거다. 하지만 그럴 만큼 착하진 않았다.

그녀의 눈길은 사람들로 가득한 식당을 훑다가 어머니에게 가서 멈추었다. 한 가닥도 흐트러짐 없이 정돈된 금발머리와 완벽한 화장을 하고 지인들에게 둘러싸인 그웬 쇼는 신하들을 접견중인 왕비처럼 보였다. 그웬은 늘 아이다호주 트롤리의 그레이스 켈리였다. 심지어 외모까지 어느 정도 닮았다. 나이는 마흔넷이지만 서른아홉으로 통할 만했으며 본인이 즐겨 말하듯 스물아홉 된 딸을 두기엔 너무 젊어 보였다.

다른 지역에서라면 모녀간의 나이 차가 15세라는 건 수군거림을 들을 만하겠지만 아이다호의 작은 마을에선 고교 시절의 연인들이 졸업 다음 날 결혼하는 일도 있기에 별 문제가 안 되었다. 때로 그 결혼은 신부의 출산 일이 얼마 남지 않았기 때문인 경우도 드물지 않았다. 아무도 십대 임신에 대해 나쁘게 생각하지 않았다. 물론 그 십대가 결혼하지 않았다면 얘기가 다르다. 그런 종류의 스캔들은 수년간 가십에 불을 지폈다.

트룰리 사람들은 다들 시장의 젊은 아내가 딜레이니의 생부와 결혼한 직후 미망인이 되었다고 믿었지만 그건 몽땅 거짓말이었다. 나이 열다섯에 그웬은 유부남과 관계를 맺었고 임신 사실을 안 남자에게 버림받아 마을을 떠났다.

"그래, 네가 돌아왔구나. 죽은 줄만 알았지."

딜레이니의 눈길이 반담 할머니에게로 쏠렸다. 알루미늄 보행 보조기 위로 몸을 굽히고 위태위태하게 양념 계란 요리로 향하는 그녀의 하얀 머리는 딜레이니의 기억 그대로 핑거 웨이브였다. 딜레이니는 할머니의 이름을 떠올릴 수가 없었다. 그게 실제로 불려지는 걸 들은 적이 있는지도 기억이 안 났다. 모두 늘 반담 할머니라고만 불렀다. 너무나 노쇠해서 고령과 골다공증으로 허리가 굽어지고 인간 화석으로 변해 가는 중이었다.

"뭔가 드실 거 가져다 드릴까요?"

딜레이니는 자세를 좀더 바르게 하고 머릿속으론 마지막으로 우유를 마신 적이, 아니면 최소한 칼슘 강화 제재라도 복용한 게 언제였던지 헤아렸다.

반담 할머니는 계란을 집어들고 딜레이니에게 자기 접시를 내밀었다.

"저거하고 저거 좀 다오."

그녀는 몇 가지 요리를 가리키며 시켰다.

"샐러드 드시겠어요?"

"속이 더부룩해져."

반담 할머니는 나직이 말하곤 과일 디저트를 가리켰다.

"저게 괜찮아 보이네, 그리고 저 닭 날개도 좀. 맵긴 하지만 위장약을 챙겨 왔으니까."

조그맣고 허약한 체구치고는 벌목꾼 뺨칠 식욕이다.

"장 클로드하고 친척이세요?"

딜레이니는 우울한 상황에 좀 생기를 불어넣으려 농담했다.

"누구?"

"장 클로드 반담이요. 액션 배우."

"아니, 장 클로드란 사람은 모르는데. 하지만 어쩌면 에멧에 하나 살지도 모르겠구나. 에멧의 반담 가문은 늘 골칫거리거든. 작년엔 죽은 오라버니의 손자 테디가 산림 보호소 앞에 세워놓은 곰 인형을 훔쳐서 체포되었지. 그나저나 왜 그딴 걸 갖고 싶어했담?"

"자기 이름이 테디라서 그런가 보죠."

"응?"

딜레이니는 미간을 찌푸렸다.

"아무것도 아니에요."

괜한 헛수고했네. 남자들이 셔츠 주머니를 재떨이로 쓰는 남부 시골 마을선 자신의 유머 감각이 받아들여지지 않는단 사실을 잊고 있었다. 딜레이니는 반담 할머니를 뷔페 가까운 테이블에 앉혀 드리고 바 쪽으로 향했다.

장례식 후에 돼지처럼 먹고 취한다는 게 좀 이상하다고 종종 생각해 오긴 했지만 가족들에게 위안을 주기 위한 일이리라. 하지만 딜레이니는 조금도 위안을 느끼지 못했다. 꼭 전시된 기분이었지만 트룰리에서의 삶은 늘 그랬다. 그녀는 시장과 그 아름다운 부인의 딸로 자라났다. 딜레이니는 늘 뭔가 조금 모자랐다. 헨리처럼 외향적이고 활달하지도 못했고, 그웬처럼 아름답지도 못했다.

그녀는 무스 로지에서 온 헨리의 옛친구들이 바를 점령하고 조니 워커 냄새를 풍기고 있는 응접실로 들어갔다. 그들은 와인 한 잔을 따르고 어머니의 고집에 빌려 신은 낮은 굽의 구두를 벗는 그녀에게 거의 관심을 주지 않았다.

딜레이니가 광적으로 집착하는 대상은 딱 하나뿐이었다. 때로는 자신이 좀 지나치다는 걸 알긴 했지만 그녀는 신발광이었다. 이멜다 마르코스가 괜한 욕을 더 먹었다는 게 그녀의 생각이었다. 딜레이니는 신발을 사랑했다. 신발이라면 모두. 다만 뭉툭한 굽이 달린 정장 구두만 빼고. 그건 너무 따분했다. 그녀의 취향은 송곳 같은 굽의 하이힐, 독특한 부츠 아니면 끈을 묶는 샌들 쪽이었다. 옷 역시 평범하다곤 할 수 없었다. 그녀는 최근 몇 년간 손님들이 헤어 커트에 백 달러를 내는 만큼 자기네들의 헤어 스타일리스트가 유행에 앞서가는 차림이기를 기대하는 고급 살롱 발렌티나에서 일했다. 딜레이니의 손님들은 짧은 비닐 스커트, 가죽 바지, 혹은 속이 비치는 블라우스에 검은 브래지어를 보길 원했다. 작은 마을을 수십 년간 지배해 온 남자의 의붓딸이 입을 만한 장례식 복장이라고는 할 수 없었다.

딜레이니는 막 방을 나가려다 들려오는 대화에 발을 멈췄다.

"돈이 그러는데 꺼낼 때 보니까 거의 숯덩어리였다고 하더군."

"죽는 방법치곤 거 참."

남자들은 다함께 고개를 내젓곤 스카치를 마셨다. 딜레이니는 헨리가 마을 저편에 지어놓은 마장에서 불이 났다는 걸 알고 있었다. 어머니의 말에 따르면, 헨리는 최근 말 사육에 관심을 두었으나 말똥 냄새가 집 근처에서 나는 걸 좋아하지는 않았다고 했다.

"헨리가 그 말들을 참 아꼈지."

카우보이풍의 편한 옷차림의 남자가 말했다.

"불꽃이 마구간 쪽에도 붙었다고 들었어. 그 말들도 별로 남은 게 없대, 대퇴골하고 말굽 한두 개 정도."

"방화일까?"

딜레이니는 어이가 없어 눈을 굴렸다. 아직 케이블 TV도 안 나오는 마을인지라 트룰리에는 소문 듣기와 퍼뜨리기만큼 좋아하는 일이 달리 없었다. 5군 식품처럼 매일 섭취하고 산다고나 할까.

"보이시에서 온 조사관은 그렇게 생각하지 않았지만 가능성을 아주 배제하진 않았어."

누군가 다시 입을 열기까지 잠시 정적이 흘렀다.

"설마 일부러 불을 질렀을라고. 누가 헨리에게 그런 짓을 하겠어?"

"알레그레자일지도 모르지."

"닉?"

"헨리를 증오하잖아."

"사실대로 말하면 그런 사람이 한둘인가. 하지만 사람과 말들을 태워 죽이는 건 엄청난 일이야. 알레그레자가 헨리를 그만큼 증오했는진 모르겠어."

"헨리는 닉이 크레센트 베이에 짓는 콘도에 대해 꽤나 열받아했고 한두 달 전엔 셰브론에서 둘이 주먹다짐까지 할 뻔했잖아. 닉이 어떻게 헨리에게서 그 땅을 얻어냈는진 모르겠지만 제 손에 들어오자 거기다 빌어먹을 콘도를 잔뜩 지어 놨지."

다시 그들은 고개를 내젓고 잔을 기울였다. 딜레이니는 크레센트 베이의 백사장에 드러눕고 맑은 푸른 물에서 헤엄치며 자랐다. 마을 사람 대부분이 탐내 온 그곳은 미개발된 호숫가의 넓은 중심지를 차지하고 있었다. 쇼 가문에 대를 이어 내려온 땅에 어떻게 닉이 손을 댈 수 있었는지 의아했다.

"저번에 듣기론 그 콘도로 알레그레자가 떼돈을 벌었다던데."

"그래. 캘리포니아 사람들이 바쁘게 채가고 있다더군. 좀만 있으면 라테를 홀짝이며 마약을 피워대는 껄렁한 도시놈들이 여길 다 점령할 거야."

"더 심할 수도 있지. 영화배우들."

"브루스 윌리스 같은 작자들이 이사와서 몽땅 바꾸려 드는 것보다 더 나쁜 일은 없지. 그자가 헤일리에서 한 짓을 봐. 거기로 이사가서 빌딩 몇을 개조해 놓더니만 제놈이 아이다호 주민 전원의 투표를 이래라 저래라 할 권리가 있는 줄 알잖아."

남자들은 다들 고개를 끄덕거려 의견일치를 보고는 언짢은 툴툴 소리를 냈다. 대화가 영화배우와 액션 영화로 넘어가자 딜레이니는 눈에 뜨이지 않게 방에서 나왔다. 헨리의 서재로 가서 등뒤로 문을 닫았다. 커다란 책상 뒤 벽에서 헨리의 얼굴이 그녀를 내려다보고 있었다. 딜레이니는 그 초상화가 그려졌던 때를 기억했다. 그녀 나이 열셋, 처음으로 약간의 독립성을 주장하려 했던 무렵이었다. 그녀는 귀를 뚫고 싶어했었다.

헨리는 안 된다고 했다. 그가 그녀를 두고 주도권을 행사했던 게 처음도 아니고 단연코 마지막도 아니었다. 헨리는 늘 주도권자여야만 했다.

딜레이니는 커다란 가죽 의자에 앉았다가 책상 위에서 자신의 사진을 보고 놀랐다. 헨리가 그 사진을 찍었던 날이 떠올랐다. 그녀의 삶이 몽땅 뒤바뀐 날이었다. 그녀는 일곱 살이었고 어머니는 막 헨리와 결혼했다. 라스베가스의 교외에서 걸어나와 잠깐 비행기를 타고 난 후 트룰리의 빅토리아 양식 3층 저택으로 걸어 들어간 날.

한 쌍의 장식탑과 박공 지붕의 이 저택을 처음 보았을 때 딜레이니는 자신이 궁전으로 이사왔다고 생각했다. 즉 헨리는 왕이 되는 셈이었다. 삼면이 숲으로 둘러싸인 저택의 앞마당 잔디밭은 보기 좋게 깎여져 있으며 뒷마당은 쾌적한 메리 호수로 완만하게 경사졌다.

몇 시간만에 딜레이니는 가난을 떠나 동화 속에 안착했다. 엄마는 행복해했고 딜레이니는 공주님이 된 기분이었다. 그리고 그날, 엄마가 억지로 입힌 프릴 달린 하얀 드레스 차림으로 계단에 앉아 있던 그녀는 헨리 쇼에게 폭 빠졌다. 그는 엄마가 사귀었던 다른 남자들보다 나이가 많았지만 상냥했다. 딜레이니에게 고함치지 않았고 엄마를 울리지도 않았다. 그녀가 안전하며 보호받고 있다는 기분을 느끼게 했다—어린 그녀의 삶에서 몹시도 드물었던 경험. 헨리는 그녀를 양녀로 받아들였고 그는 그녀가 아는 유일한 아버지였다. 그러므로 딜레이니는 헨리를 사랑했고 언제나 그럴 것이었다.

또한 닉 알레그레자를 처음 본 날이기도 했다. 헨리의 정원 풀숲에서 불쑥 튀어나온 그의 회색 눈은 증오로 불탔으며 뺨은 분노로 얼룩덜룩 달아올라 있었다. 딜레이니는 겁에 질렸지만 동시에 그에게 매혹되었다. 닉은 검은머리에 매끄러운 갈색 피부, 연기 같은 눈의 아름다운 소년이었다.

그는 양팔을 분노와 적개심으로 뻣뻣하게 늘어뜨린 채 수풀 가운데 서 있었다. 닉의 혈관에 흐르는 반항적인 바스크족과 아일랜드 혈통이 온통 드러나 있었다. 닉은 두 사람을 쳐다보고 헨리에게 무어라 말했다. 딜레이니는 수년의 세월이 흘러 그가 한 말을 정확히 기억할 수 없었지만 그 격한 감정만은 결코 잊을 수가 없었다.

"저 녀석 근처에도 가지 말아라."

헨리는 돌아서서 떠나는 닉의 모습을 지켜보며 말했다. 닉은 턱을 치켜들고 등을 곧게 펴고 가버렸다.

헨리가 닉을 멀리하라고 경고한 게 그게 마지막은 아니었지만, 몇 년 후 그녀는 그 경고를 정말 귀담아 들을 걸 그랬다고 생각하게 되었다.

닉은 리바이스 바지에 다리를 집어넣고 단추를 채우려 일어서서는 모텔 시트에 감겨 있는 여자를 어깨 너머로 돌아보았다. 여자의 금발머리가 머리 주위에 부채처럼 펼쳐져 있었다. 눈은 감겨 있었고 숨결은 느리고 편안했다. 판사의 딸 게일 올리버는 어린 아들이 딸린 이혼녀였다. 결혼 생활 종료를 축하하기 위해 그녀는 배의 지방을 빼고 가슴에 식염수 팩을 넣었다. 헨리의 장례식에서 게일은 뻔뻔하게 닉에게 다가와 자신의 새로운 몸을 보는 첫 남자가 되어 주었으면 좋겠다고 선언했다. 그녀의 눈빛에서 그가 그걸 영광으로 여겨야 한다는 생각을 엿볼 수 있었다. 하지만 닉은 전혀 영광스럽지 않았다. 그는 정신을 분산시킬 일을 원했고 그녀가 그걸 제시했을 뿐.

닉이 힐리를 스다라이트 모텔 앞에 세우자 게일은 모욕당한 듯이 굴었지만 집으로 데려다 달라고 하진 않았다.

닉은 녹색 카펫을 가로질러 유리문을 나가 55번 고속도로가 내려다보이는 작은 베란다에 섰다. 아버지의 장례식에 참석할 계획은 없었다. 도대체 어쩌다 그렇게 되었는지 아직도 알 수가 없었다. 조금 전까지만 해도 크레센트 베이에 서서 하도급자와 논의를 하고 있었는데, 다음 순간 정신을 차려보니 할리에 올라 묘지로 향하고 있었다. 그는 전혀 갈 생각이 아니었다. 자신이 환영받지 못하리라는 걸 잘 알았기 때문이다. 하지만 어쨌든 가고 말았다. 곰곰이 생각하고 싶지 않은 어떤 이유에서 작별 인사를 해야만 했다.

그는 나무 바닥으로 쏟아지는 빛에서 물러나 베란다 구석의 어둠에 감싸였다. 티펫 목사가 '아멘'을 말하기도 전에 가는 어깨끈의 하늘하늘한 드레스를 입은 게일이 다가와 닉에게 제의했다.

"내 몸은 열여섯 때보다 서른셋인 지금이 더 근사해."

그녀는 그의 귀에 대고 그렇게 속삭였다. 닉은 그녀가 열여섯일 때 어땠는지 정확히 떠올릴 수 없었지만 섹스를 좋아했다는 것은 기억났다. 섹스를 좋아하지만 끝나고 나서는 처녀처럼 구는 부류의 여자. 그녀는 집에서 몰래 빠져나와 그가 폐점 후 청소 일을 하던 로맥스 식료품점의 뒷문을 긁어대곤 했었다. 기분이 내키면 닉은 그녀를 들어오게 해서 상자나 계산대 위에서 관계했다. 끝난 후 게일은 자기가 그에게 은혜를 베푼 것마냥 굴었지만 사실은 그 반대임을 두 사람 다 알고 있었다.

서늘한 밤공기가 어깨에 드리워진 머리칼을 흩뜨리고 맨살을 스쳤다. 닉은 거의 냉기를 느끼지 못했다. 딜레이니가 돌아왔다. 헨리 일을 들었을 때 그녀가 장례식에 참석하러 돌아오리라 짐작하긴 했다. 그래도 관 저편에 있는 그녀를, 머리를 대여섯 가지 색색의 빨강색으로 물들인 그녀의 모습을 보는 것은 충격이었다. 십 년이 지났지만 딜레이니는 아직도 실크처럼 부드럽고 섬세한 도자기 인형을 생각나게 했다. 그녀를 보자 기억이 전부 되돌아오며 처음 그녀와 대면했던 때가 떠올랐다. 당시 그녀의 머리는 금발이었으며 일곱 살이었다.

이십 년도 더 된 그날, 닉은 아이스크림 가게 앞에 줄 서 있다가 처음으로 헨리 쇼의 새 아내에 대해 들었다. 그는 소문을 믿을 수가 없었다. 헨리의 모든 것에 관심이 있었기에 닉은 형 루이와 함께 낡은 자전거에 올라타서는 호수를 돌아 헨리의 거대한 빅토리아 양식 저택으로 페달을 밟았다. 자전거 타이어가 빙글빙글 돌아가면서 닉의 머리도 함께 돌았다. 헨리가 결코 어머니와 결혼하지 않으리라는 건 알고 있었다. 그들은 닉이 기억할 수 있는 그 먼 옛날부터 상대를 미워했다. 심지어 서로 말조차 나누지 않았다. 대체로 헨리는 닉을 그냥 무시해 버렸지만 이제는 바뀔지도 모른다. 어쩌면 헨리의 새 부인은 아이들을 좋아할지도 모른다. 어쩌면 자신을 좋아할지도 모른다.

닉과 루이는 자전거를 소나무 뒤에 숨기고 잔디밭을 둘러싼 무성한 관목 아래를 기어갔다. 그곳은 둘이 잘 아는 장소였다. 루이는 열두 살로, 닉보다 두 살 위였지만 닉 쪽이 기다리기에 더 뛰어났다. 그가 기다림에 익숙해서일 수도, 헨리 쇼에 대한 관심이 형보다 훨씬 개인적이어서일 수도 있다. 두 소년은 편안하게 자리를 잡고 기다릴 준비를 했다.

"안 나올 모양이네."

한 시간의 감시 후 루이가 투덜거렸다.

"무지 오래 기다렸는데 나올 생각도 않잖아."

"조만간 나올 거야."

닉은 형을 쳐다보고는 커다란 잿빛 저택의 정면으로 시선을 돌렸다.

"분명히."

"가서 벤더 씨네 연못에서 고기나 잡자."

여름마다 클라크 벤더는 뒤뜰 정원에 갈색 송어를 풀어놓았다. 알레그레자 형제는 매년 예쁜 한 자짜리 고기들을 몇 마리씩 빼내오곤 했다.

"엄마가 화낼 거야."

나무 주걱으로 손바닥을 맞은 지난주의 일이 아직도 닉의 뇌리에 생생했다. 보통 베니타 알레그레자는 아들들을 맹목적으로 감쌌다. 하지만 두 아이가 생선 비린내를 풀풀 풍기며 끈에 꿰인 송어 몇 마리를 든 채 끌려왔을 때는 그녀조차도 벤더 씨의 항의에 반박하지 못했다.

"엄마는 절대 모를걸. 벤더 씨는 외출했거든."

닉은 다시 루이를 쳐다보고 손을 근질근질하게 만드는 그 굶주린 송어들을 생각했다.

"진짜로?"

"그래."

닉은 미끼와 날카로운 낚싯바늘을 기다리는 그 물고기들을 생각했다. 그러나 고개를 젓고 이를 앙다물었다. 헨리가 다시 결혼했다면 꼭 남아서 그 아내를 보고 말 테다.

"미친 놈."

루이는 지긋지긋해하며 뒤로 몸을 홱 빼서 관목숲에서 빠져나갔다.

"낚시하러 가?"

"아니, 집에 갈 거야. 하지만 우선 물 좀 빼고."

닉은 미소지었다. 그는 형이 저런 유행어를 쓰는 걸 좋아했다.

"엄마한테 나 어디 있는지 말하지 마."

루이는 바지 지퍼를 내리고 소나무에 오줌을 갈기며 한숨지었다.

"엄마가 알아챌 만큼 오래 있으면 안 돼."

"알아."

루이가 자전거에 펄쩍 올라 떠나자 닉은 눈길을 집 앞으로 돌렸다. 손에 턱을 괴고 앞문을 지켜보았다. 기다리는 동안 닉은 루이에 대해서, 7학년에 올라가는 형을 둔 자신이 얼마나 운이 좋은지 생각했다. 무슨 말을 하든 형은 비웃는 법이 없었다. 루이는 벌써 학교에서 성교육 필름을 보았기에 닉은 중요한 질문을 물어볼 수 있었다. 언제 거기에 털이 나게 될까라든가, 남자가 가톨릭 신자인 엄마에게는 물어볼 수 없는 그런 것들을 말이다.

팔에 기어오른 불개미를 막 으깨려는 순간 앞문이 열리자 닉은 얼어붙었다. 헨리가 집에서 나와 베란다에 멈춰 서더니 어깨 너머를 돌아보았다. 그가 손짓을 하자 조그만 여자애가 문 밖으로 발을 디뎠다. 금빛 곱슬머리가 얼굴을 감싸고 등뒤로 물결쳤다. 여자애는 헨리와 손을 잡더니 같이 포치를 가로질러 앞 계단을 내려왔다. 일요일도 아닌데 여자애들이 성찬식 때 입는 나풀나풀한 하얀 드레스와 레이스 양말 차림이었다. 헨리가 닉이 있는 쪽을 가리키자 닉은 들켰나 싶어 숨을 죽였다.

"바로 저 뒤다."

헨리는 닉의 은신처 쪽을 향해 잔디밭을 가로지르며 조그만 여자애에게 말했다.

"커다란 나무가 있는데, 그 위에 집을 세울 수 있을 거 같구나."

여자애는 옆의 까마득한 남자를 올려다보고 고개를 끄덕였다. 금빛 고

수머리가 스프링처럼 통통 튀었다. 여자애의 피부는 닉보다 훨씬 하얗고 커다란 눈은 갈색이었다. 닉은 그 여자애가 나르키사 이모가 손이 지저분한 남자애들이 만지지 못하게 유리 장식장에 넣고 잠가 둔 조그만 도자기 인형들처럼 생겼다고 생각했다. 닉은 한 번도 그 예쁜 인형들을 만져도 된다는 허락을 받은 적이 없었다. 어차피 만지고 싶지도 않았지만.

"위니 더 푸우처럼요?"

여자애가 물었다.

"그러고 싶으냐?"

"네, 헨리 아저씨."

헨리는 한쪽 무릎을 꿇고 앉아 여자애의 눈을 들여다보았다.

"이젠 내가 네 아빠다. 아빠라고 불러도 돼."

가슴이 콱 조여 오고 심장이 너무 격하게 뛰어 닉은 숨을 쉴 수가 없었다. 평생 동안 그 말을 듣기를 기다려 왔는데 헨리는 위니 더 푸우를 좋아하는 희멀건한 머저리 계집애에게 그 말을 한 거다. 닉이 무슨 소리를 낸 듯 헨리와 여자애가 그의 은신처를 똑바로 쳐다보았다.

"거기 누구야?"

헨리가 일어서며 다그쳤다.

느릿느릿, 위는 공포로 쥐어 짜이면서 닉은 일어나 어머니가 늘 네 아버지라고 말했던 남자와 마주했다. 어깨를 젖히고 꼿꼿이 서서 헨리의 밝은 회색 눈을 응시했다. 도망치고 싶었지만 움직이지 않았다.

"여기서 뭘 하는 거냐?"

헨리가 다시 다그쳤다.

닉은 턱을 바짝 치켜들었지만 대답은 하지 않았다.

"누구예요?"

여자애가 물었다.

"아무도 아니다."

헨리는 대답하고 닉에게로 돌아섰다.

"집에 가라. 그리고 이젠 이 근처에 얼씬대지 마."

가슴까지 오는 관목 가운데 서서, 무릎은 떨리고 뱃속이 아파 오는 가운데 닉 알레그레자는 자신의 희망이 죽어 가는 것을 느꼈다. 헨리 쇼가 미웠다.

"나쁜 놈."

그렇게 말하고 닉은 금발머리 여자애에게로 눈길을 내렸다. 그 애도 미웠다. 증오로 화끈거리고 분노로 따끔거리는 눈으로 닉은 몸을 돌려 은신처에서 걸어나왔다. 다시는 오지 않는다. 그늘 속에서 기다리는 건 끝이다. 결코 가질 수 없는 걸 기다리는 것은 끝이다.

발소리가 그를 과거의 회상에서 끌어냈지만 닉은 돌아보지 않았다.

"어떻게 생각해?"

게일이 뒤에서 다가와 그의 허리에 팔을 감았다. 얇은 드레스 천만이 그녀의 젖가슴과 그의 등을 갈라놓고 있었다.

"뭘 말야?"

"새로 태어난 나 말야."

닉은 몸을 돌려 그녀를 쳐다보았다. 여자는 어둠에 가려져 있어 그로선 제대로 볼 수가 없었다.

"괜찮아 보여."

"괜찮아? 가슴 수술에 몇 천을 들였는데 겨우 그거야? '괜찮아 보여'?"

"내가 무슨 말을 했으면 좋겠어? 식염수 팩보다 부동산에 투자를 하는 게 훨씬 현명했을 거라고 할까?"

"남자들은 커다란 가슴을 좋아하는 줄 알았는데."

그녀가 토라진 투로 말했다.

크냐 작으냐보단 여자가 그 몸으로 무엇을 하는가 쪽이 더 중요하지. 닉은 자신이 가진 것을 활용할 줄 아는 여자, 침대에서 자제력을 잃어버리는 여자를 좋아했다. 이성을 놓아버리고 망가질 줄 아는 여자. 게일은 자신의 외모에 너무 신경을 썼다.

"남자들은 전부 커다란 가슴을 꿈꾸는 줄 알았어."

"전부는 아냐."

닉이 여자를 상상하곤 했던 건 아주 오래 전의 일이었다. 사실 어린 시절 이후로 그런 적이 없었고 그 모든 상상은 다 똑같았다.

게일은 그의 목에 팔을 감고 발끝으로 섰다.

"조금 전엔 싫어하지 않는 듯하더니."

"싫어한다고 말한 적은 없어."

그녀는 그의 가슴에서 배까지 손으로 쓸어 내렸다.

"그럼 다시 사랑을 나누자."

닉은 여자의 손목을 감아쥐었다.

"난 사랑 같은 건 안 나눠."

"그럼 우리가 반 시간 전에 한 건 뭐고?"

닉은 제일 먼저 떠오른 대답을 말할까 생각했지만 그녀는 그의 솔직함을 좋아하지 않으리라. 여자를 집에 데려다 줄까 했으나 그녀가 바지 앞으로 손을 미끄러트리자 뭘 하려는 참인지 좀 지켜보자는 생각이 들었다.

"그건 섹스야. 그 둘은 전혀 상관이 없어."

"매정하긴."

"왜? 내가 섹스와 사랑을 혼동하지 않아서?"

닉은 자신을 매정하다고 여기진 않았다. 그저 관심이 없을 뿐. 그가 아는 한 사랑이란 보답받지 못하는 것이다. 시간과 감정의 소모일 뿐.

"어쩌면 한 번도 사랑에 빠져보지 않아서일지도."

그녀는 그의 지퍼께를 손으로 지그시 눌렀다.

"어쩌면 나와 사랑에 빠질지도 모르지."

닉은 쿡쿡거렸다.

"기대하지 마."

2

장례식 다음날 아침, 딜레이니는 늦잠을 잤다. 그녀는 집에서 오후 내내 빈둥거리며 어머니와 시간을 보내다가 저녁에 고등학교 시절의 단짝 리사 콜린스를 만나러 갈 생각이었다. 두 사람은 모트 바에서 마가리타와 수다를 나눌 계획이었다.

하지만 어머니는 딜레이니를 위한 다른 계획을 염두에 두고 있었다.

"네가 회의에 가면 좋겠는데."

연한 파란색 실크옷을 입어 카탈로그 모델처럼 보이는 어머니는 부엌에 들어오자마자 그렇게 말했다.

"우린 락스퍼 공원에 놓을 새 놀이기구를 사고 싶은데 너라면 창의적인 모금 방법을 떠올리게 도와줄 수 있을 거야."

어머니와 지루한 자선 모임 회의에 참가하느니 차라리 은박지를 씹어먹는 쪽이 낫지.

"약속이 있어요."

딜레이니는 거짓말을 하고 토스트한 베이글에 딸기잼을 발랐다. 스물아홉이나 되었지만 아직도 엄마를 의도적으로 실망시킬 수가 없었다.

"무슨 약속?"

"친구랑 점심 먹기로 했어요."

그녀는 체리목 카운터에 기대 베이글을 베어 물었다.

어머니인 그웬의 푸른 눈 꼬리에 잔주름이 잡혔다.

"그러고 시내에 나갈 거니?"

딜레이니는 자신의 흰색 민소매 스웨터와 블랙 진 반바지, 가느다란 인조 가죽끈으로 묶는 고무 웨지힐* 샌들을 내려다보았다. 얌전하게 차려입었지만 어쩌면 신발이 소도시 기준과 좀 차이가 날지도 모르겠다. 하지만 그녀는 신경쓰지 않았다. 마음에 드니까.

"난 이게 좋아요."

다시 아홉 살이 된 기분이었다. 기분이 좋지 않았지만 어쨌든 덕분에 헨리의 유언장이 발표되는 당일 이곳을 떠나기로 한 가장 큰 이유가 떠올랐다.

"다음 주에 같이 쇼핑하러 가자. 보이시까지 차를 몰고 가서 쇼핑몰에서 하루를 보내는 거야."

그웬은 기쁘다는 듯이 미소지으며 말했다.

"이제 네가 돌아왔으니 최소한 한 달에 한 번은 같이 갈 수 있겠네."

바로 그거였다. 이제 헨리가 죽었으니 딜레이니가 트롤리로 돌아오리라는 그웬의 지레짐작. 하지만 딜레이니가 아이다호와 최소한 한 주(州) 이상을 두고 떨어져 살았던 게 헨리 쇼 때문만은 아니었다.

"난 아무것도 필요 없어요, 엄마."

딜레이니는 아침식사를 마저 다 먹었다. 며칠 이상 여기 머물렀다간 그웬은 그녀를 리즈 클레이본으로 차려 입히고 자선 모임 회원으로 만들어버릴 것이 뻔했다. 딜레이니는 단지 부모님을 기쁘게 하기 위해 좋아하지 않는 옷을 입고 자신이 아닌 모습을 가장하면서 자랐다. 학교에서도 본보

---

* wedge heel. 신발의 아치 부분까지 굽이 이어져 막힌 형태.

기가 되기 위해 스스로를 죽였고 도서관 연체 벌금조차 문 적이 없었다. 그녀는 시장의 딸로 자라났다. 그 말은 완벽해야 한다는 소리였다.

"그 신발 불편하지 않니?"

딜레이니는 고개를 저었다.

"화재 얘기 좀 해봐요."

딜레이니는 의도적으로 화제를 바꾸었다. 트룰리에 도착한 후, 헨리가 죽은 밤 정확히 무슨 일이 있었는지 거의 듣지 못했다. 어머니는 얘기하고 싶어하지 않았지만 이제 장례식도 끝났기에 딜레이니는 밀어붙였다.

그웬은 한숨짓고 딜레이니가 잼 바르는 데 썼던 버터 나이프로 손을 뻗었다. 카운터로 다가가자 파란 구두굽이 붉은 벽돌 타일에 또각거렸다.

"저번 월요일에 네게 전화했을 때와 마찬가지로 별로 아는 게 없어."

그웬은 나이프를 내려놓고 카운터 위의 큰 창문을 내다보았다.

"헨리가 말 사육장에 있는데 불이 났지. 그가 오래된 전열기 옆에 놔 둔 아마인유 묻은 천조각에 불이 붙었던 모양이라고 크로우 보안관이 그러더라."

그웬의 목소리가 약간 떨렸다.

딜레이니는 어머니에게 다가가 팔을 어깨에 둘렀다. 뒤뜰에서 잔잔한 물결에 흔들리는 보트 선착장을 내다보며, 그녀는 소리내어 묻기 두려웠던 질문을 했다.

"고통을 많이 느끼셨을까요?"

"아닐 거라고 생각해. 하지만 그랬다면 알고 싶지 않아. 그이가 얼마나 오랫동안 살아 있었는지, 아니면 주께서 자비를 베풀어 불길이 닿기 전에 죽었는지 난 몰라. 묻지 않았거든. 지난 한 주간 일어난 일만으로도 충분히 힘겨웠어."

그웬은 잠시 목청을 가다듬었다.

"할 일도 많고, 거기에 대해선 생각하고 싶지 않아."

딜레이니는 어머니에게 눈길을 돌렸고 참으로 오래간만에 자신을 낳아 준 여인과의 유대감을 느꼈다. 두 사람은 무척이나 달랐지만 이 점에 있어서만은 똑같았다. 결점이 있는 사람일지언정, 둘 다 헨리 쇼를 사랑했다.

"오늘 회의를 취소해도 친구분들이 이해하실 거예요. 내가 대신 전화해요?"

그웬은 고개를 저었다.

"내겐 책임이 있어, 레이니. 내 삶을 영원토록 미뤄둘 순 없잖니."

영원토록? 헨리가 죽은 지 한 주도 안 되었고, 묻힌 지는 24시간도 안 되었다. 딜레이니는 유대감이 끊어지는 것을 느끼며 어머니의 어깨에서 손을 뗐다.

"난 잠깐 밖에 나갔다 올게요."

그녀는 실망감에 묻히기 전에 뒷문을 나갔다. 늦은 오전의 산들바람이 버드나무를 흔들고 솔향 가득한 공기에 잎새의 속삭임을 채웠다. 그녀는 크게 숨을 들이쉬고 파티오를 가로질렀다.

실망이야말로 그녀의 가족을 묘사하기에 최적의 단어였다. 그들은 표면적인 삶을 살았고, 그 결과 서로를 실망시킬 수밖에 없는 운명이었다. 오래 전 딜레이니는 어머니가 피상적이며 내용보다 외관에 훨씬 신경쓰는 사람이란 걸, 그리고 헨리는 모든 걸 자신이 좌지우지해야 직성이 풀리는 사람이라는 걸 받아들였다. 그녀가 헨리의 뜻대로 행동할 때면 그는 근사한 아버지였다. 자신의 시간과 관심을 내주며 그녀와 친구들을 보트 타기나 캠프에 데려갔지만 그녀는 모든 것이, 심지어 사랑조차 대가가 붙어 있다는 데 늘 실망감을 느꼈다.

딜레이니는 높다란 소나무를 지나쳐 잔디밭 가장자리를 뛰어다니고 있는 커다란 개에게로 향했다. 개장에 달린, 이름이 새겨진 동판 두 개가 안에 있는 바이마라너 개들이 듀크와 돌로레스임을 알리고 있었다.

"아유, 이쁘기도 해라."

그녀는 철조망 사이로 개들의 매끄러운 코를 만지며 마치 목양견이라도 되는 듯이 얼렀다. 딜레이니는 개를 사랑했으며 돌로레스와 듀크 전에 있던 클라크와 클라라와 함께 자랐다. 하지만 요즘엔 잦은 이사로 진짜 애완동물은 고사하고 금붕어조차 키울 수 없을 정도였다.

"불쌍하게도, 갑갑하겠구나."

바이마라너들이 손가락을 핥았고 딜레이니는 한쪽 무릎을 꿇었다. 개들은 잘 손질되어 있었으며 헨리의 개들이니만큼 잘 훈련받았을 것이 틀림없었다. 개들의 길쭉한 갈색 얼굴과 서글픈 푸른 눈이 풀어달라고 소리 없이 애원했다.

"너희들 기분 알아. 나도 여기 갇혀 있던 적이 있으니까."

듀크는 처량한 낑낑거림을 흘려 딜레이니의 동정심 많은 마음을 잡아끌었다.

"좋아, 하지만 마당 밖으로 나가면 안 된다."

그녀는 일어서며 말했다.

개장 문이 열리자 듀크와 돌로레스는 번갯불처럼 뛰쳐나와 딜레이니의 옆을 스쳐갔다.

"제길, 이리 돌아와!"

고함을 지르고 돌아서자 뭉뚝한 꼬리 둘이 막 숲속으로 사라지고 있었다. 알아서 돌아오려니 믿고 그냥 둘까 생각했다. 그러나 곧 집에서 일 마일도 떨어지지 않은 곳에 있는 고속도로가 떠올랐다.

딜레이니는 개장 안에서 가죽끈 둘을 집어들고 개들을 쫓아 나섰다. 저 개들에게 특별한 정은 없지만 녀석들이 교통사고로 죽기를 바라는 건 아니었다.

"듀크! 돌로레스!"

그녀는 웨지힐 샌들을 조심스레 디디며 최대한 빠른 속도로 뛰었다.

"저녁이다. 스테이크야."

딜레이니는 개들을 따라 숲속으로, 어린 시절 돌아다니던 오래된 오솔길로 들어섰다. 우뚝 솟은 소나무 그림자가 그녀를 감쌌고 관목 가지가 정강이와 발목을 때렸다. 어린 시절 헨리가 지어준 나무 위 집 근처에서 개들을 따라잡았지만 그녀가 목덜미를 잡으려 하자마자 또 도망쳤다.

"밀크본(개 비스킷) 줄게."

딜레이니는 개들을 쫓아 코끼리 바위와 허클베리 시내를 지나며 외쳤다. 두 마리가 눈앞에 얼쩡거리며 사람 약을 올리고 놀리지 않았다면 포기했을지도 모른다. 그녀는 개들을 쫓아 낮게 드리워진 버드나무 가지 아래를 지났고 쓰러진 소나무 위를 타넘다가는 손을 긁혔다.

"제길!"

딜레이니는 긁힌 상처를 살펴보며 욕설을 내뱉었다. 듀크와 돌로레스는 바닥에 주저앉아 뭉툭한 꼬리를 흔들며 그녀를 기다리고 있었다.

"이리 와!"

개들은 명령에 복종하여 고개를 수그렸지만 그녀가 한 걸음 떼어놓자마자 또다시 펄쩍 일어나 도망쳤다.

"이리 돌아와!"

그냥 가게 둘까 생각했으나 그러다가 트룰리 자선 모임 회의가 기억났다. 갑자기 숲속에서 멍청한 개들을 쫓아다니는 일이 재미있게 여겨졌다.

딜레이니는 개들을 따라 자그마한 동산을 올라 소나무 아래에서 숨을 골랐다. 나무가 베여나가고 구획별로 나뉘어진 눈앞의 벌판을 내려다보는 그녀의 눈썹 꼬리가 처졌다. 불도저와 굴삭기가 거대한 덤프트럭 옆에 한가로이 자리잡고 있었다. 네온 오렌지색 페인트로 커다란 하수구 옆에 몇 군데 표시가 되어 있었으며 닉 알레그레자가 그 난장판 한가운데 검은 지프차 옆에 서 있었고 듀크와 돌로레스는 그 발치에 앉아 있었다.

딜레이니의 심장이 목구멍까지 튀어올랐다. 닉은 이곳에 머무는 짧은 기간 동안 그녀가 정말 피하고 싶었던 그 장본인이었다. 그는 그녀의 평생 가장 수치스런 경험의 원인이었다. 딜레이니는 몸을 돌려 왔던 길로 돌아가고픈 충동을 누르기 위해 애썼다. 닉이 그녀를 봤으니 도망가는 건 어림도 없다. 그녀는 억지로 차분하게 그를 향해 비탈을 걸어 내려갔다.

그는 어제 헨리의 장례식 때와 똑같은 차림이었다. 흰 티셔츠, 낡은 리바이스, 금 귀걸이, 하지만 오늘은 면도를 했고 머리는 뒤로 넘겨 하나로 묶었다. 영락없이 달랑 캘빈 클라인 속옷차림으로 길거리 광고판에 등장한 남자처럼 보였다.

"안녕."

딜레이니는 소리쳤다. 닉은 아무 말도 않고 그저 그 자리에 서서 커다란 한 손으로 느긋하게 듀크의 머리를 긁어주며 회색 눈으로 그녀를 지켜보았다. 그의 앞에 몇 피트 떨어져 서며 딜레이니는 뱃속을 천근처럼 내리누르는 기분과 맞서 싸웠다.

"헨리의 개를 산책시키던 중이야."

닉은 다시 침묵과 차분하며 끝간 데 없이 깊은 시선으로 응대했다. 그녀의 기억보다 키가 컸다. 그녀의 정수리가 그의 어깨에 간신히 닿을 정도. 가슴도 더 벌어졌다. 더 근육질이 되었다. 마지막으로 이렇게 가까이 섰을 때 그는 그녀의 삶을 완전히 뒤집고 영원히 바꿔놓았다. 그를 약간 울퉁불퉁한 머스탱을 탄 은빛 갑옷의 기사로 생각했었다. 하지만 틀렸다.

그녀 평생 그는 금지된 상대였고 딜레이니는 벌레가 등불에 끌리듯 닉에게 끌렸다. 그녀는 자유로워지길 갈망하는 착한 아이였고 그는 단지 그녀를 향해 손가락을 까딱이며 세 마디의 말만 내뱉으면 되었다.

'이리 와, 말괄량이.'

닉이 말하자, 그녀의 영혼은 열성적으로 공명했다. 마치 그가 외면을 꿰뚫고 그녀 안의 진짜 딜레이니를 들여다본 것만 같았다. 그녀는 열여덟 살이었고 지독히도 순진했다. 한번도 자신의 날개를 펼치도록, 스스로 숨쉬도록 허락받은 적이 없었고 닉은 머릿속에 곧장 와닿는 순수한 산소와도 같았다. 하지만 그녀는 그 대가를 호되게 치렀다.

"얘네들은 클라크와 클라라처럼 말을 잘 듣지를 않네."

딜레이니는 그의 침묵에 쫄지 않기로 결심하고 말을 이었다.

마침내 입을 연 그의 말은 그녀가 예상했던 것이 아니었다.

"머리는 어떻게 한 거야?"

그녀는 부드러운 빨강 곱슬머리를 만져보았다.

"난 이게 좋아."

"금발일 때가 나았는데."

딜레이니는 손을 아래로 툭 떨구고 닉의 발치에 앉은 개들에게로 시선을 내렸다.

"누가 자기 의견 물어봤나."

"고소하지 그래."

그녀는 정말로 자기 머리를 좋아했지만 설령 그렇지 않다 해도 자기 자신을 고소할 수는 없는 노릇이었다.

"여기서 뭐해?"

딜레이니는 몸을 숙여 듀크에게 목줄을 걸면서 물었다.

"노략질?"

"아니. 주일에는 절대로 약탈 안 해. 염려 놔."

그녀는 그의 짙은 얼굴을 들여다보았다.

"하지만 장례식은 괜찮다 그거야?"

그의 이마에 주름이 졌다.

"무슨 소리야?"

"어제 금발 말이야. 헨리의 장례식인데 여자 건지러 온 바에서처럼 굴었잖아. 버릇없고 무례한 처사였어, 닉. 아무리 너라도."

능글거리는 미소에 쫓겨 주름은 사라졌다.

"질투해?"

"꿈도 야무지셔."

"자세한 얘기가 듣고 싶어?"

딜레이니는 어이가 없어 눈을 굴렸다.

"됐네."

"정말로? 꽤 흥미진진한데?"

"안 들어도 안 죽어."

딜레이니는 한쪽 머리칼을 귀 뒤로 넘기고 돌로레스에게 손을 뻗었다.

개한테 손이 닿기 전 닉이 그녀의 손목을 낚아챘다.

"어쩌다 이렇게 된 거야?"

그는 물으며 손등을 감쌌다. 그의 손바닥은 크고 따스하며 굳은살이 박혀 있었고, 그는 엄지손가락으로 가볍게 그녀 손바닥의 상처를 쓸었다.

갑작스런 짜릿짜릿함이 딜레이니의 손끝을 간지럽히고 팔을 따라 올라왔다.

"아무것도 아냐."

그녀는 손을 잡아 뺐다.

"쓰러진 나무를 넘다가 긁혔어."

닉이 그녀의 얼굴을 쳐다보았다.

"그 신발을 신고 쓰러진 나무를 넘었다고?"

한 시간도 안 된 사이에 제일 아끼는 신발이 두 번씩이나 모욕을 당했다.

"이 신발은 전혀 문제없어."

"새디스트 여왕님이라면 그렇겠지."

닉의 눈길이 그녀의 몸을 내리훑더니 천천히 다시 올라왔다.

"그래?"

"꿈 깨."

딜레이니는 다시 돌로레스를 향해 손을 뻗었고, 이번에는 성공적으로 개의 목에 목줄을 채웠다.

"채찍과 사슬은 내 취향이 아니니까."

"거 유감이네."

그는 팔짱을 끼고 지프차의 타이어에 엉덩이를 기댔다.

"트룰리에서 숙련된 여왕마마에 제일 가까운 건 1990년 밧줄던지기 아이다호주 챔피언이던 웬디 웨스턴 정도거든."

"두 여자가 네 엉덩이를 때려대도 감당할 수 있겠어?"

"네가 날 독차지하면 되잖아."

그는 씩 웃으며 말했다.

"웬디보다 외모도 낫고, 신발도 딱이니까."

"고맙기도 해라. 내일 오후 떠나는 게 아쉬울 따름이야."

그녀의 대답에 닉은 약간 놀란 듯했다.

"금방 가네."

딜레이니는 어깨를 으쓱하고 개들을 끌어당겼다.

"애초에 오래 있을 생각 없었어."

아마 다시는 그를 만나지 못할 것이기에, 딜레이니는 그의 가무잡잡한 얼굴의 관능적인 곡선을 눈길로 더듬었다. 지나치리만큼 잘생겼지만, 어쩌면 그녀가 기억하는 것만큼 나쁜 남자는 아닐지도 모른다. 그는 절대 '좋은 남자'로 통하진 못하겠지만 적어도 그녀가 그의 머스탱 후드 위에 앉아 있던 그날 밤 이야기를 들먹이진 않았다. 십 년이 지났으니 어쩌면 그도 원만해졌는지도.

"안녕, 닉."

그녀는 한 걸음 뒤로 물러섰다.

그는 두 손가락을 한쪽 눈썹에 대어 경례하는 시늉을 해보였고, 그녀는 몸을 돌려 개들을 끌고 왔던 길을 돌아갔다.

작은 동산 꼭대기에서, 딜레이니는 마지막으로 뒤를 돌아보았다. 닉은 그녀가 떠날 때와 마찬가지로 팔짱을 끼고 지프차 옆에 서서 그녀를 지켜보고 있었다. 숲의 그늘 속으로 발을 들여놓으면서, 그녀는 헨리의 장례식에서 닉이 데려간 금발을 떠올렸다. 그가 원만해졌을지는 모르지만, 그의 혈관 속에는 피가 아니라 순전한 테스토스테론(남성 호르몬)이 흐르리라는 쪽에 그녀는 내기라도 걸 수 있었다.

듀크와 돌로레스가 목줄을 끌어당기자 딜레이니는 줄을 꽉 쥐었다. 그녀는 헨리와 닉을 생각하고 헨리가 아들을 유언장에 포함시켰을까 궁금해했다. 그들이 화해하려 애쓴 적이나 있었는지, 헨리가 자신에게 무엇을 남겼을지 궁금했다. 잠시나마 유산으로 돈을 받는다면 그걸로 무엇을 할지 상상해 보았다. 우선 차 할부금을 갚고, 버그도프 굿맨 백화점 같은 곳에서 신발을 사야지. 한번도 한 켤레에 팔백 달러짜리 신발을 가져본 적이 없었지만, 그러고 싶었다.

그리고 만약 헨리가 거액의 현금을 남겼다면?

헤어 살롱을 열 것이다. 거울과 대리석, 스테인리스 스틸로 된 현대적인 살롱. 딜레이니는 꽤 오랫동안 자신만의 가게를 여는 걸 꿈꿔 왔지만, 두 개의 걸림돌이 있었다. 첫째, 이삼 년 이상 살고 싶은 도시를 찾지 못했다. 그리고 둘째, 자본이나 자본을 대출받을 만한 담보물이 없었다.

딜레이니는 아까 넘었던 쓰러진 나무 앞에 멈춰 섰다. 듀크와 돌로레스가 아래로 기어들기 시작하자, 그녀는 목줄을 잡아끌고 빙 돌아서 갔다. 샌들은 돌멩이를 디뎌 건들거리고, 발가락은 흙투성이였다. 수풀 사이를 터벅터벅 걸으면서, 벌레 물린 데와 피 빠는 진드기들을 생각했다. 등골이 오싹해서, 그녀는 두드러기와 열병에 대한 생각을 밀어내고 머릿속에 그린 완벽한 고급 살롱을 디자인하는 일로 돌아갔다. 다섯 개의 의자부터 시작하고, 이젠 처지가 바뀌어 스타일리스트들이 그녀에게 임대료를 내는 것이다. 자신은 매니큐어를 좋아하지 않고 페디큐어(발톱 손질)를 싫어하는 만큼, 누군가 그걸 할 사람을 고용할 것이다. 자신은 좋아하는 일에만 매달리는 거다. 머리 커트, 잡담, 그리고 손님들에게 카페라테 대접하기. 커트와 드라이에 75달러부터 시작해야지. 서비스에 비하면 헐값이고, 일단 꾸준한 고객층이 생기면 점차로 요금을 올려나갈 것이다.

누구나 원하는 대로 가격을 매길 수 있게 한 자유경제시장 제도에 축복이 있기를. 그러자 다시 헨리와 그의 유언에게로 생각이 돌아왔다. 자신만의 살롱에 대해 꿈꾸는 걸 좋아하긴 하지만, 그가 돈을 남겼으리란 생각은 들지 않았다. 아마도 그녀가 원하지 않을 게 분명한 뭔가를 남겼겠지.

딜레이니가 조심스레 허클베리 시내를 가로지르는데, 개들이 뛰어들어 얼음장 같은 물을 튀겼다. 헨리는 아마 놀림감 선물을 남겼을 거다. 오랫동안 그녀를 고문할 수 있는 뭔가를. 버릇없는 바이마라너 두 마리라든가.

트롤리 시내엔 식료품점 둘, 식당 셋, 술집 넷, 그리고 최근 설치된 신호등이 하나 있었다. 밸리뷰 드라이브 인 극장은 수요 부족으로 닫은 지 5년째였고, 단 두 군데뿐인 헤어 살롱 중 하나인 '글로리아'는 주인 글로리아의 갑작스런 죽음으로 지난 달 문을 닫았다. 몸무게 130킬로그램의 그 여자는 힐러드 부인을 샴푸시키던 도중 심장마비로 급사했다. 불쌍한 힐러드 부인은 아직까지 악몽을 꿨다.

오래된 재판소는 경찰서와 삼림관리소 건물 옆에 자리했다. 몰몬, 가톨릭, 개신교 세 곳의 교회가 영혼을 위해 경쟁했다. 새 병원이 초등학교와 중학교를 통합한 학교 옆에 지어져 있었으나, 시내의 가장 주목받는 곳은 모트 바로 트룰리의 구 시가지, 밸류 드럭스토어(약품과 생활 일용품을 파는 가게)와 판다 레스토랑 사이에 자리하고 있었다.

모트 바는 단순히 술에 취하는 곳이 아니었다. 그곳은 차가운 쿠어스 맥주와 사슴류의 박제로 유명했다. 사슴, 엘크, 영양, 그리고 무스가 바 위쪽의 벽을 장식하고 있었고, 그들의 훌륭한 뿔은 화려한 팬티로 장식되어 있었다. 비키니. 브리프. 끈팬티. 모두 술 취한 기증자의 사인과 날짜가 쓰여진 갖은 색상의 팬티들. 몇 년 전, 주인이 재커로프(뿔이 달린 조그마한 동물)의 머리를 무스 옆에 걸었지만, 술에 취했든 아니든 멀쩡한 여자라면 재커로프 같은 우스꽝스런 것에 자신의 팬티를 걸고 싶어하지 않았다. 그 머리는 곧 뒷방으로 옮겨져 핀볼 기계 위에 걸려졌다.

딜레이니는 모트 바에 한 번도 온 적이 없었다. 십 년 전엔 너무 어렸으니까. 이제 안쪽을 향한 부스에 앉아 마가리타를 홀짝이면서, 도대체 이곳의 매력이 뭘까 궁금해했다. 바 위쪽의 벽을 빼면 모트는 수백 개의 소도시에 있는 수백 개의 다른 바와 전혀 다를 게 없었다. 불빛은 흐릿하고, 주크박스가 끊임없이 노래하며, 담배 냄새에 찌들어 있었다. 옷차림은 캐주얼해도 됐기에 청바지와 모시모 티셔츠를 입은 딜레이니는 마음 편히 있었다.

"너도 속옷 기증한 적 있니?"

그녀는 파란 비닐 부스 맞은편에 앉은 리사에게 물었다. 옛 친구와 만나고 몇 분 지나자, 둘은 마치 한번도 떨어진 적이 없었던 듯 가볍게 이야기를 나눴다.

"내 기억으론 아냐."

리사의 녹색 눈은 유머로 반짝였다. 리사의 가벼운 미소와 웃음이 4학년 때의 두 친구를 하나로 뭉치게 했다. 리사는 낙천적이고, 짙은 갈색 머리칼은 늘 들쭉날쭉하게 포니테일로 묶었다. 딜레이니는 모범생으로 금발머리가 완벽하게 곱슬거렸다. 리사는 자유로운 영혼이었다. 딜레이니는 자유를 갈망하는 영혼이었다. 그들은 같은 음악과 영화를 좋아했고 자매들마냥 몇 시간씩 말다툼하는 것도 좋아했다. 둘은 서로의 균형을 맞춰 주었다.

고등학교를 졸업한 후, 리사는 인테리어 디자인 학위를 받았다. 8년 동안 보이시에 살면서, 일은 몽땅 떠맡고 생색은 하나도 안 나는 디자인 회사에서 일했다. 2년 전 그녀는 회사를 그만두고 트룰리로 돌아왔다. 이제, 컴퓨터와 모뎀 덕분에 리사는 집에서 혼자 바쁘게 디자인 사업을 꾸려가고 있었다.

딜레이니의 눈에 친구의 예쁜 얼굴과 헝클어진 묶은 머리가 들어왔다. 리사는 똑똑하고 매력적이었지만, 그래도 여전히 딜레이니의 헤어 스타일이 더 나았다. 오래 있을 거라면 친구를 붙잡아다 놓고 눈이 강조되게 머리를 커트해 주고, 얼굴 주위에 몇 가닥 하이라이트를 넣어줄 텐데.

"네가 스캇데일에서 메이크업 아티스트 일을 한다고 너희 어머니가 그러시더라. 연예인들이 고객으로 찾아온다고."

딜레이니는 어머니의 윤색에 놀라지 않고 마가리타를 한 모금 마셨다. 그웬은 딸의 직업을 싫어했는데 아마도 헨리를 만나기 전의 그들의 삶, 딜레이니가 말하는 것조차 금지된 그때의 삶을 떠올리게 하기 때문일 것이다. 그웬은 라스베가스 댄서들의 머리 만지는 일을 했었다. 하지만 딜레이니는 어머니완 달랐다. 그녀는 살롱에서 일하는 게 좋았다. 자신의 천직을 찾아내는 데 몇 년이 걸렸다. 딜레이니는 손에 와닿는 촉감, 폴 미첼(헤어 제품 상표명)의 냄새, 기뻐하는 손님들의 찬사를 사랑했다. 그리고 자신이 지극히 뛰어나단 것도 나쁘지 않았다.

"스캇데일에서 헤어 스타일리스트로 일하지만, 집은 피닉스야."

그녀는 말하면서 윗입술에 묻은 소금을 핥았다.

"난 좋아하는 일이지만 엄만 내 직업을 창피해해. 누가 보면 내가 뭐 창녀나 그런 거라도 되는 줄 알겠어."

그녀는 어깨를 으쓱했다.

"시간 때문에 메이크업은 안 하지만, 영화배우 에드 맥마흔의 머리를 다듬은 적은 있어."

"너 미용사야?"

리사가 웃음을 터뜨렸다.

"정말 끝내준다. 헬렌 마컴이 파이어우드 길에서 살롱을 하고 있거든."

"농담이지? 나 어제 헬렌 봤단 말야. 머리 개판이던데."

"걔가 실력 좋다고는 말 안 했다."

"흠, 난 실력 좋아."

딜레이니는 드디어 옛 라이벌보다 자신이 훨씬 잘하는 걸 발견했다.

웨이트리스가 다가와 마가리타 두 잔을 테이블에 놓았다.

"저쪽 남자분이 한 잔 더 가져다 드리래요."

여자는 바 쪽을 가리키며 말했다.

남자를 쳐다본 딜레이니는 헨리의 친구임을 알아보았다.

"감사하다고 전해 드려요."

바에 발을 들인 이래 그녀는 한 잔도 자기 돈으로 사지 않았다. 가물가물하게 기억나는 어른들이 줄기차게 그녀의 테이블로 술을 보내 주었다. 지금이 세 잔째였고, 조심하지 않으면 곧 취해버릴 것이다.

"헬렌과 토미가 걔네 엄마 비스타 크루이저 뒷좌석에서 놀아나는 현장을 네가 덮쳤던 거 기억나?"

눈이 조금 흐릿해지기 시작한 리사가 물었다.

"물론 기억하지. 토미는 나한텐 친구들과 같이 드라이브 인 극장에 간다고 그랬었어."

딜레이니는 남은 술을 주욱 마시고 세 번째 잔으로 손을 뻗었다.

"좀 놀래 주러 가자고 생각했었지. 그리고 그렇게 되었고."

리사는 깔깔 웃고는 잔을 비웠다.

"정말 너무 웃겼지."

딜레이니의 웃음소리가 친구의 웃음소리와 합쳐졌다.

"그치만 그땐 안 그랬어. 하고 많은 여자애들 중 하필 헬렌 슈넙에게 첫 남자친구를 빼앗기다니."

"그래. 하지만 네가 걔 덕을 본 셈이야. 토미는 진짜 백수가 되었거든. 딱 실업 수당을 받을 수 있을 만큼만 일해. 아이가 둘인데, 거의 헬렌이 벌어서 살지."

"외모는 어때?"

딜레이니는 중요한 사안으로 곧장 들어갔다.

"여전히 잘생겼지."

"제길."

최소한 이마가 넓어져 간다는 소식이라도 바랐는데.

"토미 친구 걔 누구였지? 기억나? 늘 존 디어리 야구모자를 쓰고 다녔고, 네가 짝사랑하던 애 말야."

리사의 이마에 주름이 졌다.

"짐 부시헤드."

딜레이니는 손가락을 딱 튕겼다.

"맞아. 한동안 너랑 데이트했지만 널 차고는 코밑이 거뭇거뭇하고 가슴 커다란 여자애한테 갔지."

"티나 유베란가. 바스크족과 이탈리아계였지. 불쌍하게도."

"채이고 나서도 오랫동안 네가 짐에게 푹 빠져 있던 기억이 나."

"아냐, 안 그랬어."

"뭘, 그랬구만. 하루에 최소한 다섯 번은 차를 타고 그의 집 앞을 지나갔었잖아."

"웃기지 마."

헨리의 사업 동료가 주문해 준 술이 두 잔 더 날라져 왔다. 딜레이니는 손을 흔들어 감사 표시를 하고 친구에게로 돌아앉았다. 그들은 줄기찬 공짜 마가리타를 즐기며 가십을 주고받았다. 아홉 시 반에 딜레이니는 시계를 흘끔 쳐다보았다. 몇 잔째인지 기억이 나지 않았고, 뺨이 좀 얼얼해 오기 시작했다.

"요즘 트롤리에 택시가 생기진 않았겠지."

지금부터 안 마시면, 바가 닫을 때까지 세 시간 넘게 있으니 술을 깨고 운전해서 갈 수 있다.

"없지. 드디어 미니마트가 딸린 주유소는 생겼어. 하지만 11시에 닫아."

리사는 딜레이니를 손가락으로 가리키며 말했다.

"편의점이 있는 대도시에 사는 네가 얼마나 운이 좋은지 모를 거야. 여기선 새벽 두 시에 과자나 야참거릴 살 수가 없다구."

"너 취했니?"

리사는 몸을 앞으로 숙이고 털어놓았다.

"그래. 참, 있지? 나 결혼한다."

"뭐?"

딜레이니는 말을 더듬었다.

"결혼한다는 소릴 이제껏 기다렸다가 말해?"

"어, 우린 당분간 아무에게도 말 안 할 거야. 그이는 공식화되기 전에 먼저 딸에게 말하고 싶어해. 하지만 걘 다음 주까진 자기 엄마랑 워싱턴에 있을 거야."

"누구야? 그 봉 잡은 남자가?"

리사는 그녀의 눈을 똑바로 직시하고 말했다.

"루이 알레그레자."

딜레이니는 몇 번 눈을 깜박이다가 웃음을 디뜨렸다.

"하마터면 속아넘어갈 뻔했네."

"진짜야."

"미치광이 루이."

그녀는 계속 깔깔 웃으면서 고개를 저었다.

"농담이겠지."

"아냐. 여덟 달 동안 사귀었어. 지난 주 루이가 청혼을 했고, 물론 난 승낙했어. 11월 15일에 결혼해."

"닉의 형이랑?"

딜레이니의 웃음이 뚝 그쳤다.

"진담이야?"

"물론. 하지만 그가 소피와 얘기하기 전까진 아무에게도 말 못해."

"소피라니?"

"전처하고 사이에서 난 딸. 소피는 열세 살인데 진짜 파파걸이야. 루이는 그 애가 돌아올 때 말하면 결혼식까지 육 개월 동안 애가 적응할 수 있으리라고 생각해."

"미치광이 루이라니."

딜레이니는 어안이 벙벙해서 되풀이했다.

"교도소에 가 있는 건 아니고?"

"아니. 이제 그런 미친 짓 안 해."

리사는 잠깐 입을 다물었다가 고개를 저었다.

"게다가 그 정도로 막 간 적은 없었어."

딜레이니는 지난 십 년 사이 친구가 머리를 부딪혀 기억상실이 된 게 아닌가 싶었다.

"리사, 루이는 5학년 때 차를 훔쳤다구."

"아냐. 우리가 5학년 때였지. 루이는 9학년이었어. 그리고 돌려주려 가던 도중 커브길에서 미끄러져 밸류 드럭스토어 앞 벤치를 들이받았지."

리사는 어깨를 으쓱했다.

"올센네 개 버키를 치지 않으려 차를 꺾지만 않았으면 잡히지도 않았을 텐데."

딜레이니는 정신을 차리려 눈을 깜박였다.

"지금 그 사건이 버키 탓이라는 거야?"

"그 개는 늘 멋대로 돌아다녔어."

트룰리에선 모든 개들이 그랬다.

"불쌍한 버키 탓을 하다니 믿어지지가 않아. 너 진짜 사랑에 빠졌구나."

리사는 미소지었다.

"그래. 너무나 사랑한 나머지 그 사람 안으로 들어가 거기 머무르고 싶은 기분이 든 적 없니?"

"몇 번 있지."

딜레이니는 친구에게 좀 부러움을 느끼면서 털어놓았다.

"하지만 좀 지나면 사라지던걸."

"네가 그렇게 멀리 떨어져 있지만 않으면 결혼식에 와달라고 할 텐데. 늘 서로의 들러리가 되자고 했던 거 기억나?"

"그래."

딜레이니는 한숨지었다.

"나는 존 크라이어랑, 너는 앤드루 매카시와 결혼하고."

"<프리티 인 핑크>."

리사도 한숨지었다.

"근사한 영화였지. 앤드루 매카시가 몰리 링월드의 출신이 안 좋다고 그녀를 차버릴 때 우리가 몇 번이나 울었더라?"

"최소한 백 번은 될걸. 기억나니, 그때……."

바텐더의 고함소리가 그녀의 말을 방해했다.

"곧 폐점합니다."

딜레이니는 다시 시계를 확인했다.

"폐점? 아직 열 시도 안 되었는데."

"일요일이잖아."

리사가 일깨워 주었다.

"일요일엔 열 시에 닫아."

"우리 둘 다 너무 취해서 운전할 수 없어."

딜레이니는 당황했다.

"어떻게 집에 가지?"

"루이는 날 뻔히 아니까 데리러 올 거야. 너도 집에 데려다 줄 거고."

앞 창문 틈새로 미치광이 루이 알레그레자가 진입로에 차를 세우는 것을 내다보며 경악할 어머니의 얼굴이 떠올랐다. 딜레이니는 그 생각에 미소지었고, 자신이 좀 취했음을 알았다.

"루이가 싫어하지만 않는다면야."

하지만 5분 후 자기가 주인이라도 되는 양 바에 걸어 들어온 사람은 루이가 아니었다. 닉. 그는 티셔츠 위에 플란넬 셔츠를 걸치고 있었다. 셔츠 단추를 채우지 않아 옷자락이 벌어진 채였다. 딜레이니는 자리에 주저앉았다. 취했든 아니든, 그를 마주할 기분이 아니었다. 아까 보았을 때는 닉이 그들의 과거 얘길 꺼내지 않았지만, 그녀는 아직 그가 계속 그러지 않으리라고 믿을 수가 없었다.

"닉!"

리사가 소리쳐 부르며 손을 흔들었다.

"루이는 어디 있어요?"

그는 리사 쪽을 쳐다보다가, 그들이 있는 부스로 다가오면서 딜레이니에게 시선을 고정시켰다.

"소피가 무슨 일로 기분이 상해서 전화를 했거든요."

그는 테이블 옆에 서서 설명했다. 잠깐 입을 다물었다가 장래의 형수에게 주의를 돌렸다.

"형이 나더러 가서 바래다주라고 해서."

리사는 자리에서 일어났다.

"딜레이니도 집까지 데려다 주지 않을래요?"

"난 됐어."

딜레이니는 황급히 사양하고는 편물 가방을 집어들고 일어섰다.

"내가 알아서 갈게."

세상이 약간 기우뚱해서, 그녀는 옆의 벽에 손을 짚었다.

"그렇게 많이 취하진 않았으니까."

닉의 입가가 당겨지더니 찌푸린 표정이 되었다.

"너 취했어."

"너무 빨리 일어서서 그런 것뿐이야."

딜레이니는 복숭아색 가방 안에 손을 넣어 동전을 찾았다. 어머니에게 전화를 걸 수밖에. 정말 그러고 싶지는 않았지만, 루이를 보고 어머니가 경악할 거라면 닉을 보곤 머리끝까지 화를 낼 것이다.

"어떻게 운전하려고?"

리사가 말했다.

"그게 아니라…… 이봐!"

딜레이니는 자신의 가방을 들고 바를 가로지르는 닉을 쳐다보며 뒤에 대고 소리쳤다. 다른 남자가 복숭아색 여자 백을 들었다면 남자답지 못하게 보일 위험이 있겠지만, 닉은 아니었다.

그녀와 리사는 그를 따라 문을 지나 새까만 밤하늘 아래로 나왔다. 그녀는 어머니가 이미 잠들었기를 바랐다.

"더럽게 춥네."

산의 냉기가 파고들자 그녀는 중얼거렸다. 가슴 위로 팔짱을 끼고, 닉의 긴 보폭을 따라잡기 위해 뛰다시피 했다. 이젠 아이다호 산간 지방의 여름밤이 익숙하지 않았다. 기온이 떨어져 봤자 15도가 아니라 30도 정도인 피닉스로 어서 돌아가고 싶을 뿐이었다.

"그렇게 춥진 않아."

커브길에 주차된 딜레이니의 노랑 미아타를 지나치며 리사가 대꾸했다.

"너 엄살쟁이가 되었구나."

"넌 나보다 더한 엄살쟁이면서. 6학년 때 구름다리에서 떨어지고 내리 세 시간 동안 울었던 거 기억나?"

"꼬리뼈를 다쳤단 말야."

그들을 닉의 검은 지프 옆에 멈춰 섰다.

"그렇게 아픈 건 아니었어. 그저 왕 엄살이었을 뿐이지."

"최소한 난 고등학교에서 개구리 해부할 때 어린애마냥 울어대진 않았다."

"개구리 내장이 머리에 묻었다구."

딜레이니가 항변했다.

"누구라도 머리에 개구리 내장이 묻으면 울걸."

"예수님, 요셉, 그리고 마리아시여."

닉이 지친 신부처럼 한숨 쉬고는 조수석 문을 열었다.

"어째서 제게 이런 시련을 내리시나이까?"

리사는 좌석을 앞으로 밀어 뒤에 올라타면서 말했다.

"분명 뭔가 죄를 저질렀겠죠."

닉은 껄껄 웃고는 딜레이니를 위해 등받이를 젖혀주었다. 완벽한 신사처럼 그녀를 위해 문까지 붙잡아 주었다. 그녀는 자신이 취해서 판단력이 흐려졌다는 걸 알았지만 어쩌면 닉이 변했을지도 모른다고 생각했다. 딜레이니는 그늘에 가려져 얼굴 아래쪽만 가로등에 드러난 그를 쳐다보았다. 원하면 누구라도 유혹해 낼 수 있는 남자. 하지만 닉이 그답지 않게 그녀에게 친절히 대해 준 적이 몇 번 있었다. 그녀가 껌을 사들고 가게에서 나와 보니 자전거 바퀴가 펑크났던 4학년 때처럼. 닉은 자기가 집까지 자전거를 끌고 가 주겠다고 했다. 그는 자기 사탕을 나눠주었고 그녀는 그에게 껌을 주었다. 어쩌면 그가 진짜로 변해서 좋은 남자가 되었을지도 모르는 일이다.

"집까지 태워준다니 고마워, 닉."

어쩌면 그는 그녀 평생 최악의 날을 잊어버렸는지도. 어쩌면 그녀가 그에게 자신을 내던진 것을 잊어버렸는지도.

"언제고 말만 해."

미소로 그의 관능적인 입매가 곡선을 그렸고 닉은 가방을 그녀에게 건네주었다.

"말괄량이."

레이첼 깁슨
Truly Madly Yours

3

딜레이니는 수트케이스를 닫고 마지막으로 자신의 방을 둘러보았다. 십 년 전 떠났을 때와 아무것도 달라지지 않았다. 장미 벽지, 레이스 캐노피, 그리고 음반 콜렉션도 모두 그녀가 뒀던 그대로였다. 화장대 거울에 붙은 사진들조차 똑같았다. 그녀를 기다리며 소지품들이 그대로 보관되어 있었지만, 편안하고 환영받는 기분 대신에 갑갑하게 느껴졌다. 벽이 사방에서 조여드는 것만 같았다. 여기서 나가야만 했다.

이제 유언을 듣고, 어머니에게 간다고 말하기만 하면 된다. 그웬은 딜레이니가 죄책감을 느끼게 하려 기를 쓸 테고, 딜레이니는 아래층으로 내려가는 게 영 내키지 않았다.

그녀는 유언장 발표를 듣기 위해 방을 나가 아래층 헨리의 사무실로 향했다. 편안하게 민소매 티셔츠 원피스를 입고, 곧 나설 장거리 운전 때 쉽게 벗어던질 수 있는 통굽 슬라이드를 신었다.

사무실 입구에서, 헨리의 오랜 친구 프랭크 스튜어트가 리츠 칼튼 호텔의 도어맨처럼 그녀를 맞았다.

"어서 와요, 미스 쇼."

그는 안으로 걸어 들어가는 그녀에게 말했다. 묵직한 책상 앞에 앉아 있던 헨리의 변호사 맥스 해리슨은 딜레이니가 들어오자 고개를 들었다. 그녀는 그와 악수를 하고 잠깐 이야기를 나눈 후 앞줄의 어머니 옆에 자리를 잡았다.

"아직 안 온 사람은 누구죠?"

자기 옆의 빈 자리를 보고 딜레이니가 물었다.

"닉이야."

그웬이 한숨을 내쉬며 세 줄짜리 진주 목걸이를 만지작거렸다.

"도대체 왜 헨리가 닉을 유언에 포함했는지 알 수가 없어. 지난 몇 년간 헨리는 수없이 화해를 청했지만, 닉은 번번이 면전에 대고 거절했는데."

헨리가 화해를 하려 했었구나. 딜레이니는 사실 놀라지 않았다. 헨리가 그웬에게서 적법한 후계자를 보는 데 실패했으니, 결국에는 늘 등돌렸던 아들에게로 관심을 돌리리라 예상했었다.

일 분이 안 되어, 닉이 사무실로 들어왔다. 잿빛 코듀로이 바지에 그의 눈동자 색과 같은 실크 폴로 셔츠 차림은 거의 점잖다 할 수 있을 정도였다. 장례식 때와 달리, 경우에 맞게 차려입었다. 머리는 뒤로 넘겼고, 귀걸이는 빼두고 왔다. 닉은 방안을 훑어본 후 딜레이니 옆 의자에 앉았다. 그녀는 시야 한쪽으로 그를 슬쩍 올려다봤지만, 그는 정면을 곧장 응시하고 양발은 벌린 채 손은 허벅지에 올려놓고 앉아 있었다. 그의 깨끗한 애프터셰이브 향이 그녀의 코를 간지럽혔다. 전날 밤 그가 '말괄량이'라고 부른 후로 그녀는 그와 말을 하지 않았다. 여러 해 전 극복했다고 여겼던 모욕감을 느끼며 어머니 집으로 오는 내내 그를 무시했다. 이젠 저 못된 놈과 이야기할 생각이 전혀 없었다.

"모두들 와 주셔서 감사합니다."

맥스의 인사말이 딜레이니의 주의를 끌었다.

"시간을 절약하기 위해, 질문은 제가 끝낸 후 해주셨으면 합니다."

그는 목청을 가다듬고 앞에 놓인 서류를 탁탁 정리하더니 듣기 좋은

법률가의 목소리로 읽기 시작했다.

"나, 아이다호주 밸리 카운티 트룰리의 주민 헨리 쇼는 이것이 나의 최종 유언장이며 이로 인해 내가 이전에 만든 모든 유언장은 무효화됨을 선언하는 바이다. 제1조항, 신뢰하는 친구 프랭크 스튜어트를 이 유언의 집행인으로 선정한다. 집행자나 상속인 모두⋯⋯."

딜레이니는 맥스의 머리 뒤편을 쳐다보며 그가 집행자의 의무를 열거하는 유언 대목을 읽는 동안 한 귀로 듣고 한 귀로 흘렸다. 그녀의 머릿속은 좀더 중요한 걱정, 옆에 앉아 있는 엄마와 닉으로 가득 차 있었다. 그들은 늘 서로를 몹시도 싫어했다. 방안의 긴장감이 손에 잡힐 듯했다.

닉이 의자 팔걸이에 팔꿈치를 올려놓다가 어깨가 딜레이니와 닿았다. 그의 셔츠가 그녀의 맨살을 스치고 다음 순간 떨어졌다. 딜레이니는 그 접촉이 없었던 듯이, 피부에 와닿는 매끄러운 촉감을 느끼지 못한 듯이 꼼짝도 하지 않으려 애썼다.

맥스는 헨리의 오랜 고용인들과 무스 로지에 사는 형제들에 관한 부분을 진행하고 있었다. 그가 잠시 멈추자 딜레이니는 그에게로 눈길을 돌렸다. 그는 말을 잇기 전 조심스레 한 페이지를 옆으로 놓았다.

"제3조항 A, 나의 유형자산 절반과 부동산 절반을 만료되지 않은 보험금과 함께 내 아내 그웬 쇼에게 남긴다. 그웬은 훌륭한 아내였고, 난 그녀를 깊이 사랑했다. B, 내 딸 딜레이니 쇼에게는 그녀가 어머니를 돌볼 수 있도록 아이다호 트룰리 지역 내에 일 년간 머무른다는 조건하에 나머지 유형자산과 부동산을 남긴다. 시한은 이 유언장의 발표 시점부터 시작된다. 만약 딜레이니가 이 유언의 조건을 이행하기를 거부하면 제3조항 B에서 언급된 재산은 내 아들, 닉 알레그레자에게 넘겨진다."

"저게 다 무슨 소리죠?"

딜레이니가 끼어들었다. 어머니가 갑자기 팔을 꽉 움켜쥐지만 않았어도 자리에서 벌떡 일어났을 것이다.

맥스는 그녀를 흘끗 쳐다보고 눈길을 앞의 책상에 놓인 서류로 돌렸다.

"C, 내 아들 닉 알레그레자에게 일 년간 딜레이니 쇼와 성적 관계를 맺지 않는다는 조건하에 엔젤 비치와 실버 크릭이란 이름으로 알려진, 그가 바라던 부동산을 남긴다. 만약 닉이 거부하거나 이 조항을 어긴다면 위의 부동산은 딜레이니 쇼에게 넘겨진다."

딜레이니는 전기충격기에 닿은 듯한 기분으로 의자에 뻣뻣하게 앉아 있었다. 얼굴에 열이 확 오르고 심장이 멈춘 듯했다. 맥스의 목소리가 몇 분간 더 계속되었지만, 딜레이니는 들을 정신이 아니었다. 한번에 받아들이기엔 너무나 과했고, 낭독된 내용의 대부분을 제대로 이해할 수가 없었다. 닉에게 그녀와 '성적 관계를 맺는 것'을 금지하는 대목만 제외하고. 그 대목은 둘의 따귀를 갈긴 거나 마찬가지였다. 닉이 헨리에게 보복하기 위해 그녀를 이용했고 그녀는 그런 그에게 매달렸던 과거를 들먹이는 짓. 죽고 나서도 헨리는 계속 그녀에게 벌을 주는 것이다. 너무나 창피해서 죽고만 싶었다. 닉이 무슨 생각을 하는지 궁금했지만, 두려워서 쳐다볼 수가 없었다.

변호사는 낭독을 마치고 유언장에서 눈길을 들어올렸다. 침묵이 사무실을 채웠고 아무도 오랫동안 입을 열지 않다가, 마침내 그웬이 모두의 마음속에 있는 질문을 입 밖에 내었다.

"그게 법적으로 유효한가요?"

"네."

맥스가 답했다.

"그럼, 나는 아무 조건 없이 재산의 절반을 받지만 딜레이니는 상속을 받으려면 트룰리에 일 년간 머물러야 한다고요?"

"맞습니다."

"우습지도 않네요."

딜레이니는 코웃음치며, 닉에 대해선 잊고 자신의 유산에만 집중하려 최선을 다했다.

"지금은 1990년대예요. 뭐든 헨리 맘대로 될 수는 없죠. 법적으로 유효할 리가 없어요."

"분명히 말씀드리지만 유효합니다. 상속분을 물려받기 위해선 미스 쇼, 당신은 유언장에 명시된 조건을 따라야 해요."

"관둬요."

딜레이니는 일어났다. 짐도 이미 다 싸뒀다. 헨리가 저승 가서도 자신을 좌지우지하게끔 두고보진 않겠다.

"내 상속분은 어머니 드릴래요"

"안 됩니다. 상속에는 조건이 붙어 있어요. 트룰리에 일 년간 거주한다는 조건하에 유산 상속분을 받게 되는 겁니다. 유산은 약정 기간이 지날 때까지 신탁에 묶여 있습니다. 짧게 말하면, 당신의 것이 아닌 걸 어머니께 드릴 수는 없죠. 그리고 유언장의 조건을 거부하기로 결정하면 당신의 상속분은 닉에게 넘겨지는 겁니다, 그웬이 아니라."

그리고 딜레이니가 그러면, 어머니는 그녀를 죽이려들 것이다. 하지만 딜레이니는 신경쓰지 않았다. 어머니를 위해 자신의 영혼을 팔지는 않으리라.

"유언에 이의를 제기한다면요?"

"단순히 조건이 마음에 안 든다고 유언에 이의 제기를 할 수는 없습니다. 정신적 문제나 속임수 등의 뭔가 근거가 있어야 하죠."

"아, 바로 그거네요."

딜레이니는 손바닥을 위로 하여 양손을 들어올렸다.

"헨리는 분명 제징신이 아니었으니까."

"아무래도 법정은 다른 의견일 텐데요. 조건이 불법적이거나 사회적 상식에 어긋난다는 걸 증명해야 하는데, 양쪽 다 아니니까. 좀 별스럽다 여길진 몰라도 법적으로 문제될 건 없습니다. 그리고 당신의 상속분은 삼백만 달러가 넘는 걸로 추정돼요. 헨리는 어마어마한 재산을 물려준 겁니다. 당신이 할 일은 트룰리에 일 년간 사는 것뿐이고, 어떤 법정도 그 조건을 실행 불가능하다고 여기진 않을 겁니다. 받아들이든가 거절하든가 그 둘 중에 하나밖에 없어요."

딜레이니는 폐에서 공기가 훅 빠져나가 자리에 털썩 주저앉았다. 삼백만. 그녀는 몇 천, 몇 만 달러 정도겠거니 했었다.

"만약 당신이 조건에 동의하면, 매달 생계를 위해 적당한 액수가 지급될 겁니다."

"헨리가 언제 이 유언장을 만들었죠?"

그웬이 알고 싶어했다.

"두 달 전입니다."

그웬은 마치 그럼 말이 된다는 듯이 고개를 주억거렸다. 하지만 딜레이니는 알 수가 없었다.

"질문 있습니까, 닉?"

맥스가 물었다.

"네. 하룻밤 불장난도 성적 관계로 칩니까?"

"오, 맙소사!"

그웬이 헐떡였다.

딜레이니는 주먹을 불끈 쥐고 닉에게로 눈길을 돌렸다. 그의 잿빛 눈도 분노로 활활 불탔고, 입은 꾹 다물어져 있었다. 딜레이니는 상관없었다. 자신도 분노하고 있었으니까. 그들은 서로 맞붙고 싶어하는 두 명의 투사처럼 서로를 응시했다.

"정말,"

딜레이니는 턱을 치켜들고, 그가 마치 신발에서 긁어내야 하는 지저분한 것인 듯이 쳐다보았다.

"어쩔 수가 없군."

"그리고 오랄 섹스는 어떻습니까?"

닉은 딜레이니에게 눈길을 고정한 채 물었다.

"어…… 닉,"

맥스가 긴장 속에 주저주저 말했다.

"그럴 필요가 있으리라곤 생각하지 않……."

"있을 것 같은데요."

닉이 말을 잘랐다.

"헨리는 그 문제를 염려한 게 분명하잖습니까. 너무나 염려되어 유언장에 넣을 만큼."

그는 변호사에게 강렬한 눈길을 돌렸다.

"혼란의 여지가 없도록 규칙을 명백히 정해 둘 필요가 있다고 생각합니다."

"난 하나도 혼란스럽지 않은데."

딜레이니가 말했다.

"예를 들자면,"

닉은 마치 그녀가 아무 소리도 안 한 듯이 계속 이어갔다.

"난 하룻밤 불장난을 '관계'라 여긴 적이 없습니다. 그저 벌거벗은 육체 둘이 서로 비벼대고 땀범벅이 되어 즐거운 시간을 함께 하는 것뿐이죠. 아침이 되면 혼자 일어나고. 지키지 못할 약속 없이. 아침식사 자리에서 서로를 바라볼 일도 없고. 그저 섹스죠."

맥스가 목청을 가다듬었다.

"헨리의 의도는 성적 접촉을 전부 배제하는 거라고 봅니다."

"그걸 어떻게 압니까?"

딜레이니는 닉을 쏘아보았다.

"쉽지. 생사가 걸렸다 해도 난 너와는 섹스 안 할 거니까."

그는 그녀를 쳐다보고 '과연?'이라는 듯이 한쪽 눈썹을 치켜올렸다.

"지,"

맥스가 끼어들었다.

"유언 집행자로서, 프랭크 스튜어트가 조건이 지켜지는지 살피게 되어 있습니다."

닉은 뒤편에 서 있는 집행자에게로 주의를 돌렸다.

"날 감시할 겁니까, 프랭크? 우리 집 창문을 훔쳐보고?"

"아니, 닉. 유언의 조건을 지켰다고 자네가 말하면 그대로 받아들이겠네."

"글쎄 어떨까요, 프랭크."

그는 딜레이니에게로 다시 시선을 돌렸다. 그의 눈이 입에 머무르다가 목을 따라 내려가 가슴에 이르렀다.

"딜레이니는 꽤 화끈하거든요. 내가 자제하지 못하면 어쩌죠?"

"당장 그만해!"

그웬이 일어나서 닉에게 손가락질했다.

"헨리가 여기 있었다면 그런 식으로 행동하진 않았을 거야. 헨리가 있었다면, 좀더 존경심을 보였을 텐데."

그는 자리에서 일어나면서 그웬을 쳐다보았다.

"헨리가 여기 있었다면 본때를 보여줬을 겁니다."

"자기 아버지한테 어떻게 그런!"

"기껏해야 정자 기증자밖에 안 되는 사람입니다."

닉은 코웃음치고, 문으로 다가가더니 나가기 전에 마지막 한 방을 날렸다.

"그 사람이 한 번밖에 성공 못한 게 우리 모두에게 안된 일이죠."

닉은 그 말과 함께 경악한 침묵에 빠진 방을 나갔다.

"만사에 사람 불쾌하게 만드는 데는 선수라니까."

현관문 닫히는 소리가 난 다음 그웬이 말했다.

"헨리는 관계를 개선시키려 애썼지만 닉이 매번 거절했지. 내 생각엔 늘 딜레이니를 질투했기 때문이 아닌가 싶어. 오늘 행동이 그걸 증명한다고 봐, 안 그러니?"

딜레이니는 머리가 지끈거리기 시작했다.

"모르겠어요."

그녀는 양손으로 머리를 감쌌다.

"닉이 하는 행동의 이유는 늘 알 수가 없어요."

어렸을 때조차 닉은 그녀에게 있어 늘 미스터리였다. 항상 예측을 불허했고, 딜레이니는 그가 왜 그런 행동을 하는지 이해는커녕 감도 잡지 못했다. 하루는 그녀와 같은 마을에 있다는 것조차 참기 힘들다는 듯이 굴고, 바로 그 다음 날엔 무언가 친절한 말을 해주거나 학교의 남자애들이 그녀를 놀리지 못하게 해주었다. 그리고 막 닉이 좋은 애라고 생각하기 시작하면 그녀의 허를 찔러 혼쭐 빠지게 했다. 오늘처럼, 그리고 눈뭉치로 그녀의 미간을 맞춘 날처럼. 3학년의 어느 겨울날, 딜레이니는 학교 앞에 서서 엄마가 데리러 오기를 기다리고 있었다. 그녀는 한쪽에 서서 닉과 그 친구들이 게양봉 옆에 눈으로 성채를 짓는 걸 구경했다. 그의 숱 많은 검은 머리칼과 올리브색 피부가 온통 하얀 세상에 얼마나 도드라졌던지. 닉은 어깨에 가죽을 댄 남색 울 스웨터를 입었고, 추위로 뺨이 빨개져 있었다. 그녀는 그를 향해 미소지었는데, 그는 눈뭉치를 던져 말그대로 그녀를 기절시켰다. 그녀는 양쪽 눈두덩이 시커멓게 된 채 학교에 가야 했으며, 한동안 퍼렇고 노랗게 얼룩덜룩했다가 겨우 완전히 멍이 가셨다.

"이젠 어떻게 되죠?"

그웬의 질문에 딜레이니는 과거와 닉의 기억에서 빠져나왔다.

"아무도 유언에 이의를 제기하지 않으면 꽤 빨리 진행할 수 있습니다."

맥스는 딜레이니를 쳐다보았다.

"이의 신청을 할 계획인가요?"

"무슨 소용이 있겠어요? 헨리가 나한테 내건 조건은 받아들이든가 말든가 둘 중 하나뿐이라고 분명히 말씀해 주셨잖아요."

"맞습니다."

헨리가 유언에 조건을 붙일 줄 진작에 알았어야 했다. 그녀가 그의 사업을 이어받도록, 그녀와 다른 모든 이들을 무덤에서도 좌지우지하려 들 줄 알았어야 했다. 이제 그녀가 할 일은 선택뿐이다. 돈이냐 자신의 영혼이냐. 반 시간 전이라면 자신의 영혼은 파는 물건이 아니라고 말했을 테지만, 그건 가격을 듣기 전의 일이다. 반 시간 전엔 만사가 분명했는데. 이제 갑자기 경계선이 흐릿해지고 어떻게 해야 할지 알 수가 없게 되었다.

"헨리의 자산을 팔아버릴 수 있나요?"

"법적으로 당신의 소유가 된 후라면 언제든지."

삼백만 달러의 대가로 인생의 일 년이라. 그 다음에는 어디든 좋아하는 곳으로 갈 수 있다. 십 년 전 트룰리를 떠난 이래, 딜레이니는 한 곳에 이삼 년 이상 머무른 적이 없었다. 늘 초조하고 답답해서 한 장소에 오래 머물 수가 없었다. 떠나고 싶다는 충동이 들면, 항상 즉시 행동에 옮겼다. 그 돈이 있으면 원하는 곳 어디라도 갈 수 있다. 원하는 것 무엇이라도 할 수 있고, 어쩌면 집이라고 부르고 싶어지는 장소를 찾아낼지도 모른다.

세상 없어도 원치 않는 일은 트룰리로 돌아오는 것이었다. 어머니가 그녀를 미치게 만들 게 뻔했다. 자신의 일 년을 포기하고 여기서 산다는 건 미친 짓이다.

그러지 않는 건 더 미친 짓이다.

지프 랭글러가 한때는 커다란 마구간이었던 곳의 불탄 잔해 앞에 멈춰 섰다. 불길이 너무 뜨거웠던지라 건물이 내려앉았고, 대부분 식별할 수조차 없는 잔해 더미만 남았다. 왼쪽으론 새까맣게 된 토대와 재 한 무더기, 그리고 깨진 유리조각들이 쌓여 있었다.

닉은 지프의 엔진을 껐다. 그는 헨리가 자기 말들까지 태워 죽일 의도는 추호도 없었다는 데 무엇이라도 걸 수 있었다. 화재 다음날 아침 검시관이 헨리의 남은 사체를 잿더미에서 끌어낼 때 그는 현장에 있었다. 닉은 아무 느낌도 들지 않을 줄 알았다. 그렇지 않다는 데 놀랐다.

보이시에서 일하며 지낸 5년만 빼고, 그는 아버지와 같이 작은 마을에 살면서 서로를 무시했다. 그와 루이가 건설 회사를 트룰리로 옮겼을 때에야 헨리는 마침내 닉을 인지하기로 결심했다. 그웬은 막 사십을 넘겼고 헨리는 마침내 아내와의 사이엔 자식을 보지 못하리란 사실을 받아들였다. 시간이 다 끝나가고 있었기에, 헨리는 자신의 유일한 아들에게 관심을 돌렸다. 그 무렵 닉은 이십대 후반이었고 늘 자신을 인지하기를 거절한 남자와의 화해에 조금도 흥미가 없었다. 그의 관점에서 보면 헨리의 갑작스런 관심은 지나간 버스에 손 흔들기였다.

하지만 헨리는 쇠고집이었다. 닉에게 끊임없이 돈이나 재산을 주겠다고 했다. 한번은 닉의 성을 쇼로 바꾸게 하려 몇 천 달러를 내걸었다. 닉이 거절하자, 헨리는 액수를 곱절로 늘렸다. 닉은 말이 떨어지자마자 집어치우라고 대꾸했다.

헨리는 닉이 자신이 원하는 아들처럼 행동하면 사업 지분을 주겠다고 제안했다. "저녁 먹으러 와라." 마치 그 말로 평생의 무관심을 보상할 수 있는 듯이. 닉은 딱 잘라 거절했다.

하지만 결국에, 그들은 조금은 어색한 공존 상태로 접어들었다. 닉은 거절하기 전에 일단 아버지의 제안과 꼬드김을 들어주는 예의를 차렸다. 닉도 몇몇 제안은 상당히 괜찮았다는 걸 인정하지 않을 수 없었지만, 그래도 어렵지 않게 거절해버렸다. 헨리는 그를 완고하다고 탓했지만, 차라리 냉담에 가까웠다. 닉은 다만 이젠 신경쓰지 않을 뿐이었으나, 설사 심각하게 마음이 동했다 해도 모든 것에는 대가가 있기 마련이었다. 세상에 공짜란 없다.

육 개월 전까지 그랬다. 둘 사이의 간격을 메우려는 노력 차원에서, 헨리는 닉에게 아무 조건도 달지 않고 상당히 대단한 화해의 선물을 주었다. 크레센트 베이를 닉에게 양도한 것이다.

"내 손자들이 늘 트롤리에서 제일 가는 호숫가에서 놀 수 있게 말이다." 헨리는 그렇게 말했다.

닉은 선물을 받고, 일주일 안에 호숫가 대지 5에이커에 콘도를 짓기 위해 계획서를 시에 제출했다. 예상 도면은 상당히 빨리, 헨리가 그걸 알고 반대를 하기도 전에 승인이 났다. 일이 그렇게 되기 전에 헨리가 알지 못한 것은 굉장한 행운이었다.

헨리는 격노했다. 하지만 세상 그 무엇보다 원하는 것이 있기에 곧 마음을 풀었다. 그는 오직 닉만이 줄 수 있는 단 한 가지를 원했다. 손자. 직계 혈손. 헨리는 돈과 땅 그리고 명성을 지녔지만, 시간이 없었다. 전립선암이라는 진단이 내려졌던 것이다. 그는 자신이 죽어간다는 걸 알고 있었다.

"그냥 여자를 골라라."

닉의 시내 사무실에 멋대로 찾아온 지 몇 달이 지난 후, 헨리는 그렇게 명령했다.

"임신이야 시킬 수 있을 거 아니냐. 네가 연습 깨나 했다는 건 누구나 아는 바고."

"말씀드렸다시피, 결혼을 고려할 만한 여자를 만난 적이 없습니다."

"누가 결혼해야 한다고 했냐, 답답하긴."

닉은 그 누구를 위해서도 사생아를 가질 뜻이 없었고, 결과는 전혀 중요치 않다는 듯이 자기 사생아에게 그런 제의를 하는 헨리가 증오스러웠다.

"날 괴롭히려 이러는 게야. 죽고 나면 너에게 모든 것을 남길 거다. 벌써 변호사하고도 얘기했어. 그웬이 유언에 이의를 제기하지 않게 좀 남겨줘야 되겠지만, 나머지는 전부 네 거다. 네가 할 일은 내가 죽기 전에 여자를 임신시키는 것뿐이야. 만약 네가 고를 수 없다면 내가 여자를 골라주마. 좋은 가문 출신으로."

닉은 그를 밖으로 내쫓았다.

옆자리에서 휴대폰이 울렸지만 무시했다. 헨리의 사인(死因)이 화재가 아니라 머리의 총상임을 알았을 때 닉은 하나도 놀라지 않았다. 헨리의 상태가 악화일로를 걷고 있음을 알고 있었고, 닉 자신이라도 그 상황이라면 똑같이 했을 터였기 때문이다.

헨리가 자살했음을 닉에게 말해 준 사람은 크로우 보안관이었지만 그 외에는 진실을 아는 이가 거의 없었다. 그웬이 그러기를 바랐다. 헨리는 자신의 뜻대로 세상을 떴으나 엄청난 유언을 뒤에 남긴 것이다.

닉은 헨리가 유언장에 무슨 수작을 부렸으리라 짐작은 했어도 자신과 딜레이니를 관련지은 조건을 남겼을 줄은 꿈에도 몰랐다. 왜 딜레이니지? 진짜로 심상찮은 기분에 머리가 쑤셨고, 아무래도 답을 알 것 같았다. 어이없는 소리지만 헨리가 자기 손자의 어머니가 될 여자를 고르려 했다는 생각이 들었다.

깊이 분석하고 싶지 않은 어떤 이유에서, 딜레이니는 늘 그를 말썽에 휘말리게 했다. 처음부터. 그녀가 하얀 털 칼라가 달린 예쁘장한 파란 코트에 감싸여 학교 앞에 서 있던 그때처럼. 곱슬거리는 금발이 반짝거리며 얼굴을 감쌌고, 커다란 갈색 눈은 그의 눈을 마주했으며 자그마한 미소로 핑크빛 입술이 곡선을 그렸다. 가슴은 꽉 조여들었고 목이 꽉 막혔다. 자신이 무슨 짓을 하는지 깨닫기도 전에, 닉은 눈뭉치를 집어 그녀의 이마를 명중시켰다. 자신이 왜 그랬는지 알 수가 없었고 어머니가 혁대로 그의 엉덩이를 때린 것도 그때뿐이었다. 딱히 딜레이니를 상처입혀서가 아니라 여자애를 때렸기 때문이었다. 그 이후 학교에서 본 딜레이니는 양쪽 눈이 시커멓게 멍들어서 영락없이 복면 쓴 조로처럼 보였다. 그녀를 응시하자 닉은 뱃속이 울렁거리고 집으로 도망가서 숨고만 싶었다. 사과하려 했지만 그가 다가오는 걸 보면 딜레이니는 늘 도망쳤다. 그녀를 탓할 수는 없는 노릇이리라.

이만큼 세월이 흘렀는데도 딜레이니는 여전히 그의 신경을 자극하는 면이 있었다. 가끔 그를 쳐다보는 그녀의 눈길이랄까. 마치 그가 먼지보다도 못하다는 듯이, 그가 존재하지도 않는 듯이 쳐다보는 그 눈길. 그러면 그녀를 확 꼬집어주고 싶어졌다. 단지 그녀가 아얏 하는 소리를 듣기 위해서.

오늘도 딜레이니에게 상처를 주거나 성미를 긁을 생각은 없었다. 뭐, 그녀가 그 '넌 쓰레기야'란 표정을 지어 보이기 전까진. 하지만 헨리의 유언장을 듣자 성미가 치밀었다. 그 생각만 해도 다시 욱하고 화가 치밀었다. 헨리와 딜레이니에 대해 생각하니, 진짜로 심상찮은 느낌에 다시 뒷골이 당겼다.

닉은 시동을 걸어 시내로 향했다. 그기 품은 몇 가지 의문에 대한 답을 아는 사람은 맥스 해리슨뿐이었다.

"무슨 일로 오셨습니까?"

건물 앞쪽의 널찍한 사무실에 닉이 안내받아 들어가자마자 변호사가 물었다.

닉은 한가로운 잡담으로 시간을 낭비하지 않았다.

"헨리의 유언장이 합법적입니까? 이의 신청을 낼 수 있을까요?"

"아까 유언장을 읽을 때 말했듯이, 합법적입니다. 이의 신청에 돈을 낭비하는 거야 자유지만."

맥스는 닉에게 경계하는 표정을 짓고 덧붙였다.

"하지만 승소하진 못할 겁니다."

"헨리가 왜 그런 거죠? 아무래도 의심이 드는데."

맥스는 자신의 사무실에 서 있는 젊은이를 쳐다보았다. 차분한 겉모습 아래 예측불능하며 강렬한 무언가가 새어나오고 있다. 맥스는 닉 알레그 레자를 좋아하지 않았다. 아까 그의 행동이 영 마음에 들지 않았다. 그웬 과 딜레이니에게 보인 무례함이 마음에 들지 않았다. 하지만 헨리의 유 언장은 더더욱 마음에 들지 않았다. 그는 책상 뒤 가죽 의자에, 닉은 맞 은편에 앉았다.

"어떤 의심이?"

닉은 한겨울 같은 눈길을 맥스에게 고정시켰다.

"헨리는 내가 딜레이니를 임신시키길 바란 겁니다."

맥스는 닉에게 진실을 말해야 하나 곰곰 생각했다. 그는 이전 의뢰인 에게 어떤 애정이나 충성심도 느끼지 않았다. 헨리는 몹시 까다로운 남 자였고 그의 전문적인 조언을 연달아 무시했다. 그런 괴상하고 부당한 유언을 남기는 데 대해 헨리에게 주의를 주었지만, 헨리 쇼는 늘 자기 뜻 대로 밀고가야 직성이 풀리는 남자였다. 하지만 액수가 액수였던지라 맥 스는 의뢰인이 다른 변호사를 찾아가도록 둘 수가 없었다.

"네, 그게 헨리의 의도였다고 믿습니다."

맥스는 자신이 거기에 일조했다는 데 조금은 죄책감을 느꼈기에 솔직 히 털어놓았다.

"왜 유언장에 그냥 그렇게 명시하지 않았죠?"

"헨리는 두 가지 이유에서 유언을 그렇게 썼습니다. 첫째, 당신이 부동 산이나 돈 때문에 순순히 아이를 가지리라 생각하지 않았으니까. 둘째, 여 자를 임신시키는 조건을 놓고 당신이 이의를 신청하면 아마 도덕에 저촉 된다는 근거에서 승소할 거라고 내가 알려드렸으니까. 헨리는 여자에 관 한 한 닉에게 무슨 도덕 관념이 있다고 믿을 판사가 이 근방에 있으리라곤 생각지 않는 듯했지만, 유언에 이의 제기를 하면 목적에 어긋나니까요."

맥스는 잠시 입을 다물고 닉의 턱이 굳어지는 것을 지켜보았다. 아무리 미미할지언정 그에게서 반응을 보게 되어 기뻤다. 어쩌면 이 남자도 인간적인 감정이 완전히 결여된 건 아닐지도.

"그 조건이 무효라고 판정할 판사를 만날 가능성은 언제든 있으니까 말입니다."

"왜 딜레이니입니까? 다른 여자가 아니라?"

"헨리는 당신 둘 사이에 남모르는 과거가 있다고 생각했습니다. 그리고 딜레이니에게 손대지 못하도록 금지하면, 당신이 반항하고 싶어할 거라고 생각했죠. 과거에 그랬듯이."

분노로 닉의 목구멍이 죄어왔다. 자신과 딜레이니 사이의 남모르는 과거는 무슨 놈의 과거. '남모르는'이란 단어는 빌어먹을 로미오와 줄리엣처럼 들리지 않나. 다른 부분, 금지 이론에 관해서는 맥스가 한 말이 한때는 옳았을지도 모르지만, 이번에는 헨리가 도를 지나쳤다. 닉은 이제 가질 수 없는 것에 끌리는 어린애가 아니었다. 단지 그 늙은이에게 반항하자고 뭘 하지도 않고, 늘 그가 손바닥을 맞는 원인이 되었던 도자기 인형에게 끌리지도 않았다.

"감사합니다."

닉은 자리에서 일어났다.

"굳이 말해 주실 의무가 없었다는 거 압니다."

"맞아요. 그렇죠."

닉은 맥스와 악수를 나눴다. 변호사가 자신을 좋아한다고는 여겨지지 않았지만 상관없었다.

"헨리가 들인 노력이 헛수고가 되기를 바랍니다."

맥스가 말했다.

"딜레이니를 위해서라도, 그가 원했던 결과를 얻지 못하길."

닉은 굳이 대답하지 않았다. 딜레이니의 정조는 평안무사할 것이다. 그는 사무실 정문을 나가 지프를 향해 인도를 걸어갔다. 문을 열기도 전부터 휴대폰이 울리는 소리가 들렸다. 끊어졌나 했더니 금방 다시 울리기 시작했다. 닉은 시동을 걸고 휴대폰을 집어들었다. 어머니가 유언에 대해 알고 싶어서, 그리고 어머니 집에서 점심 먹기로 되어 있다는 걸 일 깨우기 위해 건 전화였다. 따로 일깨워 줄 필요는 없었다. 그와 루이는 일주일에 몇 번 어머니 집에서 점심을 먹었다. 그로 인해 어머니는 아들 들의 식사 습관에 대한 걱정을 덜었고, 그들은 어머니가 불시에 집에 찾 아와 양말 서랍을 정리하는 일이 없도록 할 수 있었다.

하지만 오늘은 그다지 어머니를 만나고 싶지 않았다. 어머니가 헨리의 유언에 어떻게 반응할지 뻔히 알았기에 정말로 어머니에게 그 이야기를 하고 싶지 않았다. 어머니는 격분하여 떠들어댈 테고 성이 쇼인 사람들 이라면 누구에게든 성난 비난의 화살을 돌릴 것이다. 어머니에겐 헨리를 미워할 만한 정당한 이유가 많으리라.

어머니의 남편 루이스 알레그레자는 헨리의 목재 운반 트럭을 몰다 죽 고 그녀는 어린 아들 루이를 혼자 키우게 되었다. 루이스의 장례식 몇 주 후, 헨리가 위로차 그녀의 집을 찾아왔다. 그날 밤늦게 떠날 때, 그는 루 이스의 죽음에 대해 그에게 아무 책임이 없다는 서류에 가련한 젊은 과 부의 서명을 받아갔다. 그녀의 손엔 수표를, 뱃속엔 아들을 두고. 닉이 태 어난 다음, 베니타 알레그레자는 헨리에게 따졌지만, 그는 자신의 아기일 수도 있다는 가능성을 부인했다. 거의 닉의 평생 내내.

닉은 어머니의 집에 도착했다. 당연히 어머니가 화를 내리라 짐작했지 만 닉은 말을 하자마자 맹렬히 퍼부어지는 비난에 놀랐다. 그녀는 세 가 지 언어로 유언장을 욕했다. 스페인어, 바스크어, 그리고 영어. 닉은 일부 밖에 알아들을 수 없었지만, 대부분의 분노가 딜레이니에게 쏟아진다는 것은 알 수 있었다. 아직 그 가당찮은 섹스 금지 조항은 말도 꺼내지 않 았는데도. 그걸 얘기해야 할 일이 없기만을 바랄 뿐이었다.

"그 계집애!"

베니타는 씩씩거리며 빵 덩어리를 썰었다.

"그 '네스카 이주가리'를 늘 자기 아들보다 더 챙겼지. 제 혈육은 버려 두고. 그 계집애야 아무것도 아니잖아. 그런데 고게 전부 받는다니."

"딜레이니는 마을을 떠날지도 몰라요."

닉은 어머니에게 상기시켰다. 그는 딜레이니가 마을에 남든 이미 돌아가는 중이든 상관하지 않았다. 정말로 헨리의 사업체나 돈을 바라는 건 아니었으니까. 헨리는 이미 그가 원하던 유일한 대지를 주었다.

"흥! 고것이 왜 떠나겠니? 너희 호슈 삼촌 말을 한번 들어보자구나."

호슈 올레치아는 어머니의 하나뿐인 오빠였다. 그는 3대째 양을 사육했고, 마싱 근처에 땅을 갖고 있었다. 베니타에겐 남편이 없기에 호슈를 집안의 어른으로 의지하고 있었다. 아들들이 어른이 되었든 아니든.

"이 일로 삼촌을 번거롭게 하지 마세요."

닉은 냉장고에 어깨를 기대며 말했다. 어린 시절, 그가 말썽을 피우거나 그와 루이에게 긍정적인 남자의 영향이 필요하다고 여겨지면 어머니는 그들이 삼촌과 양치기들과 함께 여름을 지내도록 보냈다. 여자애들을 알기 전까진 두 형제 다 그 일을 좋아했다.

뒷문이 열리고 형이 부엌으로 들어왔다. 루이는 닉보다 키가 작았다. 단단한 몸에 부모에게서 물려받은 검은머리와 검은 눈을 하고 있었다.

"그래,"

루이가 모기장문을 닫으며 말을 꺼냈다.

"그 꼰대가 너한테 뭘 남겼냐?"

닉은 미소지으며 몸을 바로했다. 형은 이 유산의 가치를 알 것이다.

"형은 아주 좋아할길."

"앤 아무것도 못 받은 거나 마찬가지다."

어머니가 얇게 썬 빵 접시를 식당으로 나르면서 끼어들었다.

"엔젤 비치와 실버 크릭의 땅을 남겼어."

루이의 짙은 눈썹이 이마로 치켜 올라가고 검은 눈이 번뜩였다.

"죽여주네."

서른네 살의 부동산 개발업자는 어머니의 귀에 들리지 않도록 나직이 중얼거렸다.

닉은 웃음을 터뜨리고 둘은 베니타를 따라 식당으로 들어가 광낸 떡갈나무 식탁 앞에 앉았다. 어머니는 레이스 식탁보를 깔끔하게 접고, 점심

식사를 가져오려 일어섰다.

"엔젤 비치에다 뭘 지을 거야?"

루이는 닉이 그 땅을 개발할 거라고 정확히 짐작하고 물었다. 어머니는 닉의 상속분의 가치를 깨닫지 못할지 몰라도, 형은 달랐다.

"모르겠어. 생각할 시간이 일 년 있으니까."

"일 년?"

베니타는 '귀사도 드 바카'가 담긴 그릇을 아들들 앞에 놓아주고 자리에 앉았다. 날씨가 더워서 닉은 스튜가 영 당기지 않았다.

"내가 어떤 일을 하면 땅을 받게 돼. 아니, 정확히는 어떤 일을 안 하면."

"또 네 성을 바꾸려 들든?"

닉은 그릇에서 시선을 들어올렸다. 어머니와 형이 그를 쳐다보고 있었다. 피해 갈 방법은 없다. 그들은 가족이고, 가족이란 서로의 일에 간섭할 권리를 하느님에게서 부여받았다고 믿는 사람들이다. 그는 빵 한 조각을 들어 한 입 물었다.

"조건이 하나 있어."

닉은 음식을 삼킨 후 말을 꺼냈다.

"일 년 동안 딜레이니와 연관되지 않으면 땅을 받는 거야."

천천히 루이가 숟가락을 내려놓았다.

"연관이라니? 무슨?"

닉은 어머니를 곁눈질해 보았다. 여전히 자신을 쳐다보고 있었다. 그녀는 두 아들에게 섹스에 대해 얘기한 적이 없었다. 말 한 마디 꺼낸 적조차. 그런 '이야기'는 호슈 삼촌에게 맡겼지만, 그때쯤엔 어차피 알레그레자 형제 둘 다 대부분을 알아버린 터였다. 닉은 형에게로 눈길을 돌리고 한쪽 눈썹을 치켜올렸다.

루이는 스튜를 한 입 먹었다.

"네가 그러면 어떻게 되는데?"

"어떻게 되냐니, 무슨 소리야?"

닉은 형에게 인상을 쓰며 숟가락을 집었다. 설령 딜레이니를 원할 만큼 자신이 미쳤다 해도(물론 그렇지 않지만), 그녀는 그를 미워했다. 오늘 그녀의 눈에서 보았다.

"꼭 무슨 가능성이 있기라도 한 것처럼."

루이는 아무 말도 하지 않았다. 그럴 필요가 없었다. 닉의 과거를 알고 있으니까.

"어떻게 되는데?"

아무것도 모르지만 만사를 알 권리가 있다고 생각하는 어머니가 끼어들었다.

"그럼 딜레이니가 땅을 물려받죠."

"물론 그렇겠지. 원래 네 것이 되어야 마땅한 것을 몽땅 가지고도 충분치 않아? 이제 네 땅을 넘보려 널 졸졸 쫓아다닐 거다, 닉."

여러 세대를 내려온 불신과 의혹의 바스크족 피가 베니타의 혈관에도 흐르고 있었다.

"그 계집애를 조심하렴. 제 어미만큼 탐욕스러우니까."

닉은 과연 딜레이니를 조심해야 할 일이 있을까 의심스러웠다. 어젯밤 그녀의 어머니 집으로 태워다 줄 때, 딜레이니는 영락없는 조각상마냥 앉아 있었고 그녀의 옆모습에 드리워진 달빛이 그녀가 어지간히 열받았음을 알려주었다. 그리고 오늘 이후, 닉은 그녀가 자신을 문둥병자처럼 피해 다니리리 확신했다.

"약속해라, 닉."

어머니가 말을 이었다.

"그 계집애 때문에 늘 골치 썩였잖니. 조심해."

"조심할게요."

루이가 끙 소리를 냈다.

닉은 형에게 얼굴을 찌푸리고 의도적으로 화제를 바꾸었다.

"소피는 어때?"

"내일 집으로 돌아와."

"그거 잘됐구나."

베니타가 미소지으며 빵 한 조각을 자기 그릇 옆에 놓았다.

"소피에게 결혼식 얘기를 하기 전에 리사와 좀더 단둘이 시간을 보낼 수 있길 바랐는데."

루이가 말했다.

"애가 어떻게 받아들일지 모르겠어요."

"결국에는 새엄마한테 적응할 거다. 다 잘될 게야."

베니타가 대꾸했다. 그녀는 리사를 좋아하는 편이었지만, 리사는 바스크족이 아닌데다 가톨릭도 아닌지라 루이가 성당에서 결혼할 수 없다고 불평했다. 루이가 이혼했기에 어차피 성당에서 결혼할 수 없다는 건 안중에도 없었다.

베니타는 루이는 염려하지 않았다. 루이는 잘해 나갈 것이다. 하지만 닉, 닉은 걱정이 되었다. 늘 그랬었다. 그리고 이제 '그 계집애'가 돌아왔으니 걱정이 더 늘게 생겼다.

베니타는 성이 쇼인 사람은 모조리 미워했다. 대부분은 자신과 아들을 그렇게 다룬 헨리를 향한 감정이었지만, '그 계집애'와 그 어머니도 미워했다. 수년간 딜레이니가 예쁜 옷을 입고 활보하는 동안 베니타는 닉에게 루이의 헌옷을 기워 입혀야 했다. 딜레이니가 새 자전거와 비싼 장난감들을 가지고 노는 동안 닉은 아무것도 없거나 중고로 만족해야 했다. 그리고 딜레이니가 여자애 한 명에게 필요한 것 이상을 가지고 있는 반면, 자신의 아들은 그저 당당한 어깨를 곧게 펴고 턱을 치켜드는 모습을 봐왔다. 꼿꼿한 애어른. 그리고 아들이 그런 건 상관없다는 듯이 구는 모습을 볼 때마다 그녀의 심장은 조금씩 더 무너져갔다. 아들이 그 계집애를 지켜보는 모습을 볼 때마다 가슴이 더 쓰렸다.

베니타는 두 아들을 자랑스러워했고 똑같이 사랑했다. 하지만 닉은 루이와 다르다. 닉은 지극히 섬세하다.

그녀는 식탁 너머 작은아들을 쳐다보았다. 닉은 늘 그녀의 마음을 아프게 하리라.

4

반바지 주머니에 든 개 용변봉지가 딜레이니의 삶에 대한 비유처럼 느껴졌다. 똥, 바로 그거다. 돈에 자신의 영혼을 판 이래 그녀의 인생은 그렇게 되었고 앞으로 남은 11개월 동안 나아질 기미란 없었다. 그녀의 물건 거의 전부는 마을 외곽의 임대 창고에 들어가 있었고, 제일 가까운 벗이라곤 옆에서 걷고 있는 두 마리의 바이마라너 개였다.

딜레이니가 헨리의 유언 조건을 받아들이기로 결정하는 데는 다섯 시간이 채 안 걸렸다. 경악스럽게 짧은 시간이지만 그녀는 그 돈을 원했다. 일주일간의 유예를 받아 피닉스로 돌아가서 사표를 내고 아파트를 정리했다. 살롱의 친구들과 작별하기는 힘들었다. 자유와 작별하기는 더더욱 힘들었다. 한 달밖에 안 되었는데 일 년간 죄수 생활을 한 기분이었다.

그녀는 직업도 없고 어머니와 함께 살고 있었기에 별로 내키지 않는 따분한 옷을 입었다.

뜨거운 태양이 정수리를 달구는 가운데 딜레이니는 시내 중심으로 향하는 그레이 스퀴럴 골목을 걸어갔다. 십 년 전 그녀가 트롤리에 살 때는 대부분의 길에 이름이 없었다. 그럴 필요도 없었다. 하지만 최근 여름 휴가 인구가 늘어나고 부동산 붐이 일자, 시 의회가 고퍼, 칩멍크, 그레이 스퀴럴(전부 다람쥐의 일종) 같은 '진짜 창의적인' 이름들을 짓기 위해 머리를 쥐어짰다. 딜레이니의 집은 시의 설치류 구역에 속하는 모양이었고, 리사는 그나마 좀 나아서 밀크위드 길에 살았는데, 당연히 그 옆은 래그위드와 텀블위드(전부 풀이름)였다.

돌아온 이래 딜레이니는 다른 많은 변화들도 알아보았다. 상점가는 네 배로 커졌고 시의 오래된 구역도 재단장을 했다. 밀려드는 보트와 제트스키를 맞기 위한 공공 보트 선착장이 둘 있었고, 공원이 새로 세 개 생겼다. 하지만 그런 변화 외에, 마침내 이곳이 1990년대로 접어들었음을 알려주는 확실하고 명백한 두 가지가 있었다. 첫째, 금은방과 그릿츠 앤 그럽 식당 사이에 마운틴 자바 에스프레소 가게가 생겼다. 둘째, 낡은 제재소가 소규모 자가 맥주 전문점으로 개조되었다. 예전에 딜레이니가 트롤리에 살 적엔, 사람들이 폴거스 인스턴트 커피와 쿠어스 맥주를 마셨다. 큰 사이즈 라테를 '닭살스런 커피'라고 했을 테고, 누가 '라스베리 맥주'란 말을 입 밖에 내기라도 했다면 흠씬 두드려 맞았을 터였다.

독립기념일이라 시내가 애국심으로 넘쳐나고 있었다. 빨강, 흰색, 그리고 파란 깃발과 리본이 '어서 오세요 트롤리입니다' 현수막부터 하우디 교역소 앞의 나무 인디언까지 모든 것을 장식하고 있었다. 나중엔 물론 퍼레이드가 있을 것이다. 트롤리에선 거의 모든 행사마다 퍼레이드를 했다. 시내를 돌아다니다 퍼레이드 구경이나 할까 싶었다. 달리 할 일도 없으니.

거리 모퉁이에서 딜레이니는 발길을 멈추고 레저 차량이 지나가기를 기다렸다. 옆에서 얌전히 따라온 상으로, 듀크와 돌로레스에게 밀크본을 꺼내주었다. 개들에게 누가 보스인지 가르치는 데는 짜증스런 몇 주가 걸렸다. 시간은 있었다. 지난 한 달간 그녀는 옛 학교 친구들을 만나는 데 시간을 할애했다. 하지만 친구들은 다 결혼해서 가족이 있었고, 그렇지 않은 그녀를 마치 비정상인양 쳐다보았다.

리사와 좀더 시간을 보내고픈 마음이야 굴뚝같았지만, 딜레이니와 달리 리사에겐 일과 약혼자가 있었다. 옛친구와 마주 앉아 헨리의 유언과 그녀가 트룰리로 돌아온 진짜 이유에 대해 얘기하고 싶었다. 하지만 그럴 엄두가 나지 않았다. 만약 그 조항이 소문나면 딜레이니의 인생은 불타는 지옥으로 화하리라. 끝없는 추측 대상과 끊임없는 가십의 화제가 될 것이다. 그리고 유언 중 닉과 관련된 부분이 탄로나면 아마 자살을 해야 할 판이다.

지금 상황으로는 일 년이 지나기 전에 지루해서 죽을 지경이었다. 딜레이니는 토크쇼를 시청하거나, 어머니가 그녀를 위해 짜놓은 계획과 집에서 빠져나가는 수단으로 듀크와 돌로레스를 산책시키면서 하루하루를 보냈다. 그웬은 딜레이니가 일 년간 트룰리에 살게 되었으니 두 사람이 같은 프로젝트에 관여하고, 같은 사회 기관에 가입하고, 같은 모임에 참석해야 한다고 결정했다. 심지어는 딜레이니의 이름을 트룰리 마약 문제 관련 회의의 선봉에다 등록시키기까지 했다. 딜레이니는 공손하게 그 제안을 거절했다. 무엇보다 첫째, 트룰리의 마약 문제는 웃음거리 수준이었다. 둘째, 지역 사회에 관여하느니 차라리 김빠진 맥주를 마시고 말지.

딜레이니와 개들은 중심가를 따라 내려가며, 델리와 티셔츠 가게를 지나쳤다. 둘 다 최근 생겨났고 오가는 사람들로 보건대 꽤 잘되는 모양이었다. 맨발에 찰싹찰싹 와닿는 라이크라 슬링백(뒤가 트이고 끈이 달린 구두)을 신고, 그녀는 곧 있을 R&B 페스티발 광고 포스터를 문에 붙인 조그만 서점을 지나쳤다. 딜레이니는 그 포스터에 놀라서, 언제 이 동네가 콘웨이 트위티(컨트리 가수)를 저버리고 제임스 브라운(R&B 가수)으로 옮겨갔나 궁금해했다.

딜레이니는 아이스크림 가게와 알레그레자 건설 사이에 위치한 폭 좁은 이층짜리 건물 앞에 멈춰 섰다. 커다란 통유리창에 가로질러 글씨가 쓰여 있었다. '글로리아 : 커트 및 스타일 $10' 그 문구가 글로리아의 실력에 대해 좋게 말해 준다고는 여겨지지 않았다.

듀크와 돌로레스가 그녀의 발치에 주저앉자, 딜레이니는 개들의 귀 사이를 긁어주었다. 몸을 숙이고 커다란 통유리창을 들여다보자 빨간색 비닐 가죽 살롱 의자들이 보였다. 시내를 지날 때마다 살롱이 닫혀 있는 게 눈에 뜨였다.

"얘, 뭐하니?"

딜레이니는 리사의 목소리를 알아듣고 몸을 돌렸다. 리사의 옆에 루이가 서 있는 데 놀라지 않았다. 그의 눈길은 직선적이었고 조금 신경을 곤두서게 했다. 어쩌면 그가 닉의 형이라서 신경이 곤두서는 것일지도

"이 살롱을 살펴보던 중이었어."

"난 가봐야겠어, 알루 고죠."

루이가 말하고는 고개를 숙여 약혼녀에게 키스했다. 키스가 길어지자 딜레이니는 듀크의 귀 사이로 눈길을 돌렸다. 그녀는 일 년 넘게 남자친구가 없었고, 마지막 연애도 넉 달을 가지 못했었다. 남자가 그녀를 홀딱 집어삼키고 싶다는 듯이, 그리고 누가 봐도 신경쓰지 않는다는 듯이 키스한 게 언제였는지 기억할 수가 없었다.

"다음에 봐, 딜레이니."

그녀는 눈을 들었다.

"담에 봐요, 루이."

딜레이니는 살롱 옆 건물로 들어가는 그를 지켜보았다. 어쩌면 루이가 신경을 곤두서게 만드는 이유는 그가 동생과 마찬가지로 지극히 남성적이기 때문일지도 모른다. 닉이 좀더 키가 크고 조각상처럼 균형 잡혀 있었다. 루이는 황소처럼 건장한 체구였다. 알레그레자 형제 중 누가 베르사체 넥타이나 손바닥만한 스피도 수영복을 입은 모습은 결코 보지 못하리라.

"'알루 고죠'가 무슨 뜻이야?"

딜레이니는 외국어 발음을 좀 어려워하며 물었다.

"'귀염둥이' 같은 연인 사이의 호칭이야. 루이는 정말 로맨틱하다니까."

갑작스런 부러움이 가슴을 찔렀다.

"뭐해?"

리사는 한쪽 무릎을 꿇고 듀크와 돌로레스의 턱 밑을 긁어 주었다.

"루이와 점심을 먹고 막 헤어지던 참이었어."

"어디 갈 거니?"

개들이 손을 핥자 리사는 미소지었다.

"집에."

딜레이니는 질투로 속이 뒤틀리는 것을 느끼고 생각했던 것보다 자신이 더 외롭다는 걸 깨달았다. 독립기념일에 금요일인데, 주말 예정은…… 전무했다. 피닉스의 친구들이 그리웠다. 바쁜 삶이 그리웠다.

"이렇게 마주쳐서 잘됐다. 오늘밤 뭐하니?"

리사가 물었다.

아무것도 없지, 딜레이니는 생각했다.

"아직 몰라."

"루이하고 난 친구들을 부를까 해. 너도 와라. 루이 집은 호스슈 베이에 있어. 불꽃놀이가 벌어질 호수에서 멀지 않아. 집 앞 모래사장에서 보면 꽤나 굉장하다구."

딜레이니 쇼가 루이 알레그레자의 집에? 닉의 형네에? 알레그레자 부인의 아들네에? 일전에 식료품점에서 베니타를 보았는데, 그녀가 기억하는 그대로였다. 베니타 알레그레자처럼 냉랭한 경멸을 보이는 사람은 아무도 없었다. 짙은 눈에 우월감과 멸시를 동시에 표현할 수 있는 사람은 달리 아무도 없었다.

"어, 난 안 되겠어, 고맙긴 하지만."

"겁쟁이."

리사가 일어나서 손을 청바지에 문질러 닦았다.

"겁쟁이라서가 아냐."

딜레이니는 한쪽 발에 몸무게를 싣고 고개를 기울였다.

"그저 환영받지 못할 걸 뻔히 아는 곳에 가고 싶지 않아서야."

"그럴 일 없어. 루이와 얘기했는데, 네가 오는 데 불만 없대."

리사는 크게 숨을 들이키고 나서 말했다.

"루이는 널 좋아한다고 그랬어."

딜레이니는 웃음을 터뜨렸다.

"거짓말."

"그래, 널 잘 모른다고 했어. 하지만 널 알게 되면 좋아하게 될 거야."

"닉도 오니?"

일 년 동안 무사히 살아남기 위한 중요 목표 중 하나는 힘닿는 한 닉을 피하는 것이었다. 닉은 무례하고 노골적이며 잊는 것이 최선인 일들을 일부러 떠올리게 만들었다. 같은 마을에 발이 묶인 처지지만, 그렇다고 해서 닉과 트고 지내야 한다는 뜻은 아니다.

"닉은 친구들이랑 호수에 나가 있을 테니까 없을 거야."

"알레그레자 부인은?"

리사는 바보 아니냐는 듯한 눈으로 쳐다보았다.

"물론 안 오시지. 루이는 회사에서 일하는 사람들을 몇 초대할 거고, 소피도 친구 몇 명이랑 올 거야. 여섯 시쯤 다들 핫도그와 버거를 먹을 참이야. 너도 와. 달리 뭘 할 건데?"

"어, 퍼레이드 구경."

"그건 여섯 시면 끝나, 딜레이니. 혼자 달랑 집에 앉아 있기는 싫잖아?"

그렇게 할 일 없는 여자로 보였다는 게 민망해서, 딜레이니는 길 건너 금은방 쪽을 쳐다보았다. 오늘밤 계획을 생각해 보았다. 퀴즈쇼를 보고 나면, 할 일이 뭐가 있나?

"음, 들를 수 있을 거 같아. 루이가 정말 내가 오는 걸 꺼리지 않는다면."

리사는 손을 저어 딜레이니의 걱정을 날려버리고는 이만 가려고 뒤로 몇 걸음 물러났다.

"말했잖아. 얘기해 봤는데, 루이는 신경쓰지 않더라고. 일단 서로 알게 되면 루이도 널 좋아할 거야."

딜레이니는 멀어져 가는 친구의 모습을 지켜보았다. 그녀는 리사만큼 낙관적이지 않았다. 루이는 닉의 형이고, 그녀와 닉 사이의 긴장과 적개심은 손에 잡힐 듯했다. 헨리의 유언 공개 이후로 닉과 얘기를 나누지는 않았으나 몇 번 보기는 했다. 할리에 올라 웨건 휠 도로를 달리는 모습을 보았고, 그 며칠 후엔 옆에 빨강머리를 끼고 모트 바로 걸어가는 것을 보았다. 가장 최근 본 것은 메인과 1번가의 교차로에서였다. 신호등에 걸려 있는 그녀 앞을 그가 가로질러갔다.

'글쎄 어떨까요, 프랭크 딜레이니는 꽤 화끈하거든요. 내가 자제하지 못하면 어쩌죠?'

운전대를 쥔 손에 힘이 들어가고 뺨이 불타는 게 느껴졌다. 닉은 오른손에 든 서류 폴더에 온 정신을 팔고 있었다. 만약 '실수로' 그를 차로 친다면 어떨까? 만약 실수로 발이 브레이크 페달에서 미끄러져 가속 페달을 밟는다면? 만약 실수로 그를 깔아뭉개고 확실히 끝장내기 위해 다시 후진을 한다면?

딜레이니는 깃발이 떨어지기를 기다리는 레이스카처럼 미아타의 엔진 회전 속도를 올리고, 딱 차가 횡단보도로 불쑥 튀어나갈 만큼 클러치를 살짝 놓았다. 닉은 고개를 홱 쳐들더니 펄쩍 뛰어 물러났다. 눈썹이 치켜 올라갔고 차가운 잿빛 눈이 그녀를 뚫어져라 쳐다보았다. 몇 분의 일 초만 더 있었어도 범퍼가 그의 오른쪽 다리를 스쳤으리라.

그녀는 그를 향해 미소지었다. 그 순간엔, 산다는 게 근사했다.

딜레이니는 리사의 파티에 갈까 말까 몇 시간을 망설였다. 안 가면 잡지 한 권과 와인 한 병을 벗삼아 죽치고 있어야 한다는 것을 깨닫기 전까지는 완전히 결정을 내리지 못했다. 그녀는 스물아홉 살이고, 빨리 뭔가를 하지 않으면 머리를 빗는 대신 모자를 눌러쓰고 빨강색 통굽을 편안한 조깅화로 바꾸는 그런 여자가 될까 겁이 났다. 마음이 바뀌기 전에 딜레이니는 검은색 터틀넥과 라임색 누비 가죽 조끼를 입었다. 진 바지도 검은색이었지만, 앵클 부츠는 조끼와 맞춘 색이었다. 부드러운 컬에 무스를 바르고 네 개씩 뚫은 귀에 조그만 금고리들을 달았다.

딜레이니가 파티장에 도착했을 쯤엔, 8시가 좀 넘어 있었다. 깔깔대는 열세 살 여자애들 세 명이 문을 열어주고 돌과 삼나무로 지어진 널찍한 집의 뒤편으로 그녀를 안내했다.

"다들 저 뒤에 있어요."

짙은 눈을 한 여자애가 알려주었다.

"가방을 아빠 방에 두실래요?"

딜레이니는 모자상자를 닮은 에나멜 가죽 가방에 지갑과 포도주빛 립스틱을 넣어 왔다. 지갑은 없어져도 상관없지만 일 년간은 에스티 로더 립스틱을 새로 장만할 수가 없을 테니 절대 가방을 다른 곳에 둘 수 없었다.

"아니, 됐어. 네가 소피니?"

여자애는 주방을 지나가면서 어깨 너머로 돌아보는 둥 마는 둥했다.

"네. 누구세요?"

소피는 교정기를 꼈고 여드름이 난 데다 지독하게 건조하고 끝이 갈라진 숱 많은 머리칼을 하고 있었다. 끝이 갈라진 머리칼은 딜레이니를 미치게 만들었다. 꼭 사람을 안달복달하게 만드는 삐뚤게 걸린 그림처럼.

"난 리사 친구 딜레이니야."

고개를 홱 돌린 소피의 눈은 휘둥그래져 있었다.

"우와! 우리 할머니가 얘기하는 거 들었어요."

소피의 표정을 보아하니 베니타가 칭찬을 한 건 아닌가보다.

"잘됐구나."

딜레이니는 중얼거리며 세 명의 여자애들을 비켜갔다. 유리문을 지나쳐 데크로 나왔다. 아래의 흰 모래사장에 두 그루의 커다란 소나무가 그림자를 드리웠고, 선창에 묶인 몇 대의 보트가 메리 호수의 잔잔한 물결에 흔들리고 있었다.

"어, 여기야."

리사가 소리치고는 그녀를 반원형으로 둘러싼 사람들에게 양해를 구하고 빠져나왔다.

"못 오나 걱정했잖아. 어디 근사한 데 들렀다 왔어?"

딜레이니는 자신의 옷을 내려다보고, 티셔츠와 반바지 차림의 다른 손님들에게로 눈길을 돌렸다.

"아니, 아직 추워서. 정말 내가 와도 괜찮은 거야?"

"그럼. 퍼레이드는 어땠어?"

"내가 마지막으로 봤을 때와 거의 똑같던데. 2차 대전 참전용사가 두 명으로 줄은 것만 제외하면."

오랜만에 느긋한 기분으로, 딜레이니는 미소지었다.

"그리고 최고의 스릴은 여전히 어느 튜바 연주자가 멋모르고 말똥을 밟을까 마음 졸이는 거고."

"중학교 밴드는 어떻든? 올해는 꽤 괜찮다고 소피가 그러던데."

딜레이니는 칭찬을 짜내려 애썼다.

"음, 우리 때보다 유니폼이 낫더라."

"나도 그 생각했어."

리사가 웃음을 터뜨렸다.

"배고파?"

"먹고 왔어."

"이리 와, 내가 소개시켜 줄게. 네가 기억할 만한 사람들도 몇 있어."

딜레이니는 리사를 따라 두 개의 바비큐를 둘러싼 사람들에게로 향했다. 열다섯 명쯤 되는 손님들은 리사와 루이가 거의 평생 알아왔던 친구들과 알레그레자 건설에서 일하는 사람들이었다.

딜레이니는 초등학교 시절 최고 투수였던 앤드리아 허프와 잡담을 나눴다. 앤드리아는 그녀의 너클볼을 배에 맞고 운동장에다가 마카로니와 치즈를 게워냈던 존 프렌치와 결혼했다. 두 사람은 행복해 보였고, 딜레이니는 그 사건과 무슨 관련이 있는 게 아닐까 궁금했다.

"아들이 둘이야."

앤드리아는 아래쪽 모래사장을 가리키고는, 난간 위로 몸을 숙이고 호수에서 철벙거리는 아이들을 향해 고함쳤다.

"에릭! 에릭 프렌치, 밥 먹고 금방 물에 들어가지 말라고 엄마가 말했지."

담황색 머리칼의 남자애가 몸을 돌리고 한 손으로 눈 위를 차양처럼 가렸다.

"무릎까지밖에 안 들어왔잖아."

"좋아, 하지만 물에 빠져도 징징 짜면 안 돼."

앤드리아는 몸을 바로하면서 한숨지었다.

"애들 있니?"

"아니. 난 결혼 안 했어."

앤드리아가 무슨 외계인이라도 구경하듯 쳐다보았다. 트룰리에서 스물 아홉 먹도록 한 번도 결혼하지 않은 여자는 별종이니까.

"자, 고등학교 졸업하고 나서 뭘 했는지 좀 말해 봐."

딜레이니는 자신이 살았던 곳들에 대해 말했고, 대화는 작은 마을에서 같이 자란 둘의 추억으로 옮겨갔다. 쇼 산기슭에서 눈썰매 타던 얘기를 하고, 앤드리아가 호수에서 워터스키를 타다 비키니 윗도리를 잃어버렸던 일을 두고 웃어젖혔다.

무언가 따스하고 예상치 못했던 것이 딜레이니의 영혼 곁에 자리잡았다. 앤드리아와의 대화는 자신이 그리워하는 줄도 몰랐던 무언가를 찾아내는 것과도 같았다. 새로 산 근사한 슬리퍼에 밀려 옛날에 처박아두었던 오래된 낡은 슬리퍼처럼.

앤드리아 다음, 리사는 딜레이니를 루이의 회사에서 일하는 독신남 몇 명에게 소개했고 딜레이니는 남자들의 뜨거운 관심을 받게 되었다. 대부분의 독신 건축 일꾼들은 딜레이니보다 젊었다. 몇몇은 진하게 그을린 피부에 강철 같은 근육이 다이어트 콜라 광고에서 튀어나온 듯했다. 딜레이니는 와인을 벗삼아 집에 처박히지 않아서 기뻤다. 특히 스티브란 이름의 중장비 기사가 그녀에게 버드와이저 병을 건네며 맑은 푸른색 눈으로 쳐다보았을 때는 더. 그의 머리칼은 햇빛에 바랜 버터스카치색이었고, 꾸민 기색만 없었다면 굉장히 매력적이었을 느슨한 구석이 있었다. 그의 머리칼은 전략적으로 흐트러져 있었고 자연스럽다고 보기엔 너무 젤을 많이 발랐다. 스티브는 자신이 멋지다는 걸 알고 있었다.

"난 루이를 보러 가야겠어."

리사가 씩 웃고는 서로의 데이트 상대를 평가해 주던 고등학교 때로 돌아간 듯이 스티브의 등뒤에서 짓궂게 양손 엄지손가락을 치켜세워 보였다.

"전에 몇 번 본 적이 있어요."

단둘이 남게 되자마자 스티브가 말했다.

"정말? 어디서요?"

딜레이니는 맥주병을 입가로 가져가 한 모금 마셨다.

"그 조그만 노란색 차 타고 다니는 걸요."

그가 미소짓자 새하얗고 약간 치열이 삐딱한 이가 보였다.

"당신을 못 보고 지나치기란 어려우니까요."

"내 차가 눈길을 끌 테죠."

"차가 아니라 당신이요. 당신을 못 보고 지나치기가 어렵다구요."

최근 평범한 티셔츠와 반바지를 입고 다니느라 투명인간이 된 기분이었기에 딜레이니는 자신을 가리키며 물었다.

"나요?"

"설마 자기가 아름답다는 걸 괜히 모르는 척하는 그런 여자는 아니겠죠?"

아름다워? 아니, 딜레이니는 자신이 아름답지 않다는 걸 알고 있었다. 그녀는 매력적이고 노력하면 굉장히 근사하게 보이도록 할 수는 있었다. 하지만 스티브가 아름답다고 말하고 싶다면, 그렇게 하게 내버려두지 뭐. 꾸민 기색이 있든 없든 간에 그는 개가 아니니까. 비유적으로도, 말 그대로도. 듀크와 돌로레스랑 너무 많은 시간을 보낸 나머지, 경계를 늦추면 관심의 눈길 아래 녹아버릴 터였다.

"몇 살이에요?"

딜레이니는 물었다.

"스물둘이요."

일곱 살 차이. 스물두 살 때 딜레이니는 인생을 경험하고 있었다. 임시방면된 죄수처럼. 5년간의 방면. 열아홉부터 스물넷까지, 그녀는 방만하고 완전한 자유의 삶을 살았다. 멋진 시간을 보냈지만 나이 들고 현명해졌다는 게 반가웠다.

딜레이니는 아래 모래사장에서 손을 흔들며 물가로 달려가는 십대 여자애들에게로 시선을 돌렸다. 그녀는 스티브보다 그렇게 많이 나이먹지도 않았고, 심각한 관계를 찾는 것도 아니었다. 딜레이니는 다시 병을 입가로 가져가 한 모금 마셨다. 어쩌면 여름 동안 그냥 이 남자를 이용할 수 있을지도. 이용한 다음, 차버리는 거다. 남자들도 그녀에게 그러지 않았던가. 남자들이 그랬던 것처럼 하지 못할 이유가 뭐가 있어? 무슨 차이가 있지?

"닉 삼촌이 돌아왔어."

소피가 사람들 한가운데 서 있는 루이를 올려다보며 외쳤다.

딜레이니의 가슴이 쿵 내려앉았다. 그녀의 눈길은 부두 끝으로 천천히 다가오는 보트로, 키를 잡은 남자에게로 날아갔다. 그의 검은 머리칼이 어깨 위에서 흩날리고 있었다. 우뚝 솟은 소나무 그림자가 물 위에 드리워져 그와 세 명의 여자들을 어둠에 감쌌다. 소피는 친구들을 뒤에 달고 부두로 튀어나갔고, 아이들의 들뜬 재잘거림이 보트 엔진소리를 눌렀다. 닉의 웃음소리가 바람결에 실려 딜레이니에게 와닿았다. 맥주병을 난간에 올려놓고 돌아서자 리사가 죄지은 표정으로 서 있었다.

"잠깐만요, 스티브."

딜레이니는 양해를 구하고 친구에게로 갔다.

"죽이지만 말아 줘."

리사가 소곤거렸다.

"말했어야 할 거 아냐."

"그래도 왔겠니?"

"아니."

"그럼 거짓말해서 다행이네."

"왜, 나더러 오자마자 가라고?"

"겁쟁이처럼 굴지 마. 이젠 닉하고의 나쁜 감정을 털어버려야지."

딜레이니는 소꿉친구의 눈을 들여다보며 친구의 말에 마음 상하지 않으려 애썼다. 리사는 헨리의 유언이나 십 년 전 닉이 그녀를 농락했던 밤에 대해 모른다고 자신을 타일렀다.

"닉이 네 친척이 된다는 건 알지만, 내겐 닉에게 '나쁜' 감정을 가져야할 분명한 이유가 몇 있어."

"루이한테 들었어."

끔찍한 질문들이 무수하게 딜레이니의 머리를 스쳤다. 누가 뭘 아는 걸까? 누가 누구에게 뭘 말했을까?

"루이가 무슨 말을?"

"유언에 대해서 말야."

딜레이니는 호수를 응시하고 있는 루이를 어깨 너머로 돌아보았다. 아무도 유언에 대해 모르는 쪽이 낫지만, 제일 큰 걱정은 그게 아니었다. 부디 제일 두려워하는 그 일은 그대로 과거에 묻혀 있기를.

"언제부터 알고 있었던 거야?"

"한 달쯤. 네가 직접 말해 주지 그랬니. 내 결혼식에 참석해 달라고 말하고 싶었지만, 네가 여기 있을 거라고 말하기를 기다리고만 있었어. 아무것도 모르는 척하자니 정말 힘들었어. 그래도 이제 들러리가 되어 달라고 부탁할 수 있겠구나. 네가 수석 들러리가 되어 주었으면 했는데 그럴 수가 없어서 동생에게 부탁했어. 그래도……."

"정확히 루이가 무슨 말을 했는데?"

딜레이니는 리사의 팔을 잡아 사람들이 없는 쪽으로 잡아끌면서 말을 잘랐다.

"네가 트롤리를 떠나면 닉이 네 몫을 물려받고, 너희 둘이 섹스를 하면 네가 닉의 몫을 받는다고."

"그밖에 아는 사람은?"

"베니타일걸, 아마."

물론 그렇겠지.

"그리고 아마 소피도. 자기 할머니 말을 들었다는 소리를 하던데."

두려움이 뱃속을 묵직하게 눌러왔다. 딜레이니는 리사의 팔을 놓았다.

"창피해 죽겠어. 이제 마을 전체가 알게 될 테고, 사람들은 가는 곳마다 내가 마을을 떠나거나 닉과 섹스하지 않나 지켜보겠지."

그 생각에 머리가 욱씬거렸다.

"꼭 그런 일이 벌어지기라도 할 것처럼."

"아무도 모를 거야. 소피 걱정을 하는 거라면 내가 잘 타일러 둘게."

"걔가 네 말을 들어?"

"소문이 닉에게 해가 된다고 하면 들을 거야. 걘 삼촌을 우러러보거든. 소피의 눈에는, 닉은 그릇된 일이라곤 하나 않는 성자야."

딜레이니는 어깨 너머를 돌아보고 성(聖) 닉이 애첩들과 부두로 다가오는 것을 지켜보았다. 그는 커다란 종이 봉투를 소피에게 건넸고, 소피와 친구들은 모래사장의 피크닉 테이블로 향했다. 헐렁한 녹색 탱크탑과 오른쪽 무릎이 커다랗게 찢어진 낡은 리바이스, 그리고 고무 슬리퍼 차림의 닉은 막 침대에서 나온 듯이 보였다. 딜레이니의 눈길이 세 여자에게로 옮겨갔다. 어쩌면 그럴지도.

"어디서 달라붙었을까?"

리사가 그의 곁에 선 금발과 뒤를 바싹 따르는 짙은 머리 여자 둘을 두고 말했다.

"소피 줄 폭죽을 가지러 잠깐 자기 집에 갔던 것뿐인데."

"연막탄 몇 개만 가져온 게 아니라는 건 분명하구나. 저 여자들 누구야?"

"금발은 게일 뭐더라, 결혼한 후의 이름은 모르겠지만 태너 판사님 딸이야. 그 뒤에 둘은 하웰 쌍둥이 같은데. 로나와 라나."

딜레이니는 게일 태너가 기억났다. 그녀는 딜레이니보다 몇 살 위였고, 가족끼리 종종 어울렸다. 또한 그녀는 닉이 헨리의 장례식에서 데려갔던 여자였다. 하웰 쌍둥이는 모르는 사람들이었다.

"게일이 결혼했어?"

"이혼했지."

딜레이니는 좀더 잘 보려고 돌아섰다. 여자들은 타이트한 탱크탑을 청바지 안으로 넣어 입고 있었다. 딜레이니는 저들을 '나가요'로 치부해 버리고 싶었지만 그럴 수가 없었다. 그들은 창녀라기보단 잡지 화보처럼 보였다.

"게일이 가슴 수술했니? 내 기억엔 저렇게 빵빵하지 않았던 것 같은데."

"가슴 수술하고 엉덩이 지방 흡입도 좀."

"흐음."

딜레이니의 눈길은 다시 닉과 청바지 구멍으로 내보이는 삼각형의 허벅지로 돌아갔다.

"TV에서 지방 흡입 수술하는 거 봤니? 으, 그거 생각만 해도 엉덩이가 아프다."

"우웩이었어. 꼭 닭 기름기 같더라."

"너라면 할 거야?"

"잠깐만. 너는?"

딜레이니는 생각을 하면서 친구를 쳐다보았다.

"아무래도 싫어. 하지만 가슴이 배꼽 아래까지 처지기 시작하면 땡겨 올리는 수술은 할지도. 앞으로 이십 년 동안은 괜찮겠지."

딜레이니의 말에 리사의 눈길이 친구의 가슴으로 향했다.

"네 가슴이야 꽤 괜찮지. 난 가슴은 별로지만 엉덩이는 진짜 봐줄 만해."

리사가 등을 돌려 엉덩이를 보여주었다.

"나보다 낫네."

딜레이니는 인정하고, 데크로 오르는 계단을 향해 모래사장을 가로질러오는 닉과 세 여자에게로 눈길을 돌렸다.

"그럼, 저 중에 누가 여자친구야?"

"몰라."

"아마 셋 전부겠지."

"그럴지도."

리사도 동의했다.

"아무도 아냐."

루이가 뒤에서 말했다.

딜레이니는 속으로 끄응 신음하고 눈을 감았다. 닉을 놓고 수다 떨다

들키다니. 설상가상으로 루이에게. 그녀는 그가 얼마나 오랫동안 거기 서 있었을까 생각했다. 가슴 땡겨 올리는 수술 얘기하는 것도 들었을까 궁금했지만 물어볼 엄두가 나지 않았다. 천천히 몸을 돌려 그를 마주하고, 무언가 할 말을 찾아 머릿속을 바삐 뒤졌다.

고맙게도, 리사는 같은 문제를 겪지 않았다.

"닉이 쌍둥이랑 데이트하지 않는 거 확실해?"

"아니고말고."

루이는 대답하곤, 진지하기 짝이 없는 표정으로 공언했다.

"닉은 한 여자에게 목매는 타입이거든."

딜레이니는 리사를 쳐다보았고 둘은 폭소를 터뜨렸다.

"뭐가 우스워?"

루이는 가슴께에 떡 하니 팔짱을 끼고는 짙은 눈썹으로 이마에 두드러진 선을 그리며 물었다.

"당신이."

리사가 대답한 후 그의 단단한 입에 키스했다.

"당신은 미치광이야. 하지만 그래서 당신을 사랑한다니까."

루이는 리사의 허리에 한 팔을 감고 세게 당겨 안았다.

"나도 사랑해, 알루 고죠."

저런 이국적인 애정의 말을 딜레이니에게 속삭여 준 사람은 아무도 없었다. "한판 하자, 베이비."를 셈에 넣는다면 모를까. 루이가 리사를 사랑하듯이 그녀를 사랑해 준 남자는 아무도 없었다. 그리고 개 산책시키기 말고 달리 하는 일 없이 트룰리에 처박혀 있으면 앞으로도 마찬가지이리라. 개똥 주워담기보다 나은 뭔가를 찾아내야만 한다.

"거기 사무실 옆의 건물 소유주가 누군지 혹시 알아요?"

"이젠 네 거지."

루이가 어깨를 으쓱했다.

"아니면 너희 어머님 소유이던가. 헨리의 유언에 따라 달라지겠지."

"내 거라구요?"

그 소식을 곰곰 되새기자 함박미소로 입이 벌어졌다.

"응. 헨리가 그 블록 전체의 소유주였으니까."

"그쪽 사무실도요?"

"응."

딜레이니는 생각할 일이 많아서 한 걸음 뒤로 물러섰다.

"음, 초대해 줘서 고마워요."

그녀는 닉이 근처에 오기 전에 퇴각할 셈으로 말했다.

"방금 막 왔잖아."

리사가 만류했다.

"불꽃놀이할 때까지 있다 가. 루이, 좀더 있다가 가라고 말해."

"왜 가려는 건데?"

루이는 어깨에 걸치고 있던 가죽 자루를 내려 그녀에게 내밀었다.

어쩌나, 지금 가버리면 소심해 보이겠지. 딜레이니는 돼지가죽 자루를 받아들고 물었다.

"안에 뭐가 들었어요?"

"차콜리."

그녀가 마시지 않자 그가 덧붙였다.

"적포도주야. 특별한 행사와 명절용이지."

자루를 들어올렸더니 가느다란 포도주 줄기가 턱을 치고 입에 닿았다. 포도주는 달콤하고 무척 독했고, 자루를 내리다가 이번엔 목에 흘렸다.

"난 아무래도 잔으로 마셔야 하나봐요."

딜레이니는 농담하고 턱과 목을 닦아냈다.

그때 뒤에서 누가 가죽자루를 그녀의 손에서 빼내갔다. 몸을 돌린 딜레이니는 떡 벌어진 가슴과 연한 녹색 탱크탑을 응시하게 되었다. 뱃속이 꽈배기처럼 뒤틀리는 가운데 천천히 눈길을 닉의 입술과 잿빛 눈으로 올렸다. 알레그레자 형제는 그녀 뒤에서 살금살금 다가오는 버릇이 있나보다.

"입 벌려."

닉이 말했다.

그녀는 고개를 한쪽으로 갸웃하고 그를 쳐다보았다.

"입 벌려."

그가 다시 말하곤 자루를 그녀 얼굴 위로 들어올렸다.

"안 벌리면 어쩔 건데? 포도주를 온몸에 뿌릴 거야?"

닉은 느릿하고 관능적으로 미소지었다.

"그래."

딜레이니는 단 한순간도 그의 말을 의심하지 않았다. 입을 벌리자마자, 포도주가 벌린 입술 사이로 흘러들었다. 그녀는 무력하게 리사와 루이가 저쪽으로 가는 모습을 지켜보았다. 꼼짝 못하고 서 있어야 할 처지만 아니었다면 따라갔을 텐데. 곧 포도주 줄기가 한 방울도 안 흘리고 뚝 그쳤다. 딜레이니는 꿀꺽 삼키고 입가를 핥았다. 그리곤 아무 말도 하지 않았다.

"달갑지 않은가 봐?"

산들바람이 그의 살내음을 전하고 숱 많은 짙은 머리칼을 맨어깨에 흐트러 놓았다. 그에게선 맑은 산 공기와 관능적인 남자 내음이 났다.

"도와달라고 부탁한 적 없어."

"그래, 하지만 저 참견꾼들을 퇴치하려면 차콜리가 많이 필요하거든."

닉은 약간 몸을 젖히고 자루를 들어올렸다. 붉은 물줄기가 그의 입을 채웠고, 그가 삼키자 목이 꿈틀거렸다. 가느다란 검은 체모가 겨드랑이에 그림자를 드리웠다. 딜레이니는 그의 오른쪽 팔뚝을 둘러싼 문신을 처음으로 알아챘다. 가느다란 가시넝쿨이었는데, 매끄럽게 그을린 피부에 검은 잉크로 그려진 꼬인 넝쿨과 가시가 묘하게 진짜처럼 보였다. 그는 자루를 내리고 아랫입술에 묻은 포도주 방울을 빨았다.

"저번엔 날 차로 치려 한 거야, 말괄량이?"

딜레이니는 반응하지 않으려 애썼다.

"그렇게 부르지 말아 줘."

"뭐? 말괄량이?"

"그래."

"왜?"

"싫으니까."

닉은 그녀가 뭘 좋아하는지 눈곱만큼도 신경쓰지 않았다. 그녀가 그를 차로 치려 했다는 데엔 의심의 여지가 없었다. 그는 그녀 몸의 곡선을 눈길로 쓰윽 더듬으면서 자루 뚜껑을 닫았다.

"그거 유감이군."

데크에 발을 딛은 순간 그녀를 알아챘다. 모두들 여름 차림인데 그녀만 터틀넥에 녹색 가죽 조끼를 입고 있어서만은 아니었다. 그녀의 머리칼. 저물어 가는 해가 색색의 붉은 머리칼에 걸려 불타오르고 있었다.

"그럼 다음에 네가 횡단보도를 건널 때 브레이크를 밟지 않을 거야."

닉은 딜레이니가 그를 올려다보기 위해 고개를 젖혀야 할 정도가 될 때까지 다가섰다. 그의 눈길이 티없는 도자기 같은 뺨에서 핑크빛 입술로 움직였다. 마지막으로 그와 이렇게 가까이 있었을 때, 그녀는 거의 벌거벗고 있었다.

"어디 재주껏 해봐."

하얀색과 핑크. 그게 기억 속의 딜레이니에 대한 그의 느낌이었다. 보드라운 핑크빛 입과 혀. 탄력 있는 하얀 가슴과 단단한 핑크빛 젖꼭지. 비단 같은 하얀 허벅지.

그녀가 뭔가 말하려 입을 열었지만, 무슨 말이었든지 간에 게일이 다가오는 바람에 입 밖으로 나오지 못했다.

"여기 있었네."

게일이 닉의 팔에 자기 팔을 감으며 말했다.

"쇼가 시작되기 전에 얼른 가서 모래사장에 자리 잡자."

닉은 딜레이니의 커다란 갈색 눈을 응시하며 옆에 붙어선 적극적인 여자와는 전혀 무관한 긴장감으로 아랫배가 조여드는 감각을 느꼈다. 그는 뒤로 물러나 게일에게 눈길을 돌렸다.

"급하면 먼저 가 있어."

"아냐, 기다릴게."

게일은 딜레이니에게로 눈길을 돌렸다. 그의 팔을 쥔 그녀의 손에 힘이 들어갔다.

"안녕, 딜레이니. 돌아왔다는 말은 들었어."

"잠깐만이야."

"저번에 어머님이랑 얘기했을 때, 네가 유나이티드 항공 승무원이라고 하시더라."

딜레이니의 이마에 살짝 주름이 졌고 마치 도망갈 구실을 찾는 듯이 주위를 둘러보았다.

"그건 5년 전이고, 승무원이 아니라 화물 담당이었어."

그녀는 한 걸음 물러섰다.

"음, 만나서 반가웠어, 게일. 난 가봐야 해서. 리사에게 어…… 뭘 도와주겠다고 했거든."

닉 쪽엔 눈길도 안 주고 그녀는 몸을 돌려 떠나갔다.

"둘이 무슨 사이야?"

게일이 물었다.

"아무것도 아냐."

닉은 딜레이니에 대해 얘기하고 싶지 않았다, 특히 게일과는. 그녀에 대해 생각조차 하고 싶지 않았다. 그에게 있어 딜레이니는 골칫거리였다. 언제나. 처음 그녀의 커다란 갈색 눈을 들여다본 순간부터.

"내가 왔을 땐 분명 심상치 않았는데."

"관둬."

닉은 게일의 팔을 떨쳐내고 집안으로 들어갔다. 조금 전 폭죽을 가지러 자신의 집에 가보니, 게일과 쌍둥이가 현관문을 두들기고 있었다. 그는 여자들이 집에 들락거리는 걸 좋아하지 않았다. 그와의 관계에 대한 비현실적인 생각을 하게 만드니까. 하지만 오늘은 휴일이니까, 이번 한번은 멋대로 쳐들어온 걸 봐주고 루이네로 초대하기로 결정했다. 지금은 그러지 말걸 싶었다. 그는 게일의 눈에 떠오른 결연한 빛을 보았다. 그녀는 그냥 넘어가지 않으리라.

게일은 닉의 뒤를 바싹 쫓아왔지만, 인적 없는 주방에 들어설 때까지 기다렸다가 말을 이었다.

"십 년 전 딜레이니가 떠났을 때 기억나? 걔가 임신했다고 말한 사람들이 많았지. 당신이 애 아빠라고."

닉은 루이의 가죽자루를 카운터에 내던지고 냉장고를 열었다. 밀러 맥주 두 병을 꺼내 뚜껑을 비틀어 열었다. 그도 그 소문을 기억했다. 그와 딜레이니가 별별 장소에서 별별 방법으로 했다는 소문이 돌았다. 하지만 어떤 얘기든 간에, 결말은 늘 똑같았다. 닉 알레그레자가 딜레이니 쇼에게 더러운 손을 댔다. 닉이 공주님을 임신시켰다.

헨리는 뭘 믿어야 할지 알 수 없어했다. 그는 소문이 진짜일 수도 있다는 가능성에 격분했다. 닉에게 소문을 부정하라고 다그쳤다. 물론 닉은 그러지 않았다.

"진짜야?"

이 얼마나 아이러니한 일인가. 십 년 후, 헨리는 그가 딜레이니와 섹스하기를 원했다. 닉은 게일에게 차가운 맥주 한 병을 건넸다.

"관두라고 했지."

"난 알 권리가 있다고 생각해, 닉."

닉은 그녀의 푸른 눈을 들여다보고 즐거운 기색이라곤 조금도 없는 웃유소리를 냈다.

"무슨 얼어죽을 권리."

"당신이 다른 여자와 만나는 거라면 알 권리가 있어."

"그런다는 거 알 텐데."

"그러지 말라고 내가 부탁하면 어쩔 거야?"

"관둬."

그는 경고했다.

"왜? 사귀기 시작한 이래 우린 많이 가까워졌잖아. 당신이 마음만 열면 함께 근사하게 살 수 있다고."

닉은 자신이 게일의 남편 후보감 목록에 올라 있는 유일한 남자가 아님을 분명하게 알고 있었다. 다만 제일 위에 올라 있을 뿐. 한동안은 게일의 섹스 상대 목록 일순위인 게 재미있었다. 하지만 최근 그녀가 소유욕을 보이기 시작했기에 짜증이 났다.

"처음부터 내게 아무 기대도 말라고 했지. 난 섹스랑 사랑을 절대 혼동하지 않아. 그 둘은 전혀 관계가 없다고."

닉은 맥주병을 입가로 들어올리고 말했다.

"널 사랑하진 않지만, 자존심 상하진 마."

게일은 가슴 아래 팔짱을 끼더니 카운터에 기대섰다.

"못된 자식. 내가 왜 참고 있는지 모르겠다니까."

닉은 길게 한 모금 들이켰다. 두 사람 다 왜 그녀가 그를 참아 넘기는지 알고 있었다.

딜레이니는 스티브의 강건한 근육질 팔이 자신의 허리를 감아 끌어당기는 것을 느꼈다. 빨강, 하양, 파랑의 섬광이 검은 밤하늘에 터지고 호수에 불꽃이 되어 쏟아지는 동안 딜레이니는 스티브의 포옹이 주는 느낌을 시험했다. 마음에 든다는 결론. 접촉과 따스함이 좋았다. 다시 살아 있다는 기분이었다.

그녀는 왼쪽을 흘낏 돌아보고 닉이 파이프를 반쯤 모래 속에 파묻는 것을 지켜보았다. 몇 분 전, 딜레이니는 '닉 삼촌'이 조카딸에게 가져다준 불꽃놀이를 제대로 볼 수 있었다. 자루 안에 불법이 아닌 불꽃이라곤 단 한 개도 없었다.

금빛 폭포가 짧은 몇 초간 닉의 옆모습을 비추자, 딜레이니는 눈을 돌렸다. 더 이상 그를 피해 다니진 않을 거다. 그와 맞닥뜨리고 싶지 않단 이유로 자신의 행동반경을 제한하지는 않을 거다. 그리고 트룰리에서의 남은 기간을 지난 한 달처럼 살지 않을 것이다. 그녀에겐 계획이 있었다. 어머니는 좋아하지 않을 게 뻔했지만 딜레이니는 신경쓰지 않았다.

그리고 11월에는 기대되는 결혼식도 있었다. 리사가 결혼식에 참석하는 문제를 다시 꺼내자 딜레이니는 기쁘게 그러겠다고 대답했다. 리사와 자신이 머리에 핀으로 행주를 고정시키고 식장을 행진하는 시늉을 했던 지난날이 떠올랐다. 누가 먼저 결혼할까 궁금해했었지. 둘은 커다란 합동 결혼식을 바랐다. 둘 중 누구도 자신들이 스물아홉이라는 무르익은 나이가 되도록 싱글로 남아 있을 줄은 생각도 못했었다.

스물아홉. 그녀가 아는 한, 학교 친구들 중에 최소한 약혼조차 안 한 사람은 자신뿐이었다. 2월이면 서른 살이 된다. 자신만의 집도 없고 남자도 없는 서른 살 여자. 집은 걱정거리가 아니었다. 삼백만 달러면 집은 살 수 있다. 하지만 남자는 다른 문제다. 뭐 인생에 남자가 꼭 필요한 건 아니다. 그러나 때로 주위에 누군가 있어 준다는 건 멋지겠지. 남자친구가 있었던 적도 꽤 오래되었고 이제 남자가 그리웠다.

물가에서 파이프로 폭죽에 불을 붙이는 남자의 검은 실루엣으로 시선이 쏠렸다. 그가 허리를 돌려 어깨 너머로 그녀 쪽을 쳐다보았다. 묘한 술렁거림이 뱃속 깊숙이 자리잡았고, 딜레이니는 급히 밤하늘로 눈길을 돌렸다.

마을에서 쏘아올린 엄청난 피날레 불꽃이 마치 노을처럼 호수를 밝히고 맨스필드 대령네 잔교 지붕에 불을 붙였다. 사람들은 즐거워하며 자신들의 모래사장과 발코니에서 폭죽을 쏘아올려 호응했다. 해피 드래건, 코브라, 마이티 레벨이 불꽃의 비를 내리며 터졌다. 휘슬링 피트 같은 정식 허가 불꽃도 쌔애액 소리를 내며 밤하늘을 날았다.

딜레이니는 트룰리 사람들이 얼마나 불놀이를 좋아하는지 잊고 있었다. 폭죽이 찢어지는 소리를 내며 그녀의 머리 옆을 휘익 지나가 루이의 데크 위에서 붉은 불꽃을 터뜨렸다.

그래, 여긴 아이다호다. 감자와 불꽃놀이 매니아의 고장.

5

스티브가 앞에서 밀어붙이자 미아타의 차문 손잡이가 딜레이니의 엉덩이를 파고들었다. 그녀는 그의 가슴에 양손을 얹어 키스를 끝냈다.

"나랑 같이 집에 가요."

그가 귓가에 속삭였다.

딜레이니는 짙게 그림자가 드리워진 그의 얼굴을 들여다볼 수 있을 만큼 몸을 뒤로 뺐다. 그를 이용할 수 있다면 좋을 텐데. 유혹에 넘어가 버리면 좋을 텐데. 그가 이렇게나 어리고 자신이 그걸 의식하지 않으면 좋을 텐데.

"못해."

그는 잘생겼고, 강철 같은 가슴 근육에다가 괜찮은 남자 같았다. 딜레이니는 유아 납치범이 된 기분이었다.

"룸메이트는 오늘 안 들어와요."

세상에, 룸메이트란다. 물론 룸메이트가 있을 테지. 스물두 살이니까. 아마 칠리 통조림과 버드와이저로 끼니를 때우겠지. 그녀가 스물두 살일

적에 균형 잡힌 식사란 대체로 콘칩과 살사, 샹그리아(적포도주에 과즙이나 소다수를 섞은 음료)로 구성되어 있었다. 라스베가스에 살면서 '서커스 서커스'에서 일했고 나머지 여생에 대해선 걱정조차 하지 않았다.

"난 처음 만난 남자네 집에 가거나 하지 않아."

딜레이니는 그가 한 걸음 물러날 때까지 밀어냈다.

"내일 밤엔 뭐해요?"

스티브가 물었다.

딜레이니는 고개를 젓고 차문을 열었다.

"넌 좋은 남자지만 난 지금 당장으로선 누구 만날 생각이 없어."

차를 몰아 멀어져 가며, 딜레이니는 미러로 스티브가 물러나는 모습을 보았다. 처음엔 그가 보이는 관심에 우쭐했지만, 밤이 깊어감에 따라 불편해졌다. 지난 7년간 그녀는 많이 성숙해졌다. 가구 매치하기가 죽여주는 스테레오만큼 중요해졌고, 언제부터인가 '토할 때까지 파티'가 매력을 잃었다. 그리고 설령 자신의 쾌락을 위해 스티브의 몸을 이용하자는 생각에 진짜로 끌렸다 해도, 닉이 망치고 말았다. 그가 단지 파티에 있기만 해도 그랬다. 그녀는 몹시도 그를 의식했고, 그를 완전히 무시하기엔 그들 사이에 과거가 너무 많았다. 잠시나마 그를 잊을 수 있었던 때조차, 갑자기 뜨거운 조명처럼 그녀를 끌어당기는 그의 시선이 느껴졌다. 하지만 그녀가 쳐나볼 때면 그는 결코 마주보지 않았다.

딜레이니는 긴 진입로를 올라 차고 자동문 버튼을 눌렀다. 그리고 만약 닉이 그 자리에 없었다 해도, 스티브가 그렇게 어리지 않았다 해도, 자신이 그를 따라 갔으리란 생각은 들지 않았다. 그녀는 스물아홉에, 어머니와 같이 살고 있고 하룻밤 불장난을 즐기기엔 너무 신경이 예민했다.

어머니의 캐딜락과 매치되는 헨리의 캐딜락 옆에 차를 세우고 딜레이니는 주방문을 통해 집으로 들어갔다. 벌레잡이용 전등과 향초 몇 개가 흐릿한 빛을 포치에 드리워, 어머니와 한 남자의 뒤통수를 비추고 있었다. 가까이 가고 나서야 딜레이니는 그가 헨리의 변호사 맥스 해리슨임을 알아보았다. 헨리의 유언장 낭독 이후로 그를 보지 못했었다. 딜레이니는 그가 여기 지금 이 시간에 있는 것을 보고 놀랐다.

"반갑군요."

그녀가 다가오자 맥스가 일어서서 말했다.

"다시 트룰리에 사는 건 어떻든가요?"

옛 같죠, 그녀는 생각하면서 어머니 맞은편의 철제 의자에 앉았다.

"익숙해지는 데 좀 시간이 걸리네요."

"파티는 재미있었니?"

어머니가 물었다.

"네."

딜레이니는 진정으로 말했다. 좋은 사람들을 몇 만났고, 닉 알레그레자의 존재에도 불구하고 즐거웠었다.

"어머님이 방금 당신이 헨리의 개를 훈련시키느라 바빴다는 말씀을 하던 중이었죠."

맥스는 다시 자리에 앉아 미소지었다.

"어쩌면 새 직업이 될지도 모르겠군요."

"사실, 전 예전 직업을 좋아해서요."

루이와의 대화 이후, 그녀는 시내의 빈 건물에 대해 생각하고 있었다. 확실하게 결정날 때까지 어머니와 의논하고 싶지 않았지만, 누구보다 얘기를 나눠야 할 상대가 바로 테이블 저편에 앉아 있고 어차피 어머니도 조만간에 알게 될 일이었다.

"알레그레자 건설 옆 건물이 누구 거죠? 아래층에 헤어 살롱이 있는 조그만 이층 건물 말예요."

"내 기억엔 헨리의 유언에 의하면 당신 것인 듯한데. 왜요?"

"내가 살롱을 다시 열고 싶어요."

"좋은 생각 같지 않구나."

어머니가 말했다.

"달리 할 수 있는 일들도 많잖니."

딜레이니는 어머니의 말을 무시했다.

"그러려면 어떻게 해야 하죠?"

"우선, 소액 사업 대출을 받아야죠. 이전 소유주는 죽었으니 살롱의 자산 가치를 정하기 위해 상속인들을 대리하는 변호사에게 연락해야 합니다."

반 시간 후 맥스가 말을 마치자, 딜레이니는 자신이 뭘 해야 할지 정확히 알게 되었다. 월요일에 당장 그녀의 돈을 신탁으로 맡아 둔 은행에 가서 대출 신청을 할 것이다. 그녀가 생각할 수 있는 한에서, 이 계획의 문제점은 단 하나뿐이었다. 그 살롱이 바로 닉의 건설회사 옆에 자리하고 있다는 문제.

"옆 건물의 임대료를 올릴 수 있을까요?"

어쩌면 그를 내쫓아버릴 수 있을지도.

"현재 계약이 만료될 때까지는 안 돼요."

"그게 언젠데요?"

"내 기억엔 앞으로 1년."

"제길."

"제발 욕은 하지 말렴."

어머니가 타이르면서 손을 테이블 너머로 뻗어 딜레이니의 손에 자신의 손을 겹쳤다.

"작은 사업을 시작하고 싶다면 선물 가게는 어떠니?"

"선물 가게는 하고 싶지 않아요."

"딱 크리스마스 도자기를 팔 때에 맞춰 열 수 있을 텐데."

"도자기 파는 일엔 관심 없어요."

"내 생각엔 괜찮을 듯한데."

"그럼 엄마가 해요. 난 헤어 스타일리스트고, 시내에 살롱을 열고 싶으니까."

그웬은 의자에 등을 기댔다.

"넌 그저 날 괴롭히려 이러는 거야."

딜레이니는 그런 게 아니었지만, 대꾸를 하면 결국 자신만 유치해 보인다는 걸 알 만큼 어머니와 오래 살았다. 가끔 어머니와의 대화는 파리잡이 끈끈이와 씨름하는 것과 같았다. 벗어나려 애를 쓰면 쓸수록 더 달라붙고 마는.

딜레이니가 대출을 받고 살롱 오픈 준비를 마치기까진 3개월이 조금 넘게 걸렸다. 기다리는 동안, 그녀는 '헬렌의 헤어 헛'으로 들어가는 손님들의 숫자에 중점을 둔, 시내 상업 지구에 대한 비과학적인 연구에 착수했다. 메모장과 펜을 손에 들고 골목길에 세워놓은 차 안에서 어린 시절의 숙적 헬렌 마컴을 염탐했다. 리사가 일하거나 결혼 계획으로 바쁘지 않을 때면 딜레이니는 친구에게서도 보고를 받았다. 딜레이니는 육안으로 잘못된 파마와 잘된 파마의 데이터 통계를 냈다. 심지어는 헬렌이 목소리를 알아들을 경우에 대비해 영국식 억양을 꾸며내어 자라난 머리 뿌리 염색 요금을 전화로 묻기까지 했다. 하지만 어느 날 밤 쓰레기를 뒤져 헬렌이 얼마나 싸구려 제품을 쓰는지 발견했을 때에야 여러 가지 생각이 한꺼번에 뇌리에 떠올랐다. 허벅지까지 쓰레기에 파묻히고 발은 상한 코티지 치즈 용기에 처박은 채 서서, 자신이 조사에 지나치게 열을 올렸음을 깨달았다. 또한 살롱의 성공은 헬렌을 몰아낸다는 꿈의 성취와도 관련이 있음을 깨달았다. 십 년간 떠나 있었지만 결국 돌아와서 똑같은 패턴이 되고 만 것이다. 그러나 이번엔 어떤 면에서든 헬렌에게 지지 않을 테다.

비과학적 연구가 마무리지어질 무렵이 되자, 헬렌의 가게가 잘 나간다는 걸 알 수 있었으나 딜레이니는 걱정하지 않았다. 헬렌의 머리를 보지 않았던가. 옛 라이벌의 손님들을 훔칠 수 있다. 문제없어.

일단 대출이 통과되자, 딜레이니는 메모장을 밀어두고 살롱 자체에 매달려 분주히 일했다. 계산대에서 파마 로드(머리를 마는 데 쓰는 작은 막대기)까지 모조리 뿌연 먼지가 한 겹 덮고 있었다. 몽땅 문질러 닦고 살균 세척해야 했다. 그녀는 전 주인의 장부를 골똘히 헤아렸지만 숫자가 재고품과 맞지 않았다. 글로리아가 완전 숫자하고는 담을 쌓았든가, 아니면 그녀가 죽은 후 누군가 들어와 재고품을 훔쳐간 거다. 없어진 재고품 값을 글로리아의 상속인에게 물어내야 하는 것도 아닌 데다가, 살롱 안의 물건은 어차피 몽땅 최신 트렌드에 3년은 뒤쳐져 있었기에 딜레이니는 도둑질 자체는 그렇게 신경쓰지 않았다. 그래도 누군가가 여기 들어올 수 있다고 생각하니 조금 불안해졌다. 그녀의 관점에서, 가장 유력한 용의자는 물론 헬렌이었다. 헬렌은 그 옛날부터 도둑이었고, 코튼 스트립(파마를 할 때 머리를 말면서 같이 감는 조각 천), 샴푸 타월, 가발 핀 같은 걸 쓸 사람이 달리 누가 있단 말인가?

딜레이니는 입구와 뒷문, 그리고 위의 아파트 열쇠는 그녀가 가진 것뿐이라는 확언을 들었다. 그래도 영 찜찜해서 시내의 단 하나뿐인 열쇠 수리공에게 연락하여 일주일 안에 오겠단 약속을 받았다. 하지만 이곳은 사냥 시즌에 따라 일주일이 때로 한 달을 뜻할 수도 있는 트룰리였다.

개업 9일 전, 딜레이니는 앞 유리창에서 옛날 이름을 긁어내게 하고 '커팅 엣지'란 단어를 금박으로 해넣었다. 창고엔 새 용품들을 쟁여놓았고 대기 장소엔 까만 새 의자를 들였다. 목재 바닥은 새로 광을 내고 벽은 환한 흰색으로 칠했다. 쇼 포스터를 걸고 거울을 더 큰 걸로 교체하자 엄청 기쁘고 또 자랑스러웠다. 그녀가 꿈꾸던 살롱은 아니었다. 금속과 대리석도 아니고 최고의 스타일리스트가 가득 차 있지도 않지만 짧은 시간에 많은 것을 이루어 낸 것이다.

딜레이니는 이웃의 티셔츠 가게와 다른 가게들에 인사를 했다. 그리고 닉의 지프가 주차장에 없는 날을 골라, 알레그레자 건설로 쳐들어가서 그의 비서인 힐다와 사무장인 앤 마리에게 자기 소개를 했다.

개업 이틀 전, 딜레이니는 살롱에서 작은 파티를 열었다. 리사와 어머니 그리고 어머니의 친구분들을 모조리 초대했다. 근방 가게 주인들에게도 초대장을 돌렸다. 알레그레자 건설은 제외하고 헬렌의 헤어 헛에는 손수 초대장을 전달했다. 두 시간 동안 살롱은 딸기를 먹고 샴페인을 마시는 사람들로 넘쳐 났으나 헬렌은 나타나지 않았다.

어머니가 오긴 했지만, 반 시간 후 감기라는 어색한 핑계를 대고 가버렸다. 마음에 안 든다는 어머니의 의사 표시다. 하지만 딜레이니는 어머니의 마음에 들기 위해 사는 삶을 그만둔 지 오래였다. 어쨌든 간에 결코 해내지 못할 테고.

다음 날, 딜레이니는 살롱 위의 아파트로 이사했다. 트럭과 사람 몇을 고용해서 임대 창고에서 가구들을 끌어내 조그만 방 하나짜리 아파트로 밀어넣었다. 그웬은 딜레이니가 얼마 못 가 돌아올 거라고 장담했지만, 딜레이니는 절대 그러지 않을 생각이었다.

아파트는 남루하고 새 장판과 커튼을 해달아야 했다. 하지만 딜레이니는 조그만 거실의 창가 소파와 침실이 마음에 들었다. 발 달린 구식 욕조와 메인 가를 내려다보는 커다란 아치형 창문도 좋았다. 이 남루하고 조그만 공간은 어머니 집의 호화스러움과는 비교조차 할 수 없었다. 하지만 어쩌면 그래서 이 집을 사랑하는지도 몰랐다. 최소한 이 안의 물건들은 자신만의 것이다. 딜레이니는 손수 샀던 접시가 찬장을 채울 때까지 자신이 얼마나 자기 물건에 둘러싸이는 걸 그리워했는지 깨닫지 못했었다. 자신의 철제 침대에서 자고, 얼룩말 무늬 쿠션이 놓인 자신의 크림 리넨 소파에 앉아 자신의 텔레비전을 본다. 블랙 커피와 테이블도, 거실 왼쪽 조그만 식당 구역에 놓인 외다리 테이블도 전부 그녀의 것이다. 식당과 부엌은 중간 높이 벽으로 분리되어 있고, 실내 대부분이 한눈에 들어왔다. 뭐, 딱히 볼거리가 많은 건 아니었지만.

딜레이니는 자신의 옷들을 풀어 옷장에 걸었다. 식료품 약간과 커다란 빨강 하트가 그려진 투명 비닐 샤워 커튼, 부엌 바닥에 드러난 곳을 가리기 위한 깔개 두 개를 샀다.

이제 필요한 것은 전화와 새 자물쇠 몇 개뿐.

개업 3일 후, 전화는 해결됐지만 자물쇠는 아직이었다. 그리고 몰려오는 손님들 역시 아직이었다.

딜레이니는 첫 손님을 살롱 의자에 앉히고 머리에서 수건을 벗겼다.

"정말로 핑거 웨이브를 하시겠어요, 반담 할머니?"

미용 학교를 졸업한 이래 핑거 웨이브를 한 적이 없었다. 더군다나 머리 전체를 핑거 웨이브하려면 등골이 빠질 텐데.

"그래. 늘 하던 식으로. 저번에는 저쪽의 미용실에 갔었는데,"

헬렌의 헤어 헛 얘기다.

"하지만 별로 잘하지 못하더구나. 꼭 머리에 벌레들이 굼실거리는 것처럼 만들어 놨어. 글로리아가 죽은 후 제대로 머리를 해본 적이 없다니까."

딜레이니는 짧은 비닐 재킷을 벗고 녹색 작업복에 팔을 꿰었다. 작업복이 그녀의 딸기색 라이크라 셔츠와 비닐 스커트를 가려, 무릎과 반짝거리는 검은 부츠만 드러났다. 그녀는 예전 직장을, 패션과 트렌드에 대해 알던 자신의 손님들을 떠올렸다. 빗을 들고 할머니의 목덜미에 엉킨 머리를 풀기 시작했다. 이전 주인이 남긴 웨이브 로션이 창고에 남아 있었다. 평상시라면 반담 할머니의 머리를 맡지 않았을 것이다. 특히 노인네가 요금을 십 달러까지 깎아내린 마당이니. 딜레이니의 타고난 재능은 단점을 파악하고 커트와 염색으로 보완하는 데 있었다. 제대로 된 커트는 코를 알맞게, 눈을 크게, 턱 윤곽을 또렷하게 보이도록 할 수 있다.

하지만 이것저것 가릴 처지가 아니었다. 10달러 이상 내려는 사람이 아무도 없었다. 개업하고 3일 동안, 그녀의 가격표를 보자마자 몸을 돌려 가버리지 않은 사람은 반담 할머니뿐이었다. 하기야 걸음도 간신히 걷는 할머니니까.

"웨이브를 잘하면 친구들에게 추천해 주마. 하지만 친구들도 나보다 더 내진 않을 거야."

끝내주네, 일 년 내내 주머니끈 졸라맨 할머니들이라니. 일 년 내내 빡빡한 롤러 컬과 백컴(거꾸로 빗기)이라니.

"가르마는 오른쪽으로 하세요, 할머니?"

"왼쪽이야. 그리고 내 머리를 하는 사이니까, 와네타라고 불러도 된다."

"얼마나 오랫동안 이 스타일을 하셨어요, 와네타?"

"오, 한 사십 년 됐지. 죽은 남편이 내가 매 웨스트*처럼 보인다고 한 후로 주욱."

---

* 뇌쇄적인 이미지의 1930년대 여배우.

딜레이니는 와네타가 진짜 매 웨스트처럼 보인 적이 한 번이라도 있었는지 심히 의심스러웠다.

"어쩌면 변화를 줄 때인지도 모르죠."

그녀는 권하면서 외과의처럼 고무 장갑을 꼈다.

"됐어. 하던 대로 하는 게 좋아."

딜레이니는 병 뚜껑을 열어 로션을 머리 왼쪽에 바르고 손가락과 빗으로 웨이브 모양을 잡아가기 시작했다. 몇 번을 시도하고 나서야 첫번째 골을 완벽하게 끝내고 두 번째, 세 번째에 들어갈 수 있었다. 그녀가 일하는 동안 와네타는 쉴새없이 떠들어댔다.

"내 친구 도샤 마일즈는 보이시에 있는 그 실버타운이라는 데 있어. 도샤는 정말로 좋아해. 음식이 맛나다고 하더라. 나도 그런 데나 들어갈까 생각해 봤지. 작년에 남편 르로이가 죽은 이후로."

그녀는 앙상한 손을 케이프 아래 밀어넣어 코를 긁느라 잠시 말을 멈췄다.

"할아버지가 어떻게 돌아가셨어요?"

딜레이니는 빗으로 골을 만들면서 물었다.

"지붕에서 떨어져 머리를 박았지. 그 멍청한 노인네한테 거기 올라가지 말라고 몇 번을 말했나 몰라. 그런데도 내 말은 죽어라고 안 듣더니, 어떻게 됐나 좀 보렴. 거기 올라가서 TV 안테나를 흔들어대면 2번 채널이 나올 거라고 굳게 믿었지. 이제 난 홀몸이 되었고, 일자리 하나 제대로 못 잡고 늘 돈을 빌려 가는 빙충맞은 손자놈 로니만 아니었으면 도샤하고 같이 그 실버타운으로 들어갈 여유가 있었을지도 모르는데. 다만 그래도 괜찮은지 확신이 영 안 서는 게, 도샤 딸이—."

그녀는 잠시 말을 멈추고 목소리를 낮췄다.

"레즈비언이거든. 그런 게 유전이 아닌가 싶은 생각이 들어서. 글쎄, 난 뭐 도샤가—."

다시 말을 멈추고 속삭였다.

"레즈비언이란 소린 아냐. 하지만 늘 머리를 아주 짧게 했고, 등이 휘기도 전에 간편화를 신었지. 누구랑 같이 살다가 그런 사실을 발견하게 되면 얼마나 싫겠어. 샤워할 때도 불안할 테고, 도샤가 벌거벗고 아파트를 돌아다니지 않나 불안할 테고. 어쩌면 내가 벗고 있을 때 엿보려 들지도 모르는 일 아니냐."

머릿속을 스쳐간 광경이 어찌나 무시무시했던지 딜레이니는 웃음을 터뜨리지 않으려 입안을 깨물어야 했다. 대화는 벌거벗은 레즈비언에 대한 와네타의 두려움에서 다른 걱정거리로 넘어갔다.

"작년에 카우 크릭 근처의 집이 털린 이후로 집 문을 잠그고 살았어. 전에는 그런 적이 없었는데. 하지만 이젠 혼자 사는 몸이니 조심 또 조심해야겠지. 넌 결혼했냐?"

그녀는 앞의 거울로 딜레이니를 쳐다보며 물었다.

딜레이니는 그 질문에 진력이 나고 있었다.

"아직 제 짝을 못 찾아서요."

"손자가 있는데, 로니라고."

"감사하지만 됐어요."

"흐음. 혼자 살아?"

"네."

딜레이니는 마지막 골을 끝내면서 대답했다.

"바로 위층에요."

"이 위에?"

와네타는 천장을 가리켰다.

"녭."

"엄마 집이 그렇게나 좋은데 왜?"

이유라면 백만 개도 댈 수 있었다.

"혼자 사는 게 좋아서요."

딜레이니는 그렇게만 대답하고 노인의 이마에 조그만 컬들을 만들었다.

"흠, 옆의 그 미치광이 바스크족 알레그레자 형제를 조심하렴. 나도 한때 양치기와 데이트한 적이 있었지. 그 사람들은 별별 희한한 짓을 다 하거든."

딜레이니는 다시 입안을 꽉 깨물었다. 가게를 열기 전에는 닉과 마주칠 일이 걱정거리였지만, 아직 한 번도 본인을 보진 못했다. 리사 말로는 그녀 역시 최근 루이를 자주 만나지 못했다고 했다. 알레그레자 건설은 11월 초면 내릴 첫눈이 오기 전에 몇 가지 대형 공사를 완공하려 초과 근무를 하고 있었다.

딜레이니가 일을 마친 후에도 반담 할머니는 여전히 늙고 쭈글쭈글했으며 매 웨스트와는 손톱만큼도 닮지 않았다.

"어떠세요?"

그녀는 할머니에게 손거울을 건네며 물었다.

"흐음. 돌려봐라."

딜레이니는 와네타가 뒷머리를 볼 수 있도록 의자를 돌렸다.

"괜찮아 보이네. 하지만 앞의 요 조그만 컬 때문에 50센트를 빼야겠어. 컬을 더 넣는다고 추가 비용을 내겠단 소린 안 했다."

딜레이니는 미간을 찌푸리고 은빛 플라스틱 케이프를 치웠다.

"경로 우대 할인되지? 헬렌은 너만큼 잘하진 못하지만 노인들에게 할인을 해주거든."

이런 식으로라면 망하는 건 시간문제다. 반담 할머니가 나가자마자 딜레이니는 문을 걸어 잠그고 녹색 작업복을 치운 후 비닐 재킷을 집어들고 뒷문으로 향했다. 그녀가 밖에 나와 문을 잠그려고 돌아서자마자 먼지를 뒤집어쓴 검은 지프가 알레그레자 건설 전용 자리에 들어와 섰다. 어깨 너머를 돌아본 딜레이니는 하마터면 열쇠를 떨어뜨릴 뻔했다.

닉이 지프 엔진을 끄고 창 밖으로 머리를 내밀었다.

"헤이, 말괄량이. 창녀처럼 차려입고 어딜 가?"

그녀는 천천히 몸을 돌리고 팔을 재킷에 끼워 넣었다.

"창녀처럼 차려입은 거 아냐."

그는 4륜 구동에서 내려 그녀를 훑어보았다. 그의 눈길이 부츠에서부터 위로 올라왔다. 느긋한 미소로 입꼬리가 올라간다.

"누가 널 전선용 테이프로 감아놓고 되게 재미본 모양새인걸."

딜레이니는 목 뒤 옷깃에서 머리칼을 빼내고 방금 그가 자신에게 한 것과 마찬가지로 위아래를 훑어보았다. 그의 청색 작업복 셔츠는 걷어붙인 채였고 청바지는 군데군데 거의 흰색이 되도록 닳았으며 부츠는 먼지가 뿌옇게 앉아 있었다.

"교도소에서 한 문신이야?"

그녀는 그의 드러난 팔뚝에 새겨진 가시 넝쿨을 가리키며 물었다.

아무런 대꾸 없이 그의 입매가 거의 일직선이 되었다.

딜레이니는 자신이 닉을 꺾었을 때가 기억나지 않았다. 그는 늘 더 재빠르고 못됐었다. 하지만 그건 옛날의 딜레이니였으니까. 새로운 딜레이니는 콧대를 세우고 더 밀고 나갔다.

"감방엔 어쩌다 들어갔어? 공공장소에서 홀딱 벗고 돌아다니기라도?"

"한때 금발이었던 건방진 빨강머리를 목 졸라 버려서 말야."

닉은 그녀를 향해 몇 걸음 다가오더니 손을 뻗으면 닿을 만큼 가까이 붙어 섰다.

"그런 대가를 치를 만한 가치가 있었지."

딜레이니는 그를 올려다보고 방긋 미소지었다.

"샤워실에서 누가 예뻐해 주기라도 했나 봐?"

그가 분노할 거라고 예상했다. 무언가 잔인한 말을 할 거라고. 그의 지프를 본 순간 달아날 걸 그랬다고 후회할 만한 말을. 하지만 그는 그러지 않았다.

닉은 몸을 뒤로 젖히고 씨익 웃었다.

"입심 만만치 않은데."

그리고는 웃음을 터뜨렸다. 아무도 자신의 성적 취향에 대해 의문을 가지지 못할 거라 믿어 의심치 않는 남자의 깊고 자신감 넘치는 웃음.

딜레이니는 그가 비웃지 않고 그녀에게 웃음을 터트렸던 게 언제였는지 기억할 수가 없었다. 할로윈 퍼레이드 때 어머니가 그녀를 스머프로 분장시켜, 닉과 악동 친구들이 정신없이 낄낄거렸을 때처럼.

이런 닉은 그녀의 경계심을 무너뜨렸다.

"우리 둘 다 루이의 결혼식에 참석하게 될 모양이던데."

"그래, 내 제일 친한 친구가 미치광이 루이 알레그레자에게 발목이 잡힐 줄 누가 알았겠어."

그의 쿡쿡거림은 악의 없이 순수했다.

"사업은 어때?"

그 질문에 딜레이니는 진짜로 어리둥절해졌다.

"괜찮아."

마지막으로 닉이 친절하게 대했을 때, 그녀는 그가 자신을 벌거벗기도록 가만히 있었다. 그는 완전히 옷을 차려입은 채였고.

"필요한 건 새 자물쇠 몇 개뿐이야."

"왜? 누가 문을 따려 했어?"

"잘 모르겠어."

딜레이니는 그의 가슴 주머니에 삐져나온 접힌 종이로 시선을 낮췄다. 전조등 같은 그의 눈만 아니라면 어디라도.

"가게 열쇠를 하나밖에 못 받았으니 어딘가에 더 있을 게 분명하잖아. 열쇠 수리공을 불렀는데 아직 오질 않았어."

닉은 딜레이니의 허리 옆 문 손잡이를 잡고 짤깍거렸다. 그의 손목이 그녀의 골반에 스쳤다.

"아마 안 올걸. 제리는 솜씨 하난 알아주지만, 집세와 술값을 댈 만큼만 일하니까. 술 떨어지기 전엔 얼굴 보기 힘들 거야."

"그야말로 끝내주네."

딜레이니는 반짝거리는 자기 부츠를 내려다보았다.

"그쪽 사무실에 도둑 든 적 있어?"

"아니. 하지만 우린 철문에다 자물쇠가 있으니까."

"그냥 내가 해버릴까."

딜레이니는 생각을 입 밖에 내어 말했다. 뭐 얼마나 어렵겠어? 드라이버와 드릴만 있으면 되겠지.

이번에 닉의 웃음소리는 확실히 그녀를 비웃고 있었다.

"며칠 안에 우리 하도급자를 보내지."

딜레이니는 그제서야 그를 올려다보았다. 턱을 지나 관능적인 입, 그리고 쿨한 눈길. 그녀는 그를 믿지 않았다. 이건 너무 친절한 제안이었다.

"왜 그렇게 해주는데?"

"수상해?"

"무척."

그는 어깨를 으쓱했다.

"통기구를 통해서 그쪽에서 이쪽 건물로 쉽게 올 수 있으니."

"친절한 마음에서 우러난 제안이 아닌 줄 알았다니까."

그는 몸을 앞으로 숙여 양손을 그녀 머리 옆의 벽에 짚었다.

"날 너무 잘 아는군."

닉의 커다란 체구가 햇빛을 가렸지만, 딜레이니는 쫄지 않으려 애썼다.

"나한테 무슨 대가를 요구할 거야?"

짓궂은 미소로 그의 눈이 반짝거렸다.

"뭐가 있는데?"

좋아, 그에게 쫄았다는 걸 내색하지 않을 테다. 딜레이니는 턱을 약간 치켜들었다.

"20달러?"

"모자라."

닉의 팔 안에 갇힌 딜레이니는 숨조차 제대로 쉴 수가 없었다. 그녀와 그의 입을 갈라놓고 있는 것은 조그만 공간뿐. 너무나 가까워서 아직 그의 피부에서 묻어나는 셰이브 크림 향까지 맡을 수 있었다.

"40?"

그녀의 목소리는 떨리고 숨가빴다.

"어허."

닉은 그녀의 뺨에 검지를 대어 자신을 쳐다보게 만들었다.

"돈은 됐어."

"그럼 뭘 원해?"

그의 눈이 그녀의 입으로 움직이자 그녀는 그가 키스하리라 생각했다.

"생각해 보지."

그렇게 말하고 그는 그냥 벽에서 물러났다.

딜레이니는 숨을 깊이 들이쉬고 닉이 옆 건물로 사라지는 광경을 지켜 보았다. 그가 무엇을 생각해 낼지 두려웠다.

다음 날 딜레이니는 파마나 염색 손님에게 무료 네일 에나멜을 증정한 다는 광고를 내걸었다. 응하는 사람은 아무도 없었고 단지 반 선생의 백 발을 헬멧 모양으로 스프레이했다. 라번 반 선생은 70대 후반에 퇴직을 권고받을 때까지 트룰리의 초등학교에서 가르쳤었다.

와네타는 자기 말을 확실히 지켰다. 그녀는 친구들에게 딜레이니의 살 롱을 소개했다. 반 선생은 10달러를 내고는 경로 우대 할인에다 공짜 네 일 에나멜까지 달라고 했다. 딜레이니는 광고를 치워버렸다.

금요일엔 와네타의 다른 친구를 샴푸하고 스타일링했으며, 토요일엔 스톡스베리 부인이 가발 두 개를 세척해 달라고 맡겼다. 평상시를 위한 흰색 하나, 특별한 날을 위한 검은 색 하나. 부인은 세 시간 후에 가지러 와서는 흰색 가발을 씌워 달라고 했다.

"경로 우대 할인되지?"

그녀는 귓가의 머리칼을 잡아당기며 물었다.

"네."

딜레이니는 한숨지으며, 왜 이렇게 많은 사람들에게 이런 취급을 당하 고도 참는 걸까 생각했다. 어머니, 머리 허연 할머니들, 그리고 닉. 특히 닉. 그 대답은 금전 등록기의 딸랑 소리처럼 떠올랐다. 삼백만 달러. 십백 만이라면 견딜 수 있었다.

손님이 나가자마자 딜레이니는 살롱을 일찌감치 닫고 듀크와 돌로레 스를 보러 갔다. 개들은 들떠 몸을 떨며 그녀의 뺨을 핥아댔다. 간만에 보는 반겨하는 얼굴. 그녀는 듀크의 목덜미에 이마를 대고 울지 않으려 애썼다. 실패다. 살롱도 마찬가지고. 핑거 웨이브와 스프레이로 머리카락을 돔형으로 만들기가 지긋지긋했다. 가발을 세척하고 스타일링하기가 정말 싫었다. 무엇보다도 자신이 사랑하는 일을 못하는 것이 싫었다. 딜레이니가 좋아하는 것은 평범한 여자를 평범하지 않게 보이도록 만드는 일이었다. 헤어 드라이기 소리, 찰칵찰칵 가위질 소리, 염색약과 파마약 냄새가 좋았다. 헨리의 장례식을 위해 트룰리로 돌아오기 전의 자신의 삶을 사랑했다. 그녀에겐 친구들과 자신이 좋아하는 직업이 있었다.

7개월과 15일이야, 딜레이니는 자신을 타일렀다. 7개월만 지나면 어디든 원하는 곳으로 갈 수 있다. 그녀는 일어나서 개줄을 잡았다.

반 시간 후, 그녀는 산책을 마치고 돌아와 개들을 개장 안으로 들여보냈다. 차문을 열려는 참에 어머니가 밖으로 나왔다.

"저녁 먹고 가니?"

베이지 앙고라 스웨터를 어깨에 두르며 어머니가 물었다.

"아뇨."

"저번 파티에서 일찍 나와 미안하다."

딜레이니는 차 키를 찾아 주머니를 뒤졌다. 보통은 입을 다물고 꾹꾹 눌러두지만, 지금은 그럴 기분이 아니었다.

"그렇지 않다는 거 알아요."

"그럴 리가 있니. 왜 그런 말을 해?"

그녀는 어머니를, 어머니의 푸른 눈과 클래식 보브 커트 금발머리를 쳐다보았다.

"모르겠어요."

어차피 질 게 뻔한 말다툼에서 발을 빼기로 결심하고 대답했다.

"엉망인 하루여서. 정 그러면 내일 저녁 먹으러 올게요."

"난 내일 밤 예정이 있어."

"그럼 월요일."

딜레이니는 차에 올라타며 말했다. 손을 흔들어 작별인사를 하고, 아파트에 돌아오자마자 리사에게 전화했다.

"오늘밤 별일 없니? 나 한잔 마셔야겠어."

"루이는 늦게까지 일하니까, 잠깐 만날 수 있어."

"헤네시에서 만나면 어때? 오늘밤에 블루스 밴드 연주가 있다던데."

"좋아. 하지만 난 아마 연주 시작 전에 일어나야 할 거야."

딜레이니는 조금 실망했지만 혼자 남는 일에 익숙해져 있었다. 전화를 끊은 다음 샤워를 하고 배가 드러나는 녹색 스웨터와 청바지를 입었다. 머리를 부풀리고 메이크업을 한 다음, 헤네시까지 세 블록을 걸어가기 위해 닥터 마틴 부츠를 신고 가죽 재킷을 입었다. 도착했을 무렵엔 여섯 시 반이었고 바는 퇴근한 사람들로 가득했다.

헤네시는 위층이 아래층을 내려다보게 되어 있는 꽤 커다란 바였다. 두 층의 테이블 모두 붐볐으며 넓은 댄스 플로어엔 가설 무대가 세워져 있었다. 지금은 바 안의 라이트가 번쩍이고 댄스 플로어는 비어 있었다. 나중에는 전부 달라질 것이다.

딜레이니가 바 끝 쪽의 테이블에 앉아 맥주 첫 잔을 마시고 있을 때 리사가 도착했다. 그녀는 친구를 보자마자 잔에서 손을 떼고 하나로 질 끈 묶은 리사의 머리를 가리켰다.

"내가 머리 커트해 준대도."

"어림없어."

리사는 밀러 라이트를 주문하고 다시 딜레이니에게 주의를 돌렸다.

"네가 브리짓에게 무슨 짓을 했는지 기억해?"

"브리짓이라니?"

"우리 스톨퍼스 노할머니가 주신 인형. 동글동글 말리는 금발머리를 잘라서 신디 로퍼처럼 만들어 놨었다구. 그 이후로 충격에서 벗어나지 못했어."

"신디 로퍼처럼 만들지 않겠다고 약속할게. 그것도 공짜로."

"생각해 보지."

리사의 맥주가 날라져 왔고 그녀는 웨이트리스에게 돈을 냈다.

"오늘 신부 들러리 드레스를 주문했어. 옷이 도착하면 우리 집에 와서 최종 가봉을 해야 해."

"남부 농장의 안내인 꼴로 보이는 거 아냐?"

"아니. 와인색 신축 벨벳 드레스야. 진짜 심플한 A라인이지. 신부에게서 눈길을 빼앗아가지 않게."

딜레이니는 맥주를 한 모금 마시고 미소지었다.

"어차피 그럴 수도 없을 거야. 그리고 진짜로 당일 나한테 머리 맡기는 거 고려해 봐. 재미있을 거야."

"혹시 올림머리나 뭐 그런 거라면."

리사는 맥주를 마셨다.

"결혼 피로연 요리를 예약했어."

리사의 결혼 화제가 동나자, 대화는 딜레이니의 사업으로 흘러갔다.

"요즘 네 살롱은 어때?"

"엿 같지. 손님은 딱 하나, 스톡스베리 부인뿐이었어. 가발을 맡기고 갔는데, 꼭 차에 깔려 죽은 푸들 같더라."

"죽이는구나."

"두말하면 입 아프지."

리사는 맥주를 마시고 말했다.

"기분 더 잡치고 싶진 않지만, 오늘 헬렌의 헤어 헛 앞을 지나쳤어. 꽤 바빠 보이던데."

딜레이니는 맥주에 대고 미간을 찌푸렸다.

"헬렌네 손님을 빼앗아야겠어."

"증정품을 줘. 사람들은 공짜를 좋아하잖아."

그건 이미 네일 에나멜로 시도해 본 일이었다.

"광고를 해야겠어."

머릿속으로 여러 가능성을 탐색하며 딜레이니는 말했다.

"작은 쇼를 열든가 소피네 학교에서 뭘 하면 어때? 몇 명 머리를 커트해 줘서 멋지게 만들어 주는 거야. 그럼 다른 여자애들도 모두 네가 커트해 주길 바라겠지."

"그리고 애들 엄마들은 계속 개들을 데려와야 할 테고."

딜레이니는 맥주를 홀짝거리며 생각해 보았다.

"돌아보지 마, 웨스랑 스쿠터 핀리가 막 들어왔어."

리사는 한 손을 들어 얼굴 옆을 가렸다.

"눈을 마주치면 이리로 올 거야."

딜레이니도 얼굴 한쪽을 가렸지만 손가락 사이로 엿보았다.

"옛날만큼 못생겼네."

"그만큼 멍청하기도 하지."

딜레이니는 핀리 형제와 같이 학교를 졸업했다. 웨스와 스쿠터는 색소 결핍증 환자보다 조금 진한 정도의 피부에 으시시한 멀건 눈을 하고 있었다.

"아직도 지들이 여자들에게 인기 짱인 줄 알아?"

리사는 고개를 끄덕였다.

"어련하겠니."

핀리 형제가 지나가자, 리사는 손을 내리고 바에 서 있는 두 남자를 가리켰다.

"네 생각은 어때? 삼각? 사각?"

딜레이니는 커다란 빨강색 셰브론 로고가 그려진 셔츠와 머리 모양을 보고는 단번에 말했다.

"삼각. 흰색."

"끝에서 세 번째 남자는?"

그 남자는 키가 크고 비쩍 말랐으며 완벽하게 층진 머리를 하고 있었다. 목에 걸친 노란 스웨터를 보아하니 이 동네에 초행이거나 엄청난 용기의 소유자였다. 굉장히 용감한 남자래야 노란색은 고사하고 색깔 있는 스웨터를 목에 걸치고 트롤리의 거리를 돌아다닐 수 있었다.

"끈 팬티. 아주 대담한 타입이야."

딜레이니는 맥주를 한 모금 마시고 입구로 관심을 돌렸다.

"면? 실크?"

"실크. 이제 네 차례야."

두 여자는 몸을 돌려 입구를 쳐다보며, 다음 번 희생자가 들어오기를 기다렸다. 일 분이 되지 않아 들어온 남자는 딜레이니의 기억만큼 멋져 보였다. 토미 마컴. 갈색 머리칼은 여전히 귓가와 목께에서 곱슬거렸고 여전히 우람하기보단 늘씬한 몸매에 미소는 장난꾸러기 소년처럼 매력적이었다. 여자로 하여금 거의 무슨 일이든 그를 용서하게 만드는 미소.

"너 때문에 우리 마누라가 미치려고 하더라. 알지?"

그들의 테이블로 다가온 토미가 말했다.

딜레이니는 토미의 푸른 눈을 올려다보곤 억울하다는 듯이 한 손을 가슴에 가져다 댔다.

"나?"

한때는 그의 긴 속눈썹이 그녀의 심장을 두근거리게 만들던 시절이 있었다. 미소로 입가가 올라가는 건 어쩔 수 없었지만, 심장은 그저 평안무사했다.

"내가 뭘 어쨌다고?"

"돌아왔잖아."

잘됐네. 헬렌은 어린 시절 내내 딜레이니를 괴롭히고 미치게 만들었으니까. 상황 역전이야말로 페어 플레이라고 할 수 있다.

"흠, 그나저나 족쇄는 어디 두고?"

토미는 웃음을 터트리고는 그녀 옆에 앉았다.

"헬렌하고 애들은 챌리스에서 하는 결혼식에 갔어. 내일 돌아올 거야."

"넌 왜 안 갔는데?"

리사가 물었다.

"아침에 일하러 가야 해서."

딜레이니가 테이블 건너편의 친구를 쳐다보니, 리사는 눈으로 '유부남인 거 알지' 하는 신호를 보내고 있었다.

딜레이니는 씩 웃었다. 리사가 걱정할 일은 하나도 없다. 그녀는 절대 유부남과 자지 않으니까. 하지만 헬렌은 그걸 알 턱이 없다.

속 좀 썩으라지.

닉은 전화를 끊고 의자를 뒤로 밀었다. 머리 위에선 형광등이 지잉 소
리를 냈고, 통유리창 밖을 내다보는 그의 입술엔 미소가 떠올라 있었다.
해가 진 후라 유리에 자신의 모습이 비춰지고 있었다. 만사가 잘 돌아갔
다. 그와 함께 벤처 자본에 투자하려는 계약자가 셋이 있고, 몇몇 자산가
와도 상담이 진행중이었다.

그는 연필을 앞의 책상에 던지고 옆머리를 갈퀴처럼 쓸어올렸다. 실버
크릭에 대한 그의 계획을 알면 트룰리 사람 절반은 들고일어날 것이다.
나머지 절반은 반겨할 테고.

회사를 트룰리로 이전하기로 결심했을 때, 그와 루이는 시의 터줏대감
들이 개발이나 팽창이라면 뭐든 거부하리란 걸 알고 있었다. 하지만 헨
리처럼 그런 사람들은 죽어가고 새로 유입되는 여피족들로 대체되고 있
었다. 알레그레자 형제는 사업가란 소리와 지역 파괴자란 소리를 동시에
듣고 있었다. 사람들은 그들을 좋아하는 쪽과 싫어하는 쪽으로 갈렸다.
하지만 사실, 언제는 안 그랬던가.

닉은 자리에서 일어나 팔을 머리 위로 쭉 폈다. 앞에는 9홀 골프 코스
시방서와 쉰네 채의 56평형 콘도 청사진이 놓여 있었다. 아무리 적게 어
림잡아도 알레그레자 건설은 한 재산을 이룰 것이다. 그리고 그건 단지
개발의 첫 단계일 뿐이다. 더 많은 돈을 벌기 위한 두 번째 단계로 녹지
에 백만 달러짜리 저택들을 지을 것이다. 이제 닉에게 필요한 것은 헨리
가 남긴 5만 평을 완전히 양도받는 것뿐이었다. 6월이면 손에 들어온다.

닉은 빈 사무실에서 혼자 미소지었다. 보이시에서 신혼부부 살림집부
터 호화 저택까지 모조리 지어 백만 달러를 벌었지만, 여유 자금이란 늘
소용이 있기 마련이었다.

그는 옷걸이에서 조종사 재킷을 집어들고 뒷문으로 향했다. 실버 크릭
의 계획이 끝나면, 엔젤 비치에 무엇을 지을지 생각하리라. 아니면 아무
것도 안 지을지도 그는 불을 끄고 나와 문을 잠갔다. 그의 할리 오토바

이가 딜레이니의 미아타 옆에 주차되어 있었다. 그녀의 아파트 쪽을 올려다보자 초록색 문 가장자리에서 희미하게 빛이 새어나왔다. 저런 걸 집구석이라니.

닉은 왜 딜레이니가 어머니 집에서 나오고 싶어했는지 이해할 수 있었다. 그웬은 3초 이상 같이 있으면 목을 졸라버리고 싶어지는 여자니까. 하지만 이해할 수 없는 건 딜레이니가 저런 허름한 곳을 고른 이유였다. 헨리의 유언에 따라 나오는 생활비가 있으니 더 나은 곳에서 살 수 있을 터였다. 누가 저 문을 박차고 들어가는 건 일도 아니었다.

시간이 나면, 그녀의 가게 자물쇠를 바꿔 달아줄 참이었다. 하지만 딜레이니는 진짜 그에게 아무런 문제가 아니었다. 그녀가 어디서 살든, 뭘 입든 그가 걱정할 일이 아니다. 딜레이니가 손바닥만한 쥐구멍에서 살고 엉덩이를 가릴까 말까 한 비닐을 두르고 다닌다 한들 그건 그녀의 문제였다. 그는 눈곱만큼도 신경쓰지 않았다. 딜레이니가 그의 사무실 바로 위나 다름없는 곳에 살지만 않았던들 꿈에도 그녀 생각 같은 것은 하지 않았으리라.

닉은 할리에 다리를 걸치고 오토바이를 바로 세웠다. 만약 다른 여자가 그 쫙 달라붙는 비닐 쪼가리를 두른 걸 봤다면, 기꺼운 마음으로 감상했을 테지만 딜레이니는 예외였다. 샌드위치 포장보다 더 타이트하게 붙는 옷차림의 그녀 모습을 보자 껍질을 벗기고 한 입 깨물고 싶어 근질거렸다. 단 3초만에 제로에서 흥분 상태가 되어버렸다.

그는 부츠 뒷굽으로 받침대를 차고 시동 버튼을 눌렀다. 엔진이 굉음을 울리며 깨어나 고요한 밤 공기를 뒤흔들고, 그의 허벅지에 진동을 전했다. 침대로 데려갈 계획이 없는 여자한테 흥분했다고 심란하진 않았다. 특히 바로 '그 여자'를 상대로 흥분한 거라면.

그는 오토바이를 총알처럼 몰아 골목을 빠져나가서 거의 속도를 줄이지 않은 채 1가에서 커브를 틀었다. 기분이 어수선해서 집에선 샤워만 하고 나왔다. 정적에 신경이 곤두섰고, 왜 그런지 이유를 알 수가 없었다. 무언가 기분 전환 거리가 필요했고, 결국 헤네시에서 한 손엔 맥주를, 무룸엔 로나 하웰을 올려놓게 되었다.

그의 테이블은 1.5미터 높이의 스피커에서 흘러나오는 관능적이고 나른한 블루스에 맞춰 느릿느릿 움직이는 육체들로 가득한 어둠에 감싸인 댄스 플로어를 내려다보는 자리였다. 밴드에서 불빛이 이따금 번뜩이고 줄줄이 빛나는 불빛이 바의 앞쪽을 밝혔다. 하지만 술집 안은 대부분 지옥만큼이나 캄캄해서 무슨 일이 벌어져도 모를 지경이었다.

닉은 딱히 무슨 일을 저지를 계획 같은 건 없었지만, 밤은 아직 일렀고 로나는 적극적인 것 이상이었다.

6

　딜레이니는 옛 남자친구의 목 뒤로 손을 깍지끼고 블루스 기타의 느린 고동에 맞추어 움직였다. 다시 토미와 이렇게 붙어 있자니 꼭 옛날 그대로인 듯했지만, 이제 그녀를 휘감고 있는 팔은 고등학생이 아니라 남자의 것이었다. 학생 시절 그는 리듬감이란 전혀 없었고, 지금도 마찬가지였다. 예전 그에게선 늘 아이리시 스프링 비누 냄새가 났다. 이제는 늘 그를 떠올리게 했던 깨끗한 내음이 아닌 코롱 향기가 났다. 토미는 그녀의 첫사랑이었다. 가슴이 두근거리고 맥박이 빨라지게 했던 그. 하지만 이제는 그런 게 하나도 느껴지지 않았다.

　"다시 가르쳐 줄래."

　그가 딜레이니의 귓가에 대고 말했다.

　"왜 우리가 친구가 될 수 없댔지?"

　"네 와이프가 날 미워하니까."

　"아, 그래."

　그는 그녀를 좀더 가까이 끌어당겼지만, 손은 그녀의 허리에 그대로 둔 채였다.

"하지만 난 널 좋아하는걸."

한 시간 전, 리사가 떠나자마자 그의 뻔뻔한 수작이 시작되었다. 두 번 그녀를 유혹했지만 너무 서글서글하게 굴어서 화를 낼 수가 없었다. 그는 그녀를 웃게 만들고 헬렌을 택해서 그녀를 마음 아프게 했던 것을 잊게 만들었다.

"왜 고등학교 때 나랑 끝까지 안 갔어?"

그가 물었다.

그러고 싶었다. 정말로. 그녀는 열렬히 사랑에 빠져 있었고 부글거리는 십대 호르몬으로 가득했었다. 하지만 어머니와 헨리가 알게 될 거란 공포가 토미에 대한 욕망을 압도했다.

"네가 날 찼으니까."

"아냐. 네가 날 찼지."

"그거야 네가 헬렌이랑 하는 걸 본 후였잖아."

"아, 그래."

딜레이니는 캄캄한 댄스 플로어에서 간신히 드러나는 토미의 얼굴을 쳐다볼 수 있을 만큼 뒤로 물러섰다. 그녀의 웃음소리에 그의 웃음소리가 겹쳐졌다.

"진짜 끔찍했어."

"개판이었지. 그때 정말 미안해서 그후로 네게 어떻게 말해야 할지 모르겠더라. 하고 싶은 말은 있었지만 네가 좋아할 거란 생각이 안 들더라구."

"뭔데?"

흐린 불빛 속에 그의 이가 하얗게 번뜩였다.

"내가 헬렌이랑 '하는' 걸 보이게 되어 미안해, 하지만 그래도 계속 데이트해 줄래?"

한때는 노트에다 온통 그의 이름을 써놓고, 울타리로 두른 집에 토미 마컴과 사는 꿈을 꾸었었지.

"받아들여줬을까?"

"아니."

딜레이니는 대답하면서, 그가 자신의 남편이 아닌 것에 진정으로 감사했다.

그는 몸을 앞으로 숙여 이마에 살짝 입맞췄다.

"그게 너에 대해 제일 많이 기억나는 점이야. '아니'란 말."

토미는 그녀의 살갗에 대고 말했다. 음악이 그치자 뒤로 물러서서 그녀의 얼굴을 향해 미소지었다.

"네가 돌아와서 반갑다."

그는 그녀를 테이블로 데려다주고 자기 재킷을 집어들었다.

"다음에 봐."

딜레이니는 그가 나가는 모습을 지켜보고 테이블에 뒀던 맥주병을 입으로 가져가면서 다른 손으로 목에서 머리칼을 들어올렸다. 토미는 고등학교 이후로 많이 변하지 않았다. 여전히 잘생겼고, 여전히 매력적이며 바람둥이였다. 거의 헬렌이 불쌍하단 마음이 들 정도였다. 거의.

"옛 남자친구와 데이트할 계획?"

돌아보기도 전에 그 목소리의 임자를 알 수 있었다. 딜레이니는 병을 입에서 떼고 옛 남자친구들을 몽땅 합한 것보다 더한 고민을 안겨주는 유일한 남자를 올려다보았다.

"질투해?"

하지만 토미와 달리, 그녀는 어느 무더운 8월 밤 닉 알레그레자와 있었던 일은 결코 잊지 않으리라.

"사람 웃기지 마."

"나랑 싸우러 온 거야? 난 싸우고 싶지 않아. 저번에 너도 말했다시피, 우리 둘 다 너희 형 결혼식에 참석하게 될 텐데 잘 지내도록 노력하면 어떨까. 좀더 친하게."

느긋하고 관능적인 미소로 닉의 입꼬리가 올라갔다.

"얼마나 친하게?"

"친구. 그냥 친구 말야."

사실 평생 가도 친구가 될지 의심스럽긴 했지만 딜레이니는 그렇게 말했다. 서로 투닥거리는 건 그만둘 수 있으리라. 특히 늘 그녀가 지는 판국이니만큼.

그는 고개를 내저었다.

"그렇겐 절대로 안 될걸."

"왜?"

그는 대답하지 않았다. 대신 그녀의 손에서 맥주병을 빼내 테이블에 놓았다. 블루스 밴드의 가수가 느리고 달콤하게 'I've Been Loving You Too Long(너무나 오랫동안 그대를 사랑해 왔네)'을 부르는 사이 닉은 그녀를 붐비는 댄스 플로어로 끌어냈다. 그녀를 품에 당겨 안고는 관능적인 소울 음악에 맞춰 허리를 돌렸다. 딜레이니는 맞닿은 가슴을 좀 떼려 했으나 그녀의 등에 놓인 커다란 그의 손은 자신이 원하는 위치에 그녀를 고정시켰다. 그녀로선 그의 벌어진 어깨에 살짝 손을 올려놓는 것밖에 달리 선택의 여지가 없었다. 그의 머리칼이 서늘한 실크처럼 손가락 마디를 스쳤고, 그의 뜨겁고 단단한 몸에서 나오는 열기가 데님과 플란넬 그리고 스웨터 사이로 배어나와 그녀의 피부를 데웠다. 토미와 달리, 리듬감이 뛰어난 닉은 편하고 자연스럽게, 바삐 향할 목표가 없는 느릿한 물길에 몸을 담근 듯 움직였다.

"춤추자고 청해도 됐을 텐데."

쿵쾅거리는 심장소리 너머로 딜레이니는 말했다.

"맞아. 청해도 되긴 했겠지."

"지금은 90년대야. 대부분의 남자들이 원시인에서 벗어났다고."

깨끗한 면과 따스한 남자 내음이 그녀의 머리를 채웠다.

"네 옛날 남자친구 같은?"

"그래."

"토미는 섹스밖에 생각 못하는 놈이야."

"자기도 마찬가지면서."

"또 그러네."

닉은 말을 끊고 목소리를 약간 낮췄다.

"나에 대해 무척이나 잘 알고 있다고 생각하는 거."

상반되는 감정으로 딜레이니는 속이 조여들었다. 분노와 욕망, 숨가쁜 기대감, 뼛속 깊은 두려움. 첫사랑이던 토미 마컴에겐 이런 혼란을 느낀 적이 없었다. 왜 닉일까? 그는 그녀에게 잘 대해 준 적보다 못되게 군 적이 더 많은데. 그들 사이의 과거는 묻어버렸다고 생각했었는데.

"네가 여러 여자들하고 사귀는 건 다들 아는 일이잖아."

닉은 그녀를 내려다볼 수 있을 만큼 뒤로 물러났다. 무대 조명이 그의 잘생긴 얼굴 왼쪽을 드러냈다.

"그게 사실이라 쳐도 차이가 있지. 난 결혼 안 한 몸이야."

"결혼했든 안 했든, 문란한 섹스는 역겨워."

"남자친구한테 그렇게 말했어?"

"토미와 내 관계는 네가 상관할 일 아니야."

"관계라? 나중에 만나서 그렇게 역겹다는 문란한 섹스를 하기로 했어?"

그의 양손이 그녀의 등을 타고 뒤통수로 올라왔다.

"토미가 널 달아오르게 하든?"

그는 뒤에서 그녀의 머리칼 속으로 손가락을 집어넣어 머리를 감쌌다. 그의 눈길은 바위만큼이나 딱딱했다.

그녀는 그의 어깨를 밀었으나, 그는 손에 힘을 주었다. 아프게 하진 않았지만 그녀를 놓아주지도 않았다.

"지저분한 인간."

그는 고개를 숙여 그녀의 입술에 대고 물었다.

"토미를 보면 흥분돼?"

그녀는 헉 숨을 들이켰다.

"몸이 근질거려?"

딜레이니는 심장이 쿵쾅쿵쾅 고동쳤고 대답을 할 수가 없었다. 그는 가볍게 그녀의 입에 입을 스치고 혀끝을 안으로 밀어넣었다. 쾌감의 물결이 가슴을 스쳤다. 즉각적인 반응에 그녀는 놀라고 겁이 났다. 닉은 이런 아릿한 욕망을 느끼고 싶지 않은 상대 1순위였다. 그를 밀어내려 했지만, 그는 열기를 더했고 키스는 관능적으로 바뀌었다. 그의 혀가 그녀의 입안으로 들어와 오랫동안 뜨겁게 공격하더니 그녀를 만끽하고 방어를 무너뜨렸으며, 입술로는 달콤하게 빨아들였다.

그를 미워하고 싶었다. 그에게 마주 키스하면서도 그를 미워하고 싶어했다. 혀로 그를 재촉하면서도 그의 목에 팔을 감고 어질어질하고 혼란스런 세상에서 유일하게 확실한 존재인 그에게 매달리면서도. 그의 입술은 따뜻했다. 다부졌다. 딜레이니는 똑같이 타오르는 정열로 마주 키스했다.

그의 커다란 손이 그녀의 옆구리로 미끄러져 내려가더니 헐렁한 스웨터 자락 안으로 파고들었다. 가볍게 그녀의 등허리를 스치며 애무하는 손가락이 느껴졌다. 그러고는 굳은살 박힌 따스한 손이 허리로 미끄러지더니, 엄지손가락이 배를 스치고 달아오른 피부를 살짝살짝 간질였다. 속이 더욱 조여들고 가슴에 따끔따끔한 감각이 느껴지더니, 그가 건드리기라도 한 양 젖꼭지가 단단해졌다. 닉은 그녀가 사람들이 가득한 댄스 플로어에 서 있다는 걸 잊게 만들었다. 모든 것을 잊게 만들었다. 손이 그의 목께로 스르르 미끄러졌고, 딜레이니는 그의 머리칼에 손가락을 감았다. 키스가 바뀌어 부드러워지더니, 그가 그녀의 배꼽에 엄지손가락을 살짝 눌러왔다. 엄지손가락을 그녀의 청바지 허리 안으로 밀어넣고는 자신의 바지 단추 옆 길고 단단하게 불룩 튀어나온 윤곽에 그녀를 바싹 당겨왔다.

자신의 숨막힌 신음소리에 정신이 번쩍 들어 딜레이니는 입을 떼어냈다. 숨이 가쁘고, 억제되지 않은 자신의 반응이 창피하고 경악스러웠다. 전에도 그가 이런 적이 있었다. 다만 그때는 그를 제지하지 않았을 뿐.

그녀가 밀어내자 그의 손이 옆으로 털썩 내려갔다. 마침내 그의 얼굴을 올려다봤을 때, 그의 눈길은 그늘졌고 조심스러웠다. 그러고는 턱이 굳어지고 눈이 가늘어졌다.

"왜 돌아온 거야. 그냥 떠나 있지 않고."

닉은 몸을 돌려 사람들 무리를 뚫고 가버렸다.

자신과 그의 행동 그리고 아직도 혈관에서 용솟음치는 욕망에 충격받아 딜레이니는 한참 동안 꼼짝도 할 수가 없었다. 대형 스피커에서는 계속 음악이 울려나왔고 주위의 커플들은 아무 일도 없다는 듯 박자에 맞춰 몸을 흔들었다. 그렇지 않다는 걸 아는 사람은 딜레이니뿐이었다. 음악이 멈추고 나서야 그녀는 비틀비틀 자리로 돌아갔다. 닉의 말이 옳을지도. 그냥 떠나 있어야 했는지도 모르지만, 그녀는 돈에 영혼을 팔았다. 엄청난 돈, 그리고 이제 와서 떠날 순 없었다.

딜레이니는 재킷에 팔을 꿰고 정문으로 나아갔다. 앞으로 7개월 동안 해야 할 행동은 딱 하나뿐이다. 원래 계획으로 돌아가 최대한 닉을 피하기. 고개를 푹 숙이고 싸늘한 밖으로 나왔다. 코트 지퍼를 올리는 그녀의 얼굴 앞에 입김이 하얗게 서렸다.

착각 불가능한 닉의 할리 엔진소리가 밤 공기를 뒤흔들자, 딜레이니는 어깨 너머로 돌아보았다. 그녀에게 등을 보이고 있는 닉은 다리를 넓게 벌리고 커다란 오토바이에 올라타 있었다. 낡은 검은 가죽 재킷이 그의 어깨를 팽팽히 감싸고 있었다. 그가 한 손을 들자 하웰 쌍둥이 중 하나가 뒤에 폴짝 올라타 완벽한 몸을 그의 뒤에 찰싹 붙였다.

딜레이니는 고개를 홱 돌리고 주머니에 손을 찔러넣고는 집까지의 짧은 거리를 걸었다. 닉의 도덕관념은 수코양이의 그것이나 매한가지였다. 그거야 늘 그랬지만, 하웰 쌍둥이 중 하나랑 왔으면서 자신에게 키스한 이유가 무엇인지 딜레이니는 전혀 이해가 되지 않았다. 사실, 애초에 그녀에게 키스한 이유 자체를 도무지 알 수 없었다. 그는 그녀를 좋아하지 않았다. 그것만큼은 분명했다.

물론, 십 년 전에도 그는 그녀를 좋아하지 않았다. 단지 헨리에게 보복하기 위해 그녀를 이용했던 거였다. 이제 헨리는 죽었고 그녀와의 관계는 헨리가 준 유산을 잃게 된다는 의미이다. 닉은 여러모로 복잡하긴 해도 절대 멍청하진 않다.

딜레이니는 골목길에서 왼쪽으로 꺾어 아파트 계단을 올라갔다. 이해가 되지 않았지만 닉의 일이라면 그런 일이 한둘이 아니었다.

다른 도시에서는 밤거리를 걷는 게 무서웠을 테지만 트룰리에선 아니었다. 이따금 호수 북쪽의 여름 별장들 중 한 채가 털리곤 했지만 이곳에서 정말로 나쁜 일이 일어난 적은 없었다. 사람들은 차를 잠그지 않았고, 집 문을 잠그지 않는 경우도 흔했다.

하지만 딜레이니는 여러 대도시에 살았었기에 집 문을 꼭 잠그고 다녔다. 계단을 올라 안에 들어가자, 문을 잠그고 열쇠를 검은 커피 테이블에 던졌다. 부츠끈을 푸는 동안, 그녀는 닉과 그를 향한 자신의 정신나간 반응에 대해 생각했다. 경계를 늦춘 몇 분간, 그녀는 그를 원했다. 그리고 그 역시 그녀를 원했다. 그의 손길과 단단하게 성난 남성에서 느낄 수 있었다.

손에 들려 있던 부츠가 바닥에 쿵 떨어졌고, 딜레이니는 어둠 속에 대고 미간을 찌푸렸다. 붐비는 댄스 플로어에서 그녀는 그가 맛보고 싶어 죽을 지경인 갓 구운 쿠키라도 되는 듯이 키스했다. 닉은 그녀를 달아오르게 했고, 그녀가 그런 식으로 누군가를 원한 것은 아주 오랜만의 일이었다. 전에도 한번 그랬듯이. 그 외에는 아무도 존재하지 않고 아무것도 상관없다는 듯이. 닉은 그녀로 하여금 모든 것을 잊게 할 수 있는 유일한 남자였다. 십 년 전 그녀가 트룰리를 떠나기 전 어느 밤에 그랬듯, 오늘 밤 그는 그녀를 사로잡았다.

지난 일을 생각하고 싶지 않았지만, 그녀는 지친 상태였고 마음은 늘 잊으려 했으나 잊을 수 없었던 기억으로 돌아가고 있었다.

고등학교 졸업 후 여름방학은 시작부터 별로 순조롭지 않았고 날로 악화일로를 걸었다. 막 열여덟이 된 딜레이니는 드디어 자신의 인생에 대해 발언권을 가질 시기가 되었다고 여겼었다. 그녀는 당장 대학에 가고 싶지 않았다. 일 년간 쉬면서 자신이 정말로 무엇을 하고 싶은지 정하고 싶었지만, 헨리는 이미 자신이 명예 동창회원으로 있는 아이다호 대학교에 등록시켜 버렸다. 그는 그녀가 들을 과목도 골라 엄청난 양의 1학년 수업을 수강 신청했다.

6월 말 딜레이니는 용기를 내어 헨리에게 타협안을 제시했다. 리사가 갈 보이시 주립대학에서 몇 학점만, 재미있을 거라 생각되는 수업을 듣고 싶었다.

헨리는 안 된다고 했다. 이야기 끝.

8월 등록일이 다가오자 그녀는 7월에 다시 헨리에게 접근했다.

"어리석은 소리 마라. 너한테 뭐가 제일 좋은지는 내가 알아. 너희 어머니하고 이 일에 대해 의논해 봤다, 딜레이니. 네 미래 계획이란 무분별해. 넌 네가 원하는 게 무엇인지 알기엔 너무 어려."

하지만 그녀는 알고 있었다. 오랫동안. 그리고 열여덟 살 생일이 되면 그걸 손에 쥘 수 있으리라 생각해 왔었다. 선거권과 함께 진짜 자유가 올 줄 알았던 것이다. 하지만 삶에 아무런 변화 없이 2월의 생일이 지나가자, 고등학교 졸업이 헨리의 억압에서의 해방이 되리라 여겼었다. 껍질을 부수고 진짜 자신이 될 자유. 원한다면 자유분방하게 제멋대로 살 자유. 우스꽝스런 대학 과목을 들을 자유. 구멍난 청바지를 입거나 진한 메이크업을 할 자유. 좋아하는 옷을 입을 자유. 모범생이나 노숙자, 아니면 창녀처럼 차리고 다닐 자유.

딜레이니에겐 그런 자유가 없었다. 8월, 헨리와 어머니는 그녀를 데리고 차로 네 시간 거리인 아이다호주 모스코에 있는 아이다호 대학교에 가서 가을 학기 등록을 했다. 집으로 돌아오는 길에 헨리는 계속 "네게 제일 좋은 게 뭔지는 내가 아니까 믿어라", "언젠가는 나한테 감사하게 될 거다. 경영학 학위를 따고, 내 회사 경영을 도와라"라고 말했다. 어머니는 그녀더러 "철없고 버릇없다"고 나무랐다.

다음날 밤, 딜레이니는 평생 처음 침실 창문으로 빠져나왔다. 헨리에게 차를 써도 되겠냐고 물어보면 아마 허락하겠지만, 그에게 아무것도 부탁하고 싶지 않았다. 어딜 가는지, 누구랑 가는지, 몇 시에 집에 들어올지 부모님께 말하고 싶지 않았다. 딱히 계획이 있다기보단 무언가 이제까지 해보지 못한 일을 해보자는 생각이었다. 다른 열여덟 살 애들이 하는 일. 뭔가 무분별하고 흥미진진한 일.

딜레이니는 곧은 금발머리를 커다란 롤러로 말고 앞에 단추로 채우는 핑크색 선드레스를 입었다. 무릎 바로 위까지 내려오는 그 드레스가 그녀의 옷 중 제일 대담한 것이었다. 어깨끈은 가늘었고 브래지어를 하지 않았다. 그렇게 하니 나이보다 더 먹어 보이는 것 같았다. 그래 봤자 별차이는 없지만. 그녀는 시장의 딸이고 모두들 그녀가 몇 살인지 알고 있었다. 가죽끈 샌들을 신고 손에는 흰색 카디건을 든 채 시내까지 걸어갔다. 따뜻한 토요일 밤이니 무슨 일이든 있긴 있을 것이다. 하다가 들통나서 헨리를 실망시킬까 늘 두려워했던 그런 일이.

딜레이니는 5번가의 할리우드 마켓 앞에서 공중전화로 리사에게 전화를 걸다 그 '무언가'와 맞닥뜨렸다. 그녀는 벽돌 빌딩에서 새어나오는 희미한 빛 아래에 서 있었다.

"어서."

그녀는 수화기에 대고 졸랐다.

"이리 나와."

"말했잖아, 머리가 깨질 것 같다고."

지독한 여름 감기에 걸린 리사가 처량한 목소리로 말했다.

딜레이니는 전화기의 금속 숫자판을 응시하며 얼굴을 찌푸렸다. 혼자서 어떻게 반항을 할 수 있담?

"겁쟁이."

"겁쟁이 아냐."

리사가 자기 변호에 나섰다.

"아프다니깐."

딜레이니는 한숨을 내쉬고 눈길을 들었다가, 주차장을 가로질러 다가오는 두 명의 남자애들을 보았다.

"오, 맙소사."

딜레이니는 카디건을 한 팔에 걸치고 손으로 송화구를 감쌌다.

"핀리 형제가 내 쪽으로 걸어오고 있어."

스쿠터와 웨스 핀리보다 소문 나쁜 형제는 이 마을에서 딱 하나뿐이었다. 핀리 형제는 열여덟과 스무 살이었고 막 고등학교를 졸업했다.

"눈 마주치지 마."

리사가 주의를 주고는 콜록콜록 숨 넘어가게 기침했다.

"어이, 딜레이니 쇼."

스쿠터가 느릿하게 부르고는 한쪽 어깨를 그녀 옆 빌딩 벽에 기댔다.

"혼자서 뭐해?"

딜레이니는 그의 옅은 푸른 눈을 흘끗 쳐다보았다.

"뭐 신나는 일 있나 하고."

"하하."

그가 웃었다.

"그럼 찾았네."

딜레이니는 핀리 형제와 같이 링컨 고등학교를 나왔고, 그들이 약간 재미있지만 둔하다고 여겼다. 그들은 가짜 화재 경보나 바지를 내려 엄청 허연 엉덩짝을 내보여서 학창 시절에 재미를 더했다.

"뭘 할 건데, 스쿠터?"

"딜레이니— 딜레이니—."

리사가 수화기에서 불렀다.

"도망쳐. 있는 힘껏 도망치라구."

"한잔 마시고, 파티하고."

웨스가 동생 대신 대답했다.

핀리 형제와의 '한잔'은 확실히 지금껏 해보지 못한 일이었다.

"끊을게."

그녀는 리사에게 말했다.

"딜레이니—."

"만약 내 시체가 호수에서 발견되면, 마지막으로 핀리 형제와 같이 있었다고 경찰에 말해 줘."

그리고 수화기를 내려놓는데 군데군데 녹슨 낡은 컨버터블(지붕을 열고 닫을 수 있는 차) 머스탱이 주차장으로 들어오면서, 두 줄기 불빛이 딜레이니와 새 친구들을 비췄다. 라이트와 엔진이 꺼지고 문이 휘릭 열리더니

188센티미터의 불량아가 나왔다. 닉 알레그레자는 '벌레나 먹어'라고 쓰인 셔츠자락을 낡은 청바지 안으로 넣어 입고 있었다. 그는 스쿠터와 웨스를 훑어보고는 딜레이니에게로 시선을 돌렸다. 지난 3년간 딜레이니는 닉을 거의 보지 못했다. 그는 일하고 대학에 다니느라 거의 보이시에 있었다. 하지만 많이 변하진 않았다. 머리칼은 여전히 윤기 흐르는 검은색이고 귓가와 목뒤를 짧게 쳤다. 여전히 숨넘어가게 근사했다.

"우리끼리 파티하지."

스쿠터가 제안했다.

"그냥 우리 셋만?"

딜레이니는 닉에게 들릴 만큼 큰 소리로 말했다. 닉은 그녀한테 메뚜기를 던져놓고는 어린애라고 놀리곤 했었다. 봐, 난 이제 어린애가 아냐. 닉의 입가에 주름이 하나 생기더니 몸을 돌려 마켓 안으로 들어갔다.

"우리 집으로 가도 돼."

웨스가 말을 이었다.

"부모님은 오늘 안 들어오셔."

딜레이니는 핀리 형제에게로 주의를 돌렸다.

"어…… 누구 딴 사람들도 초대할 거야?"

"왜?"

"파티라며."

"누구 부를 여자친구 있어?"

그녀는 감기로 앓아 누운 하나뿐인 친구를 떠올리고 고개를 저었다.

"누구 달리 초대할 사람 몰라?"

스쿠터가 씨익 미소짓고 한 걸음 다가섰다.

"왜 그래야 하는데?"

처음으로 두려움에 딜레이니의 속이 두근거렸다.

"파티하자고 했잖아, 아냐?"

"파티할 거야. 걱정 접어 둬."

"너 때문에 얘가 겁먹었잖아, 스쿠터."

웨스가 동생을 옆으로 홱 밀쳐냈다.

"우리 집에 가서 전화로 애들 부르자."

딜레이니는 그의 말을 믿지 못하고 샌들로 눈길을 떨구었다. 다른 열여덟 살 여자애들처럼 되고 싶었다. 뭔가 무분별한 일을 하고 싶었지만, 셋이서 섹스를 할 엄두는 나지 않았다. 그리고 그들이 염두에 둔 게 그것이라는 데는 의문의 여지가 없었다. 혹 딜레이니가 처녀를 잃기로 결심한다면, 상대는 핀리 형제 중 하나나 둘 다는 아닐 터였다. 그들의 허연 엉덩이를 본 적이 있었던지라 절대 사양이었다.

그들을 떼버리기란 어려울 텐데 그들이 결국 포기하고 가버릴 때까지 얼마나 오랫동안 할리우드 마켓 앞에 서 있어야 할까 그녀는 생각했다.

눈을 들어올리자, 닉이 자기 차 옆에 서서 6개들이 맥주 묶음을 뒷좌석에 싣고 있었다. 그는 허리를 펴고 몸무게를 한쪽 발에 싣더니 딜레이니에게 시선을 고정시켰다. 한참 그녀를 바라보고선 말했다.

"이리 와, 공주님."

그를 무서워하면서도 끌리던 때가 있었다. 닉은 늘 몹시도 건방지고 자신감에 넘쳤으며, 금지된 대상이었다. 이젠 더 이상 그가 겁나지 않았고 그녀로선 두 가지 길이 있었다. 닉을 믿느냐, 핀리 형제를 믿느냐. 어느 쪽이든 탁월한 선택은 아니지만, 지저분한 평판에도 불구하고 딜레이니는 닉이 그녀가 원치 않는 일을 강요할 사람이 아니라는 걸 알고 있었다. 반면 스쿠터와 웨스에 대해서도 같은 말을 할 수는 없었다.

"다음에들 봐."

딜레이니는 인사하고 천천히 불량 중의 불량아에게 걸어갔다. 두려움이 아니라 그윽한 그의 목소리 때문에 맥박이 펄떡펄떡 뛰었다.

"차는 어디 뒀어?"

"걸어왔어."

닉이 운전석 문을 열어주었다.

"타."

그녀는 그의 회색빛 눈을 올려다보았다. 닉이 이제 성인 남성이라는 데는 의심의 여지가 없었다.

"어디로 가는데?"

그는 핀리 형제 쪽으로 고갯짓했다.

"이 상황에 그게 중요해?"

중요할지도 모르지.

"도요새 사냥터로 데려가서 숲속에다 내팽개치고 올 건 아니지?"

"오늘밤은 아냐. 염려 놔."

딜레이니는 카디건을 안으로 던져놓고 최대한 품위를 챙기며 콘솔을 넘어 조수석으로 들어갔다. 닉이 머스탱 시동을 걸자 계기반에 불이 들어왔다. 그는 후진해서 주차장을 나와 5번가로 들어섰다.

"이제 어디로 가는지 말해 줄 거야?"

신경 말단이 흥분으로 짜릿짜릿했다. 내가 정말로 닉의 차에 앉아 있다니. 리사에게 말하고 싶어 조바심이 났다. 그야말로 굉장했다.

"너희 집에 데려다 줄게."

"안 돼!"

딜레이니는 그에게로 몸을 돌렸다.

"그러지 마. 거기로 돌아가기 싫어. 아직은 돌아갈 수 없어."

그는 그녀를 쳐다보곤 캄캄한 도로로 눈길을 돌렸다.

"왜?"

"차 세우고 내려 줘."

딜레이니는 대답 대신 그렇게 말했다. 닉은 고사하고, 도대체 누구에게 거기선 이제 숨을 쉴 수가 없다고 말할 수 있단 말인가? 마치 헨리가 그녀의 목을 밟고 있어 폐 속 깊이 숨을 들이쉬지 못하는 느낌이었다. 평생 거의 대부분을 헨리에게서 벗어나고 싶어했지만, 이제 그런 날은 결코 오지 않으리란 걸 알았다는 걸 어떻게 닉에게 설명하겠는가? 이게 그녀가 반항하는 최후의 방법이란 걸 어떻게 설명할까? 그는 아마 그녀를 비웃고는, 헨리와 어머니처럼 그녀가 철이 덜 들었다고 생각하리라. 딜레이니는 어리숙해 빠진 자신이 싫었다. 눈에 그렁그렁 눈물이 고이기 시작해서 고개를 돌려버렸다. 닉 앞에서 어린애마냥 울어댄다고 생각하니 경악스러울 만큼 창피했다.

"그냥 여기서 내려 줘."

차를 세우는 대신, 그는 머스탱을 딜레이니 집으로 향하는 길로 몰았다. 차 헤드라이트 앞의 길은 키 큰 소나무에 둘러싸이고 중앙선만 반사되어 보여 잉크 튜브 같았다.

"집으로 데려가면 그냥 다시 나올 거야."

"너 우냐?"

"아니."

딜레이니는 거짓말을 하고, 억지로 눈을 크게 떠서 바람이 어서 눈물을 말려주기를 바랐다.

"핀리 형제랑은 뭘 하고 있었어?"

돌아본 그의 얼굴에 계기반 불빛이 비치고 있었다.

"뭐 할 만할 걸 찾느라."

"그 두 놈은 저질이야."

"스쿠터와 웨스는 내가 알아서 다룰 수 있어."

사실 자신은 없었지만 그렇게 뻐겼다.

"웃겨."

닉은 그렇게 말하고 그녀의 집으로 난 긴 진입로 끝에 머스탱을 세웠다.

"자, 이제 집으로 돌아가."

"나한테 이래라저래라하지 마."

딜레이니는 손잡이를 잡고 어깨로 문을 밀어젖히며 말했다. 모두들 이래라저래라하는 것이 죽도록 지겨웠다. 차에서 뛰어내려서는 문을 쾅 닫았다. 고개를 빳빳이 치켜들고 그녀는 도로 시내로 향했다. 너무 화가 나서 눈물도 나오지 않았다.

"어딜 가는 거야?"

닉이 뒤에서 외쳤다.

딜레이니는 그에게 가운뎃손가락을 세워 보였다. 기분이 좋았다. 자유.

계속 걸어가는 그녀의 귀에 그의 욕설이 들리더니 타이어의 끼익 소리에 묻혀버렸다.

"타."

닉이 그녀 옆으로 차를 몰며 말했다.

"꺼져."

"타라면 타!"

"꺼지랬지!"

차가 멈춰 섰지만 딜레이니는 계속 걸었다. 어디로 가야 할지 모르겠지만 마음의 준비가 될 때까진 집으로 돌아가지 않을 테다. 아이다호 대학에 가고 싶지 않았다. 경영학을 전공하고 싶지 않았다. 그리고 숨조차 쉴 수 없는 작은 소도시에서 더 이상 있고 싶지 않았다.

닉이 그녀의 팔을 잡아채 홱 돌려세웠다. 뒤에서 비치는 헤드라이트 불빛에 그의 체구가 거대해 보였다.

"젠장맞을, 도대체 왜 이래?"

그녀가 밀쳐내자 그는 다른 쪽 팔을 잡았다.

"왜 말해야 하는데? 상관도 안 하면서. 그냥 날 떨궈내고 싶어하는 거잖아."

아래 속눈썹에 눈물이 그렁거리자, 딜레이니는 창피했다.

"어린애라고 부르기만 해봐. 난 열여덟 살이라고."

그의 시선이 그녀의 이마에서 입으로 옮겨갔다.

"네가 몇 살인지는 나도 알아."

딜레이니는 눈을 깜박이고 흐릿해진 시야로 섬세한 조각 같은 그의 윗입술을, 곧은 코를, 맑은 눈을 쳐다보았다. 몇 달간 쌓인 울분이 폭포수처럼 쏟아져 나왔다.

"난 내 인생을 어떻게 하고 싶은지 알고 싶을 만큼 나이 먹었어. 대학에 가기 싫어. 경영학을 전공하기도 싫고 누가 내게 뭐가 최선인지 이래라저래라하는 것도 싫어."

그녀는 깊이 숨을 들이쉬고, 말을 이었다.

"진짜 내 인생을 살고 싶어. 먼저 내 자신에 대해 생각해 보고 싶어. 완벽해지려고 애쓰는 데 지쳤고, 남들처럼 망쳐보고 싶어."

그녀는 잠시 생각하고 말했다.

"다들 참견 좀 말았으면 좋겠어. 난 삶을, 내 삶을 경험해 보고 싶다구. 철저하게. 위험을 감수하고. 인생이란 걸 맛보고 싶단 말야."

닉은 그녀를 발끝으로 서게 하더니 눈을 쳐다보았다.

"난 너를 맛보고 싶은데."

그러고는 자신의 입을 그녀의 입으로 가져가 아랫입술의 도톰한 부분을 살짝 물었다.

몇 초 동안 딜레이니는 넋이 나가 꼼짝 못하고 서 있었다. 밀려오는 놀라운 감각으로 머리가 멍했다. 닉 알레그레자가 그녀의 입술을 살며시 깨물고 있고 그녀의 호흡은 폐에 콱 막혀 있었다. 그의 입은 따스하고 단단했으며 한평생 경험이 있는 남자처럼 키스했다. 그의 손이 올라와 그녀의 얼굴을 감싸고, 엄지손가락이 뺨을 따라 턱으로 미끄러졌다. 그리고는 그녀의 입이 벌어질 때까지 아래로 눌렀다. 그의 따뜻한 혀가 안으로 휩쓸고 들어와 그녀의 혀에 닿자 맥주 맛이 났다. 그녀의 뒤통수와 가슴의 피부가 팽팽하게 당겨오는 듯 느끼게 만든 사람은 지금까지 아무도 없었다. 우선 저지른 다음 결과는 나중에 생각하고 싶게 만든 사람은 아무도 없었다. 그녀는 그의 단단한 가슴팍에 손을 얹고 그의 혀를 입안으로 빨아들였다.

마음 한구석엔 이 모든 상황을 도무지 믿을 수 없어하는 자신이 있었다. 이건 닉이다, 그녀를 겁에 질리게 하고 동시에 매혹시켰던 소년. 닉, 그녀를 뜨겁고 숨가쁘게 만드는 남자.

그는 딜레이니가 준비되기도 전에 키스를 끝냈고, 그녀는 그의 목 양옆으로 손바닥을 미끄러뜨렸다.

"가자."

그녀의 손을 잡으며 그가 말했다.

이번엔 그녀는 어디로 가는지 묻지 않았다. 아무래도 상관없었다.

7

그들은 마을에서 벗어나 5킬로미터를 가서 엔젤 비치의 모래사장에 차를 세웠다. 외진 장소였고 철문을 열고 들어와야 했다. 딜레이니가 꽤 잘 아는 곳이었다. 무성한 숲이 백사장으로 이어진 이곳은 모두 헨리의 소유였다.

닉은 머스탱 후드에 앉아 한쪽 발을 범퍼에 얹었다. 6개들이 묶음에서 쿠어스 두 캔을 빼내고 나머지는 자기 옆에 놓았다.

"맥주 마셔 본 적 있어?"

그는 캔 두 개를 따서 하나를 딜레이니에게 건네며 물었다.

허락받고 헨리의 맥주를 맛봤었지.

"그야 물론이지. 늘 마시는걸."

그는 속눈썹 아래로 그녀에게 흘끗 눈길을 주었다.

"늘 마신다고, 호오?"

그는 맥주를 입가로 들어올려 길게 들이켰다.

딜레이니는 그를 쳐다보고 자신도 한 모금 마셨다. 등을 돌려 찡그림을 감추고는 5미터 앞의 메리 호수를 바라보았다. 새까만 물결 위로 낮게 뜬 보름달이 길게 뻗은 빛의 길을 비추었다. 그 위로 발을 디디어도 결코 물에 빠지지 않을 마법의 오솔길처럼 보였다. 마치 호수를 가로질러 건너면 어딘가 이국적인 곳에 다다를 것처럼. 그녀는 다시 맥주에 도전했고, 이번엔 찡그리지 않고 버티는 데 성공했다. 서늘한 바람이 피부를 스치고 지나갔지만 춥진 않았다.

"그럼 아이다호 대학에 가고 싶지 않은 모양이구나."

그녀는 다시 닉에게로 몸을 돌렸다. 달빛 몇 가닥이 그의 검은머리에서 반짝였다.

"그래, 지금 당장 대학에 가고 싶진 않아."

"그럼 가지 마."

그녀는 쿡 웃고는 맥주를 몇 모금 더 마셨다.

"아, 그래. 언제 내가 뭘 원하는지가 중요했어? 헨리는 내가 이번 가을에 무슨 과목을 듣고 싶은지조차 묻지 않았는걸. 그냥 등록시키고 등록금을 전부 내버렸어."

닉은 잠시 아무 말이 없었지만 딜레이니는 그가 무슨 생각을 하는지 물을 필요도 없었다. 참으로 아이러니했다. 닉은 대학에 가기 위해 일을 해야 하는데, 그 아버지는 딜레이니에게 그 특권을 강요하고 있다.

"꼰대한테 집어치라고 해. 나라면 그러겠다."

"그렇겠지. 하지만 난 못해."

그는 캔을 들어올리고 물었다.

"왜?"

라스베가스 외곽의 조그만 트레일러에서 그녀와 어머니를 구해 준 헨리에게 늘 신세를 진 기분이니까.

"그냥 못해."

그녀의 눈길은 검은 산자락의 윤곽을 훑고 다시 닉에게로 돌아갔다.

"진짜 기분 이상하다. 우리 둘이 술친구가 되리라곤 생각도 못해 봤어."

"그건 또 왜?"

딜레이니는 너 좀 모자라는 거 아니냐는 식으로 그를 쳐다보았다.

"그거야 넌 너고 나는 나니까."

닉의 눈매가 가늘어졌다.

"네 말은 넌 시장의 딸이고 난 그 사생아니까?"

그의 퉁명스러움에 딜레이니는 놀랐다. 그녀가 아는 사람들 대부분은 대놓고 이런 식으로 말하지 않았다. 그들은 뺨 위의 허공에다 입맞추고 그렇지 않다는 걸 뻔히 아는데도 오늘 예뻐 보인다고 말했다. 저런 종류의 자유를 누린다는 것은 어떤 것일까.

"음, 나라면 그런 식으로 말하지 않겠어."

"그럼 어떻게 말하는데?"

"너네 가족이 날 미워하고, 우리 가족들은 널 좋아하지 않는다고."

닉은 고개를 뒤로 젖히고 맥주 반을 들이켰다. 다시 내려놓을 때까지 그 캔 너머로 그녀를 지그시 쳐다보았다.

"그보단 좀더 복잡하지."

"사실이야. 넌 거의 평생 날 괴롭혀 왔으니."

그의 관능적인 입술 한끝이 올라갔다.

"괴롭힌 적 없어. 가끔 놀린 적은 있을지 몰라도."

"하! 내가 3학년 때 레기 오버튼이 조그만 금발머리 여자애들을 잡아다가 자기네 개한테 먹인다고 그랬잖아. 몇 년 동안 레기를 무서워했다고"

"그리고 넌 거의 평생 내게서 고약한 냄새라도 나는 듯이 코를 치켜들고 다녔지."

"난 안 그랬어."

딜레이니는 자신이 남에게 그렇게 보였으리라고는 생각하지 못했다.

"아니, 그랬어."

"그럼 왜 좀전에 나한테 키스했는데?"

그의 눈길이 그녀의 입으로 미끄러졌다.

"궁금해서."

"내가 허락할지 궁금해서?"

닉은 나직이 낄낄거리곤 드레스 앞의 단추 줄로 눈길을 내렸다.

"아니."

그는 거절당할 수도 있다는 생각은 전혀 못해 봤다는 듯이 대답했다. 다시 그녀의 눈을 응시했다.

"네가 보기만큼 달콤한 맛이 나는지 궁금해서."

딜레이니는 최대한 꼿꼿하게 서서 용기를 내기 위해 맥주를 몇 모금 마시고 물었다.

"그래, 어땠어?"

그는 그녀를 향해 손가락을 구부리곤 낮고 관능적인 목소리로 말했다.

"이리 와, 말괄량이."

그의 목소리에 담긴 뭔가가, 그가 말하는 방식이, 그들 사이에 달린 줄을 그가 방금 잡아당기기라도 한 듯 그녀를 그에게로 끌어당겼다. 묘한 감각이 뱃속을 간지럽혔다.

"호슈 삼촌이 담근 허클베리 와인 같은 맛이야. 확실히 달콤하지만 확하고 속이 달아오르는."

딜레이니는 쿠어스 캔 뒤로 미소를 숨겼다. 와인 맛이라, 좋았어.

"그럼 나빠?"

그는 그녀의 손에서 맥주 캔을 가져가서 자기 옆 후드 위에 놓았다.

"네가 뭘 하고 싶어하냐에 달렸지."

그는 사기 맥주를 그녀의 맥주 옆에 놓고 유연한 동작으로 일어섰다. 두 손가락으로 그녀의 턱을 받치고 눈을 응시했다.

"네가 달아올라 타버릴 지경이 되도록 키스한 사람 있어?"

그녀는 대답하지 않았다. 이성이나 헨리에 대한 두려움을 잃어버릴 정도로 열정에 휘말린 적이 한 번도 없다는 사실을 인정하고 싶지 않았다.

닉은 양손으로 그녀의 목을 감싸고 눈을 응시했다.

"다른 건 모두 잊을 때까지?"

그가 그녀의 귓가로 얼굴을 가져왔다.

"누가 네 가슴을 만진 적 있어?"

그가 속삭였다.

"셔츠 아래, 브래지어 밑을? 네 피부가 따스하고 부드러운 곳을?"

그녀의 혀는 입천장에 딱 달라붙었다.

"누가 손을 네 팬티 안에 넣은 적은?"

그의 뜨거운 입이 그녀의 뺨을 스쳤다.

"네 다리 사이 촉촉하게 젖어 준비된 곳을 만진 적은?"

보건 수업을 제외하면, 딜레이니에게 섹스에 관해 얘기해 준 사람은 지금껏 아무도 없었다. 그녀가 아는 건, 영화와 학교에서 다른 여자애들이 하는 얘기에서 배운 것뿐이었다. 심지어 리사조차 그녀를 새침데기로 여겼지만, 분명 닉은 아닌 모양이었다. 닉은 그녀에게서 아무도 보지 못한 면을 보았고, 그의 말에 모욕감을 느끼는 대신 그녀는 고개를 돌려 그에게 키스했다. 여러 해 동안 그녀는 닉의 성적 위업에 대한 소문을 들어 왔다. 그가 자신을 남들에 비해 순진하고 지루하다고 생각할까 봐, 일부러 열기를 더하여 입술과 혀로 그를 탐닉했다. 살을 태우는 어질어질한 열기 속으로 머리부터 거꾸로 떨어졌다. 그녀의 젊은 육체는 뜨거운 욕망의 혈기로 가득했고 평생 처음으로 다른 것은 모두 잊었다.

키스는 둘의 차이를 무너뜨리고 그들을 열정으로 휩쓸었다. 그의 손이 그녀의 등에서 엉덩이로 미끄러졌다. 그는 그녀의 엉덩이를 움켜쥐고 발끝으로 일으켜 세워 그녀의 젖가슴이 자신의 가슴에 눌리게 했다. 골반을 밀어붙여 길고 단단한 남성을 느끼게 했다. 그녀는 겁나지 않았다. 오히려 자유로운 기분이었다. 또래의 다른 여자애들이 아는 것을 탐색할 자유. 어른의 문턱에 있는 탐스런 열여덟 살이 될 자유. 그녀는 새로운 감각과 경이감으로 발갛게 달아올랐고, 그가 다른 여자애들에게 하듯 자신을 만져주길 바랐다. 자신을 모두 잊고 싶었다.

그가 뒤로 물러나더니 그녀가 자신의 몸을 타고 미끄러지게 했다.

"여기서 그만 하는 게 좋겠어, 말괄량이."

딜레이니는 그만 하고 싶지 않았다. 아직은. 그녀는 바로 그의 가슴을 도로 미끄러져 올라가며, 몸을 바싹 붙였다. 자신의 입술을 핥자 그의 맛이 느껴졌다.

"싫어."

그녀를 떠밀어버리고 싶지만 그럴 의지를 불러일으키지 못하겠다는 듯이 쳐다보는 닉의 몸이 부르르 떨렸다. 그녀는 그의 눈을 들여다보고 곧 그의 잘생긴 얼굴을 훑어 내렸다. 그의 뺨과 귀 바로 아래에 키스했다.

"난 바로 여기 있어."

딜레이니는 입을 열어 그의 따스한 피부를 핥았다. 그에게선 비누와 살 내음 그리고 서늘한 산 바람 내음이 났다.

그의 손이 그녀의 허리로 가더니 양옆을 미끄러져 올라오면서 드레스를 뭉치게 했다. 치맛자락이 허벅지 위까지 올라왔고 그는 그녀의 배에 단단해진 욕망을 눌러 왔다.

"정말로 이걸 원해?"

그녀는 고개를 끄덕였다.

"말해. 오해의 여지가 없게 말로 해."

"아까 말한 대로 날 만져 줘."

그는 그녀의 오른쪽 가슴을 손바닥으로 감쌌다.

"여기?"

그녀의 유두가 단단하게 굳어졌다.

"응."

"아까 대답 하나도 안 했지. 누가 널 이렇게 만진 적 있어?"

그의 눈을 들여다보자, 마치 닉의 전혀 다른 면을 보는 것 같았다. 처음으로 그녀는 숨 넘어가게 근사한 얼굴 안의 남자를 보았다. 이런 닉은 알지 못했다. 그의 시선은 강렬했지만, 그녀를 애무하는 손길은 마치 그녀가 뭔가 연약한 것으로 만들어진 듯 부드러웠다.

"아니."

"왜?"

그가 엄지손가락으로 가볍게 젖가슴 끝을 스치자, 그녀는 큰 소리로 신음하지 않으려 입술을 깨물었다.

"넌 아름다워. 그리고 누구든 마음대로 고를 수 있잖아. 왜 나지?"

그녀는 자신이 어머니와 달리 아름답지 않다는 것을 알고 있었다. 하지만 그의 눈길과 손길, 그리고 그 말을 할 때 그의 어조는 거의 그를 믿게 만들었다. 그는 무엇이든 가능하다고 믿게 만들었다.

"네가 안 된다고 말하고 싶지 않게 만드니까."

그는 목구멍 깊숙이 신음하고 다시 그녀의 입으로 자신의 입을 내렸다. 가벼운 입술의 스침으로 시작된 키스였지만 금방 깊고, 촉촉하고, 거칠게 바뀌었다. 육욕적으로 밀고 들어오는 혀의 움직임이 그녀 안의 마찬가지로 육욕적인 무언가를 건드렸다. 그녀는 닉의 품안으로 파고들어 그에게 감싸이고 싶었다. 마침내 그녀를 멀찍이 떼어놓았을 때, 그의 숨결은 거칠었다. 그는 드레스를 여민 단추에 손을 가져와, 그녀의 눈을 들여다보며 핑크색 천이 허리 아래까지 벌어질 때까지 풀어 내려갔다. 날카로운 현실 인식이 그녀의 머리를 흐리고 있는 따스한 안개를 꿰뚫었다. 그녀의 벌거벗은 모습을 본 남자는 아무도 없었고, 그가 만져주길 바라긴 했어도 자신을 보기를 원한 건 아니었다. 벌거벗은 여자들을 남보다 많이 보아 왔을 닉 같은 남자에게 보이고 싶지 않았으나 이내 그가 드레스를 벌렸고 너무 늦었다. 서늘한 공기가 이미 굳어진 젖꼭지를 단단히 맺히게 했고, 그는 그녀의 맨가슴으로 눈길을 내렸다. 그가 너무나 오래 쳐다본 나머지 불안감이 커져 딜레이니는 손을 들어 가리려 했다.

"감추지 마."

그는 그녀의 양 손목을 붙들어 등뒤로 고정시켰다. 그녀의 등이 휘고 드레스 어깨끈이 팔로 흘러내렸다. 그는 다시 차 후드에 기대어 앉아 얼굴을 그녀의 벌거벗은 가슴 높이로 가져왔다. 그녀의 이름을 속삭이고는 젖가슴 사이 골짜기에 키스했다. 그의 서늘한 뺨이 젖가슴 안쪽을 스치자 딜레이니는 불안감을 모두 잊었다.

"아름다워."

그의 말은 그녀의 피부를 따스하게 데우고 심장을 당겨 왔다. 이번엔 그가 진심으로 한 말임을 믿었다. 닉이 이마를 가져다대자 그의 검은머리가 그녀의 하얀 살결과 몹시도 대조되었다.

"이럴 줄 알았어. 늘 알고 있었지. 늘."

그러고는 그의 뜨거운 입이 그녀의 젖가슴을 가로지르더니 바로 정점에 입술을 미끄러뜨렸다.

"네 여기가 핑크색일 줄 알고 있었어."

한순간 딜레이니는 그가 어떻게 알았을까 의아해했지만, 그의 혀가 젖꼭지를 감아오자 이성적인 생각은 전부 날아가 버렸다. 그가 혀를 굴리며 자신을 핥는 모습을 지켜보는 동안 그녀의 숨결은 점차 가빠 왔다.

"이거 좋아?"

등뒤로 돌려진 딜레이니의 손이 꽉 주먹 쥐어졌다.

"응."

"얼마나?"

"마…… 많이."

"좀더 원해?"

딜레이니는 눈을 질끈 감고 고개를 한쪽으로 푹 떨궜다.

"응."

그녀의 대답에 그는 그녀의 젖꼭지를 입안으로 빨아들였다. 그의 입술이 잡아당기자 그녀는 다리 사이에서 욱씬거림을 느꼈다. 기분 좋은 느낌. 너무 좋아서 그가 멈추지 않기를 바랐다. 언제까지나. 그의 입이 다른쪽 가슴으로 옮아가더니 그쪽 젖꼭지도 빨아들였다. 그의 혀는 핥고 눌러대며 그녀를 더, 더 초조히 원하게 몰아갔다.

"닉."

속삭이면서 그녀는 그의 손아귀에서 손목을 빼냈다. 드레스가 스르르 미끄러져 내려 발치에 고였다. 그녀는 그의 머리칼에 손가락을 쑤셔넣어 자신의 젖가슴에 고정시켰다.

"더?"

"응."

자신이 정확히 뭘 원하는지는 몰랐지만, 그래도 속에 고이는 뜨거운 욱씬거림을 더 원했다. 그를 더 원했다.

그의 커다랗고 따스한 손이 그녀의 다리 사이로 파고들어 부드럽게 감쌌다. 얇은 면 속옷이 그의 손바닥과 그녀의 예민한 살을 갈라놓는 유일한 벽이었다.

"젖었다."

뜨거운 욱씬거림이 거세져서 그녀는 말도 제대로 나오지 않았다.

"미안해."

간신히 그렇게 말했다.

"그럴 거 없어. 늘 네 팬티를 젖게 만들고 싶었으니까."

그는 다시 일어서서 가볍게 쪽 키스했다. 그리고는 그녀의 허리를 잡아 방금까지 자신이 기대 있던 머스탱 후드에 앉혔다. 그는 그녀의 발을 크롬 범퍼에 올려놓고 말했다.

"뒤로 누워, 딜레이니."

"왜?"

그녀는 그의 가슴에 손을 올렸다가 청바지 앞으로 가져갔다. 지퍼 아래 단단히 튀어나온 것에 손을 대고 눌렀다. 그는 헉 숨을 들이쉬고 그녀의 어깨를 밀어 차가운 금속 위에 눕게 했다.

"진짜 기분 좋게 만들어 주려고."

"벌써 그런걸."

그녀는 자신의 허벅지 사이로 들어서는 그를 향해 팔을 뻗었다.

"그럼 더 좋게 만들어 줄게."

그는 그녀의 머리 양옆에 손바닥을 짚고는 그녀를 먹어치우고 싶다는 듯이 키스했다. 다시 입을 떼고 말했다.

"널 불타오르게 할 거야."

딜레이니는 그의 아름다운 얼굴을 올려다보며 그가 자신과 사랑을 나뉘주길 원했다. 또래의 젊은 여자들이 아는 것을 알고 싶었다. 닉이 자신에게 가르쳐주길 원했다.

"좋아."

그가 원하는 것이 무엇이든 그렇게 대답했다.

그는 미소지으며 능란한 손길로 그녀의 팬티를 끌어내렸다. 면이 종아리를 스쳐 내려가는 촉감이 느껴지고 속옷은 사라졌다. 그의 손바닥이 허벅지 안쪽으로 올라오더니 엄지손가락이 매끄러운 부분을 만졌다. 그 쾌감이란 형언할 수가 없었다. 그의 손가락은 그녀가 비명 지르고 싶을 지경이 되도록 촉촉한 살을 어루만졌다.

"더?"

"응."

그녀는 중얼거리며 눈을 꼭 감았다.

"더."

그의 손길이 너무나 좋아서 거의 고통스러울 지경이었고, 속에 점차 쌓여 가는 압력이 강렬해져갔다. 그녀는 끝나기를 바라면서도 동시에 영원토록 계속되기를 바랐다. 그가 벌거벗고 자신의 위에 올라 따스한 몸으로 자신의 품을 채워주기를 바랐다. 딜레이니는 눈을 뜨고 그녀의 무릎 사이에 서서 나른한 눈으로 내려다보고 있는 그를 응시했다.

"나랑 사랑을 나눠, 닉."

"그보다 더 좋은 걸 주지."

그는 한쪽 무릎을 꿇고 그녀의 허벅지 안쪽에 부드럽게 입맞췄다.

"가게 해줄게."

딜레이니는 일순 굳어져, 자신이 어둠에 싸여 있다는 데 감사했다. '좋아'라고 말했을 때 그걸 말한 건 아니었다. 다리를 오므릴까 했지만 닉이 사이에 서 있다. 뭘 할지는 몰라도, 설마 '그걸' 하려는 건 아니겠지.

하지만 그랬다. 그는 그녀의 엉덩이 아래 손을 밀어넣더니 뜨거운 입으로 그녀를 들어올렸다. 충격에 그녀는 꼼짝도 하지 못했다. 세상에 이런 일이. 그에게 그만 하라고 말하고 싶었지만 몸을 휘감는 따스한 쾌감에 젖어 그 말을 입 밖에 내지 못했다. 등골을 따라 짜릿짜릿 올라오는 떨림을 억누르지 못하고, 몸을 빼는 대신 허리를 휘었다. 그의 혀와 입이 아까 가슴에 키스했던 때처럼 부드럽게 다리 사이를 애무했다.

"닉."

그녀는 신음하며 그의 옆머리를 어루만졌다. 쾌감이 점점 커지며 조여들었고 혀의 놀림 하나하나가 그녀를 클라이맥스의 정점으로 밀어올렸다. 그는 그녀의 발 한쪽을 자기 어깨에 얹고 엉덩이를 들어올렸다. 그녀를 좀더 가득 입안으로 넣어 민감한 살을 빨았다. 경이적인 감각이 쌓여가고 또아리를 틀더니, 그녀를 꼭대기로 확 밀어올렸다.

저 하늘의 별들이 흐릿해지면서 그녀는 뜨거운 절정의 파도 아래로 끌려 들어갔다. 열기로 허벅지와 가슴이 달아오르는 동안 그녀는 그의 이름을 거듭거듭 불렀다. 반사적인 경련이 온몸을 뒤흔들었고, 그게 끝나자 자신이 바뀐 듯이 느껴졌다. 자신이 한 행동과 그 상대에 충격받았지만, 후회되진 않았다. 평생 그 누구하고도 이렇게 가깝게 느껴 본 적이 없었다. 그가 자신을 껴안아 주길 바랐다.

"닉?"

그는 부드럽게 그녀의 허벅지 안쪽에 입맞췄다.

"으으음."

그의 입술 감촉에 그녀는 불현듯 자신의 창피한 자세를 의식했다. 뺨이 달아오르는 것을 느끼며 발을 그의 어깨에서 내리고 바로 앉았다.

그는 일어나서 그녀의 얼굴을 양손으로 감쌌다.

"더?"

그녀는 순진하긴 해도 멍청이는 아니었고, 그가 무엇을 묻는지 알고 있었다. 그가 방금 자신에게 준 것과 같은 황홀한 기쁨을 주고 싶었다.

"더."

그녀는 그의 티셔츠 자락을 청바지 허리에서 빼내고 바지 단추들을 풀었다. 그의 손이 그녀의 손목을 붙잡아 제지했다.

"잠깐만 가만 있어 봐."

그 말이 떨어지자마자 불빛이 그의 얼굴을 정통으로 직격했다.

"제길!"

어깨 너머를 돌아본 딜레이니는 그들을 겨누고 있는 두 개의 헤드라이트에 눈이 부셨다. 아드레날린이 혈관에 확 솟구치며, 그녀는 닉을 밀어내고 동시에 후드에서 펄쩍 뛰어내렸다. 그의 발치에 놓인 드레스를 집으려는 순간 헨리의 은색 링컨이 머스탱 옆에 와 섰다. 그녀는 서머 드레스를 머리 위로 뒤집어썼지만 손이 너무 떨려서 단추를 채울 수가 없었다.

"도와줘."

그녀는 누구에게랄 것도 없이 외쳤다.

닉이 돌아서서 드레스 허리 단추를 향해 손을 뻗었다. 그가 뭔가 속삭였지만, 그녀는 귓속의 쿵쾅거리는 고동소리 때문에 들을 수가 없었다.

"그 애에게서 떨어져!"

헨리가 차문을 열고 나오자마자 고함쳤다.

딜레이니는 간신히 위의 단추 둘을 채웠지만 가슴속에 몰아치는 두려움을 어쩌지 못했다. 아래를 내려다보니 닉의 커다란 발이 그녀의 팬티 가랑이를 밟고 있었다. 겁에 질린 희미한 흐느낌이 목구멍을 메웠다.

"그 더러운 손을 우리 애에게서 떼!"

딜레이니가 올려다보니 막 헨리가 다가와 있었다. 그는 닉을 떠밀고 그녀를 자기 뒤로 돌려세웠다. 두 남자는 같은 키에 같은 체격, 똑같이 번뜩이는 회색 눈을 하고 있었다. 링컨의 헤드라이트는 잔인하리만치 세세히 다 비추었다. 헨리의 셔츠 줄무늬, 희끗희끗한 머리칼.

"네가 이렇게까지 타락할 줄은 몰랐다."

헨리는 닉을 손가락질하며 말했다.

"네가 날 미워하는 줄은 알았지만, 나한테 복수하기 위해 이 정도로 타락할 줄은 몰랐어."

"이건 댁과는 아무 상관없는 일이야."

닉의 눈썹이 치켜 올라갔다.

"개소리, 나와 상관이 없긴. 넌 평생 날 미워했고, 내가 저 애 엄마와 결혼한 때부터 딜레이니를 질투해 왔어."

"맞아. 평생 당신을 미워했지. 당신 같은 개자식이 그나마 우리 어머니와 같이 자지 않았다고 우겨준 게 다행일 따름이야."

"그러니까 드디어 복수를 한 거군. 딜레이니를 후린 이유는 내게 앙갚음하기 위해서일 뿐이야."

닉은 가슴에 턱하니 팔짱을 끼고 한쪽 발에 몸무게를 실었다.

"딜레이니가 날 달아오르게 하니까 후렸을지도 모르지."

"네놈을 패죽이고 말 테다."

"어디 한번 해보시지, 꼰대."

"오, 맙소사."

딜레이나는 드레스 단추를 마저 채우며 신음했다.

"헨리, 그러지 마세……."

"차에 타라."

헨리가 그녀의 말을 잘랐다.

닉을 쳐다보자, 그녀를 아름답다고 느끼게 했던 다정한 연인은 사라지고 없었다.

"말씀드려!"

몇 분전만 해도 그와 너무나 가깝게 여겨졌는데, 이젠 그를 전혀 알 수가 없었다. 그는 느긋해 보였지만 그건 환상이었다. 아니면 이 닉이야말로 그녀가 아는 닉일지도. 그녀 앞에 선 이 퉁명스런 남자는 그녀와 함께 자라온 닉이었다. 조금 전 그녀를 차에 태운 남자 쪽이 환상이었다.

"제발, 아무 일도 없었다고 말씀드려."

딜레이니는 최악의 상황에서 구해 달라고 그에게 애원했다.

"우린 아무 짓도 안 했다고 말해!"

닉의 한쪽 눈썹이 슥 치켜 올라갔다.

"정확히 어떤 거짓말을 하라고, 말괄량이? 네가 내 차 위에 후드 장식처럼 올라앉아 있는 걸 보였잖아. 만약 헨리가 몇 분만 더 일찍 왔다면 그보다 훨씬 더 많이 봤을 텐데."

"이게 다 보복이지?"

헨리는 딜레이니의 팔을 움켜쥐고 닉을 향해 떠밀었다.

"넌 순진한 애를 데려다가 같이 있는 것만으로도 더럽혀 놓았어."

닉의 단호한 눈길을 들여다보자 딜레이니는 뭘 믿어야 할지 알 수 없었다. 그가 조금이라도 자신에게 마음이 있기를 바랐으나, 그녀를 마주바라보는 눈은 너무나 차가웠다. 몇 분 전이라면 헨리의 착각이라고 말할 수 있었을 테지만 지금은 도무지 알 수 없었다.

"정말이야?"

눈물 한 방울이 그녀의 뜨거운 뺨에 흘러내렸다.

"헨리에게 앙갚음하려 날 이용했어?"

"그렇게 생각해?"

그가 했던 행위는 너무나 개인적이고 은밀해서, 그가 자신을 이용했다는 걸 알게 되면 견딜 수 없을 듯했다. 헨리가 잘못 알았으며, 헨리를 미워해서가 아니라 그녀를 원했기 때문에 키스하고 만졌다는 말을 해주길 바랐다.

"내가 어떻게 알아!"

"몰라?"

"그래."

영원과도 같이 느껴지는 한동안 그는 아무 말도 않다가 말했다.

"그럼 헨리의 말을 믿으라구."

목에 흐느낌이 걸린 채 딜레이니는 비틀비틀 링컨 쪽으로 향했다. 가슴이 후벼파진 기분이었다. 그녀는 두 번째 눈물 방울이 흘러내리기 전에 간신히 차에 올라탔다. 맨 엉덩이 밑의 차가운 가죽 시트가 드레스 아래 완전히 벌거벗었음을 일깨웠다. 그녀는 창 너머 두 남자를 내다보았고, 쿵쾅거리는 심장 고동 너머로 닉을 위협하는 헨리의 목소리가 들렸다.

"내 딸 근처에 얼씬대지 마."

그가 고함질렀다.

"얼씬댔다간 네 팔자를 지옥으로 만들어 줄 테다."

"뜻대로."

두꺼운 창에 가로막혀 닉의 목소리는 들릴 듯 말 듯했다.

"하지만 당신이 할 수 있는 건 아무것도 없어."

"어디 두고 보지."

헨리가 링컨의 운전석 쪽으로 다가왔다.

"딜레이니 근처에 얼씬대지 마."

그는 마지막으로 을러대고 앞좌석에 탔다. 차를 후진시키자 짧은 몇 초간 헤드라이트가 닉을 비추었다. 그리고 그 몇 초간, 그의 티셔츠가 하얗게 빛났다. 부드러운 면 옷자락은 허리께에 빠져나와 있으며 청바지 윗단추는 풀려 있었다. 그가 몸을 숙여 땅에서 뭔가를 집어들었지만, 그게 무엇인지 보기 전에 헨리가 운전대를 꺾어 도로로 나섰다. 하지만 볼 필요도 없었다. 이미 알고 있었으니까. 그녀는 조심스레 맨 엉덩이 밑으로 드레스를 밀어넣었다.

"네 엄마가 이 얘길 들으면 죽으려 들 거다."

헨리가 노여움에 씩씩거렸다.

아마도요, 딜레이니는 생각했다. 손을 내려다보자 눈물이 엄지손가락에 똑 떨어졌다.

"네 엄마가 잘 자란 인사를 하러 네 방에 올라갔더니, 네가 없더라는 게야."

링컨이 주도로로 접어들자 헨리는 속력을 가했다.

"얼마나 걱정 또 걱정했는데. 네 엄마는 네가 납치되지는 않았는지 가슴 졸였어."

딜레이니는 습관적으로 죄송하단 말을 하려다 입술을 깨물었다. 엄마가 걱정했든 아니든 신경쓰지 않았다.

"현실은 상상보다 더 지독하다는 걸 알았을 때 네 엄마가 뭐라고 할지 보자."

"어떻게 날 찾았어요?"

"그게 무슨 상관이겠냐만, 마켓 근처에서 네가 알레그레자의 차에 타는 걸 본 사람이 몇 있다. 너희가 엔젤 비치의 문을 열어두지 않았다면 좀더 오래 걸렸을 테지만 어쨌든 찾아냈을 거야."

딜레이니는 그러리란 사실을 의심하지 않았다. 그녀는 조수석 차창 밖으로 눈길을 돌려 캄캄한 밤을 응시했다.

"어떻게 사람을 쫓아오고 그럴 수가 있어요. 내가 무슨 열 살 어린애라도 되는 듯이 날 찾아 사방팔방을 돌아다니다니."

"네가 싸구려 창녀마냥 벌거벗고 있는 꼴을 보게 될 줄이야."

링컨이 차고로 들어설 때까지 꾸지람은 계속되었다.

딜레이니는 최대한 침착하게 차에서 내려 집안으로 들어갔다. 어머니가 부엌에서 그녀를 맞았다.

"어딜 갔었니?"

그웬의 시선이 딜레이니의 얼굴에서 발로 내려갔다가 다시 올라왔다.

딜레이니는 아무 대답 않고 슥 지나쳤다. 헨리가 엄마에게 말할 것이다. 늘 그랬다. 그리고는 둘이 함께 그녀의 운명을 정하리라. 아마 어린애 다루듯 외출 금지령을 내릴 테지. 그녀는 계단을 올라 방으로 들어가 문을 닫았다. 숨으려는 것은 아니었다. 그래 봐야 소용없음을 익히 알고 있었고, 그렇지 않다 해도 오늘밤의 교훈은 독립성 쟁취의 노력이 허사임을 알려주었다.

그녀는 화장대 거울에 비친 자신의 모습을 쳐다보았다. 마스카라가 번져 뺨에 흘러내렸으며 눈은 빨갛고 뺨은 창백했다. 그 외엔 평소와 똑같아 보였다. 세상이 발 밑에서 무너져 내리고 이제 영 딴 곳에 서 있는 것처럼 보이진 않았다. 그녀의 방도 몇 시간 전 그녀가 창 밖으로 빠져나갔을 때와 똑같아 보였다. 거울에 붙인 사진들, 침대 커버의 장미 무늬도 언제나처럼 똑같았지만 모든 것이 달라졌다. 그녀는 달라졌다.

꿈에서조차 상상 못한 일들을 닉에게 허락했다. 아, 오랄 섹스에 대해 들어보긴 했었다. 수학 수업을 같이 듣는 여자애들 몇이 그걸 할 줄 안다고 뻐겼지만, 오늘밤 이전까지 딜레이니는 사람들이 정말로 그런 일을 하리라곤 믿지 않았다. 이제는 알았다. 이제 남자가 여자를 좋아하지 않고도 그런 일을 할 수 있음을 알았다. 이제 정열이나 서로에 대한 호감이 아닌 다른 이유에서 남자가 여자에게 지극히 은밀한 행위를 할 수 있다는 걸 알았다. 이제 이용당하는 게 어떤 기분인지 알았다.

허벅지 안쪽을 눌러오던 닉의 따스한 입을 떠올리자, 창백하던 뺨이 새빨개져 그녀는 거울에서 눈길을 돌렸다. 그 속에 비친 자신의 모습이 부끄러웠다. 자유를 느끼고 싶었다. 헨리의 억압에서 벗어나고 싶었다. 자신의 삶에서 벗어나고 싶었다.

바보.

딜레이니는 청바지와 티셔츠로 갈아입고 세수했다. 끝나고 나선 부모님이 기다리고 있을 헨리의 사무실로 갔다. 그들은 마호가니 책상 뒤에 서 있었고, 엄마의 표정을 보니 헨리가 그 참혹한 사연을 구구절절이 다 말해 준 게 뻔했다.

"헨리가 잘못 알았다고 말하렴. 그 알레그레자네 아들과 그렇고 그런 짓을 하다 들킨 게 아니라고 말해."

딜레이니는 아무 말도 하지 않았다. 자신이 이기지 못할 게 뻔했다. 한 번도 그런 적이 없었다.

"어떻게 그럴 수가?"

그웬은 고개를 내젓고 목에 손을 가져다댔다.

"어떻게 우리 가족에게 그럴 수 있니? 방 창문으로 슬금슬금 기어 나갈 때 한번이라도 네 아버지의 사회적 위치를 고려해 봤어? 그 알레그레자네 아들이 너한테 손을 댈 때, 너희 아버지가 네 행동으로 고초를 겪으시리란 생각을 단 일 초라도 했어?"

"아뇨."

딜레이니는 대답했다. 닉의 머리가 자신의 허벅지 사이에 있을 때, 그녀는 부모님 생각은 한순간도 하지 않았다. 자기 망신을 시키느라 바빴으니까.

"여기 사람들이 얼마나 소문을 좋아하는지 알면서. 내일 열 시쯤이면 다들 너의 수치스런 행동에 대해 알게 될걸. 어떻게 이럴 수가 있어?"

"너 때문에 엄마가 무척 상심했다."

헨리가 덧붙였다. 그들은 2인조 레슬러처럼, 한쪽이 열을 내다 지치면 다른 한쪽이 뛰어들었다.

"네 남부끄러운 행실이 소문나면 네 엄마는 이곳에서 얼굴도 못 들고 다녀."

그는 그녀를 손가락질했다.

"네가 이럴 줄은 정말 몰랐다. 늘 착한 아이였는데. 네가 그렇게 천박한 짓을 할 줄은 정말 꿈에도 몰랐어. 네가 우리 가족에게 수치를 가져오리란 생각도 못했다. 우리가 널 잘못 봤던 게지. 우리가 널 전혀 몰랐던 거야."

딜레이니의 손이 불끈 주먹 쥐어졌다. 무슨 말을 해봐야 소용없다. 자기 변호를 해봐야 상황은 더 악화될 뿐이다. 만약 그녀가 뭐라고 하면 헨리는 말대꾸한다고 여길 테고, 헨리는 무엇보다 자신에게 반대하는 사람을 싫어했다. 하지만 딜레이니는 참을 수가 없었다.

"그건 두 분이 절 정말로 알려 한 적이 없으니까 그렇죠. 제 외관에만 관심이 있었지 제 기분이 어떤지는 신경도 안 쓰잖아요."

"레이니."

그웬이 헐떡였다.

"내가 당장 대학에 가고 싶지 않다는데도 신경 안 썼죠. 가기 싫다고 말했는데, 그래도 어쨌든 가게 만들었어요."

"그러니까 오늘밤 일이 다 그 때문이구나."

헨리가 마치 전능한 신인양 말했다.

"너에게 최선의 길을 정해 준 일에 앙갚음을 하고 싶었던 거야."

"오늘밤은 내 일이에요."

딜레이니는 일어서며 말했다.

"밖에 나가 보통의 열여덟 살짜리가 되고 싶었어요. 내 인생을 갖고 싶었어요. 자유를 느끼고 싶었다구요."

"네 말은 네 인생을 망칠 자유 말이겠지."

"그래요! 원한다면 내 인생을 망칠 자유, 다른 사람들처럼. 난 아무것도 할 자유가 없었어요. 모든지 나 대신 골라줬죠. 난 아무런 선택의 여지가 없었어요."

"그게 다행이지."

그웬이 나섰다.

"넌 철없고 이기적이야. 그리고 오늘밤 굳이 우리 가족에게 제일 상처 줄 남자를 골랐어. 너에 대한 관심이라곤 헨리에 대한 앙갚음뿐인 사람에게 자신을 내준 거야."

뱃속에 구멍을 낼 듯이 뜨거운 치욕의 덩어리가 타올랐지만, 숨막히는 좌절감이 더 심했다. 부모를 쳐다보며 그녀는 아무 소용없음을 알았다. 그들은 결코 이해하지 못하리라. 결코 바뀌지 않으리라. 그리고 그녀는 결코 도망치지 못하리라.

"넌 스스로의 격을 떨어뜨린 거야. 정말 보기도 싫다."

어머니가 말을 이었다.

"그럼 보지 마요. 일주일 후에 아이다호 대학에 데려다 줄 계획이었죠. 내일 데려다 줘요."

딜레이니는 사무실에서 나왔다. 체념의 무게가 어깨를 짓눌렀다. 납덩이 같은 발로 계단을 오르는 그녀의 마음은 공허했고, 진이 빠져 울 수조차 없었다. 청바지도 벗지 않고 침대로 기어들었다. 허공의 핑크빛 캐노피를 응시하며 잠들지 못하리라는 걸 알았다. 그녀의 마음은 지난 몇 시간의 끔찍스런 경험을 되돌이켰다. 부모님이 한 말, 자신이 한 말, 아무것도 바뀌지 않은 상황. 그리고 닉의 생각을 피하려 얼마나 애쓰든 간에, 그녀의 마음은 계속계속 그에게로 돌아갔다. 그의 뜨거운 손길, 손가락 사이에 와닿는 서늘하고 비단결 같은 머리칼의 감촉, 그의 피부 맛을 떠올렸다. 눈을 감자 젖가슴과 아래에 그의 따스하고 촉촉한 입이 느껴졌다. 왜 자신이 그런 일을 허락했는지 알 수 없었다. 지난 경험을 통해 그가 한순간 친근했다가도 다음 순간 뱀처럼 비열해질 수 있는 남자임을 익히 알고 있었는데. 왜 하고 많은 사람 중 닉 알레그레자를?

딜레이니는 베개를 주먹으로 퍽 치고 옆으로 돌아누웠다. 어쩌면 그는 늘 몹시도 자유로웠고, 천상의 존재 같은 얼굴에 막되고 짓궂은 행동으로 그녀를 매혹시켰기 때문인지도. 어쩌면 그가 그녀의 숨결을 앗아갈 정도로 아름답고, 오늘밤 그녀 역시 아름답다고 느끼게 만들었기 때문인지도. 그는 여자와 사랑을 나누고 싶은 남자처럼 그녀를 쳐다보았었다. 그녀를 원하는 듯이 어루만졌었다. 하지만 그 모든 것은 거짓이었다. 환상이었고, 그녀는 순진한 바보였다.

사랑보다 더 좋은 걸 주지.

닉은 그렇게 말했다.

가게 해줄게.

왜 그가 바로 그 방법을 골랐는지 그녀는 알지 못했다. 하지만 그가 몇 년을 두고 계획을 짰다 해도 그 이상 치욕스런 방법을 고르진 못했으리라. 그는 옷을 입은 채로 그녀를 벌거벗겼다. 그는 그녀의 온몸을 애무했는데 그녀는 그의 맨 가슴 한번 보지 못했다.

아무도, 심지어 헨리조차 닉의 머스탱 후드 위에서 무슨 일이 벌어졌는지 정확히 알지 못한다는 것이 유일한 위안이었다. 그리고 닉이 말하지 않는 이상, 그 누구도 영원히 알지 못하리라. 어머니가 틀렸을지도 모른다. 어쩌면 아무도 떠들어대지 않을지도.

하지만 그웬은 소문이 그녀에게 다다르는 시각만 틀렸을 뿐이었다. 다음 날 리사가 전화해서 딜레이니에게 그녀와 닉을 시내 가든 근처 참 여관에서 본 사람이 있다고 알린 때는 열 시가 아니라 정오였다. 또 어떤 사람은 그들이 락스퍼 공원을 벌거벗고 뛰어다니며 어린이용 미끄럼틀에서 섹스하는 모습을 봤다고 한다. 그리고 세 번째로는, 그녀와 닉이 주류 판매점 뒷골목에서 테킬라를 마셔대며 그의 차 뒷좌석에서 일을 벌였단다.

돌연 대학으로 보내지는 일이 그렇게 나쁘게 여겨지지 않았다. 아이다호 대학은 딜레이니의 첫 선택은 아니었지만, 트롤리에서 네 시간 거리였다. 부모님과 딱딱한 규제로부터 네 시간 거리. 회오리처럼 마을을 휩쓰는 소문으로부터 네 시간 거리. 닉이나 그 가족을 보게 될 가능성에서 네 시간 거리.

그래, 어쩌면 아이다호 대학도 그렇게 지독하지만은 않을지도 몰라.

"학점을 잘 받고 행실을 바르게 하면, 내년에는 수업을 좀 줄여 주마."

아이다호 대학으로 가는 길에 헨리가 말했다.

"그럼 좋겠네요."

딜레이니는 열의 없이 말했다. 내년은 열두 달 후고, 그 사이 뭔가 헨리의 기분을 상하게 할 일을 하게 될 것이 뻔했다. 하지만 노력은 하리라. 늘 그랬듯이.

그녀는 한 달간 노력했지만, 처음으로 맛본 진짜 자유의 맛이 머리를 직격, 첫 학기에 전부 D로 깔았다. 렉스라는 이름의 와이드 리시버(미식축구 포지션)에게 처녀를 잃고 식당보다는 바에 가까운 '덕키 바 앤 그릴'에 웨이트리스 자리를 얻었다.

일해서 얻는 돈은 그녀에게 더 많은 자유를 주었고, 2월 열아홉 살이 되었을 때는 학교를 아예 그만둬 버렸다. 부모님은 격노했지만 그녀는 이제 신경쓰지 않았다. 그녀는 첫 남자친구인 록키 바롤리란 이름의 역도 선수네 집으로 살러 들어갔다. 록키의 경이적인 가슴 근육 읽기와 캠퍼스 밖에서 출석하는 올나이트 파티에서 스트레이트 샷을 얼마나 많이 마실 수 있느냐에서 더 고등한 교육을 추구했다. 탐 콜린스와 보드카 콜린스(둘 다 칵테일 이름)의 차이를, 수입품과 국산품의 차이를 배웠다.

딜레이니는 새로운 자립 생활로 나아갔다. 두 팔을 한껏 벌려 만끽했고 결코 돌아가지 않았다. 마치 자유를 낚아 채이기 전에 모든 것을 한꺼번에 경험해야 한다는 듯이 살았다. 그 시절을 뒤돌아보면 살아 남은 게 다행이지 싶었다.

마지막으로 헨리를 보았을 때, 그는 집으로 끌고 가겠다는 일념 하나로 그녀를 추적했다. 그 무렵엔 록키를 차버리고 스포켄(워싱턴주 동부의 도시)에 있는 아파트 지하층에서 다른 여자애 둘과 살고 있었다. 헨리는 중고 가구들과 넘쳐나는 재떨이, 즐비한 빈 술병들을 보고는 당장 짐을 싸라고 명령했다. 그녀가 거절하자 대면은 불쾌하게 굴러갔다. 그는 차에 타지 않으면 의절하겠다고, 그녀가 자신의 딸임을 잊어버리겠다고 말했다. 그녀는 그를 이래라저래라하는 거만한 작자라고 불렀다.

"이제 댁의 딸 노릇은 안 해요. 너무 피곤하다구. 언제나 아버지라기보다는 독재자였지. 다시는 날 쫓아오지 말아요."

그게 헨리에게 한 마지막 말이었다.

그 이후로, 그웬은 헨리가 집에 없을 때를 골라 그녀에게 전화했다. 딜레이니가 어느 도시로 옮겨가 살든 이따금 찾아오긴 했지만, 물론 헨리는 결코 같이 오지 않았다. 그는 자신의 말을 확실히 지켰다. 딜레이니와 완전히 의절했고, 그녀는 그렇게나 자유로움을 느낀 적이 없었다. 그의 억압에서 벗어나 마음껏 자신의 인생을 망칠 자유. 가끔은 진짜로 망쳤지만 또한 그 과정에서 성장했다.

그녀는 자신의 인생을 어떻게 할지 알아낼 때까지 이 주(州)에서 저 주로 그리고 이 직업에서 저 직업으로 떠돌아다녔다. 6년 전 미용 학교에 등록했을 때 드디어 그걸 알아냈다. 첫 주가 지나고 나자, 자신의 천직을 발견했음을 알았다. 그녀는 손에 느껴지는 촉감과 무언가 근사한 것을 바로 자신의 눈앞에서 창조하는 과정을 사랑했다. 그녀에겐 원하면 맘껏 비상식적으로 차려입을 자유가 있었다. 늘 그녀보다 더 대담한 누군가가 있었으니까.

대부분의 사람들보다 일자리에 정착하는 데 시간이 더 걸렸는지는 몰라도, 딜레이니는 마침내 자신이 잘하고 좋아하는 일을 찾아내었다.

스타일리스트로서 그녀는 창조적이 될 자유를 부여받았다. 또한 한 장소에 묶였다고 느껴지기 시작하면 이사갈 자유도 있었다. 비록 폐쇄공포증을 느낀 지는 꽤 되었지만.

몇 달 전 헨리가 마지막으로 실력 행사를 해서, 그 끔찍한 유언을 남겨 그녀의 삶을 다시 지배할 때까지는 그랬다.

딜레이니는 부츠를 집어들고 침실로 향했다. 불을 켜고 옷장을 향해 부츠를 내던졌다. 도대체 내가 왜 이러지? 무엇 때문에 그들 사이의 지저분한 과거에도 불구하고 붐비는 댄스 플로어에서 닉과 키스하게 되었을까? 다른 남자들도 주위에 있었다. 그래, 몇은 결혼했거나 이혼해서 애가 다섯씩 딸렸고 아무도 닉만큼 뛰어나진 않지만, 그 남자들과는 고통스런 과거가 없었다.

닉은 뱀이다. <정글북>에 나오는, 사람을 마비시키는 눈의 커다란 비단뱀이나 마찬가지고 그녀는 단지 또 한 명의 무력한 희생자일 뿐이었다.

딜레이니는 서랍장 위의 거울을 들여다보고 얼굴을 찌푸렸다. 이렇게 외롭고 정처 없지만 않았어도 최면과도 같은 닉의 매력에 속절없이 영향 받지 않았을지도 모른다. 한때는 정처 없는 게 목표이던 시절이 있었다. 이젠 아니다. 그녀는 살고 싶지 않은 마을에 살고, 진짜 성공시킬 의도가 없는 살롱에서 일하고 있었다. 그녀의 유일한 목표는 견뎌내기와 헬렌 괴롭히기뿐이었다. 뭔가 변화가 필요했다. 스스로 변화시켜야만 한다.

8

월요일 아침 딜레이니는 소규모 일간지에 매니큐어리스트 구인 광고를 낼까 생각했지만, 7개월 동안만 열 살롱인 고로 그 생각을 접었다. 비록 오래 할 장사는 아니긴 해도 사업을 성공시킬 방안을 모색하느라 지난 밤 뜬눈으로 지새다시피 했다. 스스로에게 자부심을 느끼고 싶었다. 헬렌과의 남모르는 헤어 전쟁을 마무리짓고 인간적으로 가능한 한 닉과 거리를 둘 참이었다.

살롱을 연 다음, 딜레이니는 클라우디아 쉬퍼의 포스터를 집어들었다. 완벽한 몸매는 꼭 조이는 발렌티노 레이스 의상에 감싸였으며 금빛 머리칼은 아름다운 얼굴 주위에 곱슬거리며 기교적으로 드라이되어 있었다. 번쩍번쩍한 포스터만큼 사람의 눈길을 끄는 것은 없다.

딜레이니는 큼지막한 버클이 달린 신발을 차던지고 창틀에 올라섰다. 통유리에 막 포스터를 붙이는 차에 문에서 딸랑 소리가 났다. 하웰 쌍둥이 중 하나가 입구 바로 안에 서서 살롱을 둘러보고 있었고, 연한 갈색 머리는 폭넓은 빨강 머리띠로 예쁜 얼굴에서 넘겨져 있었다.

"어떻게 오셨어요?"

딜레이니는 조심스레 창문에서 기어 내려오면서, 두 쌍둥이 중 지난 토요일 밤 닉의 할리 뒤에 올라탄 쪽일까 궁금해했다. 만약 그렇다면 저 여자에겐 갈라진 머리칼보다 심각한 문제가 있다.

여자의 푸른 눈은 딜레이니를 머리끝에서 발끝까지 훑으며, 그녀의 녹색과 검정색 줄무늬 타이츠, 무릎 길이 녹색 가죽바지, 검은 터틀넥을 꼼꼼히 뜯어보았다.

"예약 안 한 손님도 받아요?"

딜레이니는 손님에, 경로 할인이 해당되지 않는 손님에 목말라 있긴 했지만 흠집을 찾는 듯한 여자의 정밀 조사가 영 마음에 들지 않았다. 딜레이니는 이 손님 후보를 잃는다 해도 상관없었기에 이렇게 말했다.

"네, 하지만 20달러예요."

"솜씨 좋아요?"

"이 근방에서는 최고죠."

딜레이니는 발을 신발에 쑤셔넣으며 여자가 벌써 문을 뛰쳐나가 10달러 커트를 향해 도망치지 않은 데 조금 놀랐다.

"그건 별 의미가 없어요. 헬렌은 완전 꽝이거든."

어쩌면 성급한 판단을 내렸는지도 모르겠다.

"음, 난 꽝 아니에요."

그녀는 간단히 말했다.

"사실, 아주 뛰어나죠."

여자는 머리띠를 머리에서 뺐다.

"끝을 다듬고 여기까지 층을 내줘요."

그녀는 턱선을 가리키며 말했다.

"앞머리 일자로 자르지 말고."

딜레이니는 고개를 한쪽으로 갸웃했다. 눈앞에 서 있는 여자는 굉장한 턱선과 근사하고 높은 광대뼈의 소유자였다. 이마는 얼굴 나머지와 비례가 맞았다. 본인이 원하는 커트로 해도 잘 어울리겠지만 저 커다란 푸른 눈에라면 좀더 짧고 보이시한 스타일이 끝내줄 텐데.

"이쪽으로 오세요."

"독립기념일 파티 때 잠깐 만났죠."

여자가 딜레이니를 따라오며 말했다.

"난 라나 하웰이에요."

딜레이니는 샴푸 의자 앞에 멈춰 섰다.

"네, 알아봤어요."

라나가 의자에 앉자 딜레이니는 여자의 어깨에 은빛 샴푸 케이프와 보송보송한 하얀 타올을 둘렀다.

"쌍둥이 자매가 있죠?"

사실 정말로 알고 싶은 건 토요일 밤 닉한테 찰싹 들러붙었던 여자가 이쪽이냐 하는 문제였다.

"네, 로나요."

"맞아, 그렇죠."

그녀는 말하면서 손님의 머리칼을 집게와 엄지로 집어 살펴보았다. 그리고는 케이프를 의자 등받이 위로 덮곤 라나의 목이 편안하게 샴푸 세면대에 놓이도록 뒤로 젖혔다.

"뭘로 염색했어요?"

그녀는 스프레이 노즐을 잡고 손으로 물 온도를 확인했다.

"썬인(염색제 상표명)으로요."

딜레이니는 화장품 판매대에서 한재산을 쓰곤 집으로 가서 5달러짜리 과산화수소를 머리에 끼얹는 몇몇 여자들의 논리에 내심 개탄했다.

그녀는 한 손으로 라나의 얼굴과 목을 물줄기에서 가리며 다른 손으로는 따스한 물에 머리칼을 적셨다. 순한 샴푸와 천연 컨디셔너를 썼고, 일하는 동안 두 여자는 느긋하게 날씨와 가을의 아름다운 색깔에 대해 수다를 떨었다. 샴푸를 끝내고 그녀는 라나의 머리를 타올로 감아 살롱 의자로 안내했다.

"동생이 당신을 며칠 전 밤에 헤네시에서 봤다던데요."

딜레이니가 머리칼에서 물기를 닦아내는 동안 라나가 말했다.

딜레이니는 커다란 거울 속 라나의 모습을 뜯어보았다. 그럼 닉과 함께 있었던 건 다른 쪽이구나.

"네, 거기 갔었죠. 꽤 괜찮은 R&B 밴드를 보이시에서 데려왔더라구요"

"나도 그렇게 들었어요. 난 맥주 전문점에 딸린 레스토랑에서 일하고 있어서 시간에 맞춰 갈 수가 없었죠."

엉킨 머리를 빗어내리고 다섯 등분하여 큰 집게로 고정시키는 동안, 딜레이니는 일부러 화제를 헤네시에서 다른 쪽으로 돌렸다. 라나의 직업에 대해 물었고, 대화는 매년 12월 마을에서 열리는 커다란 얼음 조각 축제로 흘러갔다. 페스티벌이 꽤 큰 행사가 되었다고 라나는 말했다.

어린 시절 딜레이니는 수줍음 많고 내성적이었지만 다년간 손님들의 마음을 편하게 하기 위해 노력한 결과, 누구하고든 무슨 주제로든 떠들어댈 수 있었다. 브래드 피트에 대한 몽상 펼치기든 생리통에 대한 동정이든 무엇에든 척척이었다. 헤어 스타일리스트란 바텐더나 신부(神父)와 마찬가지이다. 어떤 사람들은 자신의 속내와 삶의 충격적인 세세한 이야기들을 다 털어놔야 속이 풀리는 듯했다. 살롱 의자 고백은 헨리의 유언장 조건을 수락하기 이전의 삶에서 그녀가 그리워하는 많은 것들 중 하나였다. 또한 스타일리스트 간의 경쟁의식과 동지애 그리고 딜레이니의 삶을 얌전하게 보이게 만들 정도의 따끈따끈한 가십도 그리웠다.

"닉 알레그레자와 얼마나 잘 아는 사이예요?"

딜레이니의 손이 우뚝 정지했다가 라나의 목덜미 중간 부분 머리를 싹뚝 잘라냈다.

"트룰리에서 같이 자랐죠."

"하지만 잘 알아요?"

그녀는 또 한 번 거울을 쳐다보고 다시 손으로 눈길을 돌려 왼쪽에서 오른쪽으로 머리를 잘라냈다.

"닉을 정말로 잘 아는 사람이 있으리라곤 생각되지 않는데요. 왜요?"

"내 친구 게일이 자기가 닉과 사랑에 빠졌다고 생각하거든요."

"그렇담 진정으로 애도를 표하는 바예요."

라나가 깔깔 웃었다.

"신경 안 쓰여요?"

"물론이죠."

설사 그녀가 닉이 어떤 여자든 사랑할 수 있는 남자라고 생각한다 쳐도, 그는 그녀의 걱정거리가 아니었다.

"왜 내가 신경써야 하는데요?"

그녀는 물으며 라나의 뒤통수에서 집게를 떼어내 자신의 바지 앞자락에다 집었다.

"게일이 닉과 당신에 대해, 그리고 당신이 여기 살 때 무슨 일이 있었는지 전부 말해 줬어요."

딜레이니는 전혀 놀라지 않은 채 엉킨 머리를 빗어내리고 새로운 부분을 잘랐다.

"어떤 이야기를 들었어요?"

"오래 전 당신이 닉의 아기를 낳으려고 마을을 떠났다는."

배를 한 방 맞은 기분에 딜레이니의 손이 우뚝 정지했다. 묻지 말 걸 그랬다. 그녀가 떠났을 때 트룰리에 여러 소문이 들끓었지만 이 얘긴 한 번도 들은 적이 없었다. 그웬은 딜레이니가 트룰리를 떠난 진짜 이유에 대해 말하기를 꺼려했다. 어머니는 늘 그 시기를 '네가 대학에 들어갔을 때'로 칭했다. 딜레이니는 왜 그런 옛날 얘기에 지금 마음이 쓰이는지 알 수가 없었지만, 하여간 그랬다.

"정말로요? 그건 또 처음 듣는 소식이네."

그녀는 머리를 확 숙이고 라나의 머리칼을 손가락으로 빗어내리며 말했다. 검지와 중지로 머리칼을 집고 반듯이 잘랐다. 마을 사람들이 자신이 임신했다고 생각했다니 믿겨지지 않았다. 뭐, 그럴 수도 있겠지. 리사나 닉이 이 소문을 알고 있었을까?

"미안해요."

라나가 그녀의 생각을 방해했다.

"알고 있는 줄 알았거든요. 그저 이 입이 죄지."

딜레이니는 라나를 올려다보았다. 그녀는 진심으로 보였지만, 딜레이니는 상대를 알지 못하는 만큼 확신할 수 없었다.

"임신도 한 적 없는데 내가 아기를 낳았단 소리를 들으니 좀 쇼크였을 뿐이에요."

그녀는 다른 부분을 풀어 빗어내렸다.

"특히 닉하고. 우린 서로를 좋아하지도 않는 걸요."

"게일이 마음을 놓겠네요. 로나도. 그 둘은 한 남자를 두고 서로 경쟁하는 셈이랄까."

"둘이 친구인 줄 알았는데요."

"친구 맞아요. 닉은 데이트 상대에게 결혼에 관심 없다고 대놓고 밝히죠. 로나는 그렇게 신경쓰지 않지만, 게일은 집에 들어가려 애쓰는 중이에요."

"집에 들어가다니? 그게 무슨 소리예요?"

"로나가 그러는데 닉은 절대 섹스를 하기 위해서는 여자를 집에 들이는 법이 없대요. 모텔이나 어디 딴 데로 가죠. 게일은 만약 그의 집에서 사랑을 나누게 만들 수 있다면 다른 일도 하게 만들 수 있으리라 생각해요. 그녀에게 커다란 다이아몬드 반지를 사주고 결혼식장에 입장한다든가 하는."

"닉이 모텔비 꽤나 들겠네."

"그렇겠죠."

라나가 웃었다.

"기분 나쁘지 않아요?"

"나요? 내가 그와 데이트하는 입장이라면 아마 그렇겠지만 아니잖아요. 우리 자매는 절대 같은 남자랑 데이트 안 해요."

딜레이니는 마음이 놓였지만 닉이 아름다운 쌍둥이 둘과 변태스런 그룹 섹스를 하든 말든 왜 자신이 신경쓰는지 알 수가 없었다.

"음, 동생분은 기분 나빠하지 않아요?"

"별로요. 걔는 남편감을 찾는 게 아니라서. 게일하곤 다르죠. 게일은 자기가 닉의 마음을 바꿔놓을 줄 알지만 안 될 걸요. 요전날 밤에 당신과 닉이 춤추는 모습을 보고 로나는 당신도 그의 여자들 중 하난가 했대요."

딜레이니는 의자를 돌리고 마지막 부분을 내렸다.

"정말 머리를 자르러 온 거예요? 아님 동생을 위해 정보를 수집하러?"

"겸사겸사."

라나는 웃음을 터뜨렸다.

"하지만 처음 봤을 때 당신 머리가 마음에 들었거든요."

"고마워요. 짧은 머리 고려해 본 적 있어요?"

딜레이니는 또다시 일부러 닉에게서 화제를 돌리며 물었다.

"아주 짧게요. <고인돌 가족 플린스톤>에 나오는 할리 베리처럼?"

"짧은 머리는 안 어울릴 거 같은데."

"진짜 눈이 부실 거예요. 커다란 눈과 완벽한 두상을 갖췄잖아요. 난 뒤통수가 좀 납작해서 머리를 엄청 띄워야 하죠."

"생각 좀 해볼게요."

딜레이니는 가위를 내려놓고 무스 캔을 집어들었다. 라나의 머리끝을 커다란 둥근 브러시로 말고 드라이했다. 다 마치고 나서, 라나에게 둥근 거울을 건넸다.

"어때요?"

무지 근사해 보인다는 걸 익히 알면서 그녀가 물었다.

"앞으로는,"

라나는 뒷머리를 찬찬히 들여다보며 느릿느릿 대답했다.

"머리 커트 하나 하러 보이시까지 차를 몰고 250킬로미터를 갈 필요가 없겠네요."

라나가 나간 다음, 딜레이니는 바닥의 머리카락을 쓸고 샴푸 세면대를 닦았다. 십 년 전 자신이 닉의 아기를 갖고 있었기에 마을을 떠났다는 소문에 대해 생각해 봤다. 내가 마을을 떠나 아이다호 대학 기숙사에 처박혀 있을 때 또 무슨 소문이 돌았을까. 오늘밤 저녁 먹으러 갔을 때 엄마에게 물어봐야겠다.

하지만 물어볼 기회가 없었다. 맥스 해리슨이 하이볼 잔을 한 손에 들고 얼굴에는 반기는 미소를 띤 채 문을 열어주었던 것이다.

"그웬은 부엌에서 양고기로 뭘 하는 중이에요."

그는 들어서서 문을 닫으며 말했다.

"어머니가 오늘밤 날 초대한 걸 딜레이니가 꺼려하지 않으면 좋겠는데."

"물론 괜찮구말구요."

어머니의 근사한 요리 냄새가 딜레이니의 머릿속을 가득 채우고 입에 군침이 고이게 했다. 어머니의 양다리 요리는 최고였고, 부엌에서 흘러나오는 냄새에 딜레이니는 쇼 집안에서의 특별한 날들에 대한 따스한 추억에 잠겼다. 부활절이나 그녀가 제일 좋아하는 요리를 고를 수 있었던 생일날 같은.

"살롱은 좀 어떤지?"

맥스가 물으며 그녀를 도와 모직 롱코트를 벗겨 현관 옷걸이에 걸었다.

"그럭저럭요."

최근 어머니가 맥스와 꽤 많은 시간을 보내는 듯해서, 딜레이니는 둘 사이에 무슨 일이 진행중인지 궁금했다. 그녀로선 도무지 어떤 남자의 애인인 어머니를 상상할 수가 없었다. 저렇게 뻣뻣한 어머니이니 우정 외의 다른 것일 리가 없을 텐데.

"한번 오셔서 머리 자르세요."

그의 나직한 웃음소리에 딜레이니는 미소지었다.

"언제 봐서요."

그는 집 안쪽으로 함께 걸어가며 말했다.

부엌에 들어가자, 그웬이 손에 들고 있던 꼬마당근 봉지에서 눈길을 떼고 올려다보았다. 그웬의 눈이 거의 보일 듯 말 듯한 찡그림으로 약간 가늘어지자, 딜레이니는 무언가 잘못되었음을 알았다.

제길! 누군가 곤경을 치르게 생겼는데 아무래도 맥스는 아닐 거 같았다.

"무슨 특별한 날이에요?"

"그런 거 아냐. 네가 제일 좋아하는 걸 만들어 주고 싶어서."

그웬이 이번에는 맥스에게 말했다.

"생일 때마다 레이니는 늘 양고기를 해달라고 했거든요. 다른 아이들이라면 피자나 햄버거를 원했을 텐데, 이 애는 안 그랬어요."

어쩌면 곤경에 처한 당사자가 자신이 아닐지도 모르지만, 만약을 위해 딜레이니는 밝은 미소를 내세웠다.

"뭐 도와드려요?"

"냉장고에서 샐러드를 꺼내 드레싱 좀 해줄래."

딜레이니는 시킨 대로 하고 샐러드 볼을 식당으로 내갔다. 그녀가 보기엔 특별한 날 같았다. 즉 두 가지의 전혀 다른 가능성이 있다. 걱정을 해야 하느냐, 아니면 괜한 기우인가? 어머니가 단순히 맛있는 식사를 원했든가, 아니면 표면의 균열을 무마하려는 것이든가 둘 중의 하나였다.

딜레이니는 자리에 앉은 지 몇 분도 안 되어 후자임을 알았다. 이 완벽한 그림에는 무언가 잘못된 것이 있었다. 식사중의 대화는 겉으론 즐거워 보였으나 그 바로 아래엔 긴장의 물결이 감춰져 있었다. 맥스는 알아채지 못한 듯했지만 딜레이니는 뒷골이 지끈거림을 느꼈다. 첫번째 코스와 민트를 곁들인 어머니의 양고기 요리를 먹는 동안 계속 그것을 느꼈다. 그녀는 미소짓고 깔깔 웃어대고 자신이 이사 다녔던 곳들의 얘기를 맥스에게 들려주어 재미있게 했다. 멀쩡한 외관을 유지하는 방법은 익히 알고 있었으나, 설거지감을 부엌으로 옮길 때쯤이 되자 두통은 뒷골에서 이마로 옮겨왔다. 맥스가 있으니 잘하면 머리가 터져나가기 전에 잽싸게 뜰 수 있을라나.

"저기,"

딜레이니는 접시를 싱크대 위에 내려놓으며 말했다.

"먹기만 하고 도망치는 것 같아 미안하긴 한데, 저요……."

"맥스."

그웬이 말을 잘랐다.

"잠깐 우리 둘만 있게 해줄래요?"

젠장.

"물론이죠, 아까 봐달라고 했던 그 계약서들을 검토하고 있도록 하죠."

"고마워요. 오래 걸리지 않을 거예요."

그웬은 헨리의 사무실 문이 닫히는 소리를 들을 때까지 기다렸다 입을 열었다.

"너의 남부끄러운 행동에 대해 얘기 좀 하자."

"남부끄러운 행동이라뇨?"

"트루디 듀런이 오늘 오후 전화를 걸어선 너와 토미 마컴이 같이 술에 취했다고 하더라. 트루디 말로는 슈퍼마켓에서 모두들 그 얘기를 하더래."

"트루디 듀런이 누구예요?"

딜레이니는 머리가 욱신욱신 조여드는 기분이었다.

"그게 무슨 상관이니! 정말로 그랬어?"

그녀는 가슴께에 팔짱을 끼고 미간을 찌푸렸다.

"아뇨. 헤네시에서 우연히 토미와 만나 얘기 좀 했을 뿐이에요. 리사가 거의 내내 같이 있었고."

"그래, 다행이구나."

그웬은 알루미늄 호일을 집어 길게 찢어냈다.

"그리고 설상가상으로, 네가 댄스 플로어 밖에서 닉 알레그레자와 키스하는 광경을 트루디의 딸 지나가 봤다는구나."

그녀는 차분하게 호일을 카운터에 내려놓았다.

"난 잘못 본 게 틀림없다고 말했지. 네가 그렇게 멍청한 짓을 할 리 없으니까. 잘못 본 거라고 말해."

"좋아요, 그 사람이 잘못 봤네요."

"정말이야?"

딜레이니는 어떻게 대답할까 생각했지만 거짓말은 조만간에 들통나고 말 것이다. 게다가 그녀는 벌받을까 봐 겁내는 어린애가 아니고, 어머니가 자신을 어린애 취급하도록 두지도 않으리라.

"아뇨."

"도대체 무슨 생각이니? 닉과 그 집 사람들은 우리가 이 마을에 이사 온 이래 늘 골칫거리였어. 무례하고 시기심 많고. 특히 너한테 말야. 십 년 전에 있었던 일은 다 잊었어? 닉이 우릴 얼마나 고통스럽고 수치스럽게 했니?"

"우리가 아니죠. 당사자는 나였고, 나 안 잊었어요. 하지만 아무것도 아닌 일 갖고 괜한 수선 피우고 있는 거예요."

그녀는 어머니에게 장담했지만 아무것도 아닌 일처럼 느껴지지 않았다.

"아무 일도 없었어요. 진짜진짜 별거 아니라서, 얘기하고 싶지 않아요. 생각도 하기 싫다구요."

"그럼, 생각 좀 해봐라. 여기 사람들이 얼마나 소문내기 좋아하는지 알잖니, 특히 우리에 대해."

딜레이니는 그웬을 포함한 트롤리 사람들 모두 소문을 좋아하다는 데엔 내심 동의했으나, 쇼 집안이 남들보다 더 주목을 받는다고는 생각하지 않았다. 재미있는 소문에는 귀가 솔깃해지기 마련이지만, 늘 그렇듯 어머니는 스스로의 중요성을 과대평가했다.

"알았어요. 생각해 볼게요."

그녀는 눈을 감고 손가락으로 이마를 눌렀다.

"제발 좀 그래라. 그리고 정말이지, 닉 알레그레자 근처에는 얼씬도 마."

삼백만 달러, 딜레이니는 스스로를 타일렀다. 삼백만 달러면 참을 수 있어.

"왜 그래? 어디 아프니?"

"그냥 두통이에요."

그녀는 깊이 숨을 들이쉬고 손을 내렸다.

"가볼게요."

"정말? 토르테 안 먹고 갈래? 6번가의 베이커리 바스킷에서 샀단다."

딜레이니는 사양하고 헨리의 사무실로 향했다. 맥스에게 작별 인사를 한 다음, 코트를 내려 팔을 끼웠다.

어머니는 딜레이니의 손을 밀쳐내더니 다섯 살짜리에게 하듯 단추를 일일이 채워 주었다.

"사랑한다. 그리고 엄만 시내의 그 조그만 아파트가 영 걱정이구나."

딜레이니는 항변하려 했으나 그웬이 입술에 손가락을 가져다댔다.

"지금 여기로 돌아오고 싶어하지 않는 거 알아. 하지만 만약 네가 마음을 바꾼다면 기쁘게 맞이할 거야."

딜레이니가 막 어머니를 다정다감한 엄마라고 생각할 때면, 곧 바뀐다. 늘 그랬다.

"명심할게요."

딜레이니는 상황이 다시 바뀌기 전에 서둘러 문을 나섰다.

그웬은 닫힌 문을 바라보며 한숨쉬었다. 딜레이니를 이해할 수가 없었다. 전혀.

그녀는 왜 딸이 그 손바닥만한 끔찍한 아파트에 살겠다고 고집하는지 알 수가 없었다. 왜 그렇게 무궁무진한 기회를 부여받은 아이가 전부 마다하고 떠돌이 '미용사'의 삶을 택했는지 알 수가 없었다. 그리고 그런 딸에게 조금은 실망하지 않을 수 없었다.

헨리는 딜레이니에게 모든 것을 주고 싶어했는데, 그 애는 전부 내동댕이쳤다. 그저 그의 지도를 따르기만 하면 되었으련만, 딜레이니는 자유를 원했다. 그웬이 보기엔 자유란 과대평가되고 있었다. 자유가 자신이나 아이에게 밥 먹여주기를 하나, 한밤중에 속을 꽉 조여드는 두려움을 쫓아주길 하나. 어떤 여자들은 알아서 제 앞가림을 척척 해나가지만 그웬은 그런 여자가 아니었다. 그녀를 돌봐줄 남자가 있어야 했다. 그런 남자를 원했다.

헨리 쇼를 만난 첫날밤, 그녀는 그가 바로 자신을 위한 남자임을 알았다. 강인하고 부유한 남자. 그녀는 가발을 샴푸하고 라스베가스 쇼걸들의 머리를 해주며 살았고, 그 일을 지긋지긋해했다. 어느 날 쇼가 끝난 다음, 헨리는 당시 애인의 분장실에 왔다가 그웬과 함께 나갔다. 그는 몹시도 핸섬하고 품격 있어 보였다. 일주일 후, 그녀는 그와 결혼했다.

그웬은 헨리 쇼를 사랑하긴 했지만, 사랑보다는 고마움이 컸다. 그의 도움으로 그녀는 늘 꿈꿔 오던 삶을 살았다. 헨리와 함께 있으면 가장 고뇌스런 결정이라곤 저녁으로 뭘 만들까와 어느 클럽에 들까 하는 것 정도였다. 그웬은 몸을 돌려 헨리의 사무실로 향했다. 물론 그 모든 특권에는 대가가 따랐다. 헨리는 후계자를 원했으며 그녀가 임신이 안 되자 그녀를 탓했다. 다년간의 노력 후에 그웬은 마침내 그를 설득하여 검사를 받게 했고, 그녀가 의심했던 대로 헨리는 사실상 불임이었다. 그 진단에 헨리는 모욕감을 느끼고 격분하여 의사들이 틀렸다는 걸 증명하기 위해 허구한 날 사랑을 나누고 싶어했다. 그는 이만저만한 쇠고집이 아니었던지라 자신이 아이를 가질 수 있으리라 굳게 믿어 의심치 않았다. 물론 의사들은 틀리지 않았다. 그들은 늘 섹스를 했다, 심지어 그녀가 별로 그럴 기분이 아닐 때조차. 하지만 진짜로 싫었던 적은 없었고, 그 대가는 그럴 만한 가치가 있었다. 지역 주민들은 그녀를 존경했으며 그녀는 아름다운 것들로 가득 찬 삶을 살지 않는가.

그리고 몇 년 전, 헨리는 그녀에게서 자식을 보겠다는 생각을 포기했다. 닉이 마을로 되돌아왔고 헨리는 이미 있는 자식에게로 관심을 돌렸다. 그웬은 닉을 좋아하지 않았다. 그 집안 전부를 좋아하지 않았지만, 마침내 헨리가 아들에 대한 집착을 돌렸을 때는 다행이다 싶었다.

사무실로 들어선 그웬은 헨리의 책상 뒤에 서서 몇 가지 서류를 들여다보고 있는 맥스를 발견했다. 고개를 든 그의 파란 눈 가장자리가 미소로 주름이 졌다. 그의 관자놀이는 새치로 희끗희끗해지기 시작한 참이었다. 그녀는 또다시 자기 또래에 가까운 남자의 손길은 어떨까 궁금해했다. 맥스처럼 잘생긴 남자.

"딜레이니는 갔나요?"

책상을 돌아 그녀에게로 다가오며 그가 물었다.

"방금 갔어요. 애가 걱정이에요. 인생의 목표도 책임감도 없으니. 평생 철이 안 들 모양이에요."

"걱정 말아요. 딜레이니는 똑똑한 여자니까."

"그래요, 하지만 거의 서른인데. 그 애는……."

맥스는 검지로 그녀의 입술과 뺨을 스쳐 입을 다물게 했다.

"난 딜레이니 얘기를 하고 싶지 않아요. 성인 여성 아닌가요. 당신 할 일은 했으니, 이제 물러나서 뭔가 다른 걸 생각해 봐야죠."

그웬의 눈이 가늘어졌다. 맥스는 아무것도 모른다. 딜레이니에겐 엄마의 가르침이 필요했다. 그 애는 너무 오랫동안 집시처럼 살아왔다.

"어떻게 그런 말을 할 수 있어요? 그 앤 내 딸이라구요. 어떻게 그 애 생각을 안 할 수가 있겠어요?"

"대신 내 생각을 해요."

그는 고개를 숙이고 그녀의 입에 부드럽게 키스했다.

처음엔 맞닿은 입술이 낯설게 느껴졌다. 그웬은 헨리 말고 다른 남자가 키스했던 게 언제였는지조차 기억나지 않았다. 맥스가 입을 벌렸고 그녀는 주저하는 그의 혀의 움직임을 느꼈다. 쾌감이 그녀의 육체를 관통했으며 심장은 세 배로 속도를 올린 듯했다. 맥스의 손길이 어떨지 내내 궁금했는데, 이제 알게 되었다. 그녀의 상상보다 더 나았다.

어머니네서 나와 집으로 가는 길에, 딜레이니는 밸류 라이트 드러스토어에 들러 타이레놀 한 통, 4개들이 두루마기 휴지, 리스 땅콩버터 컵케이크 한 봉지를 샀다. 탐폰이 세일중이길래 카트에 두 상자 던져넣고 잡지 진열대에 멈춰 섰다. 그녀는 '남자들의 비밀'을 알려주겠노라 표지에 쓰인, 향수 냄새가 솔솔 나는 얇은 잡지를 집어들었다. 페이지를 슬슬 넘겨보다가 집에 가서 욕조에서 읽을 생각으로 카트에 넣었다. 4번 통로에서 향기 양초를 던져넣고 5번 통로에서 계산대로 향하다가 말 그대로 헬렌 마컴과 맞부닥쳤다.

헬렌은 피곤해 보였고, 눈에 번뜩이는 증오를 보니 최신 소식을 들은 게 분명했다.

딜레이니는 그녀가 불쌍하단 생각이 들 지경이었다. 헬렌의 삶은 편할 리가 없었으며 딜레이니에겐 두 가지 선택이 있었다. 옛 숙적을 머리 싸매게 만드느냐, 아니면 곱게 풀어주느냐.

"나와 토미에 대한 소문은 믿지 마. 사실이 아냐."

"내 남편 근처에 얼씬하지 마. 그이는 네가 꼬리치는 걸 원치 않는다구."

기껏 좋게 대하려 했더니만.

"난 토미한테 꼬리친 적 없어."

"넌 언제나 날 질투했지. 그리고 이젠 내 남편을 빼앗아갈 수 있다고 생각하나 본데, 꿈 깨."

"난 네 남편한테 관심 없어."

딜레이니는 마치 하나로는 충분치 않다는 듯이 자신의 카트에 담겨 있는 탐폰 두 상자를 예민하게 의식하며 말했다.

"고등학교 때부터 그이를 탐냈잖아. 그이가 날 고른 걸 못 견뎌하는 주제에."

딜레이니의 눈길이 헬렌의 카트 내용물을 훑었다. 시럽 감기약 한 병, 족집게, 대형 포장 생리대, 변비약 한 통. 딜레이니는 약간 우월감을 느끼며 미소지었다. 여성용품과 변비약이라.

"토미가 널 택한 이유는 단지 내가 그와 자지 않았기 때문이야. 너도 알면서. 그때나 지금이나 다들 아는 사실이지. 네가 엉덩이 가볍게 굴지만 않았어도 토미는 너와 자지 않았을걸."

"불쌍해서 웃기지도 않는다, 딜레이니 쇼. 늘 그랬지만. 이제 지가 내 남편과 내 사업을 빼앗아갈 수 있다고 생각하나 보지."

"토미한테 관심 없다고 말했잖아."

그녀는 헬렌을 집게손가락으로 가리키며 몸을 앞으로 숙였다.

"하지만 네 사업은 홀딱 먹어버릴 테니 눈 크게 뜨고 지켜보라구."

딜레이니는 마음에 없는 우월감을 담아 미소지으며 헬렌을 지나쳐 계산대로 카트를 밀었다. 헤어 전쟁을 끝내려 했더니만. 헬렌에게 본때를 보여주고 말 테야.

상품을 계산대에 올려놓는 딜레이니의 손은 떨렸다. 집을 향해 운전할 때도, 아파트 자물쇠에 열쇠를 밀어넣을 때도 여전히 떨리고 있었다. 그녀는 정적을 메우려 10시 뉴스를 틀고 부엌 카운터에 쇼핑백을 쏟았다.

그럭저럭 괜찮게 시작된 하루였지만 급속도로 바닥을 치고 말았다. 처음에는 엄마, 다음은 헬렌. 자신에 대한 소문으로 트룰리의 전화선이 달아오르고 있겠지만 딜레이니가 할 수 있는 일은 아무것도 없었다.

머리가 터져나갈 듯이 지끈거려서 타이레놀 네 알을 삼켰다. 이건 토미 탓이다. 그리고 닉의 탓. 가만 있는 그녀에게 두 남자가 접근했으니까. 그들이 그녀를 그냥 내버려두었으면 오늘밤 일은 벌어지지 않았을 텐데. 어머니한테 변명할 필요도 없었을 테고 헬렌과 한판 붙지도 않았을 것이다.

딜레이니는 잡지를 집어들고 욕실로 가서 욕조에 물을 받았다. 옷을 벗자마자 따스한 물에 몸을 담갔다. 등골을 따라 부르르 몸서리가 쳐졌고, 그녀는 한숨을 내쉬었다. 잡지를 읽으려 했지만 마음은 헬렌의 손님을 빼앗을 방법으로 달음질치고 있었다. 개자식 토미가 진짜로 지 마누라에게 딜레이니가 '꼬리를 치더라고' 말했는지 궁금했지만, 어차피 상관없지.

머릿속을 맴도는 생각이 닉과 소문으로 향했다. 또 시작이었다. 십 년 전, 그들 두 사람은 관심 집중의 화젯거리였고 그녀가 마을을 떠난 후에도 그랬던 모양이었다. 그녀는 닉과 연관되고 싶지 않았다. 그의 여자 중 하나로 보이고 싶지 않았다. 그리고 만약 그가 그녀를 댄스 플로어에서 끌어내 발바닥까지 느껴질 정도로 키스하지 않았다면 아마 이런 일도 없었으리라. 별 노력도 않고 그는 그녀의 심장을 고동치게, 몸을 얼얼하게 만들었다. 왜 하고 많은 남자 중 닉이 단지 키스 하나로 그녀의 세계를 뒤집을 수 있는지 알 수 없었지만, 그녀만이 아닌 것은 분명했다. 그녀가 아는 여자만도 게일과 로나 하웰이 있으니까.

잡지를 넘기니 페로몬이 이성(異性)에 미치는 강력한 영향에 대한 기사가 나왔다. 그녀가 읽은 것이 진실이라면 닉은 평균 이상이다. 그는 페로몬의 피리 부는 사나이이고, 딜레이니는 단지 또 한 마리의 저항력 약한 쥐일 뿐이었다.

그녀는 물이 차가워질 때까지 욕조에 있다가 밖으로 나와 긴 플란넬 셔츠 잠옷과 무릎까지 오는 두꺼운 양말을 신었다. 알람을 8시 30분에 맞추고 두꺼운 새 누비이불 아래로 기어들었다. 닉과 토미, 어머니와 헬렌을 뇌리에서 지우려 했지만, 세 시간 동안 디지털 시계가 가는 걸 지켜본 끝에 약장을 열고 잠드는 데 도움이 될 만한 것을 찾았다. 있는 거라곤 피닉스에서 이사올 때 가져온 종합감기약 한 병뿐. 그녀는 복용량의 두 배를 마시고 마침내 잠에 빠져들었다.

하지만 자면서도 쉬지 못했다. 평생 트롤리에 발이 묶이는 꿈을 꿨다. 시간이 멈춰버렸다. 세월이 흐르지 않았다. 달력은 영원토록 5월 31일에 고정되어 있었다. 빠져나갈 방도란 없었다.

딜레이니는 쿵쿵대는 머리와 알람소리에 잠에서 깨어났다. 악몽에서 깨어나 얼마나 마음이 놓였던지. 딜레이니는 시계 버튼을 쾅 치고 눈을 감았다. 쿵쿵거림이 계속되자 그녀는 그게 머릿속이 아니라 문간에서 나는 소리임을 깨달았다. 수면 부족과 감기약 과다 복용으로 축 처져서 거실로 비틀비틀 나왔다. 발목까지 양말이 흘러내린 채 그녀는 문을 열어젖혔다. 그 즉시 흡혈귀처럼 팔을 들어올려 각막을 찔러오는 아침 햇살로부터 눈을 가렸다. 가늘게 뜬 눈과 햇살로 희미해진 시야 속에 닉 알레그레자의 입이 느긋한 미소로 휘어지는 것이 보였다. 찬 공기가 얼굴을 직격하여 숨이 막힐 듯했다.

"뭐야?"

그녀는 씨근거렸다.

"좋은 아침, 햇살."

그가 다시 자신을 두고 웃어대자 딜레이니는 문을 쾅 닫아버렸다. 닉은 지금 당장 그녀가 보고 싶지 않은 사람 1순위였다.

웃음소리가 계속되는 가운데 닉이 소리쳤다.

"살롱 뒷문 열쇠 내놔."

"왜?"

"자물쇠 바꾸고 싶댔잖아?"

9

딜레이니는 몇 초간 닫힌 문을 응시했다. 문을 다시 열어주다니 어림도 없다. 닉과 거리를 두기로 맹세하지 않았던가. 그는 골칫거리일 뿐이거니와, 지금 자신의 머리는 영락없는 베개 파마일 텐데. 하지만 새 자물쇠는 필요했다.

"나중에 너네 사무실에 열쇠를 갖다놓을게."

"나중엔 바빠. 지금 아니면 다음주야, 말괄량이."

딜레이니는 다시 문을 벌컥 열고 거기 서 있는 역겨우리만치 잘생긴 남자에게 눈을 부라렸다. 그는 머리를 뒤로 넘겼으며 손은 바이커 재킷 주머니에 찔러넣고 있었다.

"그렇게 부르지 말랬지!"

"맞아, 그랬지."

닉은 가을과 가죽 내음을 몰고 그녀를 지나쳐 주인이라도 되는 양 아파트 안으로 성큼성큼 들어왔다.

찬 공기가 딜레이니의 정강이를 맴돌고 잠옷 안을 타고 올라와 지금 손님을 맞을 옷차림이 아님을 상기시켰지만, 그렇다고 뭐 못 보일 데가 드러난 것도 아니었다. 그녀는 몸을 부르르 떨고 문을 닫았다.

"이봐, 들어오란 소리 안 했어."

"하지만 그러고 싶어했잖아."

그는 재킷의 커다란 은빛 지퍼를 내리며 말했다.

그녀는 눈썹을 모으고 고개를 저었다.

"아니, 안 그랬어."

갑자기 그녀의 아파트가 몹시도 작아 보였다. 그는 체격으로, 살내음으로, 엄청난 남성성으로 실내를 채웠다.

"그리고 이젠 커피를 만들고 싶어졌겠지."

그는 회색과 청색 격자무늬 플란넬을 입고 있었다. 닉의 옷장에선 플란넬 셔츠가 큰 비중을 차지하고 있을 것이 분명했다. 그리고 리바이스. 흥미로운 곳이 닳은 부드러운 리바이스.

"아침엔 늘 이렇게 신경이 날카로워?"

그가 물었다. 그의 눈길이 아파트를 샅샅이 훑었다. 낡은 주방기구. 카운터 위의 탐폰 두 상자.

"아냐."

그녀는 홱 내쏘았다.

"나 보통 아주 명랑해."

그의 눈길이 그녀에게로 돌아오더니 고개를 한쪽으로 갸웃했다.

"머리 뻗쳤네?"

딜레이니는 한 손을 옆머리로 올리고 신음소리를 억눌렀다.

"열쇠 가져올게."

그녀는 부엌으로 들어가 가방을 집어들었다. 열쇠를 꺼내고 몸을 돌리자, 닉이 너무나 가까이 붙어서 있어 펄쩍 뒤로 물러나느라 캐비닛에 엉덩이를 부딪쳤다. 그녀는 자신을 향해 불쑥 내밀어진 그의 손을 응시했다. 길고 뭉툭한 손가락, 손바닥의 선과 주름. 은빛 지퍼가 검은 가죽 소매를 팔꿈치에서 손목까지 채우고 있었다. 알루미늄 지퍼 탭이 그의 손바닥에 놓여 있었다.

"문에서 제일 가까운 콘센트는 어디야?"

"뭐?"

"살롱 안 전기 콘센트."

딜레이니는 닉의 손바닥에 열쇠를 떨구고는 그의 옆을 빠져나갔다.

"앞의 계산대 옆, 그리고 창고의 전자레인지 뒤."

그는 숨쉬는 환상처럼 보이는데 자신은 끔찍한 몰골이리라.

"아무것도 건들지 마."

"내가 뭘 할 거라고 생각하는 거야?"

그는 복도를 달려가다시피 하는 그녀 뒤에 대고 소리쳤다.

"혼자 내 머리를 파마라도 할까 봐?"

"네가 뭘 할지 내가 무슨 재주로 알겠어."

딜레이니는 등뒤로 침실 문을 닫았다. 서랍장 위의 거울을 들여다보자 손이 입가로 올라왔다.

"세상에."

확실한 베개 파마였다. 뒤는 납작하고 앞은 수세미꼴. 오른쪽 뺨엔 베개 자국이 났으며 한쪽 눈 밑엔 검은 얼룩이 있었다. 흐리멍덩한 눈의 재난 생존자 꼴을 하고 문을 열어준 것이다. 게다가 이런 처참한 몰골로 저 닉에게……

앞문이 닫히는 소리가 들리자마자 딜레이니는 욕실로 돌진해서 잽싸게 샤워를 했다. 뜨거운 물이 머리를 맑게 해주어 샤워를 마칠 무렵이 되자 잠기운은 다 달아났다. 살롱 앞쪽에서 윙윙거리는 닉의 드릴소리가 들려왔고 그녀는 부엌으로 들어가 커피를 올렸다. 무슨 까닭에서든 간에 그가 실제로 그녀를 도와주고 있다. 그가 친절하게 굴고 있다. 왜 그러는지, 얼마나 오래 갈지는 모르지만 그녀로선 고마울 따름이고 이 기회를 최대한 활용할 셈이었다.

그녀는 표범무늬 칼라에 소매와 앞에 지퍼가 달린 검은 스웨터, 그와 매치되는 스커트로 차려입었다. 검은 타이츠와 소가죽 부츠를 신고 머리에 무스를 바른 다음 말렸다. 재빨리 화장을 하고는 커다란 모직 코트, 스카프, 장갑으로 무장했다. 닉의 문 두들기는 소리에 깨어난 지 45분 후, 딜레이니는 한쪽 팔에 보온병을 끼고 김이 오르는 커피 머그 두 개를 들고 아파트 계단을 내려갔다.

살롱의 뒷문은 활짝 열려 있었고 닉은 그녀를 등지고 서 있었다. 골반엔 연장 벨트가 느슨하게 매달렸다. 그는 작업용 가죽 장갑을 끼고 있었으며 드릴은 살롱 문 바로 안에 조용히 놓여 있었다. 그는 예전 문 손잡이를 떼어내는 중이었다. 그녀가 다가가자 올려다본 그의 회색 눈이 그녀의 온몸을 더듬었다.

"커피 가져왔어."

그녀는 머그 하나를 그에게 내밀었다.

그는 장갑의 중지를 물고 손을 빼냈다. 벗은 장갑 한 짝을 재킷 주머니에 쑤셔넣고 커피를 향해 손을 뻗었다.

"고마워."

닉은 커피를 후후 불며 김 너머로 그녀를 쳐다보았다.

"이제 겨우 10월인데, 12월이 되어 그 조그만 엉덩이까지 눈이 쌓이면 어쩌려고 그래?"

"얼어죽겠지."

딜레이니는 보온병을 문간에 내려놓았다.

"하지만 그럼 너에겐 희소식 아냐?"

"어째서?"

"네가 내 몫의 헨리 유산을 물려받게 될 테니까."

그녀는 허리를 펴고 양손으로 머그를 감쌌다.

"물론 내가 마을을 떠나지 않은 채 트롤리에 묻힐 경우엔 일이 좀 까다로워지겠네. 하지만 원한다면 내 시체를 마을 경계 밖으로 내던져도 돼."

그녀는 잠깐 생각해 보고 조건을 하나 덧붙였다.

"다만 짐승들이 내 얼굴을 뜯어먹지 않게 해줘. 그건 진짜 싫거든."

닉의 한쪽 입가가 올라갔다.

"난 네 몫을 원치 않아."

"아, 그러셔."

그녀는 코웃음쳤다. 정신이 제대로 박힌 인간이라면 어떻게 한재산 하는 부동산을 원치 않을 수 있을까?

"헨리의 유언장이 낭독되던 날엔 꽤나 열받아했잖아."

"너도 그랬으면서."

"그거야 헨리가 날 좌지우지하려 들었으니까."

"넌 아무것도 몰라."

그녀는 커피를 홀짝였다.

"무슨 소리야?"

"별거 아냐."

닉은 보온병 옆에 머그를 내려놓고 도로 장갑에 손을 쑤셔넣었다.

"그냥 헨리에게서 정확히 내가 원하던 걸 받았다고 해두자. 어떤 건설업자라도 눈이 뒤집혀 덤빌 부지를 공짜로 확실하게 손에 넣었으니까."

공짜로 확실하게는 아니지, 딜레이니는 생각했다. 어쨌든 아직은 아니었다. 그는 그녀와 마찬가지로 일 년을 기다려야 한다.

"그럼 넌 부지 둘만 받고 난 사업체와 현금을 받았다는 데 화난 거 아니었어?"

"그래."

그는 나사를 빼내 오른쪽의 상자에 던져넣었다.

"두통거리는 기꺼이 너와 네 어머니한테 넘기마."

그녀는 그를 믿어야 할지 알 수가 없었다.

"너네 어머니는 헨리의 유언에 대해 어떻게 생각하시는데?"

그의 눈길이 그녀에게로 향했다가 도로 문 손잡이로 돌아갔다.

"우리 어머니? 우리 어머니 생각이 어떻든 뭔 상관?"

그는 문 손잡이 두 개를 전부 떼내어 상자에 던져넣으며 물었다.

"사실 별로. 하지만 꼭 내가 그분 고양이를 치여 불구로 만들기라도 한 듯이 쳐다보신단 말야. 뭐랄까, 격분하면서 동시에 경멸하는 표정으로."

"고양이 안 키우셔."

"무슨 말인지 알잖아."

그는 스크루드라이버로 걸쇠 나사를 빼냈다.

"뭐 짐작은 가."

닉은 새 자물쇠를 집어 포장을 뜯었다.

"그럼 우리 어머니가 어떻게 생각하길 바랐는데? 난 당신 아들이고, 넌 '네스카 이주가리'인걸."

"네스카 이즈…… 이주인지, 하여간 그게 무슨 뜻이야?"

그는 나직이 쿡쿡거렸다.

"기분 상하진 마. 네가 고약한 계집애란 뜻이야."

"아."

딜레이니는 커피를 한 모금 마시고 발을 내려다보았다. '고약한 계집애'라고 불린다 한들 뭐 큰 대수일까.

"더한 소리도 들어 봤는걸, 물론 대체로 우리말로."

그녀는 닉이 반짝이는 새 손잡이를 제자리에 나사로 고정시키는 것을 지켜보았다.

"나도 2개 국어를 할 줄 알아서 엄마 모르게 욕할 수 있다면 하고 바랐었지. 넌 좋겠다."

"난 2개 국어 못해."

선뜻한 바람이 머리카락 끝을 들어올리자 딜레이니는 코트 속으로 더 깊이 파고들었다.

"바스크어 하잖아."

"아니, 못해. 몇 마디는 알아듣지. 그게 전부야."

"흠, 루이는 하던데."

"형도 나와 별다를 바 없어."

닉은 몸을 숙여 자물쇠를 집어들었다.

"어머니가 친척들과 바스크어로 얘기하니까 조금은 알지. 어머닌 우리한테 바스크어와 스페인어를 가르치려 했지만, 우린 별 관심이 없었거든.

루이와 내가 아는 말은 대체로 욕설과 신체 부위지. 어머니 사전에서 찾아봤거든."

그는 딜레이니를 홀끗 쳐다보고는 문에 뚫어놓은 구멍에다 자물쇠를 집어넣었다.

"진짜 중요한 거 말야."

"루이는 리사를 바스크어로 귀염둥이라고 부르던걸."

닉은 어깨를 으쓱했다.

"그럼 내가 생각했던 것보다 많이 아나 보네."

"뭐더라, '알루 고죠'라고 하던데."

닉은 가슴 깊이 쿡쿡거리고 고개를 내저었다.

"그건 '귀염둥이'가 아니야."

딜레이니는 몸을 숙이고 물었다.

"그럼 정말은 뭐야?"

"어림없지, 너한테는 안 말해."

그는 연장 벨트의 주머니를 뒤져 나사 두 개를 찾아 입에 물었다.

그녀는 그를 한 대 쥐어박고픈 충동과 싸웠다.

"어서. 이렇게 궁금하게 만들어놓고 발빼는 게 어딨어."

"넌 리사한테 말할 거잖아."

닉은 나사를 문 채 웅얼거렸다.

"그럼 난 루이 형한테 입장이 난처해지고."

"안 말할게. 제에에발."

닉의 가슴께에서 난 삐리릭 소리가 그녀의 애원을 가로막았다. 그는 나사를 뱉어내고 다시 장갑 중지를 물었다. 그리고는 재킷 안으로 손을 넣어 납작한 휴대폰을 꺼냈다.

"네, 닉입니다."

그는 대답하면서 장갑을 주머니에 쑤셔넣었다. 잠시 듣고 있더니 하늘을 향해 눈동자를 굴렸다.

"그럼 언제 된대?"

그는 어깨로 휴대폰을 받치고 계속 자물쇠 나사를 조였다.

"그건 너무 늦어. 우리랑 일하기 싫거든 그렇다고 말하든지 아니면 늦어도 목요일까지 PVC를 현장에 대령하라고 전해. 지금까지는 날씨 덕을 봤지만 앞으로도 기대할 순 없어."

닉은 스퀘어 피트(넓이의 단위)니 보드 피트(목재의 용적 단위)니 딜레이니가 전혀 알아듣지 못할 말을 해댔다. 판을 문짝에 대고 나사로 조이고는 스크루드라이버를 연장 벨트에 마지막으로 찔러넣었다.

"앤 마리에게 전화해, 그럼 치수를 알려줄 거야. 8만인지 8만 5천인지 잘 기억이 안 나."

그는 휴대폰의 끊기 버튼을 누르고 도로 재킷 안에 넣었다. 청바지 앞주머니를 뒤져 열쇠 세트를 그녀에게 건넸다.

"한번 해봐."

그는 살롱 안으로 들어가 문을 잠갔다.

그가 시킨 대로 시험해 보자 자물쇠 둘 다 쉽게 열렸다. 딜레이니는 닉의 커피 머그와 보온병을 집어들고 가게 뒤로 들어갔다. 빈 손이 없어서 발로 문을 차 닫고는 창고로 들어갔다. 닉의 연장 벨트와 재킷이 전자레인지 옆 카운터에 놓여 있었다. 바닥에 놓인 드릴은 여전히 소켓에 꽂혀 있었지만 그는 아무 데도 보이지 않았다.

코트와 장갑을 벗고 있는데 닫힌 화장실 문 너머로 변기 물 내려가는 소리가 들렸다. 딜레이니는 문가의 옷걸이에 코트를 건 다음 자신이 마실 커피 한 잔을 들고 허겁지겁 살롱 앞으로 나갔다. 괴상망측한 어떤 이유에서인지, 닉이 화장실을 쓰는 동안 그 앞에 서 있자니 관음증 환자가 된 기분이었다. 밸류 라이트의 선글라스 진열대 뒤에 숨어 그가 12개들이 여성 쾌감 증대 대형 콘돔 상자를 사는 걸 봤을 때처럼. 그의 나이 열일곱쯤이었다.

딜레이니는 예약장부를 펼치고 텅텅 빈 공란을 물끄러미 응시했다. 남자친구도 있을 만큼 있었고 물론 다들 그녀의 화장실을 썼더랬다. 하지만 자신에게조차 설명할 수 없는 이유에서 닉의 경우는 달랐다. 좀더 사

적이고…… 거의 은밀했다. 마치 평생 대부분 그녀를 약올리고 그 다음
엔 헨리에게 앙갚음하기 위해 그녀를 이용한 남자가 아니라 그녀의 애인
이라도 되는 듯이.

화장실 문이 열리는 소리가 나고, 그녀는 커피를 길게 한 모금 들이마
셨다.

"앞문 시험해 봤어?"

그의 부츠가 리놀륨 바닥에 쿵쿵 울렸다.

"아직."

그녀는 어깨 너머로 닉이 다가오는 모습을 지켜보았다.

"자물쇠 고마워. 얼마나 주면 돼?"

"잘 돌아가. 내가 벌써 체크해 봤어."

그는 대답 대신 그렇게 말했다. 그녀 옆에 멈춰 서서는 그녀의 오른쪽
팔꿈치 옆 카운터에 기대섰다.

"내가 앞문 자물쇠를 갈 때 바닥에 놓여 있었어."

그는 금전 등록기 위에 놓인 봉투를 가리켰다.

"누가 문 밑으로 밀어넣은 모양인데."

자신의 이름만 달랑 타이프로 찍혀 있었기에 시내 경영인 연합회의 공
지나 뭐 그런 시시한 것이리라 딜레이니는 짐작했다.

"뺨이 빨갛다."

"이 안이 좀 추워서."

말은 그렇게 했지만 사실 단지 기온만의 문제인지 그녀는 확신할 수
없었다.

"넌 겨울을 못 이겨낼 거야."

그는 잠깐 그녀의 커피 머그를 양손으로 쥐었다가 그녀의 뺨을 감쌌다.

"달리 녹여 줘야 할 데 있어?"

어어.

"없어."

"정말?"

그의 손가락 끝이 그녀의 귀 뒤 머리칼을 스쳤다.

"진짜 확실하게 녹여주지."

그의 엄지가 그녀의 턱으로 미끄러져 올라오더니 아랫입술을 문질렀다.

"말괄량이."

딜레이니는 주먹을 불끈 쥐고 그의 배에 펀치를 먹였다.

화를 내는 대신, 닉은 껄껄 웃음을 터뜨리곤 손을 내렸다.

"너 옛날엔 더 재미있었는데."

"그게 언제야?"

"네가 눈은 휘둥그렇게 뜨고 성이 나서 날 때리고 싶은데 워낙에 얌전이가 되어 놔서 절대로 못 때렸을 때. 턱은 악물고 입은 뾰로통하게 튀어나오고 초등학교 때는 내가 쳐다보기만 해도 꽁지가 빠져라 도망갔었지."

"그거야 네가 눈뭉치로 날 맞혀 기절시켰으니까."

이마에 주름이 잡히고 그는 몸을 바로했다.

"그 눈뭉치 건은 사고였어."

"그러셔? 어느 부분이? 실수로 눈을 단단하게 뭉쳤을 때? 아니면 실수로 나한테 던졌을 때?"

"그렇게 세게 맞힐 생각은 없었어."

"도대체 애초에 왜 나한테 그걸 던진 거야?"

그는 잠깐 생각해 보더니 답했다.

"네가 거기 있었으니까."

그녀는 어이없어 눈을 굴렸다.

"그거 끝내준다, 닉."

"진실이야."

"다음 번에 네가 횡단보도를 건너는데 내 발이 널 차로 깔아뭉개고 싶어 근질거릴 때 기억해 둘게."

그가 미소짓자 하얗고 고른 이가 보였다.

"도시에 나가 사는 동안 아주 야무져졌네."

"내 자신을 찾은 거야."

"마음에 들어."

"이야, 나 행복하게 눈을 감을 수 있겠다."

"또 뭐가 달라졌을까 궁금해지는데."

닉이 손을 뻗어와 그녀의 지퍼 탭을 톡 올렸다. 차가운 금속이 그녀의 쇄골에 맞닿았다.

딜레이니는 떨리는 숨을 들이쉬었지만 눈은 돌리지 않았다. 그는 그녀의 목으로 눈길을 들었고 그녀는 그의 눈을 올려다보았다. 몇 초 사이 닉은 보통의 남자에서 한동네서 같이 자란 고약한 말썽꾸러기로 변모했다. 저 은빛 번뜩이는 눈만 봐도 그가 발을 구르며 우왁 소리질러 그녀를 미친 듯 달아나게 만들 참임을 환히 알 수 있었다. 그녀에게 벌레를 던지거나 그처럼 끔찍한 뭔가를 저지를 거라 생각하게 만드는 눈빛. 그녀는 쫄지 않으려 애썼다. 지금껏 그에게 당했던 일들을 떠올리며 꿋꿋이 맞섰다.

"이제 너한테 늘 골탕먹던 시절의 내가 아냐. 하나도 안 겁나."

그의 한쪽 눈썹이 가무잡잡한 이마로 치켜 올라갔다.

"그래?"

"그래."

그의 시선이 그녀와 얽히고 닉은 다시 그녀의 지퍼 탭에 손을 가져왔다. 느리게 일 센티미터를 내렸다.

"이제 겁이 나?"

양옆에 늘어뜨려진 그녀의 손이 불끈 쥐어졌다. 그는 시험하고 있는 거다. 그녀 먼저 물러나게 하려는 수작. 그녀는 고개를 저었다.

탭이 다시 조금 내려가다 멈추었다.

"이제는?"

"안 나. 날 겁주지 못할걸. 무슨 속셈인지 다 알아."

"오호라."

지퍼가 다시 일 센티미터 내려가고 묵직한 표범무늬 칼라가 벌어졌다.

"어디 뭘 아나 말해 보시지."

"넌 뻥쟁이야. 사람들이 저 커다란 통유리 앞을 지나다니는 와중에 날 벌거벗기려 한다고 생각하게 만들려는 속셈이지. 내가 정색을 하면 한바탕 웃음거리로 삼으려고. 하지만 이거 알아?"

그는 그녀의 브래지어 앞을 채우는 황금빛 새틴 로즈까지 지퍼를 내렸다.

"뭐?"

그녀는 크게 숨을 들이쉬고 그의 허세를 까발렸다.

"그렇게는 못할걸."

찌이익.

입을 떡 벌리고 딜레이니는 스웨터 앞을 내려다보았다. 굵은 골이 있는 검은 면이 일 인치쯤 벌어져 표범무늬 브래지어와 부푼 젖무덤 안쪽을 드러내고 있었다. 그리고 어떻게 된 영문인지 깨닫기도 전에 번쩍 들어올려져 예약장부 위에 턱하니 놓인 자신을 발견했다. 부드러운 그의 청바지 천이 무릎을 스치고 녹색 포마이카가 허벅지 아래 차갑게 느껴졌다.

"도대체 무슨 짓이야?"

그녀는 스웨터 앞자락을 움켜쥐며 헐떡였다.

"쉬잇……."

그가 그녀의 입술에 손가락을 댔다. 그의 눈길은 딜레이니 3미터 뒤의 커다란 통유리에 고정되어 있었다.

"서점 주인이 지나가고 있어. 저 사람이 네 목소리를 듣고 유리창에 얼굴을 들이대길 원치는 않겠지?"

딜레이니가 어깨 너머를 돌아보았지만 인도엔 아무도 없었다.

"내려 줘."

"이젠 겁이 나?"

"아니."

"못 믿겠는데. 당장이라도 화들짝 뛰어오를 폼인걸."

"겁 안 나. 네 장단에 맞춰 놀아줄 바보로 보여?"

"아직 시작도 안 했어."

아니, 이미 시작되었다. 그리고 닉은 그녀가 상대하고 싶지 않은 남자였다. 그는 너무나 위험하고 그녀는 그에게 지나치리만큼 끌렸다.

"지금 이 상황에서 무슨 뒤틀린 스릴을 맛보나 보지?"

느긋하고 관능적인 미소로 그의 입술이 곡선을 그렸다.

"그야 당연하지. 그 표범무늬 브래지어 꽤 와일드한데."

딜레이니는 스웨터 앞자락을 놓고 얼른 다시 지퍼를 올렸다. 일단 지퍼가 채워지자 조금 긴장이 풀렸다.

"흥, 너무 좋아하지 마. 누가 믿을 줄 알고."

나직하게 울려퍼지는 그의 웃음소리가 그녀를 감쌌다.

"진짜 그렇게 생각해?"

"물론."

그의 시선이 그녀의 입으로 향했다.

"어디 내가 그 생각을 바꿀 수 있을지 볼까?"

"도발한 거 아냐."

"도발 맞아, 딜레이니."

그가 손가락 마디로 그녀의 뺨을 스치자 그녀의 숨결이 약간 얕아졌다.

"남자란 여자가 도발했을 때를 분명히 아는 법이지."

"물릴게."

그녀는 그의 팔목을 움켜쥐었다. 그는 고개를 저었다.

"그렇게는 안 돼. 벌써 입 밖에 냈으니."

"오, 이런."

딜레이니는 그의 강인하고 고집 센 턱으로 눈길을 떨궜다. 최면을 거는 듯한 그의 눈에서 떨어진 안전한 곳으로.

"아니, 난 그런 뜻으로 한 말 아냐."

"어쩌면 그래서 네가 이다지도 뻣뻣한지도. 네겐 섹스가 필요한 거야."

그녀의 눈길이 화들짝 그와 마주쳤고 그녀는 그의 손을 뺨에서 떼어냈다.

"그럴 필요 없어. 늘상 하는걸."

물론 거짓말이었다.

그는 의심쩍단 표정을 지어 보였다.

"정말이야!"

그는 얼굴을 가까이 가져왔다.

"그럼 네게 필요한 건 제대로 할 줄 아는 남자인가보다."

"지금 자기가 서비스를 제공하겠단 소리야?"

닉이 고개를 내젓자 그의 입이 그녀의 입을 가볍게 스쳤다.

"아니."

딜레이니는 숨이 턱 목구멍에 걸렸다.

"그럼 왜 나한테 이러는데?"

"기분 좋으니까."

그는 들릴 듯 말 듯 속삭이고 그녀의 입가에 부드러운 키스를 흩뿌렸다.

"맛도 좋고. 넌 늘 그랬어, 딜레이니."

그는 그녀의 입술에 자신의 입술을 스쳤다.

"전부 다."

그렇게 말하고 그는 입을 벌렸다. 그의 고개가 한쪽으로 기울어지며 한순간 모든 것이 바뀌었다. 마치 복숭아 즙을 빨아들이듯 뜨겁고 촉촉한 키스. 그는 그녀의 입을 게걸스레 탐하고 그녀에게도 자신에게 내달라고 요구했다. 그녀의 혀를 자신의 입 속으로 빨아들였다. 그의 입안은 따스하고 매끄러웠으며, 그녀는 뼈가 흐물흐물 녹아내리는 기분이었다. 이제 그를 막을 힘이 없었다. 그녀는 이성을 놓아버리고 그와 맞먹는 허기로 키스했다. 그는 진짜 뛰어났다. 그녀가 전혀 할 의사가 없던 일을 기꺼운 마음으로 하게 만들었다. 그녀를 숨가쁘게 만들었다. 살갗이 근질거리고 예민해졌다.

그녀의 무릎으로 올라온 그의 손이 다리를 벌렸다. 그가 허벅지 사이로 들어서자 리바이스의 감촉이 느껴졌고 그는 그녀의 손목을 감아쥐어 자기 어깨로 들어올렸다. 그의 손이 젖가슴을 감싸자 그녀는 목 깊숙이 신음했다. 배에 힘이 들어가고 유두가 조여들었다. 스웨터와 새틴 브래지어 너머로 그의 손바닥 열기를 느꼈다. 더, 더 원하며 그를 향해 허리를 휘었다. 그녀의 손이 그의 벌어진 어깨를 쓸고 옆머리로 올라갔다. 엄지손가락으로 그의 턱을 쓸고는 손을 미끄러뜨려 목을 감쌌다. 묵직하게 쿵쿵 뛰는 고동과 고르지 못하게 그의 폐로 빨려 들어가는 공기를 느끼자 순수한 여성적인 만족감이 치솟았다. 그의 셔츠 앞으로 내려간 그녀의 손가락이 단추를 풀어갔다. 십 년 전 그는 그녀의 벌거벗은 몸을 거의 구석구석 다 보았지만 그녀는 그의 맨가슴조차 한번 보지 못했다. 옛날의 호기심을 충족시키기 위해 그녀는 플란넬을 벌렸다. 그리고는 그를 제대로 보기 위해 입을 떼었고 그 결과는 실망스럽지 않았다. 여자들로 하여금 그의 바지춤에 지폐를 찔러넣고 싶게 만드는 그런 가슴이었다. 짙은 갈색 유두와 굴곡진 근육, 탄탄한 피부와 납작한 배를 따라 내려가 배꼽을 휘감고 청바지 허리 아래로 사라지는 검은 체모. 그녀의 눈은 그의 바지 앞과 단추들 아래 불거진 형체로 내려갔다. 그녀는 그의 얼굴로 시선을 들어올렸다. 그는 내리뜬 눈꺼풀 아래로 그녀를 마주 바라보고 있었으며 입은 키스로 여전히 젖어 있었다. 그녀의 손이 그의 가슴팍을 가로지르며 손가락이 부드러운 체모를 갈랐다. 그녀의 손길 아래 그의 근육이 꿈틀거렸다.

"잠깐 가만 있어."

방금 잠자리에서 일어난 듯이 닉의 목소리는 온통 허스키했다.

"문간에 있는 파란 머리 할머니가 우리가 무슨 짓을 하는지 알길 원치 않는다면."

딜레이니는 얼어붙었다.

"농담이지, 응?"

"아니. 나 초등학교 1학년 때 담임이던 반 선생님 같은데."

"라번 반!"

그녀는 어깨 너머를 돌아보았다.

"무슨 일이람?"

"머리를 자르러 왔나 보지."

그는 그녀의 양쪽 젖꼭지를 엄지손가락으로 쓸었다.

"그만 해."

그녀는 다시 몸을 돌려 그의 손을 찰싹 쳐냈다.

"내가 또다시 이런 일을 허락하다니. 아직 거기 계셔?"

"응."

"어, 우리를 볼 수 있을까?"

"모르지."

"뭘 하고 계셔?"

"날 빤히 쳐다보고 있는데."

"이건 말도 안 돼. 헤네시에서 너와 남부끄러운 행동을 했다고 바로 어젯밤 엄마가 날 잡으려 들었는데."

딜레이니는 고개를 절레절레 내저었다.

"이제 선생님이 몽땅 소문낼 거야."

"아마도."

그녀는 아직도 자신의 허벅지 사이에 서 있는 그를 올려다보았다.

"넌 싫지 않아?"

"정확히 뭐가 싫지 않냐는 소리야? 우리가 막 재미 보려던 참이었던 거? 내 손이 네 젖가슴에 가 있고, 네 손은 온통 내 가슴을 헤매고, 우리 둘 다 즐기고 있었던 거? 그걸 물어봐야 아냐. 하지만 창문으로 지켜보는 조그만 할머니한테 내가 신경쓰리란 기대는 마. 사람들이 뭐라 하든 나랑 무슨 상관이야? 사람들은 내가 태어나던 날부터 나에 대해 떠들어댔다구. 난 옛날 옛적에 신경 껐어."

딜레이니는 그가 한 걸음 물러날 때까지 어깨를 떠밀었다. 아직 신경을 따라 욕망이 고동치는 채, 카운터에서 펄쩍 뛰어내려 몸을 돌리자 마침 핑크색 실내복에 긴 양말 차림의 반 선생님이 비틀비틀 멀어져 가고 있었다.

"이 마을 사람들은 벌써 우리가 같이 잔다고 생각해. 그럼 넌 헨리가 남긴 부동산을 잃게 될 처지니 신경써야지."

"내가 알기론 섹스란 하는 도중 누군가 오르가슴을 느끼는 걸 말해. 아니라면 끽해야 서로 더듬기에 불과하지."

딜레이니는 신음을 내뱉고 양손에 머리를 묻었다.

"난 여기 못 있겠어. 이 마을이 싫어. 몽땅 다. 당장 떠날 수만 있다면 얼마나 좋을까. 내 삶을 돌려받고 싶다구."

"긍정적인 면을 보도록 해."

안쪽으로 향하는 그의 부츠가 쿵쿵 울렸다.

"떠날 때면 부자가 되어 있을 거 아냐. 헨리의 돈에 자신을 팔아넘겼지만 결국에는 그럴 만한 가치가 있었다고 생각할 테지."

그녀는 그를 올려다보았다.

"위선자 같으니. 너도 유언의 조건에 따랐으면서."

그는 창고에 들어갔다가 몇 초 후 다시 불쑥 나왔다.

"그래, 하지만 차이가 있어."

셔츠 단추를 잠그지 않은 채 그는 가죽 재킷을 걸쳤다.

"그 조건은 내겐 전혀 힘겨울 게 없거든."

"그럼 왜 내 스웨터를 벗기려 들었어?"

그는 몸을 숙여 드릴을 집어들었다.

"그야 어디 할 수 있나 보려고. 너 아니라 아무 여자든 마찬가지였을 거야."

그의 말에 배를 주먹으로 얻어맞은 기분이었다. 그녀는 울거나 소리치지 않으려 뺨 안을 깨물었다.

"네가 증오스러워."

그녀는 들릴 듯 말 듯 속삭였지만 그는 들었다.

"물론 그렇겠지, 말괄량이."

그는 드릴에 코드를 감으며 그렇게 말했다.

"철 좀 들고 어른이 돼, 닉. 성인 남자는 그냥 어디 해도 되나 보겠다고 여자를 더듬어대지 않아. 진짜 남자는 여자를 노리개로 보지 않는다구."

그들 사이를 갈라놓고 있는 공간 저편에서 그가 그녀를 응시했다.

"그 소릴 믿는다면 넌 옛날과 마찬가지로 순진한 멍청이야."

그는 뒷문을 벌컥 열었다.

"그 충고를 너 자신에게 적용시켜 보지 그래."

"철 좀 들어, 닉!"

딜레이니는 그의 뒤에 대고 고함쳤다.

"그리고…… 그리고…… 머리 잘라."

왜 마지막 말을 덧붙였는지 알 수가 없었다. 웃기지도 않지만 그에게 상처 주고 싶어서였을지도. 저 남자에겐 감정이란 없다. 딜레이니는 몸을 돌려 텅텅 빈 예약장부를 응시했다. 그녀의 인생은 개똥에서 아래로 곤두박질치고 있다. 두 시간. 두 시간이면 소문이 어머니한테 다다를 테고, 그것도 반 선생님이 차까지 걸어가는 데 한 시간이 걸릴 테니까 그런 것뿐이었다.

울분의 눈물로 흐릿해진 딜레이니의 눈길이 금전등록기 위에 놓인 봉투에 가 닿았다. 봉투를 뜯자 한가운데에 큼직하게 세 단어가 쓰인 종이가 나왔다.

'내가 지켜보고 있다.'

딜레이니는 종이를 구겨서 저만치 내던졌다. 내가 미쳐! 지금 이 판에 사이코 헬렌이 문 밑으로 편지를 들이민 것이다.

10

닉은 손마디가 하얘지도록 운전대를 움켜쥐었다. 사타구니의 끈질긴 고동이 지프를 돌려 욱씬거리는 욕구를 딜레이니의 부드러운 허벅지 사이에서 풀라고 종용했다. 물론 수많은 이유로 불가능한 일이다.

원한다면 휴대폰으로 게일에게 전화해서 만나자고 할 수도 있다. 달리 전화할 수 있는 여자가 몇 더 있었으나 그러고 싶지 않았다. 머리론 다른 여자를 생각하면서, 다른 여자를 원하면서 섹스하고 싶지 않았다. 그 정도로 개자식은 아니었다. 그 정도로 역겨운 놈도 아니었고.

누군가에게 전화하는 대신, 닉은 헨리의 불탄 마구간 잔해 옆에 지프를 세웠다. 시동을 걸어둔 채 기어를 중립으로 바꿨다. 왜 자신이 여기 왔는지 알 수 없었다. 숯덩이 파편 속에서 해답을 찾으려 왔는지도. 절대 찾지 못하리라는 걸 알고 있는 해답을.

난 여기 못 있겠어. 이 마을이 싫어. 몽땅 다. 당장 떠날 수만 있다면 얼마나 좋을까. 내 삶을 돌려받고 싶다구.

그녀의 말이 아직도 머릿속에 메아리치고 있었다. 아직도 그녀를 붙들고 마구 흔들어주고 싶었다.

하지만 그녀가 옳다. 그녀는 여기 있을 수 없다. 헨리의 관 너머에 녹색 슈트와 짙은 선글라스 차림의 그녀가 서 있는 걸 본 그 순간부터, 그녀는 그의 삶을 뒤헝클었다. 그녀가 돌아올 때 과거도 함께 돌아왔다. 그가 결코 이해하지 못했던 옛날의 뒤엉킨 바보짓이.

닉은 셔츠 앞자락을 내려다보고 단추로 손을 가져갔다. 지프의 엔진과 끊임없는 나직한 히터 소리만이 늦은 오전의 공기를 뒤흔들었다.

네가 증오스러워, 그는 그 말을 믿었다. 아까 새 자물쇠를 들고 그녀의 문간에 다다랐을 때엔 그녀가 자신을 미워하게 만들 의도는 없었지만, 결국 잘도 그렇게 해버리고 말았다. 그녀의 증오야말로 최선의 해답이었고 그는 사실 조금은 안도하기까지 했다. 이제 키스도 그녀의 감촉도 끝. 그녀의 팽팽한 젖가슴을 손으로 감싸는 일도 그의 엄지 아래 단단해지는 그녀의 유두와도 끝이다.

닉은 머리를 시트에 기대고 베이지색 차 천장을 응시했다. 딜레이니가 자신을 쳐다보기만 해도 그녀의 머리를 헝클어놓고 싶은 충동에 휩싸였다. 그녀를 양손으로 꽉 붙들고 입술에서 립글로스를 먹어치우고 싶은 충동. 어쩌면 헨리가 옳았을지도. 어쩌면 헨리는 닉이 스스로에게조차 인정하지 않으려 했던 사실을 알고 있었는지도 모른다. 그는 아직도 자신이 가질 수 없는 것에 끌리고 있었다. 과거엔 그 획득 불가능한 것을 일단 손에 넣으면 쉬이 다음으로 넘어갈 수 있었다. 하지만 딜레이니와는 그럴 수가 없었다. 그녀를 가질 수 없고 넘어갈 수도 없다. 만약 헨리의 유언이 없었더라면 진작에 그녀와 섹스했을 테고 지금쯤이면 그녀를 잊은 지 오래이리라. 애초에 딜레이니는 그가 함께 있고 싶은 타입의 여자가 아니었다. 옷차림은 괴상망측하고 입은 매섭다. 그가 아는 최고의 아름다운 여자도 아니다. 사실, 아침에 본 그녀는 끔찍한 몰골이었다. 잠자리에서 처음 굴러나왔을 때 최상의 모습이 아닌 여자들을 볼 만큼 봐왔지만, 딜레이니는 으스스하기까지 했다.

닉은 고개를 들고 창 밖을 내다보았다. 하지만 그녀의 모양새가 어떻든 상관없는 듯했다. 그녀를 원했다. 그녀의 잠에 취한 입과 부드러운 피부에 키스하고 싶었다. 아직 시트가 따뜻한 그녀의 침대로 도로 데려가고 싶었다. 그녀를 벌거벗기고 뜨거운 허벅지 사이에 자신을 깊이깊이 묻고 싶었다.

자라면서 그려 왔던 수천 수만 가지의 환상에서 그랬듯이 그녀를 만지고 싶었다. 그녀가 그의 차에 올라탔던 그날 밤처럼. 둘이 엔젤 비치로 향했던 그날 밤처럼. 그날 밤엔 그녀 역시 그를 원하는 듯이 행동했지만, 결국엔 헨리를 따라 가버렸다. 그 혼자 그녀를 아프도록 갈망하게 만들어 놓고 가버렸다. 단지 또 다른 충족되지 않은 환상일 뿐.

닉은 욕설을 내뱉으며 기어를 넣었다. 타이어가 먼지 날리는 길을 먹어치우며 4륜 구동이 시내를 향해 속력을 올렸다. 사무실엔 서명해야 할 건설 계약서들이 기다리고 있으며 어머니와 루이는 그가 점심 먹으러 올 줄 알고 있을 터였다. 하지만 그는 80킬로미터 북쪽의 가든에 있는 건설 현장으로 차를 몰았다. 그를 본 하도급자들은 놀랐다. 그가 작업용 장갑을 끼고 네일 건(자동으로 못을 쏘아 박는 기계)을 집어들자 공사 인부들은 더욱 놀랐다. 그는 바닥과 벽에 미친 듯이 못을 박아댔다. 그와 루이가 공사판 육체 노동에 관여했던 것은 몇 년 전 일이었다. 요새는 대부분의 시간을 운전하고 계약자들 및 자재 공급자들과 얘기하는 데 보냈다. 운전이나 대화를 하지 않을 때면 새로운 사업을 만들어 냈다. 하지만 아까 그런 일이 있고 난 후 다시 뭔가를 쏘니 기분이 좋았다.

집에 도착할 즈음엔 밖은 캄캄했다. 그는 가죽 재킷과 차 키를 부엌의 대리석 카운터에 내던지고 버드와이저를 꺼냈다. 집안 저쪽에서 텔레비전 소리가 들려왔지만 걱정은 되지 않았다. 가족 전원이 이 집 열쇠를 가지고 있고 소피는 대형 화면으로 영화를 보러 종종 들렀다. 거실로 향하는 그의 부츠가 나무바닥에 쿵쿵 울렸다.

텔레비전이 툭 꺼지고 루이가 베이지색 가죽 소파에서 일어났다. 그는 리모컨을 소나무 커피 테이블에 내던졌다.

"어머니한테 전화해서 어디 길거리에 죽어 나자빠진 건 아니라고 말씀드려라."

닉은 맥주병을 따고 형에게 눈길을 주었다.

"알았어."

"정오부터 우린 너한테 연락하려 애썼다. 점심 예정 잊었냐?"

"아니. 가든에 가느라."

"왜 전화 안 했어?"

어머니의 목소리에 담긴 실망이나 어머니가 떠안기는 죄책감을 듣고 싶지 않았으니까.

"바빠서."

"휴대폰은 왜 안 받았고?"

"그럴 기분이 아니라."

"왜, 닉?"

"말했잖아. 도대체 왜 이래? 내가 휴대폰 안 받았다고 와서 기다리고 있었던 건 아닐 텐데."

루이의 눈썹이 갈색 눈 위로 처졌다.

"어디 있었냐?"

"말했잖아."

"다시 말해 봐."

닉의 구겨진 인상은 형과 막상막하였다.

"지옥으로나 꺼져."

"그럼 진짜였구나. 모두가 떠들어대는 소리가 진짜였어. 너 딜레이니 쇼와 살롱 카운터에서 그 짓을 했구나. 지나가는 사람 아무나 볼 수 있는 시내 한복판에서."

느릿한 미소가 닉의 입가에 떠오르기 시작하더니 우하핫 웃음을 터뜨렸다. 루이에겐 웃을 일이 아니었다.

"젠장맞을. 네가 딜레이니와 헤네시에서 키스했다는 소릴 들었다고 어머니가 말했을 때, 난 믿지 마시라고 말씀드렸어. 넌 그런 멍청이가 아니라고 말씀드렸는데. 예수님, 요셉, 그리고 마리아시여, 이 멍청아!"

"아냐. 살롱이든 어디서든 딜레이니와 섹스한 적 없어."

루이는 코웃음치고 목을 긁었다.

"아직은 아닐지도 모르지만 결국엔 하고 말걸. 기어이 일 저질러 몽땅 잃고 말 거야."

닉은 맥주를 들이켰다.

"이제야 여기 온 진짜 이유가 나오는군. 돈. 실버 크릭을 개발할 수만 있다면 형은 내가 누구하고 놀아나든 상관하지 않겠지."

"물론. 왜 아니겠냐? 인정하지. 그 부지에 지을 백만 달러짜리 저택들과 거기서 벌어들일 돈 생각만 해도 밤에 잠이 안 올 지경이다. 하지만 설령 그 부지가 똥값밖에 안 된다 해도 여기 와 있었을 거야. 난 네 형이니까. 너와 함께 수풀 속을 헤치고 다녔으니까. 너와 함께 염탐하고, 딜레이니의 자전거 타이어를 함께 펑크냈지. 난 걔가 근사한 새 슈윈 자전거를 갖고 있어서 그런 줄 알았다. 마땅히 네 것이 되어야 할 걸 걔가 갖고 있었으니까. 그리고 네가 걔를 싫어하는 줄만 알았으니까. 하지만 아니었어. 넌 딜레이니를 집까지 바래다주고 싶어서 그 타이어들을 펑크냈던 거야. 헨리가 널 보고 노발대발하게끔 그 앨 바래다주는 거라고 말했지만, 그건 거짓말이었지. 넌 그 애에게 열중해 있었어. 네놈은 물건을 세울 수 있을 때부터 딜레이니 쇼에게 흥분했고, 네가 그것밖에 생각 못하는 놈이라는 건 누구나 아는 일이지."

천천히 닉은 병을 벽난로 맨틀 위에 놓았다.

"발로 걷어차 쫓아내기 전에 얼른 나가지 그래."

루이는 우람한 가슴에 팔짱을 꼈고 금방 나갈 모양새가 아니었다.

"또 있어. 이 집. 좀 봐봐."

"응?"

"주위를 둘러보라구. 넌 100평짜리 집에 살고 있어. 침실이 네 개에 욕실이 다섯 개야. 넌 혼자 사는데, 닉. 혼자."

닉은 강에서 채취한 매끄러운 바위로 만든 벽난로, 들보를 드러낸 구조의 높직한 천장, 호수를 내다보게 되어 있는 줄지은 성당식 창문들을 둘러보았다.

"요점이 뭐야?"

"누굴 위해 집을 지었냐? 넌 절대 결혼 않겠다고 그랬지. 그럼 왜 이렇게 큰 집이 필요한데?"

"형이 말해 보지 그래. 모든 해답을 아는 모양이니."

"넌 헨리에게 보이고 싶었던 거야."

닉이 부정하지 않을 만큼 진실에 가까웠다.

"거야 옛날 얘기지."

"딜레이니에게도 보이고 싶어했고."

"헛소리."

그는 코웃음쳤다.

"딜레이니는 여기 살지도 않았어."

"지금은 그렇지. 그리고 넌 값비싼 여자에게 네 인생을 말아먹으려는 거야."

닉은 앞문을 가리켰다.

"나 정말 열받기 전에 나가."

루이는 척척 다가와 손을 뻗으면 닿을 만큼 바짝 붙어 섰다.

"날 우격다짐으로 내쫓을 참이냐, 동생아?"

"진짜 이럴래?"

키는 닉이 더 컸지만 루이는 황소 같은 체구였다. 형하고 싸우고 싶지 않을 뿐만 아니라, 닉은 루이가 불도저처럼 주먹질한다는 걸 알고 있었다. 루이가 고개를 절레절레 내젓고 걸어가자 안심이 되었다.

"걔와 섹스하려거든 지금 해."

루이는 한숨을 내쉬며 가죽 안락의자 등받이에서 재킷을 집어들었다.

"다른 건설업자들을 실버 크릭 건에 끌어들이기 전에. 더 많은 투자자들과 계약하기 전에, 내 시간을 이 이상 낭비하기 전에 해버려."

"쓸데없는 걱정이야."

닉은 형과 앞문으로 걸어가면서 장담했다.

"난 딜레이니 근처에도 얼씬 않을 거고, 걔도 한참 날 피해 다니리란 감이 와."

"그럼 오늘 살롱에서 있었던 일은 뭐냐?"

닉은 묵직한 나무문을 열었다.

"아무것도. 자물쇠를 바꿔 줬어. 그것뿐이라구."

"과연 그럴까."

루이는 재킷을 걸치고 계단을 내려갔다.

"어머니한테 전화드려. 빨리 해치울수록 나을 거다."

닉은 고개를 설레설레 젓고 거실로 되돌아갔다. 어머니에게 전화할 기분이 아니었다. 딜레이니에 대해 노발대발하는 소리를 듣고 싶지 않았다. 그는 맨틀에서 맥주병을 집어들고 프렌치 도어를 통해 데크로 나갔다. 팔각형 욕조에서 김이 올라왔고, 그는 스위치를 눌러 물살을 가동시켰다. 가든에서 했던 노동 탓에 오른쪽 어깨가 욱신거렸다. 벌거벗고 보글거리는 뜨거운 물에 발을 들였다. 집의 창문에서 새어나온 불빛이 바닥에 군데군데 드리워졌지만 그가 있는 데크 구석까지는 닿지 않았다.

루이의 추측은 어떤 부분에서는 맞았고 나머지는 완전히 틀렸다. 닉은 본시 헨리에 대한 '내가 한 수 위야' 제스처 차원에서 이 집을 지었다. 하지만 공사가 반쯤 완공되기 전에 누군가에게 뭔가를 증명해 보이는 일에 흥미를 잃었다. 딜레이니에 관해선, 그는 그녀를 다시 보게 되리라 예상하지 못했다. 그 이론에 대해선 형은 빗나가도 한참 빗나갔다. 하지만 자전거 음모 이론은 진실과 가까웠다. 원래 닉은 헨리의 집까지 자전거를 밀어다 줄 계획은 없었으나 터진 타이어를 보았을 때의 그녀 얼굴을 보고 말았다. 그녀가 울음을 터뜨릴 듯이 보이자 너무나 죄책감이 든 그는 그녀를 도와주었다. 심지어 그녀에게 사탕을 주기까지 했고 그녀는 그에게 껌 하나를 주었다. 페퍼민트.

루이는 다른 점에서도 옳았다. 비록 그러면 열중이라기보단 강한 관심이라고 부르겠지만. 하지만 형의 의견과는 반대로, 그는 그녀와 섹스하지 않을 것이다. 육체의 반응을 제어할 수 없을지는 몰라도 자신의 행동은 확실하게 제어할 수 있다.

사람들은 그에 대해 많은 말을 했다. 일부는 사실, 일부는 아니었다. 대부분 그는 신경쓰지 않았다. 하지만 딜레이니는 신경쓰리라. 그녀는 소문에 상처받을 거다.

닉은 맥주를 마시고 호수의 새까만 물에 비친 별들을 쳐다보았다. 그녀가 상처 입기를 원치 않았다. 그녀에게 상처 주고 싶지 않았다. 딜레이니 쇼와 거리를 두어야 할 때다.

집안에서 전화가 울렸다. 어머니가 통화를 포기할 때까지 얼마나 걸릴까? 어머니는 그의 인생을 보호할 모성 권한이라도 있는 듯이 소문에 대해 얘기하고 싶어할 게 뻔했다. 루이는 닉처럼 끊임없는 간섭을 꺼리는 것 같지 않았다. 루이는 그걸 사랑이라고 했다. 그럴지도 모르지만, 어렸을 때 어머니는 때로 그를 너무나 꼭 껴안아 그는 숨을 쉴 수가 없었다.

닉은 맥주병을 욕조 턱에 놓고 뜨거운 물 속으로 더 깊이 몸을 담갔다. 어머니는 어두워진 후 운전하기를 꺼리니 밤 동안은 무사하리라 짐작했다. 아침에 전화를 걸어 해결을 보리라.

그웬은 지난 한 시간 사이 열다섯 번째로 전화기를 귀에 가져다댔다.

"딜레이니가 수화기를 내려놓은 게 분명해요."

맥스는 두터운 오부송 깔개를 가로질러 그녀 뒤에 섰다. 그녀의 손에서 수화기를 빼내어 끊었다.

"그럼 그럴 만한 이유가 있는 게 분명하겠지."

그는 그웬의 어깨를 주무르고 엄지손가락으로 목뒤를 눌러주었다.

"너무 굳어져 있어요."

그웬은 한숨을 내쉬고 한쪽으로 고개를 기울였다. 부드러운 금발머리가 그의 손가락 관절을 스치고 장미향이 그의 코를 가득 메웠다.

"그 애와 닉에 대한 최근의 헛소문 때문이에요. 닉이 내 딸을 망치려 나섰다구요."

"딜레이니가 알아서 할 일이에요."

"당신은 이해 못해요. 닉은 늘 그 애를 미워했다구요"

맥스는 닉이 자신의 사무실로 쳐들어온 날을 떠올렸다. 그 남자는 화가 나 있었지만 맥스는 닉이 딜레이니에게 원한을 가졌단 인상은 받지 못했다.

"당신 딸은 성인 여성이에요, 자기 앞가림을 할 수 있는."

그는 그녀의 허리로 손을 미끄러뜨려 자신의 가슴으로 그녀를 당겨 안았다. 그들이 함께 있는 시간은 늘 똑같은 듯했다. 그웬은 딜레이니 일로 수선떨고, 그는 연인으로서 그녀를 만지고 싶어하고. 헨리의 죽음 이후로 그녀를 꽤 많이 봐왔으며 여러 번 그녀의 침대에서 쾌락을 발견했다. 그웬은 아름답고 여러모로 만족스런 여자였다. 하지만 그는 딸의 일에 대한 그녀의 집착에 지쳐가고 있었다.

"어떻게요? 스캔들을 일으켜서?"

"그게 딜레이니의 선택이라면. 당신은 당신 할 일을 했어요. 그 애를 다 키웠으니. 이제 손을 놓지 않으면 다시 딸을 잃게 될 거요."

그웬은 몸을 돌렸고 맥스는 그녀의 눈에서 두려움을 보았다.

"그 애가 날 두고 가버릴까 겁나요. 늘 애가 헨리 때문에 멀리 떨어져 있는 줄만 알았는데, 이제는 확신할 수가 없어요. 몇 년 전 그 애가 덴버에 살 때 찾아갔더니, 자랄 때 내가 헨리 편을 들었다고 그러더군요. 그 앤 내가 절대 자신을 밀어주지 않는다고 생각해요. 하지만 헨리가 옳았는 걸요. 그 애는 좋은 점수를 받고 대학에 가야 했으며 말괄량이처럼 시내를 싸돌아다니면 안 되니까요."

그웬은 말을 멈추고 깊이 숨을 들이쉬었다.

"딜레이니는 고집이 세고 서운한 감정을 오래도록 간직해요. 6월에 떠나서 다신 돌아오지 않을 거예요."

"아마."

"그 앤 가면 안 돼요. 헨리는 그 애를 좀더 오래 있게 만들지 않고서."

맥스는 손을 옆으로 툭 떨구었다.

"헨리는 그러고 싶어했지만, 더 긴 기간을 조건으로 하면 판사가 유언을 무효화할 거라고 내가 충고했어요."

그웬은 몸을 돌려 불가로 다가갔다. 벽돌 맨틀을 움켜쥐고 앞에 놓인 거울을 통해 맥스를 마주보았다.

"헨리가 뭔가 조치를 취했어야 했는데."

헨리는 무덤에서부터 사람들을 조종하기 위해 안 한 것이 없었다. 법정이 공정하고 합리적인 제재라고 여길 선의 바로 안쪽까지. 맥스에게는 모든 사태가 지극히 불쾌했고 그웬이 죽은 남편의 조건을 지지한다는 게 마음에 걸렸다.

"딜레이니는 여기 있어야 해요. 철이 들어야 한다구요."

맥스는 거울 속 그웬을 쳐다보았다. 아름다운 푸른 눈과 뾰로통한 핑크빛 입, 완벽하게 잡티 하나 없는 흰 피부에 캐러멜과 버터스카치 리본 같은 머리칼. 열망이 그의 안에 자리했다. 어쩌면 그녀에겐 인생에서 뭔가 달리 생각할 만한 게 필요한 것뿐인지도 모른다. 그는 그녀를 향해 다가가며 그녀에게 그 뭔가를 주기로 굳게 마음먹었다.

닉은 다음날 아침 어머니에게 전화 걸 기회를 잡지 못했다. 어머니가 아침 일곱 시에 그의 현관 벨을 울렸던 것이다.

베니타 알레그레자는 흰색 대리석 카운터에 손가방을 놓고 아들을 쳐다보았다. 닉은 그녀를 피할 수 있으리라 생각한 게 분명했지만 그녀는 그의 어머니였다. 그녀가 낳은 자식이니 침대에서 끌어낼 권리가 있는 법이다. 그가 서른세 살이고 더 이상 자신과 함께 살지 않는다는 건 베니타의 안중에도 없었다.

닉은 너덜거리는 리바이스와 오래된 검은 운동복 셔츠 차림에 맨발이었다. 베니타는 미간을 찌푸렸다. 아들은 더 나은 옷을 입을 형편이 되고도 남는다. 닉은 자신을 제대로 돌보는 법이 없었다. 끼니도 제대로 안 챙겨먹고 헤픈 여자들과 어울렸다. 아들은 그녀가 여자들에 대해 모르는 줄로 생각하겠지만, 그녀는 알고 있었다.

"왜 그냥 그 '네스카 이주가리'를 피하지 못하는 거냐?"

"무슨 말을 들으셨는진 모르겠지만 딜레이니와 아무 일 없었어요"

자고 일어나 거칠한 목소리였다. 그는 어머니의 코트를 받아 현관 옷장에 걸었다.

또한 아들은 그녀를 속일 수 있으리라 생각하는 것이 분명했다. 베니타는 그를 따라 부엌으로 들어가 찬장에서 머그를 꺼내는 모습을 지켜보았다.

"그럼 왜 거기 있었냐, 닉?"

그는 머그 둘에 커피를 붓고 나서 대답했다.

"개 가게에 자물쇠를 달아주느라."

베니타는 아들이 내민 머그를 받아들고 그 뷰티 살롱에서 아무 일도 없었다는 듯 부엌 싱크대 옆에 서 있는 아들을 쳐다보았다. 그녀는 훤히 알고 있었다. 아들이 적게 말할수록 안 말한 부분이 많다는 것을. 때로는 아들에게서 무슨 말을 들으려면 대형 덤프트럭을 동원해야 할 판이었다. 오래 전부터 그런 식이었다.

"네 형은 그렇게 말하더구나. 왜 그 계집애는 남들처럼 열쇠 기술자를 부르지 못하고? 왜 널 끌어들였다니?"

"내가 해주겠다고 그랬어요."

그는 카운터에 한쪽 골반을 기대고 반대쪽 어깨를 으쓱했다.

"별일도 아닌 걸요."

"어떻게 그런 말을 해? 마을 전체가 그 얘기를 하고 있어. 넌 이 어미한테 전화 한 번 안 해주고 날 피했어."

그의 눈썹이 모아지더니 얼굴을 찌푸렸다.

"어머닐 피한 적 없어요."

아니, 피하고 있었다. 이건 다 딜레이니 쇼의 잘못이다. 트룰리로 이사 온 이래 그녀는 닉의 삶을 그전보다 더 힘들게 만들고 있었다.

헨리가 그웬과 결혼하기 전, 베니타는 자신과 모든 사람들에게 헨리는 아이들을 원치 않기에 닉을 무시한다고 말할 수 있었다. 그 뒤론 모두가 그게 사실이 아님을 알았다. 헨리는 단지 닉을 원치 않을 뿐이었다. 의붓딸에겐 사랑과 관심을 쏟아부으면서도 자기 아들은 냉대했다.

딜레이니가 헨리의 삶에 들어오기 전엔 베니타는 닉을 무릎에 앉히고 꼬옥 껴안았었다. 귀여운 이마에 입맞추고 눈물을 닦아주었다. 그 뒤론 눈물이나 포옹은 더 이상 없었다. 아들에게 부드러움은 이제 없었다. 그녀가 끌어안을라치면 뻣뻣하게 굳어지고 이제 자긴 뽀뽀하기엔 너무 컸다고 말했다. 베니타는 헨리가 제 자식에게 아픔을 준다고 욕했지만, 그녀의 눈에는 딜레이니야말로 가슴 깊은 배신과 냉대의 살아 숨쉬는 상징이 되었다. 딜레이니는 닉이 받아야 할 것을 모두 받았으면서도 그걸로도 충분치 않았다. 애초부터 그 계집애는 골칫거리였다.

그녀는 늘 닉을 못돼 보이게 만들었다. 닉이 그녀를 눈뭉치로 맞혔을 때처럼. 비록 닉이 눈뭉치를 던지지 말았어야 했던 건 사실이지만서도 베니타는 그 계집애가 무언가 해서 그랬으리라 확신했으나 학교측은 그애에겐 질문조차 하지 않았다. 그저 사건 전체를 닉 탓으로 돌렸다.

그리고 닉이 딜레이니를 건드렸다는 끔찍한 헛소문이 마을에 퍼졌던 그때가 있다. 그 후로 십 년, 베니타는 아직도 그날 밤 무슨 일이 있었는지 알지 못했다. 여자에 관한 한 닉은 성자가 아니긴 해도 딜레이니가 열성적으로 나오지 않는데 닉이 뭐든 억지로 강요했을 리는 없다. 그리곤 그 계집앤 겁쟁이처럼 괴로운 소문으로부터 도망쳐 달아났고, 닉은 뒤에 남아 최악의 소문을 견뎌냈다. 닉이 그 계집애를 건드렸다는 건 최악의 소문도 아니었다.

베니타는 훤칠하고 잘생긴 아들을 쳐다보았다. 두 아들 다 나름대로 성공했다. 맨손으로 시작해 지금의 위치에 이르렀고 그녀는 아들들을 몹시도 자랑스러워했다. 하지만 닉…… 닉에겐 늘 그녀의 보살핌이 필요했다. 비록 그는 전혀 그렇게 생각하지 않지만.

이제 그녀는 닉이 참한 가톨릭 처녀를 만나 성당에서 결혼하고 행복하기를 바랄 뿐이었다. 그게 어머니로서 과한 부탁이라곤 생각하지 않았다. 닉이 결혼하면 헤픈 여자들이, 특히 딜레이니 쇼가 그를 쫓아다니는 일도 없어지리라.

"어쨌든 그 계집애와 무슨 일이 있었다 해도 이 어미한테는 말하지 않을 테지. 난 뭘 믿어야 좋으냐?"

닉은 머그를 들어올려 한 모금 마셨다.

"이건 말씀드리죠. 무슨 일이 있었다 쳐도, 다시는 그런 일 없을 거라고."

"약속해라."

그는 어머니를 구슬리려는 의도로 씩 미소지었다.

"물론이죠, 엄마."

베니타는 구슬림에 넘어가지 않았다. 이제 그 계집애가 돌아왔고 다시 소문이 돌기 시작했다.

11

딜레이니는 수화기를 전화기에서 내려놓았다. 다음날 아침 가게를 열러 아파트를 나설 때까지 그대로 두었다. 있을 수 없는 일이겠지만 무슨 조화로 반 선생님이 살롱 안에서 벌어진 일을 보지 못했기를 바랐다. 운이 좋다면 혹시.

하지만 살롱 문을 열어보니 와네타 반담이 기다리고 있었으며 몇 초 안에 딜레이니의 운은 몇 달 전에 끝장났음이 명확해졌다.

"여기가 바로 그 일이 벌어진 데야?"

비틀비틀 들어오면서 와네타가 물었다. 철컥—쿵, 철컥—쿵 은빛 보행기 소리가 살롱 안을 메웠다.

딜레이니는 물어봐야 뻔한 걸 묻기 두려웠지만 모르고 지나가기엔 너무 궁금했다.

"무슨 일이요?"

그녀는 노인의 코트를 받아들어 조그만 대기 코너의 옷걸이에 걸었다.
와네타는 카운터를 가리켰다.

"저기가 라번이 보는 와중에 너와 알레그레자네 아들이…… 왜 알지?"

딜레이니는 목에 바위가 걸린 기분이었다.

"뭘요?"

"거 왜, 응응응 말야."

바위가 뱃속으로 쿵 떨어지고 눈썹이 이마선까지 치솟은 게 느껴졌다.

"응응응?"

"재미 봤다며."

"재미요?"

딜레이니는 카운터를 가리켰다.

"바로 여기서요?"

"그게 바로 어젯밤 라번이 7번가의 구세주 예수 교회에서 빙고 게임할 때 한 말이야."

딜레이니는 살롱 의자로 걸어가 털썩 주저앉았다. 얼굴이 달아오르고 귀가 응응거리기 시작했다. 소문이 돌 줄은 알았지만 이 정도로 지독할지는 전혀 몰랐다.

"빙고? 구세주 예수?"

목소리가 올라가고 끽끽댔다.

"오, 하나님 맙소사!"

진작에 알았어야 했다. 닉과 관련된 일은 늘 엇나가기만 했으니까. 전부 닉 탓으로 돌릴 수 있다면 좋겠지만 그럴 수 없었다. 그는 자기 셔츠 단추를 풀지 않았다. 그녀가 그랬다.

와네타가 그녀 쪽으로 다가왔다. 철컥—쿵, 철컥—쿵.

"진짜냐?"

"아뇨!"

"오."

와네타는 표정이나 목소리나 실망한 듯했다.

"그 바스크족 둘째는 인물 하난 출중하지. 소문이 고약하다지만 나라도 거부하기 어려웠을 게야."

딜레이니는 손바닥을 이마에 가져다대고 깊이 숨을 들이쉬었다.

"그놈은 악마예요, 악마. 닉에게서 멀찍이 떨어지세요, 와네타. 안 그러면 어느 날 아침 일어나 보니 끔찍한 헛소문의 대상이 되어 있을 거예요."

어머니는 그녀를 죽이려 들 터였다.

"나야 아침에 일어날 수 있다는 것만도 감사하지. 그리고 이 나이를 먹고 보니 그런 소문들이 끔찍할 거 같지 않은데."

와네타는 살롱 안쪽으로 향하며 말했다.

"내 머리해 줄 시간 낼 수 있겠어?"

"네? 머리하시려고요?"

"그야 물론이지. 그냥 얘기나 하자고 여기까지 오는 수고를 했겠냐."

딜레이니는 자리에서 일어나 샴푸 코너로 반담 할머니를 따라갔다. 노인을 도와 의자에 앉히고 보행기를 옆으로 치웠다.

"빙고 게임에 사람들이 몇 명이나 있었나요?"

대답을 두려워하며 그녀는 물었다.

"아, 한 육십 명쯤."

육십. 그럼 그 육십 명이 다른 육십 명에게 말할 테고 산불처럼 소문이 퍼질 것이다.

"그냥 콱 죽어버릴까."

어머니의 반응보다는 죽음이 나을 터였다.

"그 냄새 기막힌 샴푸를 쓸 거야?"

"네."

딜레이니는 와네타에게 케이프를 두르고 세면기를 향해 눕혔다. 물을 틀어 손목에 온도를 시험했다. 어제 하루 밤낮을 두더지처럼 아파트에 숨어 지냈다. 닉과 있었던 일로 인해 감정적으로 두들겨 맞고 멍든 기분이었다. 그리고 자신의 방종함에 몹시도 창피스러웠다.

그녀는 와네타의 머리를 적시고 폴 미첼 샴푸로 감겼다. 컨디셔너를 마치고 할머니를 부축해서 살롱 의자로 모셔갔다.

"똑같이요?"

"그래. 하던 대로 하는 게 좋아."

"그러셨죠."

엉킨 머리를 풀어 가는 동안 닉의 마지막 말이 여전히 딜레이니의 머리에 메아리쳤다. 그가 말한 이후로 계속 그랬다. 어디 할 수 있나 보려고. 단지 어디 할 수 있나 보려고 그는 그녀에게 키스하고 가슴을 만졌다. 단지 어디 할 수 있나 보려고 그는 그녀의 가슴을 욱신거리게 그리고 허벅지 사이를 불타게 했다. 그리고 그녀는 그가 그러도록 두었다. 십 년 전 그랬듯이.

도대체 왜 이럴까? 무슨 성격적 결함이 있길래 닉이 자신의 방어벽 사이로 파고들도록 허락했을까? 긴 시간 동안 그 질문을 곱씹은 결과 그녀는 외로움 외엔 단 하나의 해답밖에 없다는 결론에 이르렀다. 가임기가 점차 흘러가고 있어서다. 그게 틀림없다. 그녀는 스물아홉에 결혼 안 했고 가까운 미래에 결혼할 계획도 없다. 어쩌면 자신의 몸이 호르몬 시한폭탄인데 알지 못했던 것일지도.

"르로이는 내가 실크 드로어즈를 입으면 좋아했어."

와네타가 입을 열어 째깍째깍 흘러가는 호르몬에 대한 딜레이니의 생각을 방해했다.

"면 종류는 싫어했지."

딜레이니는 탁 소리를 내며 라텍스 장갑을 꼈다. 실크 속옷을 입은 와네타를 떠올리고 싶지 않았다.

"실크 드로어즈를 사도록 해라."

"배꼽 위까지 올라오는 그런 속옷 말씀이세요?"

차 시트커버처럼 보이는 그런 속옷?

"그래."

"왜요?"

"그야 남자들이 좋아하니까. 남자들은 여자들이 이쁜 걸 입으면 좋아한단다. 실크 드로어즈를 사면 남편을 얻을 수 있을 게야."

"아니, 감사하지만 됐어요."

딜레이니는 웨이브 로션을 집어 뚜껑을 톡 열며 말했다. 설령 트룰리에서 남편감을 찾는 데 관심이 있다 해도 사양이다. 게다가 6월까지만 이곳에 머무를 판이니 당연히 우스꽝스런 짓이다.

"전 남편을 원치 않아요."

딜레이니는 닉을, 그리고 자신이 돌아온 이래 그가 일으킨 문젯거리들을 생각했다.

"그리고 솔직히 말씀드리자면 남자들이 일으키는 문젯거리들만큼의 값어치가 그들에게 있다고는 생각지 않거든요. 완전 과대평가라구요."

딜레이니가 로션을 머리 한쪽에 붓는 동안 와네타는 침묵을 지켰고, 그녀가 손님이 눈을 뜨고 잠들었거나 혹은 기절하지 않았나 걱정이 슬슬 되기 시작했을 때 와네타는 입을 열고 소리 죽여 물었다.

"너 립스틱 레즈비언*인가 그거냐? 털어놔도 돼. 아무에게도 말 안 옮기마."

차라리 달이 녹색 치즈로 되어 있단 소리를 믿고 말지, 딜레이니는 생각했다. 만약 그녀가 레즈비언이었다면, 닉하고 키스를 나누며 손은 그의 셔츠를 풀어 젖히는 자신을 발견할 일이 없었으리라. 그의 맨가슴에 넋나간 자신을 발견할 일이 없었으리라. 그녀는 거울 속 와네타의 시선을 마주하고 그렇다고 대답해 버릴까 생각했다. 그런 소문이라면 자신과 닉에 대한 소문을 덮어버릴 수 있으리라. 하지만 어머니는 훨씬 더 난리치시겠지.

"아뇨."

그녀는 마침내 한숨을 내쉬었다.

"하지만 그랬더라면 인생이 훨씬 편했을 거예요."

반담 할머니의 핑거 웨이브는 한 시간 조금 안 되게 걸렸다. 일을 끝내고 그녀는 수표를 쓰는 할머니를 지켜보고 코트를 입혀드렸다.

"감사합니다, 안녕히 가세요."

---

* 지극히 여성적인 레즈비언. 터프한 여자가 레즈비언이라는 기존의 통념에 반발한다.

"실크 드로어즈야."

와네타는 재삼 일깨우고 느릿느릿 길을 걸어갔다.

반담 할머니가 떠나고 십 분 후, 한 여자가 세 살짜리 아들을 데리고 왔다. 딜레이니는 미용학교 이후로 아이 머리를 커트한 적이 없었지만 방법은 잊어버리지 않았다. 첫번째 가위질 후, 그녀는 차라리 잊어버렸더라면 하고 바랐다. 꼬맹이는 그녀가 일부러 목을 조르기라도 한 듯이 조그만 비닐 케이프를 잡아당겼다. 몸을 뒤틀고 난리치며 끊임없이 '시러!'를 외쳐댔다. 꼬마의 머리 커트는 레슬링 시합으로 바뀌었다. 딜레이니는 녀석을 묶어 깔고 앉을 수만 있다면 일을 후딱 마칠 수 있으리라 확신했다.

"우리 브랜든 참 착하기도 하지."

옆 의자에 앉은 아이 엄마가 살살 녹는 목소리로 말했다.

"엄마는 정말 뿌듯해요."

어이가 없어 딜레이니는 에디 바우어와 REI(둘 다 스포츠, 아웃도어 의류 용품 브랜드)로 차려입은 여자를 응시했다. 여자는 사십대 초반으로 보였고 딜레이니는 나이 든 여성이 노화된 난자로 아이를 낳는 것이 과연 현명한 일인지 의문을 제시한, 치과서 읽은 잡지 기사를 떠올렸다.

"우리 브랜든 착한 아가, 과일 스낵 먹을래?"

"시러!"

노화 난자의 결실이 빽액거렸다.

"끝났다."

딜레이니는 올가미 던지기 챔피언처럼 양손을 위로 쳐들었다. 브랜든이 다음 번에는 헬렌을 괴롭히기를 바라는 마음에서 애 엄마에게 15달러를 청구했다. 그녀는 꼬마의 옅은 금발 곱슬머리를 쓸어낸 다음 '식사중' 표지를 걸고 평소대로 통밀빵 칠면조 샌드위치를 먹으러 델리로 걸어갔다. 몇 달간 점심식사를 이 델리에서 했고 주인 버나드 달튼과 서로 이름으로 부르는 사이가 되었다. 버나드는 삼십대 후반의 총각이었다. 작달막하고 머리가 벗겨졌으며 자신이 만든 요리를 탐닉한 것 같은 체구였다. 얼굴은 늘 옅은 핑크빛이고 짙은 콧수염 모양 때문에 항상 미소를 달고

사는 듯이 보였다.

딜레이니가 식당에 발을 들였을 무렵엔 점심 손님들이 빠져나가는 참이었다. 안에선 햄, 파스타, 초콜릿 칩 쿠키 냄새가 났다. 버나드는 디저트 케이스에서 고개를 들어올렸지만 황급히 눈길을 돌렸다. 얼굴은 평소보다 몇 단계 더 붉어졌다.

들은 거다. 그는 소문을 들었고 믿는 게 분명했다.

자신을 빤히 쳐다보는 가게 안 손님들을 둘러보며 그녀는 얼마나 많은 사람들이 소문을 들었을까 생각했다. 갑자기 알몸이 된 기분이 되어 억지로 카운터로 걸어갔다.

"안녕하세요, 버나드."

애써 목소리를 태연하게 유지하며 말했다.

"늘 먹던 대로 통밀빵에 칠면조로 주세요"

"다이어트 펩시?"

육류 케이스로 향하며 그가 물었다.

"네."

딜레이니는 금전등록기 옆 잔돈 모금함에 시선을 고정시켰다. 마을 사람들 모두 그녀가 닉과 가게 정면 윈도 앞에서 섹스를 했다고 믿는 걸까? 뒤에서 소리 죽인 목소리가 들려왔고 돌아보기가 두려웠다. 저들이 자기 얘기를 하는지, 아니면 괜한 피해망상인지 알 수가 없었다.

보통은 창가의 작은 테이블에서 샌드위치를 먹지만 오늘은 점심값을 내고 서둘러 살롱으로 돌아왔다. 뱃속에 바위가 들어앉은 듯해서 점심도 억지로 우겨넣었다.

닉. 이 난장판은 다 그의 잘못이다. 그에 대한 경계심을 늦출 때마다 대가를 치러야 했다. 그가 그녀를 매혹시키려 맘먹을 때마다 그녀는 늘 자긍심을 잃고 말았다.

두 시 좀 넘어서 검은 스트레이트 머리를 다듬어 달라는 손님이 왔고 세 시 반에는 루이와 리사의 독립기념일 파티에서 만났던 중장비 기사 스티브가 서늘한 가을 내음을 몰고 살롱으로 들어왔다. 그는 양모로 안감을 댄 진 재킷을 입고 있었다. 뺨은 발갛고 눈은 환했으며 미소로 그녀를 만나 반갑다고 말하고 있었다. 딜레이니는 반겨하는 얼굴을 보게 되어 기뻤다.

"머리 좀 자르려고요."

그가 털어놓았다. 그의 덥수룩한 머리 상태가 한눈에 들어왔다.

"확실히 그렇네. 코트 걸고 안쪽으로 와요."

"짧게 잘라 줘요."

그는 그녀를 따라 들어와 오른쪽 귀 위쪽을 가리켰다.

"이만큼 짧게. 겨울에는 스키 모자를 자주 쓰니까."

딜레이니는 스티브에게 기막히게 어울릴 스타일을 마음에 두고 있었으며 또한 지난 몇 달간 써보고 싶어 죽을 지경이었던 이발기를 사용할 수 있게 되었다. 머리를 말려야 하겠기에 그녀는 그를 살롱 의자에 앉혔다.

"자주 못 보네."

그녀는 그의 엉킨 금빛 머리칼을 빗어내리며 말했다.

"첫눈이 내리기 전에 끝내야 할 일이 워낙 많았거든요. 하지만 지금은 좀 한가해졌어요."

"겨울에는 무슨 일을 해?"

그녀는 이발기를 켰다.

"실업 수당 받기랑 스키."

규칙적인 웅웅 소리 너머로 그가 말했다.

실업과 스키는 스물두 살 적의 그녀에게도 군침 당겼었다.

"재밌겠네."

그녀는 위쪽으로 바깥쪽으로 머리를 밀어가며 정수리 쪽 머리는 좀 길게 두었다.

"그렇죠. 같이 스키 타요."

그러고 싶었지만 제일 가까운 스키장은 트롤리 시 경계선 밖이었다.

"난 스키 안 타."

그녀는 거짓말했다.

"그럼 오늘밤 내가 만나러 오면 어때요? 저녁 먹고 캐스케이드에 영화 보러 가면."

캐스케이드에도 갈 수 없기는 마찬가지였다.

"안 돼."

"내일밤은?"

딜레이니는 이발기를 높이 들고 거울 속 그를 쳐다보았다. 그는 턱을 가슴에 박고 보트라도 띄울 수 있을 듯한 커다란 푸른 눈으로 그녀를 올려다보고 있었다. 어쩌면 그에게 다시 한 번 기회를 줘야 할지도. 그럼 외롭거나 페로몬의 피리 부는 사나이에게 약해지지 않게 될지도 모른다.

"저녁식사."

커트를 다시 시작하며 그녀가 말했다.

"영화 빼고. 그리고 친구로만."

그의 미소는 순수와 장난스런 속셈이 뒤섞여 있었다.

"마음을 바꾸게 될지도 모르죠."

"안 그럴걸."

"내가 당신 마음을 바꾸려 든다면?"

그녀는 웃음을 터뜨렸다.

"너무 짜증나게 굴지만 않는다면야."

"좋아요. 천천히 나가기로 하죠."

스티브가 가기 전 그녀는 집 전화번호를 알려주었다. 네 시 반까지 합계 네 명의 손님에다 내일 오후 호일 위빙 파마 예약을 받았다. 썩 나쁘지 않은 하루였다.

그녀는 피곤하고 뜨거운 온탕에 한참 몸을 푹 담그고 싶을 따름이었다. 문 닫는 시간까지 30분이 남자 그녀는 신부 머리 땋기 책들을 들고 살롱 의자에 푹 주저앉았다. 리사의 결혼식까지 한 달도 남지 않았으며 딜레이니는 친구 머리를 해줄 날을 고대하고 있었다.

문 위에 단 종이 딸랑 울려 고개를 들어보자 루이가 들어왔다. 하루 종일 밖에 나가 있었던 것처럼 뺨이 빨갛게 얼룩덜룩했으며 손은 파랑 캔

버스 코트 주머니에 찔러넣고 있었다. 깊은 주름살이 이마에 패여 있었고 머리를 자르러 온 것처럼 보이지는 않았다.

"어쩐 일이에요, 루이?"

딜레이니는 일어나서 카운터 뒤로 걸어갔다.

그는 재빨리 살롱을 둘러보고는 검은 눈동자를 그녀에게 고정시켰다.

"가게 문 닫기 전에 얘기 좀 하고 싶어서."

"좋아요."

그녀는 머리 땋기 책을 내려놓고 금전등록기를 열었다. 검은 가방에 돈을 쑤셔넣었고 루이가 당장 입을 열지 않자 그를 올려다보았다.

"말해요."

"내 동생에게서 멀리 떨어져 줬으면 해."

딜레이니는 눈을 두 번 깜박이고 천천히 돈 가방 지퍼를 닫았다.

"아."

입에서 낼 수 있는 소리는 그것뿐이었다.

"넌 일 년 안에 여길 뜨겠지만 닉은 계속 살 거야. 여기서 사업하고 너희 둘이 일으킨 소문과 함께 살아야 한다구."

"소문거리를 일으킬 뜻은 없었어요."

"하지만 결국 그랬지."

딜레이니는 뺨이 달아오르는 것을 느꼈다.

"닉은 사람들이 자기에 대해 뭐라 말하든 신경쓰지 않는다고 장담했다구요."

"그래, 그게 닉이지. 녀석은 이런저런 소릴 해. 일부는 진짜 그렇게 생각하고 하는 말이기도 하고."

루이는 말을 멈추고 코를 긁적거렸다.

"이봐, 아까 말했듯 넌 일 년 안에 떠날 거지만 닉은 네가 떠난 후에도 너에 대한 소문을 들어야 해. 한참을 수군거림 당해야 한다고, 또."

"또?"

"저번에 네가 떠났을 때, 너와 닉에 대해 별 미친 소리가 다 돌았어.

어머니는 상처받으셨고 닉도 조금 그랬을 거야. 비록 녀석은 어머니 마음 상하신 거 외엔 신경쓰지 않는다고 했지만."

"내가 닉의 아기를 가졌단 소문 말예요?"

"그래, 하지만 낙태 소문이 더 지독했지."

딜레이니는 눈을 깜박였다.

"낙태?"

"몰랐단 소린 아니겠지."

"몰랐어요."

그녀는 돈 가방을 움켜쥐고 있는 자신의 손을 내려다보았다. 왜 오래된 소문이 상처가 되는지 알 수 없었다. 사람들이 자신에 대해 어떻게 생각하든 신경쓰는 것도 아니면서.

"흠, 누군가 널 딴 데서 보고 임신하지 않았다는 걸 알아챈 게지. 닉의 아기이기 때문에 네가 낙태했다고들 그랬어. 헨리가 아이를 지우게 시켰을지도 모른다고 생각한 사람들도 있고."

그녀의 눈길이 홱 그의 눈으로 날아갔고 심장 옆에 기묘한 아픔이 자리했다. 임신했던 것도 아닌데 왜 마음 쓰이는지 알 수가 없었다.

"그 부분은 못 들었어요."

"너희 어머니가 말씀 안 하시든? 난 그래서 네가 절대 돌아오지 않는 줄만 알았는데."

"아무도 말해 주지 않았어요."

하지만 놀라진 않았다. 딜레이니는 잠시 침묵을 지키다 물었다.

"정말로 그걸 믿은 사람이 있어요?"

"몇몇은."

닉의 아이라고 지웠다거나 헨리가 낙태를 강요했으리란 소리는 모욕적인 것 이상이었다. 딜레이니는 여성의 선택권을 지지했지만 자기 자신이 낙태를 할 수 있으리라곤 생각지 않았다. 아이 아빠를 더 이상 좋아하지 않는다고 해서는 분명 아니고, 특히 헨리가 시켰다고 그럴 일은 절대 없었으리라.

"닉은 어떻게 생각했어요?"

루이의 검은 눈이 그녀의 눈을 응시했다.

"늘 하던 식으로 행동했지. 신경쓰지 않는 듯이. 하지만 스쿠터 핀리가 멍청하게시리 녀석 앞에서 그 얘길 꺼냈을 때 스쿠터를 늘씬하게 두들겨 팼어."

그녀가 자기 아기를 가지지 않았다는 걸 분명히 알았을 닉이 스쿠터를 때려눕힐 만큼 헛소문에 마음 썼다는 데 딜레이니는 충격받았다.

"이제 네가 돌아왔고 새로 따끈따끈한 소문들이 시작되었지. 내 결혼식이 너와 내 동생이 더 많은 소문을 일으키는 핑계거리로 변하는 건 원치 않아."

"절대 안 그럴 거예요."

"좋아. 난 리사가 관심의 초점이 되길 바라거든."

"닉과 난 아마 남은 평생 서로를 피하게 될 거 같은데요."

루이는 코트 주머니에 손을 넣어 열쇠고리를 꺼냈다.

"그러길 바라. 안 그러면 또다시 서로를 상처 주게 될 테니까."

딜레이니는 그게 무슨 뜻인지 묻지 않았다. 그녀는 닉에게 상처 준 적 없었다. 불가능한 일이다. 닉이 무슨 일에건 상처받으려면 다른 모든 사람들처럼 인간의 감정을 갖고 있어야 할 텐데 그에겐 그런 게 없었으니까. 그는 돌로 된 심장의 소유자다.

루이가 간 후, 딜레이니는 가게를 닫고 카운터에 서서 임박한 결혼식을 위해 머리 땋기 책을 몇 권 더 보았다. 굉장한 아이디어가 있었지만 중요한 세부 사항을 형상화할 만큼 집중할 수가 없었다.

닉의 아기이기 때문에 네가 낙태했다고들 그랬어. 헨리가 아이를 지우게 시켰을지도 모른다고 생각한 사람들도 있고

딜레이니는 책을 밀쳐두고 불을 켰다. 닉의 친아버지가 닉의 아기라고 그녀더러 낙태를 강요했다는 식의 옛 소문은 몹시도 악의적이었다. 도대체 어떤 사람들이 그렇게 잔인한 얘기를 퍼뜨렸을까. 그 사람들은 후회하거나 닉에게 사과를 하기나 했을까.

딜레이니는 코트를 집어들고 살롱을 닫아 걸었다. 닉의 지프가 조그맣고 캄캄한 주차장 안 그녀 차 옆에 세워져 있었다.

늘 하던 식으로 행동했지. 신경쓰지 않는 듯이.

그녀는 루이 말대로 닉이 정말 그렇게나 상처받았는지 생각하지 않으려 애썼다. 상관하지 않으려 했다. 전날 그의 대꾸 이후로 그를 증오했다.

그녀는 계단까지 갔다가 결국 몸을 돌려 그의 사무실 뒤로 걸어갔다. 세 번 노크했을 때 문이 열렸고 목이 패인 검은 스웨터 차림의, 그 어느 때보다도 더 위협적으로 보이는 닉이 바로 앞에 서 있었다. 그는 몸무게를 한쪽 발에 싣고 머리를 기울였다. 놀라움에 눈썹을 치켜 떴지만 아무 말도 하지 않았다.

이제 그의 사무실 불빛이 주차장으로 흘러나오는 가운데 그가 앞에 서 있자 딜레이니는 자신이 노크한 이유를 알 수가 없었다. 어제 일이 있은 후로 무슨 말을 해야 할지도 알 수 없었다.

"무슨 얘길 들었는데, 혹시 저……."

그녀는 말을 멈추고 크게 숨을 들이쉬었다. 초콜릿 라테 세 잔에 입가심으로 에스프레소를 마신 듯이 신경이 잔뜩 곤두섰고 속은 영 불안정했다. 그녀는 손을 모아 쥐고 엄지손가락을 쳐다보았다. 어디서부터 시작해야 하나.

"누군가 끔찍한 얘길 해줬거든. 그래서…… 난 혹시 네가……."

"그래."

그가 말을 잘랐다.

"오늘 하루종일 수없이 들었어. 사실 프랭크 스튜어트가 아침에 공사장까지 쫓아와서 헨리의 유언 조건을 어겼냐고 묻더군. 너한테도 물을지 몰라."

그녀는 고개를 들었다.

"뭐?"

"네 말이 맞았어. 반 선생님이 사람들에게 말한 데다가, 혼자서 군침 도는 세부사항을 몇 개 덧붙인 모양이다."

“오.”

딜레이니는 뺨이 불타오르는 것을 느끼며 왼쪽으로 약간 물러나 불빛에서 벗어났다.

“그 얘기는 하고 싶지 않아. 어제 있었던 일은 아예 얘기하고 싶지 않아.”

그는 한쪽 어깨를 문틀에 기대고 밤의 장막 너머로 그녀를 쳐다보았다.

“그럼 왜 왔어?”

“나도 잘 모르겠어. 하지만 오늘 옛날 소문을 하나 들었는데 너한테 물어보려고.”

“뭔데?”

“십 년 전 떠날 때 내가 임신했던 모양이더라.”

“하지만 우리 둘 다 그건 불가능하다는 걸 알잖아? 물론 네가 진짜 처녀가 아니었다면 얘기가 다르지만.”

그녀는 한 걸음 더 뒤로, 캄캄한 주차장으로 물러났다.

“네가 아기 아빠라서 내가 낙태했단 헛소문을 들었어.”

그녀는 닉이 몸을 바로하는 모습을 보고 왜 자신이 그의 문을 노크했는지 불현듯 깨달았다.

“미안해, 닉.”

“옛날 일이야.”

“알아. 하지만 난 오늘 첨 들었는걸.”

그녀는 계단 제일 아랫단으로 가서 난간에 손을 얹었다.

“넌 모두들 네가 어떤 것에도 영향받지 않는다고 생각하길 원하지만, 난 네가 인정하고 싶은 것 이상으로 그 소문에 상처받았다고 생각해. 아니라면 스쿠터 핀리를 때리지 않았겠지.”

닉은 주머니에 손을 쑤셔박았다.

“스쿠터는 머저리인데다 날 열받게 했어.”

그녀는 한숨 쉬고 고개를 옆으로 돌려 그를 쳐다보았다.

“난 그저 그런 이유로 낙태하지 않았으리란 걸 알려주고 싶었을 뿐이야. 그게 다야.”

"왜 사람들이 뭐라 말하든 내가 신경쓰리라 생각해?"

"넌 아닐지도 모르지. 하지만 너에 대한 내 감정이 어떻든, 아니면 나에 대한 네 감정이 어떻든, 그건 정말로 잔인한 말이니까. 그냥 그 소문이 비열하며 누군가 너에게 미안하다고 말해야 한다고 생각했다는 걸 네게 알리고 싶었던 거 같아."

그녀는 열쇠를 찾아 코트 주머니에 손을 찔러넣고 계단을 오르기 시작했다.

"됐어."

루이가 틀렸다. 닉은 그런 척하는 게 아니라 정말로 신경쓰지 않는 거다.

"딜레이니."

"왜?"

그녀는 자물쇠에 열쇠를 꽂고 문 손잡이에 손을 올려둔 채 멈춰 섰다.

"어젠 거짓말이었어."

그녀는 어깨 너머로 고개를 돌렸지만 그를 볼 수는 없었다.

"뭘?"

"아무 여자든 마찬가지라는 말. 눈을 감고서도 널 알아볼 수 있을 거야."

그의 낮은 목소리가 어둠을 지나 속삭임보다 더 은밀하게 다가왔다.

"너라는 걸 알았을 거야, 딜레이니."

그리곤 끼익 경첩 소리에 이어 자물쇠의 찰칵 소리가 뒤따랐고 딜레이니는 그가 들어갔음을 알았다.

그녀는 난간 너머로 몸을 숙였지만 문은 마치 닉이 거기에 결코 있지 않았던 듯이 닫혀 있었다. 그의 말은 결코 입 밖으로 내어지지 않은 듯이 밤에 삼켜졌다.

아파트 안으로 들어가자 딜레이니는 신발을 벗어던지고 냉동 식품을 따서 전자레인지에 넣었다. 텔레비전을 켜고 지역 뉴스를 보려 했지만 일기예보가 머리에 들어오지 않았다. 마음은 계속 닉과의 대화로 되돌아갔다. 눈을 감아도 그녀를 알아보았으리란 그의 말이 계속 떠올랐고 닉은 상냥할 때가 훨씬 더 위험하단 사실을 일깨웠다.

그녀는 전자레인지에서 저녁식사를 꺼내고 프랭크 스튜어트가 정말로 최근 소문에 대해 자신과 얘기하고 싶어할지 궁금해했다. 꼭 십 년 전처럼 다시 모두들 그녀에 대해 소곤거리고 있다. 그녀와 닉 그리고 살롱 카운터 위에서의 '응응응'에 대해서. 하지만 십 년 전과 달리 그녀는 달아날 수가 없다. 도망칠 수가 없다.

헨리의 유언 조건에 동의하기 전, 그녀는 온갖 곳을 다 돌아다니며 살았다. 기분이 내키면 언제고 짐을 챙겨 떠날 자유가 있었다. 늘 자기 인생의 주인이었다. 늘 목표가 있었다. 이제 모든 것이 흐릿하고 혼란스러우며 통제력을 벗어나 있다. 그리고 닉 알레그레자가 그 모든 것의 한가운데에 있었다. 그는 평생 누구보다도 더 그녀를 화나게 했지만 정말로 그를 증오할 수는 없었다. 그럴 수만 있었다면 인생이 훨씬 쉬웠을 텐데.

그날 밤 잠들었을 때, 딜레이니는 순식간에 악몽으로 변한 꿈을 꾸었다. 6월이 되어 헨리의 유언 조건을 충족시키는 꿈을 꾸었다. 마침내 트롤리를 떠날 수 있게 되었다. 그녀는 자유로웠고 환희로 붕 떠 있었다. 햇살이 쏟아져내려 그녀는 거의 눈이 보이지 않을 지경의 환한 빛에 잠겼다. 마침내 따뜻해졌고 발에는 죽여주는 진한 빨강 플랫폼을 신고 있었다. 이 이상 좋을 수는 없다.

맥스가 나타나 그녀가 복권이라도 당첨된 듯이 커다란 수표를 건네주었다. 그녀는 수표를 차 조수석에 밀어넣고 훌쩍 올라탔다. 옆에 삼백만 달러를 싣고 그녀는 천근 무게를 던 듯한 기분으로 마을 밖을 향해 나섰으며, 트롤리 시 경계에 가까워질수록 마음은 더 가벼워졌다.

거의 몇 시간은 시 경계를 향해 차를 몬 듯했고, 바로 자유가 일 마일도 채 남지 않았을 때 자신의 차가 성냥갑 차로 휙 바뀌더니 그녀는 겨드랑이에 커다란 수표를 끼고 길가에 남게 되었다. 딜레이니는 오른발 엄지발가락 옆의 조그만 차를 보고는 마치 이런 일이 늘 벌어지는 듯 어깨를 으쓱하고 말았다. 차가 도둑맞지 않게 주머니에 집어넣고 시 경계선을 향해 걸음을 계속했다. 하지만 얼마나 오래, 얼마나 빨리 걷든 간에 '안녕히 가십시오 트롤리입니다' 표지판은 여전히 저 멀리 보일 듯 말 듯했다. 그녀는 삼백만 달러 수표의 무게 때문에 균형을 잡기 위해 몸을 한 쪽으로 기울이고 달리기 시작했다. 수표가 점점 더 짐스러워졌지만 그녀는 두고 가길 거부했다. 옆구리가 결리고 더 이상 움직일 수 없을 지경까지 달렸다. 시 경계는 여전히 저 멀리 있었고 딜레이니는 자신이 트롤리에 영원히 묶였음을 깨달았다.

딜레이니는 침대에서 벌떡 일어나 앉았다. 소리 없는 비명이 입술에 묻어 있었다. 온통 땀투성이였으며 숨결은 거칠었다.

평생 최악의 악몽.

12

'The Monster Mash(몬스터 마시)'가 태너시 시장의 닷지 픽업 트럭 뒤 1.5미터 스피커에서 꽝꽝 울려퍼졌다. 가짜 거미줄이 트럭을 얇은 베일처럼 칭칭 휘감았고 짐칸에는 묘비 둘이 서 있었다. 닷지는 마녀와 흡혈귀, 광대와 공주들을 뒤에 달고 시내 중심가를 느릿느릿 기어갔다. 유령과 고블린들의 들뜬 재잘거림이 음악과 뒤섞였고 연례 할로윈 퍼레이드가 시작되었다.

딜레이니는 살롱 앞 드문드문한 사람들 무리 속에 서 있었다. 몸이 부르르 떨려오자 커다랗고 번쩍거리는 단추가 달린 녹색 모직 코트 속으로 깊이 파고들었다. 그녀는 얼어죽을 지경인데 옆에 선 리사는 달랑 운동복 티셔츠와 면 장갑 차림을 하고도 멀쩡했다. 신문 예보엔 10월 31일은 계절답지 않게 따뜻하리라고 나왔는데. 기온이 5도나 껑충 뛰어 올라가리라고 했었다.

어린 시절, 딜레이니는 할로윈 퍼레이드를 좋아했다. 의상을 차려입고 시내를 행진하여 가장 컨테스트가 벌어지는 고등학교 체육관으로 향하기를 좋아했다. 한번도 우승하진 못했지만 그래도 좋았다. 가장의상을 차려입고 화장을 떡칠할 수 있는 기회였다. 아직도 사이다와 녹인 설탕을 입힌 도너츠가 나올까? 새 시장도 헨리가 그랬듯이 조그만 캔디 봉투를 나눠줄까?

"6학년 때 눈썹을 밀고 목에서 피가 뿜어져 나오는 사이코 살인마로 변장했던 거 기억나?"

리사가 옆에서 물었다.

"그리고 너희 엄마가 완전 뒤집어지셨던 거?"

딜레이니는 확실히 기억하고 있었다. 그 해 어머니는 멍청한 신부 의상을 만들어 주었다. 딜레이니는 그 드레스가 좋아 죽는 척하고, 퍼레이드에선 눈썹 없는 피에 젖은 살인마로 행진했다. 이제 와 돌이켜 보니 어머니의 역정이 불 보듯 뻔한 일을 할 용기가 어디서 났는지 알 수 없었다.

다음 해 딜레이니는 울며 겨자 먹기로 스머프 분장을 했다.

"저 꼬마랑 강아지 좀 봐."

딜레이니는 맥도날드 프렌치 프라이로 가장한 꼬마와 케첩 봉지처럼 꾸민 조그만 닥스훈트를 가리켰다. 딜레이니가 맥도날드에 가본 지도 한참 되었다.

"치즈 쿼터 파운더(아주 커다란 맥도날드 버거) 생각이 간절하다."

기름기 절절 흐르는 소고기 패티 상상에 입에 군침이 고이자 한숨을 내쉬었다.

"어쩌면 다음 행렬에 그게 있을지도 모르지."

딜레이니는 친구를 옆눈으로 흘끔 쳐다보았다.

"오면 내 거다."

"넌 내 상대가 못 돼, 도시 아가씨. 그 커다란 코트를 껴입고 벌벌 떠는 네 꼴을 보라구."

"적응할 시간이 필요한 것뿐이야."

딜레이니는 투덜거리며 여자와 아기 공룡이 인도에서 내려가 퍼레이드에 끼어드는 모습을 지켜보았다. 뒤쪽에서 문이 열렸다 닫히는 소리가 들렸지만 돌아보자 살롱에 들어간 사람은 없었다.

"루이는 어디 있어?"

"소피하고 퍼레이드에."

"뭘로?"

"곧 보게 될 거야. 깜짝 놀랄걸."

딜레이니는 미소지었다. 그녀도 깜짝 놀랄 일을 준비해 두었다. 그 바람에 오늘 아침 진짜 일찍 일어나야만 했지만 만사가 계획대로만 돌아간다면 사업은 술술 풀려가리라.

짐칸에 김이 풀풀 오르는 가마솥과 낄낄 웃어대는 마녀를 실은 두 번째 트럭이 천천히 지나갔다. 시꺼먼 머리와 녹색 얼굴에도 불구하고 노파는 어딘가 낯익어 보였다.

"저 마녀 누구야?"

딜레이니는 물었다.

"흐음. 아, 네바야. 네바 밀러 기억하지?"

"당연하지."

네바는 엄청난 날라리였다. 그녀는 술 훔치기, 대마초 흡연, 그리고 풋볼 팀과 섹스한 이야기를 들려주었었다. 그리고 딜레이니는 한마디라도 놓칠세라 귀를 쫑긋 세워 들었었다. 그녀는 리사 쪽으로 몸을 기울여 속삭였다.

"쟤가 남동생 워터 스키를 끌어주고 있는 로저 보너한테 오랄 섹스해줬다던 얘기 기억나? 네가 오랄 섹스가 뭔지 모른다니까 쟤가 생생하게 묘사해 준 거?"

"그래, 그러자 네가 숨막혀 껄껄거렸지."

리사는 트럭을 모는 남자를 가리켰다.

"네바 남편인 짐 목사야."

"목사? 세상에!"

"그래, 네바는 구원받았는지 다시 태어났는지 뭐 그랬어. 짐 목사는 7번가의 그 작은 교회에서 설교를 하지."

"팀 목사가 맞아요."

골 아프리만큼 귀에 익은 목소리가 딜레이니의 바로 뒤에서 말했다.

딜레이니는 속으로 끄응 신음했다. 그녀가 절대로 예상 못할 시점에 뒤로 살금살금 다가오는 게 정녕 닉다웠다.

"어떻게 팀인 줄 아는데요?"

리사가 궁금해했다.

"몇 년 전 그 집을 우리가 지었으니까."

닉의 목소리는 오전 동안 별로 말할 일이 없었던 듯 낮게 잠겨 있었다.

"아, 혹시 저 목사가 닉의 영혼을 위해 기도라도 해주나 생각했어요."

"아뇨. 어머니가 그러시죠."

딜레이니는 어깨 너머로 잽싸게 눈길을 던졌다.

"너희 어머닌 루르드*나 뉴멕시코의 토티야 성지로 순례를 가셔야 할지도."

가벼운 미소로 닉의 입이 곡선을 그렸다. 그는 후드 달린 두꺼운 운동복 티셔츠를 입고 있었다. 하얀 끈이 가슴에 드리워졌으며 머리카락은 뒤로 젖혀져 얼굴을 드러냈다.

"그럴지도."

대꾸는 그뿐이었다.

딜레이니는 다시 퍼레이드 행렬 쪽으로 돌아섰다. 어깨를 잔뜩 추켜세우고 코트 칼라에 코를 묻었다. 닉의 도발에 넘어가는 것보다 더한 바보짓은 딱 하나, 왜 애초에 그가 자신을 도발할까 궁금해하는 것뿐이다. 그가 살롱 뒷문을 노크했던 그날 이후로 그를 거의 보지 못했다. 암묵적 동의하에 그들은 서로를 피했다.

"어디 있다 왔어요?"

리사가 물었다.

"사무실에서 전화 통화 좀 하느라. 소피는 벌써 지나갔나요?"

---

* 프랑스 남서부의 유명한 성지. 병을 낫게 해주는 기적의 샘물로 유명하다.

"아직요."

피투성이 하키 선수로 가장한 남자애 네 명이 롤러 블레이드로 휘익 지나갔고 그 바로 뒤 아내를 인력거에 태워 끌고 있는 토미 마컴이 나타났다. 헬렌은 레이디 고디바*로 가장했으며 인력거 뒤에는 '헬렌의 헤어 헛'이라는 표지판을 붙였다. 헬렌은 구경꾼들을 향해 손을 흔들고 손키스를 날렸으며 머리엔 딜레이니가 너무나 확실히 알아볼 수 있는 모조 다이아몬드 왕관이 얹혀져 있었다.

딜레이니는 잔뜩 추켜세우고 있던 어깨를 떨구고 얼굴 아래를 드러냈다.

"꼴불견이야! 아직도 저 왕관을 쓰고 있다니."

"헬렌은 영국 여왕이라도 된 것마냥 매년 저 왕관을 써."

"쟤가 자길 학년 여왕으로 뽑아달라고 선거운동을 하는데 난 그게 규칙 위반이라서 안 했던 거 기억나? 그리고 쟤가 이긴 다음 학교측에서 실격시키지 않았던 걸? 저 왕관은 나한테 왔어야 했단 말야."

"아직도 그 일로 열받아하니?"

딜레이니는 가슴에 턱 팔짱을 꼈다.

"아니."

하지만 그랬다. 이만큼 세월이 흘렀는데도 헬렌의 일로 열받아하는 자신에게 짜증이 났다. 딜레이니는 춥고 강박증일지도 모르는 데다가 뒤에 서 있는 남자를 몹시도 의식하고 있었다. 지나치게 의식했다. 그가 얼마나 가까이 붙어서 있는지 볼 필요도 없었다. 커다란 인간 벽처럼 그를 느낄 수 있었으니까.

정신나간 스턴트맨처럼 퍼레이드에서 자전거를 타다 결국 정수리를 꿰맸을 때를 제외하면 닉은 늘 해적이었다. 늘. 그리고 매년 그의 안대와 가짜 검을 볼 때마다 그녀의 손에는 온통 땀이 배어나왔다. 보통 그가 그녀더러 멍청해 보인다고 말했던 점을 고려해 보면 기묘한 반응이었다.

그녀는 고개를 돌려 머리를 뒤로 넘겨 하나로 묶고 작은 금고리를 귀

---

* 11세기 잉글랜드 코벤트리의 영주의 아내. 발가벗고 백마를 타고 거리를 지나가면 주민에게 과한 무거운 세금을 면해 준다는 남편과의 약속에 따라 그것을 실행하였다고 함.

에 단 그를 올려다보았다. 그는 여전히 해적처럼 보였으며 그녀는 속에 따뜻한 찌릿찌릿함을 느꼈다.

"네 차가 뒤에 안 보이던데."

그의 눈이 그녀의 눈을 들여다보고 있었다.

"음, 그래. 스티브가 몰고 있거든."

미간을 찌푸리자 그의 이마에 주름이 졌다.

"스티브?"

"스티브 에임스. 너네 회사에서 일해."

"금발로 염색한 그 어린애 말야?"

"그렇게 어리진 않아."

"호오."

닉은 몸무게를 한쪽 발에 싣고 고개를 그쪽으로 갸우뚱 기울였다.

"분명 그러시겠지."

"어, 좋은 남자야."

"닭살 돋는 놈이야."

딜레이니는 몸을 돌려 친구에게 인상썼다.

"너도 스티브가 닭살 돋는다고 생각해?"

리사는 닉과 딜레이니를 번갈아 보았다.

"네 편을 들어주고 싶지만, 그 남자는 허공에 기타를 치더라."

딜레이니는 주머니에 손을 찔러넣고 몸을 돌려 잠자는 숲속의 미녀, 신데렐라, 허쉬 키세스 초콜릿이 지나가는 것을 보았다. 사실 그랬다. 그와 두 번 데이트했는데 아무 곡에나 기타 치는 시늉을 했다. 너바나. 메탈 헤드. 모르몬 타버너클 합창단. 스티브는 몽땅 연주했고 정말이지 창피하기 짝이 없었다. 하지만 그녀에게 있어 그나마 남자친구에 가까운 사람이었다. 비록 그녀는 그렇게 부르지조차 않지만. 그는 단지 그녀가 트룰리에 온 이래 그녀에게 관심을 보인 유일한 독신남일 뿐이었다.

닉을 제외하고. 하지만 그는 대상외였다. 어쨌든 그녀에게는. 몸을 앞으로 기울여 거리 저편을 바라보자 미아타가 코너를 돌고 있었다. 스티브는 차를 한 손으로 몰았고 염색한 머리를 삐죽삐죽 군인 스타일로 짧게 깎았다. 십대 여자애 둘이 미인대회 여왕처럼 그의 뒤에 앉았고 또 한 명은 조수석에서 손을 흔들어댔다. 그들의 머리는 방금 십대 잡지에서 빠져나온 듯이 커트하고 스타일링되어 있었다. 세련되고 자유롭게 흩날리는 최신 유행. 딜레이니는 의도적으로 치어리더나 응원단 소속이 아닌 여자애들을 찾아 고등학교를 샅샅이 뒤졌다. 그녀는 자신이 환상적으로 변신시킬 수 있는 평범한 여자애들을 원했다.

지난 주 그 아이들을 찾아냈다. 아이들 어머니의 허락을 받은 후 오늘 아침 일찍 작업에 들어갔다. 셋 다 근사해 보였으며 그녀 살롱의 살아 숨 쉬는 광고였다. 그리고 여자애들로 부족할까 싶어 차 양 옆에 글귀를 내걸었다.

'커팅 엣지는 십 달러 커트를 손봅니다.'

"헬렌이 꼭지가 돌 거야."

리사가 중얼거렸다.

"그러길 바랄 뿐이야."

음침한 죽음의 신, 늑대 인간, 시체들이 지나가고, 루이가 운전석에 앉은 75년형 셰비가 코너를 돌았다. 딜레이니는 롤케이크 모양으로 말아놓은 그의 검은머리를 보자마자 웃음을 터뜨렸다. 그는 소매에 담뱃갑을 말아넣은 타이트한 흰색 티셔츠를 입고 있었다. 옆자리엔 높이 올려 묶은 포니테일에 밝은 빨강 립스틱, 캐츠아이 선글라스의 소피가 앉아 있었다. 아이는 풍선껌을 짝짝 씹으며 닉의 커다란 가죽 재킷에 감싸여 있었다.

"닉 삼촌!"

소피가 부르면서 손키스를 날렸다.

딜레이니는 그의 나직한 낄낄거림을 들었고 바로 직후 루이가 인파를 향해 엔진 속도를 올렸다. 골동품 차가 부르르 떨리며 웅웅 소리를 내더니 요란하게 역화하여 피날레를 장식했다.

화들짝 놀란 딜레이니는 뒤로 펄쩍 물러서다 닉의 가슴이라는 요지부

동의 벽에 부딪혔다. 그의 커다란 손이 그녀의 팔뚝을 움켜쥐었고 그녀가 그를 올려다보자 머리칼이 그의 목을 스쳤다.

"미안."

움켜쥔 그의 손에 힘이 들어갔고 모직 코트 소매를 파고드는 그의 긴 손가락이 느껴졌다. 그의 눈길이 그녀의 뺨을 스치고 입으로 내려갔다.

"미안하긴."

팔 뒤쪽을 스치는 그의 엄지손가락이 느껴졌다.

그의 눈길이 다시 한 번 그녀의 눈으로 올라갔고 그녀를 쳐다보는 시선에는 뜨겁고 강렬한 무언가가 있었다. 그녀의 저항을 먹어치우는 그런 키스를 하고 싶다는 듯한. 그들이 연인이며 그녀가 그의 뒤통수를 한 손으로 감싸 자신에게로 그의 얼굴을 끌어내리는 것이 세상에서 제일 자연스런 일인 듯한. 하지만 그들은 연인이 아니다. 친구조차 아니다. 마침내 그가 물러서며 손을 떨구었다.

딜레이니는 몸을 돌려 폐 속 깊이 공기를 들이마셨다. 뒤통수에 와닿는 닉의 눈길이, 긴장감으로 충만한 그들 사이의 공기가 느껴졌다. 그 끌림이 하도 강력해서 그녀는 주위 사람 모두가 느낄 수 있으리라 확신했다. 하지만 리사를 곁눈질해 보니 친구는 루이를 향해 미친 여자처럼 손을 흔들어대고 있었다. 리사는 알아채지 못했다.

닉이 리사에게 무슨 말인가 했고 딜레이니는 소리보다 느낌으로 그가 떠났음을 알았다. 그녀는 참고 있는 줄도 몰랐던 숨을 내쉬었다. 마지막으로 어깨 너머를 돌아보고 그들 뒤 빌딩 안으로 사라지는 그를 지켜보았다.

"귀엽지 않니?"

딜레이니는 친구를 쳐다보고 고개를 저었다. 그 어떤 상상력을 발동시켜도 닉 알레그레자는 귀여울 수 없다. 그는 섹시했다. 백 퍼센트로 남성 호르몬이 고동치는 섹시함. 침이 흐르게 섹시했다.

"오늘 아침 내가 머리하는 거 도와줬어."

"닉을?"

"루이 말야."

깨달음의 빛이 자리했다.

"아."

"왜 내가 닉의 머리를 해줘?"

"아냐. 밤에 공제조합 회관 파티에 갈 거야?"

"아마."

딜레이니는 시계를 확인했다. 한 시 예약까지 몇 분밖에 안 남았다. 리사에게 작별인사를 하고 남은 오후 동안 염색 셋과 예약 없는 손님 둘을 했다.

하루 일과가 끝나자 마지막 손님의 머리칼을 재빨리 쓸어낸 다음, 코트를 집어들고는 아파트로 향하는 뒷계단을 올랐다. 옛 공제조합 회관에서 열리는 가장 파티에서 스티브를 만날 예정이었다. 스티브는 어디선가 경찰 유니폼을 찾아냈고, 그가 법의 집행관으로 분장할 계획이니만큼 그녀로선 창녀로 분장할 절호의 기회인 듯싶었다. 스커트와 망사 스타킹은 이미 있었고, 하우디 교역소의 엽기 선물 코너에서 푹신푹신한 핑크 깃털 목도리와 거기에 매치되는 수갑을 찾아냈다.

딜레이니는 열쇠를 자물쇠에 꽂다가 계단 위 자신의 검은 부츠 바로 옆에 놓인 하얀 봉투를 알아챘다. 집어들기도 전에 뭔지 알 것 같은 불길한 예감이 왔다. 열어보니 타이프로 친 하얀 종이가 나왔다.

'마을에서 꺼져.'

이번엔 그렇게 쓰여 있었다. 그녀는 종이를 구겨 쥐고 어깨 너머를 돌아보았다. 주차장은 물론 텅 비어 있었다. 누가 이 봉투를 남겼든 딜레이니가 커트에 바쁜 틈을 탔으리라. 식은 죽 먹기였겠지.

딜레이니는 계단을 내려가 알레그레자 건설의 뒷문을 노크했다. 닉의 지프는 주차장에 없었다.

문이 활짝 열리고 닉의 비서 앤 마리가 나왔다.

"안녕하세요. 혹시 오늘 여기 뒤에서 누굴 보셨나 해서요."

"환경미화원들이 오후에 쓰레기통을 비웠어요."

딜레이니는 자신이 환경미화원들을 열받게 했으리란 생각은 들지 않았다.

"헬렌 마컴은요?"

앤 마리는 고개를 저었다.

"오늘 보지 못했는데요."

그렇다고 해서 쪽지를 남긴 사람이 헬렌이 아니란 뜻은 될 수 없다. 딜레이니의 퍼레이드 행렬 이후 헬렌은 아마 노발대발했으리라.

"알았어요, 고맙습니다. 혹시 이곳에 별 볼일 없을 것 같은 사람이 어슬렁대면 알려주시겠어요?"

"물론이죠. 무슨 일 있었어요?"

딜레이니는 쪽지를 코트 주머니에 쑤셔넣었다.

"아뇨, 별로."

옛 공제조합 회관은 짚더미, 주황색과 검은색의 꽃종이, 그리고 드라이아이스를 채운 가마솥들로 장식되어 있었다. 한쪽 끝에선 모트 바의 바텐더가 맥주나 콜라를 부어주었고 다른 쪽엔 컨트리&웨스턴 밴드가 연주하고 있었다. 할로윈 파티에 모인 이들의 연령대는 사탕을 얻으러 다니기엔 나이가 먹은 십대부터 둘 남은 2차 대전 참전군인들과 거나하게 취한 와네타 반담에까지 이르렀다.

딜레이니가 도착할 무렵엔 밴드는 한창 연주중이었다. 그녀는 검은 새틴 스커트와 매치되는 뷔스티에*에 검은 레이스 가터 차림이었다. 한 쌍인 새틴 블레이저(상의)는 집에 두고 왔다. 굽 높이가 12센티미터인 하이힐을 신고 망사 스타킹 줄이 뒤로 똑바로 가도록 20분을 들였다. 깃털 목도리를 목에 드리웠으며 수갑은 스커트 허리에 끼워져 있었다. 세운 머리카락과 짙은 마스카라를 제외하면 공들인 결과의 대부분은 모직 코트에 가려져 있었다.

---

* 본래는 끈 없는 브래지어를 의미. 가슴과 허리 라인을 살리기 위한 속옷이었지만 최근엔 탑으로도 입는다.

그녀는 집에 돌아가 곧장 쓰러져 기절하고플 따름이었다. 오지 말까 생각도 했었다. 인정하긴 싫지만 헬렌의 쪽지가 마음에 걸렸다. 그야 물론 헬렌을 좀 스토킹하긴 했다. 헬렌네 쓰레기장에 숨어 쓰레기를 뒤지긴 했지만 그건 다른 문제이다. 자신은 사이코 같은 쪽지는 안 남겼다. 만약 스티브와의 약속이 없었다면 향긋한 거품 목욕을 마치고 지금쯤 제일 좋아하는 플란넬 잠옷에 감싸여 있을 텐데.

딜레이니는 코트 단추에 손을 가져가며 기기묘묘한 가장 의상 차림의 사람들을 둘러보았다. 스티브는 스무 살쯤 되었을 히피 여자애와 춤을 추고 있었다. 둘이 잘 어울려 보였다. 그녀는 스티브가 자신 외의 다른 여자들을 만나고 다니는 것을 알고 있었으며 전혀 신경쓰지 않았다. 그는 그녀가 이따금 아파트 밖으로 나가야 할 때 괜찮은 기분전환 대상이었다. 또한 괜찮은 남자이기도 했다.

그녀는 인파 속으로 파고들며 코트를 입고 있기로 결심했다. 그녀는 외계인 둘과 인어 사이로 파고들다 누런 분장을 한 <스타 트렉> 등장인물과 거의 맞부닥칠 뻔했다.

"안녕, 딜레이니."

그는 컨트리 음악소리 너머로 말했다.

"네가 돌아왔단 얘기 들었어."

그 목소리는 어딘지 귀에 익었으며 상대는 자신을 아는 게 분명했다. 그녀는 도무지 감이 오지 않았다. 머리는 검은 염색 스프레이를 써서 뒤로 착 발라넘겼고 가슴에 A처럼 보이는 표시를 단 빨강과 검정의 유니폼을 입고 있었다. 그녀는 한번도 <스타 트렉>을 본 적이 없었으며 도대체 그게 무슨 재미가 있는지 이해할 수가 없었다.

"어, 응. 6월에 돌아왔어."

"너 들어올 때 웨스 형이 너라고 하더라."

딜레이니는 너무나 색이 옅어 파란색이라고 하기 어려운 눈을 응시했다.

"오, 하나님 맙소사."

그녀는 숨을 헐떡였다.

"스쿠터!"

핀리 형제보다 더 소름끼치는 건 딱 하나뿐이다. <스타 트렉>으로 분장한 핀리 형제.

"그래, 나야. 오랜만이지."

스쿠터의 이마엔 분장이 쩍쩍 갈라졌고 그가 고른 얼굴 색깔은 치아를 누렇게 보이게 했다.

"뭐 하고 지내?"

도망칠 기회를 잡을 때까지 가벼운 얘기나 나눌 셈으로 그녀가 물었다.

"나랑 웨스 형은 가든에서 물고기 양식장을 하고 있어. 장거리 트럭 운전수랑 내뺀 형 옛날 여자친구에게서 사들였지. 메기를 팔아 한몫 잡을 거야."

딜레이니는 멍하니 쳐다볼 수밖에 없었다.

"물고기 양식장을 한다고?"

"그럼. 그 물 좋은 메기들이 전부 어디서 나온 줄 알았어?"

무슨 물 좋은 메기? 딜레이니는 시내 어느 가게에서도 메기를 본 기억이 나질 않았다.

"이 근처에 메기 수요가 많아?"

"아직은 아냐. 하지만 대장균과 닭 인플루엔자를 감안하면 사람들이 생선을 엄청 먹기 시작할 거야."

그는 빨강 일회용 컵을 들어 길게 들이켰다.

"결혼했냐?"

딜레이니는 스쿠터가 기억보다도 더한 머저리라는 분명한 사실에 놀라지 않을 수 없었다.

"어, 아니. 넌?"

"두 번 이혼."

"화려하네."

그녀는 고개를 내저으며 말하고 나서 어깨를 으쓱했다.

"다음에 봐, 스쿠터."

그녀는 그를 지나쳐 갔지만 그가 따라왔다.

"맥주 마실래?"

"아니, 여기서 누굴 만나기로 했어."

"그 여자도 데려와."

"여자 아냐."

"아."

그는 뒤로 물러나 그녀 뒤에 대고 외쳤다.

"다음에 봐, 딜레이니. 내가 언제 한번 전화할게."

그녀의 번호가 전화번호부에 올라 있다면 그의 위협에 오들오들 떨었으리라. 그녀는 펑크족으로 차려입은 일당 사이를 뚫고 댄스 플로어 가장자리로 나왔다. 링컨이 댄스를 청했지만 거절했다. 머리가 지끈지끈 쑤셔서 집에 가고 싶었다. 하지만 먼저 스티브에게 간다는 말은 해야 할 듯싶었다. 그는 이번에는 클레오파트라를 데리고 위노나 저드의 'No One Else On Earth(세상 그 누구도)'에 맞춰 허공 기타를 치고 있었다.

눈을 질끈 감고 딜레이니는 스티브에게서 고개를 돌렸다. 그는 이따금 정말 못 말리게 창피했다. 50년대 터프가이와 푸들 스커트 차림 여자친구로 분장한 낯익은 커플에게서 눈길이 멈추었다. 춤추는 커플들 가장자리에서 딜레이니는 루이가 리사를 자기 등뒤로 그리고 다시 앞으로 돌리는 모습을 지켜보았다. 그는 그녀를 가슴팍으로 끌어당기고 그녀의 포니테일 머리가 땅에 닿을 정도까지 뒤로 눕혔다. 딜레이니는 미소짓고 리사와 루이 제일 가까이에 있는 커플로 눈길을 옮겼다. 조카딸을 팽이처럼 돌리고 있는 키 큰 남자를 잘못 알아볼 여지는 전혀 없었다. 딜레이니가 볼 수 있는 한 닉의 할로윈 분장이라곤 바스크족 베레모뿐이었다. 그는 청바지와 황갈색 면 셔츠 차림이었다. 가장 의상 없이도 검은 베레모가 이마로 슬쩍 내려온 그는 투스텝을 추는 해적처럼 보였다.

고향을 떠났던 이래 처음으로 딜레이니는 다시 가족의 일원이 되기를 진정으로 갈망했다. 자신의 가족 같은 겉치레 말고 진짜 가족. 웃고 춤추며 서로를 조건 없이 사랑하는 가족.

몸을 돌린 딜레이니는 엘비스와 부딪혔다.

"미안해요."

고개를 들자 가짜 구레나룻을 단 토미 마컴의 얼굴이 있었다.

토미는 그녀에게서 옆의 여자에게로 눈길을 돌렸다. 헬렌은 여전히 레이디 고디바 차림이었으며 여전히 왕관을 머리에 얹은 채였다.

"안녕, 딜레이니."

내가 너보다 위라는 듯한 심술궂은 미소를 얼굴에 띄우며 헬렌이 인사했다. 그녀가 1학년 때부터 딜레이니에게 지어 보이던 밉살스런 미소.

딜레이니는 마음에도 없는 예의를 차리기엔 너무나 피곤했다. 헬렌의 멍청한 미소에 자극받아 머리가 지끈거렸다.

"내 퍼레이드 작품 어땠어?"

헬렌의 미소가 사라졌다.

"처절하더라, 하지만 뻔하지."

"네 듬성듬성 털 빠진 가발과 싸구려 왕관만큼 처절하진 않아."

앞으로 나아가 헬렌에게 얼굴을 들이미는데 음악이 그쳤다.

"그리고 또 협박장을 남겼다간 네 콧구멍 속에 쑤셔박아 줄 테야."

헬렌의 눈썹이 처지더니 눈을 깜박거렸다.

"너 미쳤구나. 난 너한테 협박장 따위 보낸 적 없어."

"한 번도 아니야."

딜레이니는 상대를 단 일 초도 믿지 않았다.

"두 번이었다고."

"헬렌이 그랬을 것 같진……."

"닥쳐, 토미."

딜레이니는 옛 숙적에게서 눈도 떼지 않은 채 말을 잘랐다.

"네 같잖은 편지는 겁 하나도 안 나, 헬렌. 짜증이 날 뿐이지."

그리곤 마지막 경고를 날렸다.

"내 살롱 근처에 얼씬대지 마."

딜레이니는 몸을 돌려 인파 사이를 이리저리 빠져나갔다. 머리가 지끈거렸다. 만약 헬렌이 아니라면? 그럴 리가 없어. 헬렌은 나를 미워하는걸.

문까지 갔을 때 스티브가 그녀를 따라잡았다.

"어딜 가요?"

그녀의 보폭에 장단을 맞추며 그가 물었다.

"집에. 머리가 아파."

"조금 더 있다 가면 안 돼요?"

"안 되겠어."

그들은 주차장으로 나가 딜레이니의 차 옆에 멈춰 섰다.

"아직 같이 춤도 안 췄는데."

지금 이 순간 바지 앞자락에다 기타 치는 시늉을 해대는 남자와의 춤은 생각만으로도 괴로웠다.

"춤추고 싶지 않아. 피곤해서. 집에 가서 잘래."

"같이 있어 줘요?"

딜레이니는 그의 사랑스런 서퍼 보이 얼굴을 들여다보고 소리 죽여 킥킥거렸다.

"시도는 좋았어."

그는 키스하려 몸을 숙였지만 그녀가 가슴에 손을 대 저지했다.

"알았어요."

그가 웃음을 터뜨렸다.

"다음 번에."

"안녕, 스티브."

집으로 가는 길에, 딜레이니는 밸류 라이트에 들러 킹사이즈 리즈 컵케이크와 콜라 한 병 그리고 바닐라향 버블 배스를 샀다. 뜨거운 물에 몸을 푹 담그고 나와도 열 시면 잠자리에 들 수 있으리라.

난 너한테 협박장 따위 보낸 적 없어

헬렌이 거짓말한 게 틀림없다. 물론 그 협박장을 썼다고 인정할 리 없겠지. 토미 앞에서.

만약 거짓말이 아니라면? 처음으로 진짜 공포가 거품처럼 가슴에 자리했지만 무시하려 애썼다. 딜레이니는 협박장을 쓴 사람이 옛 숙적 외의 다른 사람, 그녀가 모르는 사람일 수도 있다는 생각을 하고 싶지 않았다.

살롱 뒤 주차장에 들어서 보니 닉의 지프가 사무실 건물 뒤에 세워져 있었다. 그의 검은 형체가 긴장을 푼 익숙한 자세로 차 뒤에 기대어 있었다. 그녀가 탄 미아타의 헤드라이트가 4륜 구동에서 몸을 떼는 그의 가죽 재킷을 가로질렀다.

딜레이니는 차 엔진을 끄고 비닐 쇼핑 봉지로 손을 가져갔다.

"날 쫓아온 거야?"

그녀는 차에서 내려 문을 닫으며 물었다.

"물론."

"왜?"

계단을 향해 나아가는 그녀의 뾰족 하이힐 굽이 자갈을 흩트렸다.

"협박장 때문에."

그는 자기 앞을 지나치는 그녀에게서 비닐봉지를 가로챘다.

"어, 내가 들 수 있어."

남자가 대신 뭔가를 들어주겠다고 한 것이 참으로 오랜만임을 깨달으면서도 그녀는 항변했다. 물론 닉은 들어주겠다는 소리는 하지 않았지만.

"협박장 얘기나 해봐."

"어떻게 네가 그걸 아는데?"

그가 그녀 뒤에 너무 바짝 붙어 계단을 올라와서 그의 묵직한 발걸음을 구두 바닥으로 느낄 수 있었다.

"앤 마리가 말했어?"

"아니. 아까 헬렌과 얘기하는 걸 들었어."

딜레이니는 또 몇 명이나 들었을까 궁금했다. 재빨리 문을 따는 그녀의 얼굴 앞에 입김이 서렸다. 그래 봤자 기력 낭비일 테니 닉더러 들어오지 말라고 하는 수고는 하지 않았다.

"헬렌이 쪽지를 두어 장 써보냈어."

그녀는 부엌으로 들어가 불을 켰다.

닉이 따라 들어오며 재킷 지퍼를 내렸고 작은 공간을 그의 체구와 존재감으로 채웠다. 그는 비닐봉지를 카운터에 내려놓았다.

"뭐라고 쓰여 있는데?"

"직접 봐."

그녀는 코트 주머니에서 아까 쑤셔넣었던 종이를 꺼내 건넸다.

"다른 하나는 '내가 지켜보고 있다', 뭐 그런 내용이었어."

그녀는 그를 스쳐지나가 침실로 향하는 짧은 복도로 들어섰다.

"보안관에게 연락했어?"

"아니."

그녀는 옷장에 코트를 걸고 되돌아나왔다.

"헬렌이 쪽지를 남겼다고 증명할 수가 없어. 개 짓이라고 확신하지만 말야. 게다가 진짜로 위협적이진 않아, 단지 짜증스러울 뿐이지."

문간에서 그녀는 쪽지를 들고 살피는 그를 지켜보았다. 베레모 덕분에 닉은 이국적인 바스크족 독립 투사처럼 보였다.

"이게 어디서 났어?"

"문 앞."

"다른 하나도 아직 가지고 있……."

고개를 들어 올려다본 그의 말이 중간에서 뚝 그쳤다. 눈이 약간 커지더니 그의 눈길이 그녀를 머리서부터 하이힐 끝까지 훑었다. 그녀 평생 처음으로 닉의 말문을 막히게 했다. 창녀 옷차림이 그런 효과를 발휘한 것이다.

"무슨 일이야?"

"아무것도."

"최소한 능글거리는 소리 한마디는 할 줄 알았는데?"

딜레이니는 전신에 와닿는 그의 눈길을 느끼지 못하는 듯이 완전히 꼼짝 않고 서 있으려 애썼다. 하지만 결국 포기하고 깃털 목도리로 새틴 뷔스티에에 눌린 가슴 계곡을 가렸다.

"최소한 하나는 있지."

"그럴 줄 알았어."

닉은 그녀의 허리를 가리켰다.

"그 수갑으론 뭘 해?"

"나보다 잘 알 텐데."

"말괄량이."

엉큼한 미소로 그의 입가가 올라갔다.

"이 몸은 그 일을 하는 데 여분의 도구가 필요하지 않아."

그녀는 천장을 향해 눈을 굴렸다.

"네 성생활에 대한 세세한 얘기는 사양하겠어."

"정말로? 뭔가 괜찮은 걸 배울지도 모르잖아."

그녀는 가슴 아래 팔짱을 꼈다.

"내가 배우고 싶어할 만한 걸 네가 하나라도 알까 의심스러운걸."

그리고는 재빨리 덧붙였다.

"방금 도발한 거 아냐."

그의 나직한 웃음소리가 그들 사이의 짧은 공간을 메웠다.

"도발 맞아, 딜레이니."

그가 한 걸음 다가서자 그녀는 교통 경찰처럼 한 손을 들어올렸다.

"너랑 그러고 싶은 마음 없어, 닉. 헬렌이 보낸 쪽지를 보러 온 줄 알았는데."

"그랬지."

그는 그녀가 내민 손바닥이 가슴에 닿자 멈춰 섰다. 서늘한 가죽이 그녀의 손을 눌러왔다.

"하지만 네가 네 지퍼 말고 다른 걸 생각하기 진짜 힘들게 만들지 뭐야."

"다 큰 어른이잖아. 집중해 봐."

딜레이니는 손을 내리고 그를 지나쳐 냉장고로 걸어갔다.

"맥주 마실래?"

"좋지."

그녀는 맥주 전문점에서 산 호박 맥주를 따서 닉에게 건넸다. 그는 이

걸 갖고 도대체 뭘 하라는지 모르겠다는 듯이 자가 맥주를 쳐다보았다.

"진짜 맛있어."

그녀는 장담하고 한 모금 죽 들이켰다.

닉은 맥주를 입으로 가져가 회색 눈으로 그녀를 지켜보며 마셨다. 그는 당장 맥주를 내려놓더니 손등으로 입을 닦았다.

"예수님, 요셉, 마리아시여. 차라리 구정물을 마시겠다."

"난 좋아하는데."

그녀는 미소지으며 주욱 들이켰다.

"진짜 맥주는 없어?"

그는 병과 쪽지 둘 다 카운터에 내려놓았다.

"라스베리 에일이 있어."

닉은 마치 그녀가 거세하라고 말하기라도 한 듯 쳐다보았다.

"버드와이저는?"

"없지. 하지만 저 봉지 안에 콜라가 있어."

그녀는 비닐봉지를 향해 병을 흔들고 닉을 지나쳐 거실로 갔다.

"첫번째 쪽지는 어디서 발견했어?"

그가 뒤에서 외쳤다.

"살롱에서."

그녀는 스테레오 위의 불을 켜고 소파 옆의 테이블 램프로 향했다.

"사실 네가 나한테 알려줬지."

"언제?"

"자물쇠를 바꿔준 날 말야."

그녀는 램프 줄을 잡아당기며 어깨 너머를 돌아보았다. 닉은 거실 한가운데 서서 그녀가 밸류 라이트에서 사온 콜라를 꿀꺽꿀꺽 마시고 있었다.

"기억나?"

그는 병을 입에서 떼고 아랫입술에서 갈색 물방울을 빨아먹었다.

"하나 빠짐없이."

불현듯 그녀의 입술을 눌러오는 그의 입술과 그녀의 손 아래 따스하던 그의 피부에 대한 기억이 감각에 밀려왔다.

"난 쪽지 얘기였어."

"나도 마찬가지야."

아니, 그는 그렇지 않았다.

"왜 헬렌 짓이라고 생각해?"

딜레이니는 새틴 스커트가 가랑이까지 올라와 포르노 스타가 되지 않게 조심하면서 소파에 앉았다.

"달리 누가 있겠어?"

그는 콜라병을 커피 테이블에 놓고 재킷을 벗었다.

"네가 사라지길 원하는 사람이 또 누가 있지?"

딜레이니는 닉과 그의 가족 외에 다른 사람을 생각해 낼 수가 없었다.

"너."

닉은 재킷을 소파 팔걸이에 던지곤 그녀를 쳐다보았다.

"정말로 그렇게 생각해?"

실은 별로.

"모르지."

"내가 슬금슬금 돌아다니며 여자를 위협하리라 생각한다면 왜 날 아파트에 들어오게 했어?"

"막는다고 막아졌겠어?"

"글쎄, 하지만 내가 그 쪽지를 남기지 않았다는 건 너도 알고 있지."

그는 딜레이니 옆에 앉아 몸을 앞으로 숙여 팔꿈치를 무릎에 괴었다. 면 셔츠는 윗팔뚝까지 걷어올렸고 낡고 검은 시계줄의 손목시계를 차고 있었다.

"누군가 정말로 너한테 기분이 상해 있어. 최근 머리를 잘못 자른 적이라도?"

딜레이니의 눈이 가늘어지더니 호박 맥주를 커피 테이블에 쿵 소리를 내며 내려놓았다.

"첫째, 난 머리를 잘못 자르는 경우가 절대 없어. 그리고 둘째, 내가 자기 앞머리를 짧게 잘라놓거나 파마를 망쳤다고 내 주위를 어슬렁거리며 쪽지를 남기는 성난 사이코가 있기라도 하단 거야, 지금?"

닉은 그녀를 쳐다보며 껄껄 웃었다. 가슴속 깊이 낮게 시작되어 점점 커지면서 딜레이니의 성미를 부채질했다.

"왜 그렇게 열을 내?"

"날 모욕했잖아."

그가 난 결백하다는 듯 손을 셔츠 앞에 가져다대자 부드러운 천이 옆으로 밀려 그을린 가슴을 조금 드러냈다.

"안 그랬어."

딜레이니는 그의 재미있어하는 눈으로 시선을 들어올렸다.

"분명 그랬단 말야."

"미안."

그리곤 모욕을 덧붙여 사과의 말을 망쳤다.

"말괄량이."

그녀는 그의 팔을 주먹으로 때렸다.

"나쁜 자식."

닉은 그녀의 손목을 움켜쥐고 끌어당겼다.

"누구 너더러 끝내주게 예쁜 창녀라고 말한 사람 있어?"

그의 샌달우드 비누향과 따스한 피부 내음이 그녀의 감각을 채웠다. 그의 강인한 손가락이 찌릿찌릿 바늘에 찔린 듯한 느낌을 팔 안쪽으로 전하여 그녀는 팔을 빼려 했다. 그가 놓아주는가 했더니 깃털 목도리 양쪽을 붙잡아 그녀를 잡아당겼다. 그녀는 그와 코를 부딪혔고 그의 잿빛 눈길에 빨려드는 자신을 느꼈다. 뭔가 따끔하게 비꼬는 말을 하려 입을 열었지만 머리와 목소리가 말을 듣지 않아 입밖에 나온 것은 숨가쁜 소리였다.

"저런, 고마워, 닉. 보나마나 너와 밤을 함께하는 여자들 모두에게 그 소릴 하겠지."

"그럼 넌 나와 밤을 함께하는 여자야?"

보송보송한 핑크색 깃털 목도리 줄과 나직한 목소리로만 그녀를 붙들어놓은 닉이 그녀 입 바로 위에서 물었다.

딜레이니는 자신이 그런 말을 했거나 그런 의미로 말했다고는 생각지 않았다.

"아니. 우리가 절대 함께할 수 없다는 거 알면서."

"'절대'란 말을 함부로 쓰면 안 돼."

그가 한 손을 뷔스티에 가장자리로 미끄러뜨리자 깃털이 그녀의 빰과 목을 스쳤다.

"심장이 쿵쿵거리고 있네."

"나 혈압이 꽤 높거든."

눈꺼풀이 묵직했고 자신의 아랫입술을 건드리는 그의 혀끝을 느꼈다.

"넌 늘 거짓말 하난 진짜 못했지."

그리고는 어찌 된 영문인지 알기도 전에 딜레이니는 닉의 무릎에 앉아 있었고 달콤하게 시작되었지만 곧 딜레이니의 미약한 저항을 무너뜨린 키스로 그의 입이 그녀의 입을 덮었다. 그는 한 손을 그녀의 뒤통수에, 다른 한 손은 허벅지 바깥쪽에 올려놓고 검은 스타킹 너머로 그녀를 애무했다. 그의 매끄러운 혀가 그녀의 혀를 스치며 더 뜨겁고 더 정열적인 반응을 요구하자 그녀는 두 사람의 몸을 생생한 욕망으로 부르르 떨리게 하는 키스를 했다.

딜레이니는 그의 목에 손을 감고 머리끈을 풀었다. 베레모가 그의 머리에서 툭 떨어졌다. 그녀는 손가락으로 그의 서늘하고 매끄러운 머리칼을 빗어내렸다. 그의 손가락이 가터에서 스커트 가장자리로 올라가 그녀의 허벅지 안쪽을 달구고 깊은 곳의 굶주림을 불사르는 불의 선을 그리는 것이 느껴졌다. 그리고는 그의 손가락이 검은 레이스 밑으로 들어가 그녀의 맨살을 움켜쥐었다.

그녀는 한 손을 그의 셔츠 칼라 안으로 밀어넣어 따스하고 단단한 그의 어깨를 만졌지만 그것으론 충분치 않아 그의 셔츠가 벌어질 때까지 단추들을 잡아당겼다. 그는 단단하고 매끄러웠으며 피부는 뜨겁고 약간 촉촉했다. 그녀의 엉덩이 밑에선 굵게 일어선 남성이 그녀를 눌렀고 그녀는 그의 무릎 속으로 더욱 깊숙이 파고들었다. 그의 손가락이 그녀의 허벅지를 파고들었고 그녀는 그가 낮게 신음하는 것을 느꼈다.

그는 한 손을 그녀의 허리로 옮겼으며 강인한 손가락이 얇은 새틴 천 너머로 그녀를 꽉 움켜쥐었다.

그의 손바닥이 그녀의 가슴 위로, 목으로 미끄러져 올라오자 그녀는 목에 신음소리가 턱 걸렸다. 그의 손가락 마디가 그녀의 쇄골과 뷔스티에 가장자리를 스쳤다. 그리고는 관능적인 입이 그녀의 목에 미끄러졌고 그의 손은 타이트한 새틴 상의 안으로 파고들었다. 그가 젖가슴을 감싸 쥐자 딜레이니는 등을 휘어 단단한 젖꼭지를 그의 뜨거운 손바닥에 밀어 붙였다. 그녀의 손은 그의 어깨로 올라가 부드러운 셔츠 자락을 꽈악 움켜쥐었다.

온몸이 욱신욱신했고 그녀는 남은 한 가닥 이성에 매달려 속삭였다.

"닉, 우리 그만 해야 해."

"그럴 거야."

그는 중얼거리며 뷔스티에를 말 그대로 허리까지 끌어내리곤 고개를 숙였다. 입술을 그녀의 핑크빛 가슴 끝에 스치고는 입안으로 빨아들였다. 그의 혀는 뜨겁고 촉촉하며 인정사정없었다. 그의 커다랗고 따스한 손이 허벅지 사이로 미끄러져 들어와 그녀의 민감한 살에 손바닥을 눌렀다. 축축한 면 팬티 너머로 그의 손가락들이 더듬자 그녀는 다리를 조여 그의 손을 자신의 다리 사이에 가두었다.

딜레이니는 눈을 감았고 그의 이름이 반쯤은 신음, 반쯤은 한숨이 되어 입술에서 새어나왔다. 욕구와 열망의 소리였다. 그가 자신과 사랑을 나누길 원했다. 자신을 눌러오는 그의 벌거벗은 몸을 느끼고 싶었다. 그녀로선 자긍심 외엔 잃을 게 없었다. 근사한 오르가슴에 비하면 조그만 자긍심이 뭐가 대수랴?

그리고는 그의 입이 떨어지고 서늘한 공기가 젖가슴을 쓸었다. 그녀는 억지로 눈을 뜨고 그의 활활 타오르는 눈길을 따라 젖어 반들거리는 자신의 젖꼭지를 쳐다보았다. 그는 그녀의 허벅지에서 손을 빼내어 깃털 목도리 한쪽 끝을 집더니 느릿느릿 민감한 살 위를 쓸었다.

"날 원한다고 말해."

"보면 몰라?"

"어쨌든 말해."

그의 눈은 정욕과 결의로 가늘어져 있었다.

"말해."

깃털이 살며시 그녀의 젖가슴을 또 한 번 가로질렀다.

딜레이니는 숨을 헉 들이쉬었다.

"널 원해."

그의 눈길이 그녀의 얼굴을 훑고는 입에 가닿았다. 그녀의 입술에 부드러운 키스를 누르고 뷔스티에를 도로 끌어올려 젖무덤을 다시 덮었다.

그는 사랑을 나누려는 게 아니다. 물론 그렇겠지. 그로선 그녀보다 잃을 것이 많으니까. 그가 입을 떼어내자 그녀가 물었다.

"우리 왜 자꾸 이럴까? 난 이럴 생각이 전혀 없었는데 늘 이렇게 되고 말아."

"넌 몰라?"

"알았으면 좋겠어."

"마무리짓지 못한 일."

그녀는 깊이 숨을 들이쉬고 그에게 기댔다.

"무슨 소리야? 마무리짓지 못한 일이라니."

"엔젤 비치에서의 그날 밤. 우리가 시작했던 일을 끝내기 전에 네가 달아나 버렸지."

"달아나?"

그녀는 자신의 눈썹이 내려갔다 다시 치켜 올라가는 것을 느꼈다.

"난 선택의 여지가 없었어."

"넌 선택의 여지가 있었고 선택을 내린 거야. 헨리와 같이 가버리기로."

상황이 허락하는 한 최대한 위엄 있게 딜레이니는 그의 무릎에서 일어섰다. 그녀의 오른쪽 구두는 사라졌고 깃털 목도리는 뷔스티에 안에 처박혀 있었다.

"네가 날 이용했기 때문에 가버린 거야."

"정확히 언제 그랬는데?"

그는 일어나 우뚝 섰다.

"네가 온몸을 만져 달라고 나한테 애원할 때?"

딜레이니는 스커트 자락을 끌어내렸다.

"닥쳐."

"아니면 내 머리가 네 다리 사이에 있을 때?"

"닥치라니까, 닉."

그녀는 깃털 목도리를 홱 잡아 뺐다.

"넌 내게 모욕감을 주려 했던 것뿐이야."

"헛소리."

"넌 헨리에게 앙갚음하려 날 이용했다구."

그의 눈초리가 가늘어졌다.

"난 널 이용한 적 없어. 걱정하지 말라고, 내가 널 지켜주겠다고 말했는데 넌 내가 무슨 강간범이라도 되는 듯이 쳐다보고는 헨리와 함께 가버렸잖아."

그녀는 그를 믿지 않았다.

"널 강간범처럼 쳐다본 적 없어. 그리고 네가 한 마디라도 다정한 말을 했으면 기억할걸. 하지만 넌 안 그랬어."

"난 분명히 말했어. 다만 넌 꼰대와 함께 떠나는 쪽을 선택했지. 그리고 내 관점에서 보면 넌 내게 빚을 진 거야."

그녀는 그의 재킷을 소파 뒤에서 집어들어 그에게 내던졌다.

"난 너한테 아무것도 빚진 일 없어."

"6월 4일날 이 근방에 얼씬대지 않는 게 좋을 거야. 그랬다간 네가 십년간 진 빚을 받아낼 테니까."

그는 재킷에 팔을 찔러넣고 문으로 걸어갔다.

"그리고 빚 갚기란 진짜 불쾌한 일이거든, 말괄량이."

딜레이니는 그의 지프가 골목길을 빠져나가는 소리가 들린 후에도 한참 동안 닫힌 문을 응시했다. 그녀의 몸은 아직도 그의 손길로 타올랐고 일종의 성적인 빚을 갚는다는 생각은 그렇게 불쾌하지만은 않았다. 그녀는 몸을 돌려 닉의 베레모를 바닥에서 주워들었다. 모자를 코로 들어올렸다. 가죽과 모직 그리고 닉의 냄새가 났다.

13

"닉 삼촌, 어젯밤에 TV서 한 영화 봤어? 자기가 아기 때 납치된 걸 스무 살인가 되도록 모르고 살았던 여자애 이야기?"

닉은 컴퓨터 화면을 응시하며 호수 북쪽에 공사중인 집의 예산안을 검토했다. 기초는 땅이 얼기 전 다졌고 지붕은 눈이 내리기 전 올렸다. 거의 완공에 가까웠으나 집주인이 붙박이 가구며 설비를 몽땅 바꾸기로 결정하는 바람에 마지막 목공 작업이 예산을 훨씬 초과했다. 일이 한가한 만큼 앤 마리와 힐다는 오전에만 근무했다. 건물에는 그와 소피뿐이었다.

"닉 삼촌."

"으음, 왜?"

그는 숫자 몇을 지우고 새 비용을 입력했다.

소피는 길게 숨을 들이쉬고 한숨지었다.

"안 듣고 있잖아."

닉은 화면에서 눈을 떼어 조카딸을 쳐다봤다가 다시 일거리로 눈길을 돌렸다.

"당연히 듣고 있지, 소피."

"내가 뭐랬는데?"

그는 추가비용을 더하고 책상 끝 계산기로 손을 뻗다가 다시 조카를 쳐다보고 손을 멈칫했다. 마치 그가 작업 부츠로 감정을 짓밟기라도 한 듯한 커다란 갈색 눈이 그를 마주하고 있었다.

"안 듣고 있었어."

그는 손을 도로 끌어들였다.

"미안하다."

"뭐 물어봐도 돼?"

그저 삼촌이 일하는 걸 구경하겠다고 하교길에 사무실에 들른 것은 아니겠지.

"물론이지."

"좋아, 삼촌이 어떤 여자애를 좋아하는데 걔는 삼촌이 자길 좋아하는 걸 모르면 어떻게 할래?"

소피는 말을 멈추고 그의 머리 너머 어딘가를 쳐다보았다.

"그리고 그 여자앤 진짜 근사한 옷차림에 금발머리인 다른 누구를 좋아하고 모두에게 사랑받는 데다가 치어리더에 뭐든지 다 잘한다면?"

소피는 그에게로 눈길을 돌렸다.

"그럼 포기할 거야?"

닉은 혼란스러웠다.

"너 치어리더처럼 입고 다니는 남자애를 좋아하냐?"

"아냐! 으이구, 내가 좋아하는 남자애가 치어리더랑 데이트해. 그 여자앤 이쁘고 인기 짱에 몸매가 8학년에서 최고야. 카일은 나란 애가 있는지도 몰라. 걔가 날 의식해 줬으면 좋겠어. 그러려면 어떻게 해야 돼?"

책상 너머로 닉은 번쩍이는 교정장치를 하고 얼굴에 비해 지나치게 큰 제 어머니의 이탈리아계 눈을 한 조카딸을 쳐다보았다. 이마에는 최대한 애를 썼음에도 불구하고 화장으로 가려지지 않는 큼지막한 빨간 여드름이 나 있었다. 언젠가 소피아 알레그레자는 지나가던 사람들이 돌아볼 만한 미인이 될 테지만, 다행스럽게도 오늘은 아니었다. 어쨌든 남자애들 문제로 고민하기엔 아직 한참 어렸다.

"아무것도 할 필요 없다. 넌 예뻐, 소피."

아이는 어이없어 눈을 굴리고 의자 옆 바닥에 놓인 가방으로 손을 뻗었다.

"삼촌은 아빠보다 하나 나을 게 없어."

"형이 뭐랬는데?"

"남자애들 문제로 고민하기엔 난 아직 어리다고."

"아."

닉은 몸을 앞으로 숙여 그녀의 손을 붙잡았다.

"음, 삼촌은 절대 그런 말 안 할 거다."

그는 거짓말을 했다.

"알아. 그러니까 삼촌이랑 얘기하러 왔지. 그리고 카일만이 아냐. 날 의식하는 남자애들은 한 명도 없다구."

그녀는 가방을 무릎으로 끌어올리고 비참함에 몸을 웅크렸다.

"이젠 지긋지긋해."

닉은 조카가 이렇게 불행해하는 모습을 보고 싶지 않았다. 형 루이를 도와 소피를 키웠고 그녀는 그가 마음껏 애정과 사랑을 표현할 수 있는 유일한 여자였다. 둘은 나란히 앉아 같이 영화를 보거나 모노폴리 게임을 했으며 소피는 절대로 그의 인생에 간섭하거나 목에 너무 꽉 매달리는 법이 없었다.

"삼촌이 뭘 해줬으면 좋겠어?"

"남자애들이 여자애들의 어떤 면을 좋아하는지 말해 줘."

"열세 살짜리 남자애들?"

닉은 목을 긁고 잠시 생각에 잠겼다. 거짓말을 하고 싶진 않았지만 아이의 순진한 환상을 망치고 싶지도 않았다.

"삼촌은 여자친구들이 많으니까 알 거라 생각했어."

"여자친구가 많다고?"

닉은 녹색 네일 에나멜 병을 가방에서 꺼내는 소피를 지켜보았다.

"그렇지 않아. 누가 그런 말을 하든?"

"누가 말해 주지 않아도 알아. 게일 아줌마가 여자친구잖아."

닉은 할로윈 몇 주 전부터 게일을 만나지 않았고 할로윈이 지난 지도 벌써 일주일이 되었다.

"게일은 그냥 친구야. 그리고 우린 지난달에 헤어졌어."

사실 그의 일방적인 결별이었으며 그녀는 달가워하지 않았다.

"음, 게일 아줌마의 어떤 점이 좋았어?"

소피는 지금 손톱에 발려져 있는 군청색 위에 녹색을 덧바르며 물었다.

게일의 좋았던 점들은 열세 살짜리 조카딸에게 말할 수 있는 이야기가 아니었다.

"머리칼이 괜찮았지."

"에엥? 단지 머리가 마음에 든다고 데이트한단 말야?"

그건 좀 아닌가.

"그래."

"삼촌이 젤 좋아하는 머리색은 뭐야?"

빨강. 그의 손가락을 감는 가지각색의 빨간 머리칼.

"갈색."

"그밖에 좋아하는 건?"

핑크색 입술과 핑크색 깃털 목도리.

"멋진 미소."

소피는 그를 올려다보고 씨익 웃었다. 그녀의 입에는 금속과 짙은 분홍색 고무밴드가 한 가득이었다.

"이렇게?"

"그래."

"또?"

이번엔 진실을 대답했다.

"커다란 갈색 눈, 그리고 내게 맞설 수 있는 여자가 좋아."

그리고 비꼬기 잘하는 여자에 대한 취향이 생겼음을 깨달았다.

소피는 솔을 병 안에 넣었다가 다른 쪽 손 작업에 들어갔다.

"삼촌은 여자가 남자한테 전화해도 된다고 생각해?"

"물론이지. 안 될 게 뭐야?"

"할머닌 남자한테 전화하는 여자들은 난잡하대. 여자들이 전화를 걸어와도 할머니가 절대로 바꿔주지 않아서 삼촌이랑 아빠가 난잡한 여자들이랑 말썽이 나지 않았다는데."

어머니는 그가 아는 사람 중 유일하게 당신이 보기로 작정한 것만 보고 나머지는 전혀 눈에 들어오지 않는 능력의 소유자였다. 자라면서 닉과 루이는 둘 다 전화 없이도 제 몫의 말썽거리를 찾아냈다. 루이는 대학 졸업반 때 여자애를 임신시켰다. 그리고 바스크족 남자가 참한 가톨릭 여자애를 임신시켰다면 결과는 당연히 성 요한 성당에서의 결혼식이었다.

"네 할머니는 당신이 기억하고 싶은 것만 기억해서. 네가 남자애와 통화를 하고 싶다면 나로선 그러지 말아야 할 이유를 알 수가 없구나. 하지만 먼저 아빠한테 물어보도록 해."

닉은 소피가 덜 마른 손톱을 후후 부는 것을 지켜보았다.

"리사하고 여자들의 문제에 대해 얘기해 보지 그러냐. 일주일 후면 네 새엄마가 될 텐데."

소피는 고개를 저었다.

"차라리 삼촌한테 얘기할래."

"네가 리사를 좋아하는 줄 알았는데."

"그럭저럭. 하지만 삼촌하고 얘기하는 게 더 좋아. 게다가 날 들러리 줄 제일 끝에 박아 놨다구."

"아마 네가 제일 작아서겠지."

"그럴지도."

그녀는 잠깐 손톱을 들여다보더니 고개를 들었다.

"삼촌 손톱 칠해 줘도 돼?"

"어림없다. 저번에 네가 그래 놨을 때 깜박 지우는 걸 잊어서 주유소

직원이 날 이상하게 쳐다봤다구."

"제에에바알."

"포기해, 소피."

그녀는 얼굴을 찡그리고 조심스레 병 뚜껑을 닫았다.

"줄 *끄트머리*일 뿐만 아니라 '그 여자' 옆이란 말야."

"누구?"

"그 여자."

소피가 벽을 가리켰다.

"저쪽에."

"딜레이니?"

아이가 고개를 끄덕이자 닉이 물었다.

"그게 무슨 상관인데?"

"알잖아."

"몰라. 네가 말 좀 해봐라."

"삼촌네 아빠가 그 여자한텐 다정했으면서 삼촌한텐 못되게 굴었다고 할머니가 그랬어. 그리고 그 여자한텐 좋은 옷이랑 멋진 물건들을 줬는데 삼촌은 낡은 청바지를 입어야 했다고."

"난 낡은 청바지가 좋은걸."

닉은 연필로 손을 뻗으며 소피의 얼굴을 살폈다. 아이의 입은 그의 어머니가 딜레이니 얘기를 할 때마다 그렇듯 입끝이 굳어져 있었다. 헨리는 분명 베니타에게 가슴 아려할 이유를 주었지만, 닉은 소피가 거기에 영향받는 것이 싫었다.

"나와 아버지 사이에 무슨 일이 있었든, 딜레이니와는 상관이 없어."

"삼촌은 그 여자를 미워하지 않아?"

딜레이니에 대한 미움은 결코 그의 고민거리가 아니었다.

"그래, 미워하지 않아."

"아."

소피는 네일 에나멜 병을 가방에 쑤셔넣고 의자 등에 걸린 코트로 손을 가져갔다.

"월말에 나 치과 교정 예약 있는데 데려다 줄래?"

닉은 일어나서 그녀가 코트 입는 것을 도왔다. 소피의 치과는 가는 데만 거의 두 시간 거리였다.

"네 아빠더러 데려다 달라고 하지?"

"아빠 신혼여행중일 때야."

"아, 그렇구나. 그럼 내가 데려다 줄게."

문까지 바래다주러 걸어가는 동안 소피는 그의 허리에 한 팔을 둘렀다.

"삼촌은 정말 결혼 안 할 거야?"

"그래."

"할머닌 삼촌이 그저 참한 가톨릭 아가씨만 찾으면 된댔어. 그럼 삼촌은 행복해질 거라고."

"난 지금도 행복한걸."

"할머닌 삼촌이 바스크족 여자와 사랑에 빠져야 한댔어."

"할머니와 너무 오랜 시간을 내 얘기로 보낸 모양이구나."

"어, 난 삼촌이 절대 결혼하지 않는대서 기뻐."

그는 아이의 매끄러운 검은머리를 한 움큼 잡아당겼다.

"왜?"

"나 혼자 삼촌을 독차지하는 게 좋으니까."

닉은 사무실 앞 보도에 서서 조카딸이 거리를 걸어가는 모습을 지켜보았다. 소피는 제 할머니와 너무 많은 시간을 보내고 있다. 어머니가 아이를 암흑의 편으로 꼬드겨, 소피도 덩달아 참한 '바스크족' 여자와 결혼하라고 그를 볶아대기 시작하는 건 시간 문제였다.

그는 청바지 앞주머니에 손가락을 쑤셔넣었다. 루이는 결혼하는 타입이다. 닉은 아니었다. 루이의 첫 결혼은 6년을 가지 못했지만 형은 결혼생활을 좋아했다. 여자와 함께 사는 안락함을 좋아했다. 루이는 늘 자신이 재혼하리라는 것을 알고 있었다. 자신이 사랑에 빠질 것을 알고 있었으나 연분을 찾는 데 이혼 후 거의 8년이 걸렸다. 닉은 형이 리사와 함께 행복하리라는 것을 의심치 않았다.

딜레이니의 살롱 문이 활짝 열리고 붕 띄운 은빛 머리 할머니가 느릿느릿 나왔다. 할머니는 지나치면서 마치 네놈이 아무짝에도 쓸모 없다는 걸 안다는 듯이 그를 응시했다. 그는 숨죽여 웃고는 창문으로 눈길을 들었다. 유리창을 통해 그는 딜레이니가 바닥을 쓴 다음 쓰레받기를 들고 뒤로 향하는 것을 지켜보았다. 그녀의 똑바로 편 어깨와 등을, 둥그런 곡선에 달라붙은 스웨터 스커트 아래 엉덩이의 흔들림을 지켜보았다. 묵직한 갈망이 사타구니에 자리잡았고 그는 완벽한 하얀 가슴과 핑크색 깃털을 떠올렸다. 그녀의 커다란 갈색 눈, 긴 속눈썹, 눈꺼풀을 무겁게 내리뜨게 하는 욕망, 그의 키스로 촉촉하게 부푼 입을 떠올렸다.

널 원해. 그녀는 그렇게 말했다. 아니, 그녀가 자신을 원하길 비는 상사병에 걸린 멍청이처럼 그는 그녀가 그렇게 말하도록 시켰다. 평생 단 한 번도 여자에게 그를 원한다고 말하라고 요구한 적 없었다. 그 말이 여자의 부드러운 핑크색 입술에서 흘러나오든 말든 상관없었다. 지금은 확실히 상관 있었다.

이젠 추측 수준이 아니었다. 헨리는 다 알고 그 유언장을 쓴 것이다. 닉에게 절대 가질 수 없는 무언가를, 손이 닿지 않는 무언가를 갈망하는 바로 그 기분을 되새기게 만들었다. 만질 수는 있어도 정말로 소유할 수 없는 무언가를.

깃털 같은 눈송이 몇이 닉의 얼굴 앞에 흩날렸고 그는 사무실로 돌아가 의자 등에서 재킷을 집어들었다. 어떤 남자들은 정욕을 사랑으로 착각하는 실수를 한다. 닉은 아니었다. 그는 딜레이니를 사랑하지 않았다. 그녀에 대한 그의 감정은 사랑보다 더욱 지독한 것이었다. 속을 쥐어짜는 정욕, 그게 그를 온통 뒤집어놓았다. 거의 늘상 자신을 미워하는 여자한테 잔뜩 흥분해서 영락없는 개자식처럼 굴며 돌아다니고 있었다.

딜레이니는 토마토를 접시 한 켠으로 치우고 꽃상추와 닭고기 조각을 찍었다.

"사업은 어떠니?"

그웬의 질문은 즉각 딜레이니의 의심을 불러일으켰다. 어머닌 절대로 살롱에 대해 묻지 않는다.

"그럭저럭 괜찮아요."

딜레이니는 테이블 너머를 쳐다보며 양상추를 입에 넣었다. 어머니가 뭔가를 꾸미고 있다. 소리를 지르면 구경거리가 될 수밖에 없는 레스토랑에서 점심 식사를 하자고 할 때 그러마고 응하지 말았어야 했는데.

"왜요?"

"늘 헬렌이 크리스마스 패션쇼 헤어를 맡아 왔지만, 올해는 준비회의 다른 회원들을 설득해서 네가 헤어를 맡도록 했어."

그웬은 페투치니(칼국수처럼 면발이 넓적한 파스타)를 여기저기 찔러보다가 포크를 내려놓았다.

"유명세가 따르면 너한테 좋을 듯해서."

그보단 그녀를 무슨 바보 같은 위원회에 봉사하게 하려는 어머니의 수단일 가능성이 더 컸다.

"그냥 헤어만요? 그것뿐이에요?"

그웬은 레몬을 넣은 홍차로 손을 가져갔다.

"음, 너도 쇼에 나올 수 있을 거라 생각했다."

그거군. 진짜 이유. 패션쇼 헤어 담당은 미끼다. 그웬이 정말로 원하는 것은 무슨 쌍둥이라도 되는 양 모녀간에 금사 옷을 차려입고 행진하는 것이다. 패션쇼에는 두 가지 규칙이 있었는데, 드레스나 의상은 손으로 만들어야만 하고 시즌을 반영해야만 했다.

"엄마랑 나랑 같이요?"

"물론 나도 참석하지."

"똑같이 차려입고?"

"비슷하게."

어림도 없지. 딜레이니는 루돌프로 분장해야만 했던 해를 똑똑히 기억하고 있었다. 열여섯 살만 아니었더라면 그렇게까지 질색하진 않았으리라.

"쇼 참가와 헤어 둘 다 할 수는 없어요."

"헬렌은 했어."

"난 헬렌이 아니에요."

그녀는 빵으로 손을 뻗었다.

"헤어는 맡을게요. 하지만 내 살롱 이름이 프로그램에 인쇄되고 쇼 시작할 때와 끝날 때 발표되게 해줘요."

그웬은 내켜하는 기색이 아니었다.

"준비위원회에다 너한테 연락하라고 할게."

"좋아요. 쇼는 언제죠?"

"겨울 축제 때야. 언제나 셋째 토요일, 얼음 조각 대회 며칠 전이지."

그웬은 잔을 받침접시에 내려놓고 한숨지었다.

"헨리가 시장일 적에 우리가 그의 옆을 걸어가며 판정을 도왔던 거 기억나니?"

물론 기억했다. 12월이면 트룰리의 상점 주인들은 락스퍼 공원에 커다란 눈 조각을 만들어 반경 몇 백 마일의 여행객들을 끌어모았다. 딜레이니는 꽁꽁 언 뺨과 코, 커다랗고 포근한 코트와 털 달린 모자 차림으로 헨리와 어머니 옆을 걸어가던 자신을 기억했다. 얼음과 겨울의 차가운 내음과 손을 데워주는 핫초콜릿의 느낌을 기억했다.

"헨리가 네가 우승자를 정하도록 해줬던 해 기억나?"

아마 열두 살 때로, 그녀는 정육점에서 내놓은 5미터짜리 양고기 덩어리를 택했었다. 딜레이니는 샐러드를 또 푹 찔렀다. 양고기 덩어리 일은 잊고 있었다.

"크리스마스에 대해 할 얘기가 있단다."

딜레이니는 어머니 집에서 진짜 트리와 반짝이는 선물, 에그노그*, 벽난로 불에 구운 군밤을 갖춘 크리스마스를 보내게 되리라 짐작했다.

"맥스와 난 겨울 축제 개막 다음날인 20일에 카리브해 크루즈 여행을

---

* 달걀, 우유, 설탕을 섞은 것에 브랜디나 럼 등을 첨가한 음료.

떠날 거야."

"뭐라고요?"

딜레이니는 조심스레 포크를 접시에 내려놓았다.

"두 분이 그렇게 심각한 사이인 줄 몰랐어요."

"맥스와 난 가까워지고 있는 중이야. 우리가 서로에 대해 얼마나 강한 감정을 갖고 있는지 알아보기 위해 따뜻한 데로 휴가를 가자고 그가 제의했어."

어머니는 홀몸이 된 지 육 개월쨌는데 벌써 진지하게 사귀는 남자친구가 생겼다. 딜레이니는 자신이 진지한 데이트를 마지막으로 한 게 언제인지조차 기억나지 않았다. 불현듯 정말 처량맞은 기분이었다. 고양이를 벗삼아 사는 다 늙은 노처녀가 된 듯한.

"내가 돌아온 다음에 둘이 함께 크리스마스를 축하하면 되겠지."

"알았어요."

선택의 여지가 없어질 때까지 딜레이니는 자신이 얼마나 집에서의 크리스마스를 즐겨 왔는지 깨닫지 못했었다. 뭐, 혼자 명절을 보내는 게 처음도 아니고.

"그리고 이제 눈이 오기 시작했으니, 네 소형차는 우리 차고에 넣고 헨리의 캐딜락을 몰렴."

딜레이니는 조건이 나오길 기다렸다. 주말 밤을 와서 지내라든가, 무슨 지역 회의에 참석하라든가, 얌전한 구두를 신으라든가 하는. 어머니가 자세히 설명 않고 포크로 손을 뻗자 딜레이니는 물었다.

"무슨 함정이죠?"

"왜 그렇게 늘 의심스러워하니? 엄만 그저 네가 겨울 동안 안전하길 바라는 거야."

"오."

몇 년민에 눈길 운전을 해본 딜레이니는 그게 자전거 타기와는 틀리다는 걸 알게 되었다. 방법을 잊어버린 것이다. 그녀의 조그만 미아타보다 헨리의 커다란 은색 차가 정지 신호에서 슬슬 멈추기 쉬우리라.

"고마워요. 내일 가지러 갈게요."

점심식사 후, 딜레이니는 오후엔 가게를 닫고 머리 땋기에 대한 책 몇 권을 건네주고 자기가 입을 들러리 드레스를 가지러 리사네로 갔다. 붉은 벨벳 드레스는 와인색으로 보였지만 빛의 각도를 달리하면 진한 적포도주색으로 바뀌었다. 옷은 아름다웠고 딜레이니의 머리색만 아니라면 잘 어울렸을 테지만, 한 사람에게 너무 많은 색색의 빨강이 몰리자 꼭 피카소 작품처럼 보였다. 그녀는 배를 쓸어내려 서늘한 옷감을 가다듬었다.

"네 머리 생각을 못했네."

리사는 뒤로 물러나 침실 거울로 딜레이니를 살피며 인정했다.

"커다란 밀짚모자 같은 걸 쓰면 어떻겠니."

"어림 반푼 어치도 없어."

딜레이니는 고개를 한쪽으로 기우뚱하고 자신의 모습을 뜯어보았다.

"언제라도 내 원래 머리색으로 되돌리면 되니까."

"네 원래 머리색이 뭐였지?"

"나도 이젠 잘 모르겠어. 머리 뿌리를 새로 염색할 때 보니까 따뜻한 금발이더라."

"머릿결을 망치지 않고 색을 도로 바꿀 수 있어?"

딜레이니는 골반에 손을 얹고 몸을 돌려 친구를 마주했다.

"도대체 이 마을 사람들은 왜 이래? 물론 머릿결 안 망치고 색을 뺄 수 있고말고. 난 몇 년째 이 일을 했단 말이야."

말하는 동안 그녀의 목소리 볼륨이 높아졌다.

"난 헬렌이 아냐. 머리를 잘못 자르지 않는다구!"

"얘, 그냥 물어본 거야."

"그래, 너하고 다들 그러지."

그녀는 드레스 뒷지퍼를 내리고 옷에서 빠져나왔다.

"또 누가?"

자신의 소파에 앉아 있던 닉의 모습이 뇌리에 확 떠올랐다. 그의 뜨거운 입, 허벅지를 누르는 그의 손가락. 그를 원하게끔 만든, 그를 원한다고 말하게끔 만든, 그러고 나서 혼자 밤새도록 그의 꿈을 꾸도록 두고 떠난 닉을 미워할 수만 있다면. 하지만 그를 미워할 수는 없었고, 그때 일로 너무나 혼란스러워 마음을 정리할 때까지 누구한테도 이야기하고 싶지 않았다. 리사에게조차. 그녀는 리사의 침대를 덮은 플래드 퀼트 위에 드레스를 내려놓고 청바지를 입었다.

"신경쓰지 마. 별일 아냐."

"뭐야? 너희 어머니가 아직도 네가 스타일리스트가 된 걸 갖고 괴롭히시니?"

"아냐, 사실은 크리스마스 패션쇼 헤어를 맡아 달라고 하셨어."

딜레이니는 바지 단추에서 눈을 들어 올려다보았다.

"어렸을 적에 했던 모녀 패션쇼를 하도록 날 꼬실 수 있을 줄 아서."

리사는 깔깔 웃었다.

"커다란 장식띠에 뒤에는 리본이 달린 금사 드레스 기억해?"

"내가 어떻게 잊겠니."

딜레이니는 앙고라 스웨터를 뒤집어쓰고 침대에 걸터앉아 닥터 마틴 부츠에 발을 쑤셔넣었다.

"그리고 엄마가 맥스 해리슨이랑 같이 카리브해 크루즈 여행을 가신대."

"너희 어머니랑 맥스가?"

리사가 딜레이니 옆에 앉았다.

"기분 묘하다. 헨리 말고 다른 사람과 있는 너희 어머니는 상상이 안 가."

"난 맥스는 괜찮을 거 같아."

그녀는 한쪽 부츠 끈을 묶고 다른 쪽을 묶었다.

"어쨌든 십 년만에 처음으로 크리스마스 때 집에 있게 되었는데 엄만 여행을 가버리다니."

"우리 집에 오면 되잖아. 난 루이와 소피랑 살고 있을 테니 함께 크리스마스를 보내자."

딜레이니는 일어서서 드레스를 집어들었다.

"알레그레자 가족과 빵을 나눠먹는 내 모습이 익히 상상이 가는구나."

"어차피 결혼 피로연 때 우리와 함께 '빵을 나눠먹게' 될 텐데."

깨달음이 뱃속에 천천히 자리했고 딜레이니는 드레스를 옷걸이에 걸었다.

"뷔페 맞지?"

"아냐. 레이크 쇼어 호텔에서 하는 정식 만찬이야."

"피로연은 결혼식 리허설 다음인 줄 알았는데."

"아니, 그때가 뷔페지."

"피로연에 사람들이 얼마나 와?"

"75명."

딜레이니는 긴장을 풀었다. 그렇게 많은 손님들이 있으니 루이네 식구 중 몇몇 특정인을 피하긴 꽤 쉽겠지.

"뭐, 베니타 옆에는 앉히지 말아 줘. 아마 버터 나이프로 날 푹 찌를걸."

그리고 닉은? 그는 몹시도 예측불가능해서 그가 무엇을 할지 맞출 수 없었다.

"그렇게 나쁜 분 아냐."

"너한테야 그렇겠지."

딜레이니는 코트를 챙겨들고 밖으로 향했다.

"크리스마스 얘기 생각해 봐."

리사가 뒤에서 외쳤다.

"알았어."

그녀는 차를 몰아 떠나기 직전 약속은 했지만, 닉과 식탁에 마주 앉을 생각은 털끝만큼도 없었다. 무슨 악몽이람. 그의 눈과 입과 손에 눈길을 주지 않으며 내내 그에게 넘어가지 않으려 기를 써야 하리라.

'6월 4일날 이 근방에 얼씬대지 않는 게 좋을 거야. 그랬다간 네가 십 년간 진 빚을 받아낼 테니까.'

그녀는 그에게 빚진 게 없다. 그는 헨리에게 앙갚음하려 그녀를 이용했고 둘 다 그 사실을 아는 바였다.

'정확히 언제 그랬는데? 네가 온몸을 만져 달라고 나한테 애원할 때?'

그에게 애원한 적 없다. 부탁이라면 모를까. 그리고 그녀는 어리고 순진했다.

딜레이니는 자신의 소형차를 닉의 지프 옆에 세우고 계단을 후닥닥 올라갔다. 그를 만날 마음의 준비가 되어 있지 않았다. 자신의 젖가슴을 문그의 입과 허벅지 사이를 더듬던 손을 생각할 때마다 뺨이 화끈 달아올랐다. 하마터면 소파 위에서 닉과 섹스를 할 뻔했다. 그는 그녀를 쳐다보고 진공청소기처럼 빨아들기만 하면 되었으리라. 그가 만지기만 하면 그녀는 진공청소기처럼 그를 빨아들이고 싶었다. 닉에겐 그녀로 하여금 그가 누구인지 잊어버리게 하는 재주가 있었다. 자신이 누구인지를, 그리고 둘 사이의 과거를.

'걱정하지 말라고, 내가 널 지켜주겠다고 말했는데 넌 내가 무슨 강간범이라도 되는 듯이 쳐다보고는 헨리와 함께 가버렸잖아.'

그날 밤과 마찬가지로 딜레이니는 그의 말을 믿지 않았다. 거짓말이 틀림없어. 하지만 왜 거짓말을? 그녀의 옷을 벗기기 위해 달콤한 말로 꼬드기는 중도 아니었는데. 그 시점쯤엔 그녀는 부끄러움은 몽땅 내던진 터였다.

그녀는 소파에 드레스를 놓고 커피 테이블에 놓인 닉의 베레모를 집어들었다. 손가락 끝으로 가죽 밴드와 보드라운 모직을 어루만졌다. 이젠 상관없다. 아무것도 바뀌지 않았다. 엔젤 비치에서의 그날 밤은 옛 과거고 지나간 일로 두는 것이 최선이다. 헨리의 유언이 없었다 해도 그들에게는 미래가 없었다. 그는 무정한 바람둥이고 그녀는 사정이 허락하자마자 떠날 테니까.

베레모를 한 손에 들고 딜레이니는 뒷문을 지나 주차장으로 나갔다. 닉의 지프는 여전히 그곳에 있었고 그녀는 조수석 문을 열었다. 마치 그녀가 아파트로 돌아오기 직전 그가 도착한 듯, 베이지색 가죽은 아직 따스했다. 키가 꽂혀 있었고 바스크 십자가가 룸미러에 매달려 있었다. 커다란 연장 상자, 연결용 전선, 나무 퍼티 세 통이 뒤에 던져져 있었다. 아무래도 닉은 트룰리에 너무 오래 산 모양이었지만, 하기야 그녀가 도둑이라면 알레그레자 식구에게서 뭔가를 훔치기 전에 한 번 더 생각하리라. 그녀는 베레모를 가죽 시트에 놓고 몸을 돌려 서둘러 아파트로 돌아갔다. 그가 자기 집 계단을 올라올 이유를 남겨두고 싶지 않았다. 닉에 한해선 그녀는 전혀 의지력이 없었으며 가능한 한 그를 피하는 게 상책이었다.

딜레이니는 소파에 앉아 자신은 아래층의 소리에 귀를 기울이고 있지 않다고 스스로를 속이려 했다. 열쇠 짤랑거리는 소리와 묵직한 부츠 아래 달각거리는 자갈 소리를 들으려 귀를 기울이는 게 아니다. 귀를 기울이진 않았지만 그의 사무실 문이 열리고 닫히는 소리, 그의 열쇠와 부츠 소리를 들었다. 그가 베레모를 발견했을 때는 침묵밖에 들리지 않았고 그녀는 멈춰 서서 그녀의 아파트 계단을 올려다보는 그의 모습을 상상했다. 침묵이 이어졌다. 마침내 지프의 엔진이 부르릉거렸고 차가 아래 주차장에서 빠져나갔다.

딜레이니는 천천히 숨을 내쉬고 눈을 감았다. 이제 리사의 결혼식만 치러내면 된다. 75명의 손님이 있으니 어렵지 않게 닉을 무시할 수 있겠지. 힘들어 봤자 얼마나 힘들겠어?

14

악몽이었다. 다만 이번엔 딜레이니가 깨어 있다는 것만 다를 뿐. 시작은 근사하다 할 만했다. 결혼식은 매끄럽게 진행되었다. 리사는 아름다워 보였고 예식 후 사진 촬영도 오래 걸리지 않았다. 딜레이니는 헨리의 캐딜락을 교회에 두고 보이시에서 헤어 살롱을 하고 있는 리사의 사촌 알리와 함께 동승하여 레이크 쇼어 호텔로 향했다. 참으로 오래간만에 다른 프로와 헤어 트렌드에 대해 수다떨 수 있었지만, 뭐니뭐니해도 가장 중요한 점은 닉을 피할 수 있었다는 것이다.

지금까지는 그랬다. 결혼 피로연에 대해선 물론 알고 있었지만 ㄷ 자모양으로 테이블을 놓아 모두들 서로를 볼 수 있는 배치인 줄은 몰랐다. 그리고 자리 배정에 대해 알았더라면 진작에 네임 카드를 바꿔쳐서 지금 진행되고 있는 악몽을 피했을 터였다.

테이블 아래에서 뭔가가 딜레이니의 발 옆을 스쳤고 그게 밝힘증 생쥐가 아니라는 데 내기를 걸어도 좋았다. 그녀는 양발을 의자 밑에 집어넣고 남은 안심 스테이크, 밥, 아스파라거스를 내려다보았다. 어찌된 영문인지 그녀는 신랑 측에, 그녀를 좋아하지 않는 기색이 역력한 나르키사호마이키아와 도무지 그녀가 더 이상 무시할 수 없게 구는 남자 사이에 앉게 되었다. 닉이 존재하지도 않는 듯 행동하려 들면 들수록, 그는 더더욱 그녀의 약을 올리는 걸 재미있어했다. '실수로' 그녀의 팔에 부딪혀 밥이 포크에서 떨어지게 하는 식으로.

"수갑 가져왔어?"

그가 레드 와인 병을 향해 손을 뻗으며 그녀의 왼쪽 귀에 대고 물었다. 그의 턱시도 깃이 그녀의 맨팔을 스쳤다.

에로틱한 영화의 연속장면처럼 그의 뜨거운 입이 자신의 벌거벗은 젖가슴을 덮은 영상이 머릿속에서 돌아갔다. 수줍어하는 처녀처럼 얼굴을 붉히지 않고선 그를 쳐다볼 수조차 없었지만, 쳐다보지 않아도 그가 와인을 입술로 들어올린 것을, 엄지로 유리잔 손잡이를 만지작거리는 것을, 검은 나비넥타이를 주머니에 쑤셔넣고 목께의 까만 단추를 푼 것을 알 수 있었다. 쳐다보지 않아도 그가 플란넬 셔츠와 청바지를 입었을 때와 마찬가지의 편안한 태도로 주름 면 셔츠와 턱시도 재킷을 입고 있다는 걸 알 수 있었다.

"저기."

나르키사가 어깨를 건드려서 딜레이니는 완벽하게 돔형으로 띄운 검은머리에 옆으로 흰 줄이 두 개 나 있는 여자에게로 주의를 돌렸다. 눈썹은 아래로 처졌고 갈색 눈은 두꺼운 팔각형 안경 너머로 확대되어 프랑켄슈타인의 근시안 신부처럼 보였다.

"버터 좀 집어주겠어?"

그녀는 닉의 나이프 옆에 있는 작은 그릇을 가리키며 부탁했다.

딜레이니는 닉과 그 어디도 닿지 않게 조심조심하며 버터를 향해 손을 뻗었다. 숨을 죽이고 그가 무언가 무례하거나 노골적인, 아니면 사회적으로 용인되지 않은 말을 하길 기다렸다. 그는 한 마디도 뻥긋하지 않았고 그녀는 즉각 수상쩍어하며 저게 다음엔 무슨 수작을 부릴 속셈인가 했다.

"참 아름다운 결혼식이었지, 안 그래?"

나르키사가 테이블 저 아래쪽의 누군가에게 물었다. 딜레이니에게서 그릇을 받아들고는 완전히 무시해버렸다.

베니타의 여동생에게서 따스한 환대를 진정으로 기대한 것은 아니었기에 딜레이니는 양가 부모와 조부모들에게 둘러싸여 있는 신랑 신부에게로 눈길을 돌렸다. 아까 리사의 갈색머리를 땋아 왕관처럼 올려주었다. 꽃을 몇 송이 꽂아 넣고 망사를 휘감았다. 어깨를 드러낸 흰 드레스의 리사는 근사해 보였고 검은 연미복 차림의 루이는 멋졌다. 신랑 신부 근처에 앉은 사람들은 전부 행복해 보였으며 심지어 베니타 알레그레자도 미소지었다. 베니타가 미소짓는 것 본 기억이 없던 딜레이니는 눈을 부라리지 않는 그녀가 얼마나 젊어 보이는지 놀랐다. 소피는 머리를 단순한 포니테일로 묶고 제 아버지 옆에 앉아 있었다. 딜레이니는 저 숱 많은 검은머리에 손과 가위를 대고 싶어 근질거렸지만 소피는 할머니가 해주신다고 우겼다.

"넌 언제 결혼할 거냐, 닉?"

테이블 저쪽에서 우렁찬 목소리의 질문이 터져나왔다.

닉의 나직한 웃음소리가 실내의 다른 소리와 섞였다.

"전 아직 어려요, 삼촌."

"네 말은 아직 철이 덜 들었단 소리겠지."

딜레이니는 몇 피트 떨어진 테이블 저쪽을 쳐다보았다. 오랫동안 닉의 외삼촌을 보지 못했었다. 호슈는 황소처럼 다부진 체격에다 부분적으론 이제껏 마셔 온 와인의 양 탓에 불그레한 뺨을 하고 있었다.

"넌 아직 제 짝을 찾지 못한 게야. 하지만 참한 바스크 아가씨를 얻게 될 거다."

나르키사가 장담했다.

"바스크 여자는 사절이에요, 이모. 너무 고집이 세서."

"고집 센 사람을 만나야 해. 넌 지나치게 잘생겨서, 너한테 안 된다고 말할 수 있는 여자를 만나야 한다구. 네가 뭐라든 언제든 네네 소리만 하지 않는 여자를. 착한 여자를 만나야지."

시야 한구석으로 딜레이니는 리넨 테이블보를 쓰다듬는 닉의 길고 뭉툭한 손가락을 지켜보았다. 대답하는 그의 목소리는 매끄럽고 관능적이었다.

"착한 여자들도 결국엔 좋다고 하죠."

"고약한 녀석. 언니가 널 너무 오냐오냐 키워서 난봉꾼이 되어버렸어. 네 사촌 스킵도 늘 여자 치맛자락을 쫓아다니니 아무래도 집안 내력인 듯싶다."

그녀는 말을 멈추고 후유 한숨을 내쉬었다.

"그래, 아가씬 어떻지?"

나르키사가 다른 누군가에게 말한다고 믿는 건 지나친 희망이겠지. 딜레이니는 닉의 이모의 안경 너머 확대된 눈을 응시했다.

"저요?"

"결혼했어?"

딜레이니는 고개를 저었다.

"왜?"

그녀는 묻고는 대답이 어딘가 쓰여 있기라도 한 듯이 딜레이니를 아래위로 훑어보았다.

"그만하면 충분히 반반하구만."

그 질문에 질리기도 했을 뿐만 아니라, 싱글이니 뭔가 흠이 있는 게 분명하다는 식으로 취급받는 데 정말이지 진력이 났다. 딜레이니는 나르키사 쪽으로 몸을 숙이고 들릴락 말락 속삭였다.

"한 남자는 저를 만족시키지 못하거든요. 여러 명이 있어야 해요."

"농담이지?"

딜레이니는 웃음을 간신히 삼켰다.

"아무에게도 말하진 마세요. 저도 기준이라는 게 있으니까."

나르키사는 눈을 두 번 깜박였다.

"뭐?"

그녀는 입을 나르키사의 귀로 더 바싹 가져다댔다.

"음, 한 가지를 들자면 치아는 다 갖춘 사람이어야 하죠."

나이 든 여인은 딜레이니를 제대로 보려 몸을 뒤로 젖혔고, 입이 떡 벌어졌다.

"하느님 맙소사."

딜레이니는 미소짓고 잔을 입으로 들어올렸다. 나르키사를 겁주었으니 결혼 화제에서 한동안 벗어날 수 있기를.

닉이 팔꿈치로 그녀의 팔을 쿡 찌르는 바람에 와인이 쏟아졌다.

"할로윈 이후로 편지 더 왔어?"

그녀는 잔을 내려놓고 입가에서 와인을 닦아냈다. 최대한 그를 무시하려 노력 또 노력하며 고개를 저었다.

"번갯불로 머리 가르마 냈냐?"

주위 사람들 전부 들을 수 있을 만큼 큰 소리로 닉이 물었다.

결혼식 전, 그녀는 지그재그로 머리를 갈라 귀 뒤로 넘기고 정수리를 멋지게 부풀렸다. 금발로 되돌린 자신이 60년대 고고춤 댄서처럼 보인다고 생각했다. 딜레이니는 그의 면 셔츠 앞주름으로, 볕에 그을린 드러난 목덜미로 눈길을 들어올렸다. 그의 눈에 빠져들 생각은 추호도 없었다.

"난 마음에 들어."

"다시 염색을 했군."

"도로 되돌린 거야."

참지 못하고 그의 턱을 지나 입으로 눈길을 들어올렸다.

"난 원래 금발이라구."

그의 관능적인 입가가 위쪽으로 곡선을 그렸다.

"알아, 말괄량이."

그리고는 스푼을 집어 유리잔을 쨍강쨍강 쳤다. 실내가 조용해지자 닉은 신부 잡지에서 빠져나온 모델 같은 모습으로 자리에서 일어났다.

"수석 들러리로서, 형과 신부를 위해 건배를 하는 것이 제 의무이자 영광이겠지요. 뭔가 원하는 것을 보면 형은 늘 꺾이지 않는 집념으로 그 대상을 추구했습니다. 처음 리사 콜린스를 만났을 때, 형은 그녀와 인생을 함께하고 싶어했습니다. 리사는 그 사실을 몰랐습니다만, 형의 끈질김에 저항하기란 어림도 없었죠. 절대적인 확신을 갖고 나아가는 형을 지켜보며 전 어안이 벙벙했고, 고백컨대 부러웠습니다. 늘 그랬듯이 형에 대한 경외감에 젖었지요. 형이 근사한 여자와 함께 진정한 기쁨을 찾아서 기쁩니다."

닉은 잔을 들어올렸다.

"루이와 리사 알레그레자를 위해. '옹지-에토리', 리사. 축하해요."

"루이와 리사를 위해."

딜레이니는 다른 손님들과 함께 건배했다. 닉이 고개를 젖히고 와인잔을 비우는 모습을 올려다보았다. 그는 모직 바지 주머니에 손을 찔러넣은 채 긴장을 푼 느긋한 자세로 자리에 도로 앉았다. 그러고는 숨쉬기처럼 무의식적인 일인 듯이 그녀의 다리에 자기 다리를 눌러왔다. 누가 속을 줄 알고.

"옹지-에토리."

호슈가 따라 말하곤 푸하핫 웃음을 터뜨렸으나 곧 우워어 늑대 울부짖음과 히힝 나귀 우는소리의 중간쯤으로 바뀌었다. 다른 남자 친척들도 호슈에게 합세해 소리가 연회장에 쩌렁쩌렁 울려퍼졌다. 남자들끼리 서로 더 큰 소리를 내려 경쟁하는 동안, 닉은 딜레이니 앞으로 몸을 굽혀 그녀의 잔을 가져갔다. 그리곤 그녀와 자신의 잔을 채웠다. 전형적인 닉 스타일. 먼저 묻는 법이 없다. 한순간 그의 살내음과 코롱 향이 그녀를 감쌌다. 그를 들이마시는 동안 딜레이니는 심장 박동이 약간 빨라지고 머리가 멍해졌다. 닉이 멀어지자 다시 그럭저럭 긴장을 풀 수 있었다.

리사의 아버지가 스푼으로 유리잔을 두들기자 실내가 다시 조용해졌다.

"오늘 제 어린 딸이……."

그가 연설을 시작하자 딜레이니는 접시를 밀어내고 팔을 테이블에 괴었다. 콜린스 씨에게 집중하면 닉을 거의 무시할 수 있겠지. 기억보다 훨씬 더 하얗게 센 콜린스 씨의 머리에 집중하면…….

닉의 손가락이 허벅지 위를 가볍게 스치자 그녀는 얼어붙었다. 얇은 나일론 너머로 그의 손끝이 무릎서부터 드레스 자락까지 쓸어올렸다. 불행히도 짧은 드레스였다.

딜레이니는 테이블 아래 그의 손목을 움켜쥐고 허벅지 안쪽으로 올라가지 못하게 막았다. 그의 얼굴을 처다보았지만 그는 그녀를 마주 보지 않았다. 그의 시선은 리사의 아버지에게 고정되어 있었다.

"…내 딸과 새 사위, 루이를 위하여."

콜린스 씨가 말을 맺었다.

자유로운 손으로 닉은 와인잔을 들어 건배했다. 두 모금 꿀꺽꿀꺽 마시는 동안 그의 엄지손가락은 딜레이니의 다리를 슬슬 문질렀다. 그의 손가락이 매끄러운 나일론 위를 앞뒤로 애무했다. 무시할 수 없는 감각이 뱃속에 묵직이 자리잡았고 그녀는 다리를 꼭 붙였다.

"행복한 한 쌍을 위해 축배하지 않을 거야?"

그가 물었다.

최대한 조심스럽게 그녀는 그의 손을 밀어냈지만 그의 손아귀가 조여들었다. 조금 더 세게 밀다가 그만 실수로 닉의 이모와 부딪혔다. 나르키사가 물었다.

"무슨 일이야? 왜 꿈틀대고 그래?"

댁의 난봉꾼 조카 손이 제 허벅지를 슬금슬금 올라와서요.

"아무것도 아녜요."

닉이 그녀 쪽으로 몸을 수그리고 속삭였다.

"가만 좀 있어. 사람들이 내가 테이블 밑에서 널 집적거리는 줄 알겠다."

"사실이잖아!"

"그렇지."

그는 씩 미소짓고 외삼촌에게로 주의를 돌렸다.

"삼촌, 올해는 양을 얼마나 키워요?"

"2만 마리. 왜, 어렸을 때처럼 목장 일에 관심 있냐?"

"어휴, 천만에요."

그는 그녀를 홀끔 곁눈질하고 가슴 깊숙이서 낄낄 소리를 냈다.

"지금도 손이 바쁜 걸요."

그의 뜨거운 손바닥이 팬티스타킹 너머로 그녀의 살을 데웠고, 딜레이니는 꼼짝 않고 앉아 닉의 손에서 나온 열기가 따스한 물결처럼 온몸으로 흘러드는 것을 내색하지 않으려 애썼다. 열기가 그녀의 가슴과 허벅지까지 퍼지며 젖가슴이 짜릿짜릿해지고 다리 사이에 욕망이 고였다. 그의 손목을 쥔 그녀의 손이 조여들었지만, 그의 손이 더 위로 올라오지 못하게 막고 있는 건지, 아니면 그가 손을 치우지 못하게 막고 있는 건지 딜레이니는 더 이상 확신이 서지 않았다.

"닉."

그는 그녀를 향해 고개를 기울였다.

"응?"

"놔줘."

그녀는 닉과 재미있는 대화라도 나누는 듯이 얼굴에 미소를 띠우고 하객들을 훑어보았다.

"누가 볼지도 몰라."

"테이블보가 아주 길어. 이미 확인했지."

"그나저나 어쩌다 내가 네 옆에 앉게 된 거야?"

그는 와인 잔을 집어들고 말했다.

"내가 네 네임 카드를 엔젤레스 이모 것과 바꿔쳤으니까. 저쪽에 누가 자기 가방을 낚아채기라도 할 듯이 움켜쥐고 있는 매섭게 생긴 양반이야."

그는 술을 들이켰다.

"네가 훨씬 재밌거든."

엔젤레스는 화창한 날의 먹구름처럼 확 눈에 띄었다. 검은 머리카락은 싹싹 그러모아 쪽을 쪘고 인상을 잔뜩 찌푸리고 있었다. 리사의 가족 사이에 끼인 상황을 좋아하지 않는 기색이 완연했다. 딜레이니는 테이블 저쪽 신랑 신부를 지나 닉의 어머니에게로 눈길을 옮겼다. 베니타의 검은 눈이 마주 응시하고 있었고, 딜레이니는 어린 시절 그녀의 마음을 졸이게 했던 그 표정을 알아보았다.

딜레이니는 닉에게로 고개를 돌리고 속삭였다.

"그만 해. 너희 어머니가 우릴 보고 계셔. 아시는 것 같아."

그는 그녀의 얼굴을 쳐다보고, 그녀를 지나 어머니한테로 시선을 옮겼다.

"뭘?"

"날 노려보고 계시다구. 네 손이 어디 가 있는지 아시는 거야."

딜레이니는 어깨 너머로 나르키사를 돌아보았지만, 그쪽은 몸을 돌려 다른 누군가와 이야기중이었다. 베니타 외엔 아무도 그들에게 신경쓰지 않는 듯했다.

"긴장 풀어."

닉의 손바닥이 일 센티미터 더 위로 올라왔고 손가락 끝은 속옷 밴드 근처를 맴돌았다.

긴장 풀라니. 딜레이니는 눈을 질끈 감고 신음했다.

"어머닌 아무것도 몰라."

그는 잠시 멈추었다가 말했다.

"춥지도 않은데 네 유두가 단단해진 걸 보셨다면 혹시 모르지만."

가슴을 내려다본 딜레이니는 붉은 벨벳 아래 도드라진 자국 두 개를 보았다.

"나쁜 자식."

그녀는 그의 손을 밀쳐냄과 동시에 의자를 뒤로 밀었다. 벨벳 핸드백을 움켜쥐고 연회실에서 다급히 나가 두 번 복도를 잘못 들고 나서 여자 화장실을 찾아냈다. 안에 들어가서 깊이 숨을 들이쉬고 거울에 비친 자신을 보았다. 형광등 불빛 아래 뺨은 달아올랐고 눈은 지나치게 들떠 있었다.

난 어딘가 잘못되어도 단단히 잘못되었어. 닉이 관련된 일이라면 머리가 나가버리고 말아. 사람들로 가득 찬 연회장 안에서 그가 애무하게 두다니.

그녀는 빨강 벨벳 핸드백을 카운터에 던지고 종이 타월을 찬물에 적셨다. 그걸 뜨거운 얼굴에 가져다대고 숨을 들이켰다. 아무래도 금욕 생활이 너무 길어서 성적 박탈감에 시달리는 모양이다. 버림받은 고양이처럼 관심과 애정에 굶주린 거다.

딜레이니는 백을 열고 반항적인 빨강 립스틱을 꺼내 아랫입술에 발랐다. 립스틱을 도로 조그만 가방에 집어넣고는 젖은 손가락으로 앞머리를 정리하고 뒤는 부풀렸다. 그리고는 가방을 움켜쥐고 문을 밀었다. 닉이 문 맞은편 벽에 기대어 서 있었다. 턱시도 재킷 자락은 벌어졌고 손을 앞주머니에 넣은 채였다. 그녀를 보자, 그는 벽에서 몸을 일으켰다.

"내게 가까이 오지 마, 닉."

딜레이니는 그를 저지하려 한 손을 들어올렸다.

그는 되려 그 팔을 잡아 자기 품으로 잡아당겼다.

"그렇겐 못해."

닉은 그녀를 으스러질 듯이 껴안고 활활 타오르는 키스로 그녀를 마비시켰다. 그에게선 자제되지 않은 정열과 따스한 와인 맛이 났다. 그의 혀가 애무하고 침범해 왔으며, 물러났을 때 그의 숨소리는 막 일 마일은 달린 듯이 고르지 못했다.

딜레이니는 달음박질치는 자신의 심장에 한 손을 얹고 입술을 핥아 그의 맛을 보았다.

"여기서 이럴 순 없어."

"맞아."

그는 그녀의 팔을 움켜쥐고 문이 잠기지 않은 비품 창고를 발견할 때까지 끌고 갔다. 일단 안에 들어서자 그녀를 닫힌 문에 밀어붙였다. 그가 덮쳐들기 전 딜레이니는 하얀 수건과 청소용 양동이를 얼핏 보았다. 그가 키스했다. 손이 닿는 곳이라면 어디든 만졌다. 그녀의 손은 그의 셔츠 앞주름을 따라 따스한 목으로 올라갔고 그의 옆머리에 손가락을 박아넣었다. 열띤 입과 입술, 혀가 탐욕스레 얽히는 키스. 그들은 서로를 잡아뜯었다. 그녀의 핸드백이 바닥으로 떨어지고 그녀는 그의 재킷을 젖혔다. 조그만 벨벳 구두를 차던지고 발뒤꿈치를 들어올렸다. 타락한 여자처럼 그의 골반에 한쪽 다리를 감고 부푼 융기에 몸을 바싹 갖다댔다.

그는 가슴 속 깊이 쾌락의 신음을 내며 몸을 뒤로 빼 정욕으로 무거워진 눈으로 그녀를 쳐다보았다.

"딜레이니."

그의 목소리는 쉬어 있었고, 마치 그녀가 자신과 함께 있다는 사실을 믿지 못하겠다는 듯 다시 그녀의 이름을 뇌었다. 그녀의 얼굴에, 목에, 귀에 키스했다.

"날 원한다고 말해."

"그래."

그녀는 그의 재킷을 어깨에서 끌어내렸다.

"말해."

그는 재킷을 벗어 한쪽으로 내던졌다. 그러고는 손이 그녀의 가슴에 와 닿았고 벨벳 드레스와 레이스 브래지어 너머로 단단한 젖꼭지를 쓸었다.

"내 이름을 말해."

"닉."

그녀는 그의 목을 따라 목덜미까지 키스를 흩뿌렸다.

"널 원해, 닉."

"여기?"

그의 손이 그녀의 골반으로, 엉덩이로 옮아가 몸을 맞대고 부드러운 허벅지 안쪽에 문질렀다.

"그래."

"지금? 누가 들어와서 우릴 볼지도 모르는 여기서?"

"그래."

그녀는 뭘 신경쓸 상황이 아니었다. 욕망과 공허함 그리고 그가 자신을 쾌락으로 채워 주길 바라는 욕구로 고통스러웠다.

"너도 날 원한다고 말해 줘."

"난 언제나 너를 원했어."

그는 그녀의 머리칼에 대고 숨을 들이쉬었다.

"언제나."

그녀 내부의 압력이 쌓여가 닉 외엔 아무것도 의식하지 못하게 되었다. 그에게 달라붙고 싶었다. 그의 안으로 파고들어 영원토록 머물고 싶었다. 그는 발기한 남성을 그녀의 흥분한 몸에 대고 앞뒤로 문질렀다.

닉은 그녀의 다리를 내리고 드레스 자락과 슬립을 한 손에 움켜쥐어 위로 올리며 스타킹과 실크 팬티를 허벅지에서 무릎으로 내렸다. 한쪽 발을 속옷과 나일론 위에 디더 발치로 밀어내렸다. 딜레이니는 그걸 차던졌고, 그의 손이 그들의 몸 사이에서 움직이더니 그녀의 다리 사이를 만졌다. 그의 손가락이 매끄러운 살 안으로 밀고 들어오자 그녀는 점차 절정으로 밀려 올라감을 느끼며 부르르 떨었다. 신음소리가, 허스키한 욕구의 소리가 그녀의 입술에서 새어나왔다.

"네 안 깊숙이 들어가고 싶어."

눈길을 그녀와 얽고 그는 멜빵을 내려 양옆으로 늘어뜨렸다. 그의 양손은 다급하게 모직 바지를 채운 단추와 지퍼와 씨름했다. 딜레이니는 손을 뻗어 그의 면 팬티를 밀어내렸다. 광낸 티크나무처럼 단단한 그가 불쑥 그녀의 손 안에 들어왔다. 천천히 그녀의 자그마한 손아귀 안으로 자신을 밀어넣는 그의 피부가 팽팽하게 당겨졌다.

"널 가져야겠어, 당장."

닉이 그녀를 들어올리자 그녀는 그의 허리에 다리를, 그의 목에 팔을 감았다. 뜨거운 그의 정수가 그녀의 매끄러운 입구를 건드렸다. 살이 맞닿았고, 그는 둘의 몸 사이로 손을 뻗어 자신을 감아쥐었다. 그녀를 끌어내리며 동시에 위로 밀고 들어와, 한 가닥 아픔이 딜레이니의 관능적인 환각 상태를 침범할 정도로 그녀를 벌렸지만, 이내 물러났다가 다시 깊이 파고들자 강렬한 쾌락 외에는 아무것도 없었다. 너무나 거세고 완벽한 결합에 그의 무릎이 꺾여 긴장된 한순간 그녀는 그가 자신을 떨어뜨릴까 겁났으나 그러지 않았다. 그녀의 엉덩이를 쥔 그의 손에 힘이 들어갔다. 그는 물러났다가 다시 돌진해 왔다, 더 깊이.

"하느님 맙소사."

건장한 체구로 그녀를 문에 밀어붙이며 그가 헐떡였다. 공기를 폐로 끌어들이느라 가슴이 헐떡였고 고르지 못한 숨소리가 그녀의 관자놀이에 스쳤다. 그의 열정과 쾌락의 소리.

그의 허리를 감은 다리를 조이며 그녀는 그와 함께 움직였다. 처음엔 천천히, 그리고 절박함이 높아감에 따라 점점 더 빠르게. 그가 안으로 연달아 돌진해 오며 점점 더 정점으로 몰아붙이는 동안 그녀의 귓가엔 쿵쿵 고동소리가 울렸다. 갈급한 교미처럼, 그녀를 사로잡은 강렬한 쾌락에 느릿하거나 가벼운 면은 하나도 없었다. 떨림이 이어지며 그녀를 뒤흔들고 몸을 관통하여 숨이 막혔다. 몸이 무게가 하나도 없는 듯했고 폭풍우 소리가 머릿속에 울려퍼졌다. 등을 휘며 그녀는 그의 셔츠를 움켜쥐었다. 비명을 지르려 입을 벌렸지만 메마른 목구멍에서 소리가 죽어버렸다. 그의 강인한 팔이 그녀를 자신의 품에 으스러뜨릴 듯 잡아 누르고 넓은 어깨가 떨리며, 감미로운 파도가 계속하여 몰려오는 동안 그는 그녀를 꽉 껴안았다. 그녀의 근육이 수축하며 그를 단단히 조였다. 그녀의 경련이 채 느려지기도 전에 그의 절정이 시작되었다. 가슴 깊이 울려나오는 굵은 신음소리와 함께 그는 그녀 안으로 돌진했다. 그의 근육이 돌처럼 단단해졌고 마지막으로 그녀의 이름을 속삭였다.

끝나고 나자, 딜레이니는 마치 전쟁을 치른 듯이 얻어맞고 멍든 기분이었다. 닉은 호흡이 느려질 때까지 이마를 그녀 뒤 문에 대고 있다가 그녀의 얼굴을 들여다볼 수 있을 만큼 몸을 뒤로 젖혔다. 여전히 그녀 안 깊이 그가 들어와 있었으며 둘의 옷은 엉망이었다. 조심스레 그가 그녀에게서 물러났다. 그녀는 발을 땅으로 내렸다. 드레스가 엉덩이와 허벅지 위로 스륵 미끄러져 내렸다. 회색 눈이 그녀의 눈을 응시했지만 말은 한마디도 하지 않았다. 그는 한동안 그녀를 바라보았고 시간이 흐를수록 더욱 폐쇄적인 눈이 되어가더니 몸을 숙여 바지를 허리로 끌어올렸다.

"무슨 말이든 안 할 거야?"

그는 그녀를 쳐다보고 시선을 바지로 돌렸다.

"일 치른 후에 얘기하는 걸 좋아하는 여자란 소린 아니지?"

뭔가 근사하고 끔찍한 일이 방금 벌어졌는데, 그녀는 어느 쪽인지 확신할 수가 없었다. 섹스 이상의 무언가. 과거에 오르가슴을 겪을 만큼 겪어 봤지만, 방금 경험한 것은 단순한 성적 극치감 이상이었다. 파도가 몰려오고 땅이 뒤흔들리는 것 이상의 무엇. 닉 알레그레자는 지금껏 가보지 못한 어딘가로 그녀를 데려갔으며, 그녀는 바닥에 주저앉아 울고만 싶었다. 흐느낌이 목구멍에서 새어나와 그녀는 입술을 손가락으로 눌렀다. 울고 싶지 않았다. 그에게 우는 모습을 보이고 싶지 않았다.

셔츠 자락을 바지 안으로 쑤셔넣던 닉의 눈길이 그녀에게로 날아왔다.

"울어?"

고개를 저었지만 눈에는 눈물이 고이기 시작했다.

"우는 거 맞네."

그는 멜빵에 팔을 꿰고 탁 제자리로 올렸다.

"아냐."

방금 그녀에게 평생 제일 강렬한 쾌감을 주고는, 이제 그에겐 이런 일이 늘 벌어지기라도 하는 듯 차분하게 옷을 입고 있다. 어쩌면 그럴지도. 그녀는 비명 지르고 싶었다. 주먹을 불끈 쥐고 그를 때려주고 싶었다. 자신들이 무언가 특별한 것을 나누었다고 생각했는데, 그게 아님이 분명했다. 아릿하고 벌거벗은 기분이었으며, 그녀의 몸은 여전히 그의 손길로 욱씬거렸다. 만약 그가 무언가 고약한 말을 하면 자신이 무너져 버릴까봐 두려웠다.

"내게 이러지 마, 닉."

"이미 엎질러진 물이야."

그가 재킷을 바닥에서 주워들며 말했다.

"네가 피임을 하고 있다면 좋겠는데."

얼굴에서 핏기가 싸악 빠져나가는 것을 느끼며 딜레이니는 고개를 내저었다. 마지막 생리 날짜를 되짚어보고 희미한 안도의 빛을 느꼈다.

"지금은 임신할 때 아냐."

"허니, 난 가톨릭이야. 우리 중 상당수는 그때 임신된다구."

그는 팔을 재킷 소매에 찔러넣고 옷깃을 바로했다.

"난 한 십 년간 콘돔을 잊은 적 없어. 넌?"

"어……."

그녀는 자신의 인생과 육체의 주도권을 쥔 90년대 여성이다. 하지만 무슨 이유에선지 닉과 그런 얘기를 하려니 부끄러웠다.

"응."

"'어…… 응'이 정확히 무슨 뜻이야?"

"진짜 오랜만에 네가 처음이고, 이전엔 조심했어."

그는 잠시 그녀를 곰곰이 쳐다보았다.

"좋아."

그렇게 말하고 그녀의 속옷과 스타킹을 던져주었다.

"네 코트는 어디 됐어?"

갑자기 수줍고 부끄러워져 딜레이니는 옷가지를 가슴에 끌어안았다. 몇 분 전만 해도 손에 무엇을 쥐고 있었는지 고려해 보면, 참 느린 반응이었다.

"앞문 옷걸이에. 왜?"

"집에 데려다 주게."

집이란 소리가 이 이상 반갑게 들린 적이 없었다.

"직원이 타월이나 뭐 가지러 들어오기 전에 옷 입어."

표정을 읽을 수 없는 시선으로 그녀를 응시하며 그는 커프스 단추를 채웠다.

"금방 올게."

그렇게 말하고 그는 천천히 문을 열었다.

"아무 데도 가지 마."

혼자 남게 되자 딜레이니는 안을 둘러보았다. 왼발 근처에 핸드백이, 벨벳 구두 한 짝은 발 디딤대 아래, 그리고 다른 한 짝은 빈 양동이 옆에 가 있었다. 정신을 산만하게 하는 닉이 없어지자, 상념과 자책이 밀려왔다. 도무지 믿어지지가 않았다. 닉 알레그레자와 레이크 쇼어 호텔의 비품 창고에서 무방비한 섹스를 하다니. 그는 키스 한 번만으로 그녀가 완전 이성을 잃게 만들었으며, 남아 있는 물적 증거만 아니라면 지금 이 순간도 믿을 수 없었으리라.

그녀는 조심스레 발 디딤대에 앉아 속옷과 스타킹을 입었다. 바로 지난 달 루이에게 자신과 닉이 그의 결혼식에서 소문거리가 될 일은 아무것도 않겠노라 장담했는데, 누구에게 들킬지 모르는 잠그지도 않은 문 뒤에서 그의 남동생과 격렬한 섹스를 했다. 만약 누가 발견했다면 어떻게 얼굴을 들고 살까. 아마 그냥 죽어버려야 했겠지.

막 스타킹을 허리로 끌어올리고 발을 구두에 쑤셔넣는데, 문이 벌컥 열리고 닉이 들어왔다. 그녀가 코트를 입게 들어주고 있는 그를 쳐다보기가 어려웠다.

"리사에게 나 간다고 말해야 해."

"네가 아파서 내가 집에 데려다 준다고 말했어."

"리사가 믿든?"

딜레이니는 재빨리 위를 올려다보고 모직 코트에 팔을 꿰었다.

"나르키사 이모가 연회장에서 달려나가는 널 보고 모두에게 얼굴이 안 좋더라고 말했대."

"휴, 그분께 감사드려야겠네."

옆문을 나서자 하얀 함박눈이 검은 하늘에서 그들의 머리와 어깨에 떨어져 내렸다. 닉의 지프를 향해 주차장을 가로지르는 딜레이니의 구두 안에 눈이 들어갔다. 발이 미끄러져서, 그가 팔뚝을 붙잡아 주지 않았다면 엉덩방아를 찧을 뻔했다. 미끄러운 주차장을 가로지르는 동안 그의 손아귀에 힘이 들어갔지만, 두 사람 다 입은 열지 않았고 구두 아래 뽀드득 눈 밟는 소리만이 들렸다.

그는 그녀를 지프에 태우고, 엔진이 가열되기를 기다리지도 않고 4륜 구동의 기어를 넣어 호텔에서 빠져나왔다. 어둠에 묻힌 지프 안에선 가죽 시트와 닉의 냄새가 났다. 그는 도로 한쪽에 차를 세우더니 그녀를 자기 무릎으로 끌어당겼다. 그의 손가락이 그녀의 뺨을 스쳤고 그는 그녀의 얼굴을 내려다보았다. 그리고는 천천히 고개를 숙여 그녀의 입에 자신의 입을 눌렀다. 한 번, 두 번 키스하고, 세 번째엔 부드럽게 머무르는 키스를 남겼다.

그가 몸을 젖히고 속삭였다.

"안전벨트 매."

타이어가 제자리에서 회전하고 히터 통기구에서 나온 서늘한 공기가 딜레이니의 달아오른 뺨에 확 불어왔다. 그녀는 코트깃에 얼굴을 묻고 그를 흘끗 곁눈질했다. 계기반 불빛이 그의 얼굴과 손에 녹색 음영을 드리웠다. 검은 머리칼과 턱시도 어깨에서 녹은 눈이 조그마한 에메랄드처럼 반짝였다. 가로등이 지프 안을 몇 초간 비추는 가운데 그는 그녀의 살롱을 획 지나쳤다.

"내 아파트 지나쳤어."

"아니, 거기가 아냐."

"집으로 데려다 준다며?"

"그래. 내 집에. 우리가 끝났다고 생각했어?"

그는 기어를 바꾸고 호수의 동쪽 끝을 끼고 좌회전했다.

"우린 아직 시작도 안 했어."

그녀는 앉은 자리에서 몸을 돌려 그를 쳐다보았다.

"정확히 뭘 말야?"

"창고에서 있었던 일로는 어림도 없어."

그의 완전히 벌거벗은 몸이 자신을 눌러온다는 생각은 그렇게 끔찍스럽지 않았다. 사실 몸이 따스하게 달아올랐다. 닉이 아까 말했듯, 이미 엎질러진 물이다. 그녀가 생각도 못한 방식으로 그녀의 육체를 살아나게 하는 남자와 하룻밤을 보내지 말아야 할 이유가 뭐가 있을까? 그녀는 오랫동안 남자와 함께하지 못했고 당분간 이보다 더 나은 제안을 받을 가망도 별로 없었다. 하룻밤. 아마도 후회하게 될 하룻밤이겠지만 그 걱정은 내일 하자.

"지금 그거, 너다운 남성우월주의적인 표현으로 나와 다시 사랑을 나누고 싶다는 말을 하려는 거야?"

그는 그녀를 흘끗 돌아보았다.

"무슨 말을 하고 자시고가 아냐. 널 원해. 너도 날 원하고. 오늘밤 누구는 벌거벗은 채 만족에 겨운 미소만 입가에 띄우게 될걸."

"글쎄, 닉. 나 일 치른 후에 얘기하려 들지도 몰라. 감당할 수 있겠어?"

"네가 생각해 낼 수 있는 건 뭐든지. 그리고 넌 아마 생각도 못해 본 것도 몇 가지 감당할 수 있지."

"나한테 선택의 여지가 있어?"

"물론이지, 말괄량이. 침실이 네 개 있어. 어느 방을 먼저 쓸지 골라."

그녀는 닉의 말에 겁먹지 않았다. 그는 그녀의 의지에 어긋나는 일을 강요할 사람이 아니었다. 물론 그의 곁에 있으면 그녀는 스스로의 의지를 몽땅 내버리는 듯하긴 하지만.

지프의 속도가 느려지며 양쪽에 소나무를 심은 넓은 진입로로 들어섰다. 무성한 숲 한가운데 나무와 암석으로 지은 커다란 집이 우뚝 서 있었다. 성당식 창문이 새로 내린 눈에 빛을 뿌리고 있었다. 닉이 해가리개 뒤의 뭔가를 누르자 세 개의 차고 문 중 가운데가 열렸다. 4륜 구동은 보트와 오토바이 사이로 미끄러져 들어갔다.

집 내부는 외부만큼이나 인상적이었다. 천장엔 드러난 들보, 가라앉은 색조, 천연 섬유. 딜레이니는 창 앞에 서서 데크를 내다보았다. 아직 눈이 내리고 있었으며 하얀 눈송이가 난간에 쌓이고 실외 욕조에 내려앉았다. 닉이 그녀의 코트를 벗기자, 천장이 이렇게 넓고 개방된 구조인데도 춥지 않다는 데 놀랐다.

"어떻게 생각해?"

그녀는 몸을 돌려 부엌에서 다가오는 그를 쳐다보았다. 재킷과 구두를 벗은 차림이었다. 까만 셔츠 단추가 하나 더 풀어졌고 소매를 걷어붙였다. 검은 멜빵이 그의 넓은 가슴에 착 달라붙어 있었다. 그는 버드와이저를 그녀에게 하나 건네곤 자기 맥주를 들이켰다. 그의 눈이 병 너머로 그녀를 지켜보고 있었고, 그녀는 그가 내색하는 것보다 사실 더 그녀의 대답에 신경쓰고 있다는 인상을 받았다.

"아름다워, 하지만 엄청 크네. 여기서 혼자 살아?"

그는 맥주를 내려놓았다.

건달과 말괄량이 283

"물론이지. 달리 누가 있겠어?"

"글쎄, 모르지. 한 다섯 식구쯤."

딜레이니는 그가 아까 언급한 네 개의 침실로 향하리라 여겨지는 발코니를 올려다보았다.

"언젠가 아이가 많이 딸린 대가족을 이룰 계획이야?"

"난 결혼할 계획 없어."

그의 대답에 기쁘면서도 그 이유를 알 수가 없었다. 닉이 다른 여자와 삶을 함께하든, 키스하든, 사랑을 나누든, 손길로 넋을 빼놓든 내가 신경 쓸 일도 아닌데.

"아이 계획도 없고…… 네가 임신하지 않았다면."

그는 마치 보면 알 수 있기라도 한 듯이 그녀의 배를 흘끔 쳐다보았다.

"언제 확실히 알 수 있어?"

"아니라니까."

"네 말이 옳기를 바라."

그는 창가로 가서 어두운 밖을 내다보았다.

"요즘엔 독신녀들이 의도적으로 임신하기도 하지. 사생아라는 게 예전만큼 흉이 되진 않지만, 그래도 쉽진 않아. 난 그렇게 큰다는 게 어떤지 알거든. 어떤 불쌍한 아이한테 그런 짓을 하고 싶지 않아."

멜빵의 Y자 모양이 그의 등과 넓은 어깨에 달라붙어 있었다. 딜레이니는 체육관에서 학예회를 참관하던 그의 어머니와 호슈를 떠올렸다. 헨리와 그윈도 거기 어딘가 있었으리라. 그게 닉에게는 어땠을지 한번도 생각해 보지 않았다. 그녀는 병을 체리목 커피 테이블에 내려놓고 그에게로 다가갔다.

"넌 헨리와 달라. 네 자식을 저버릴 사람이 아니야."

그녀는 그의 허리에 팔을 두르고 등에 뺨을 대고 싶었지만 자제했다.

"헨리가 아마 무덤 속에서 돌아누웠겠다."

"아마 자축을 하고 있을걸."

"왜? 헨리는 우리가 이러길 원치 않……"

그녀의 눈이 휘둥그래졌다.

"오, 이런, 닉. 유언을 잊고 있었어. 너도 잊어버렸던 모양이구나."

그가 몸을 돌려 그녀를 마주했다.

"결정적인 순간 그만 깜박했다."

그녀는 그의 눈을 들여다보았다. 그는 전혀 침통해 보이지 않았다.

"아무한테도 얘기 안 할 거야. 난 그 부동산을 원치 않아. 약속할게."

"네 맘대로 해."

그는 그녀의 얼굴에 흘러내린 머리칼을 넘겨주고 부드럽게 귀를 어루만졌다. 그러고는 손을 잡고 그의 침실로 이끌었다.

계단을 올라가면서 딜레이니는 헨리의 유언과 오늘밤의 파장을 생각했다. 닉은 뭐든 깜박할 타입의 남자로 여겨지지 않았다. 특히 몇 백만 달러짜리 유산을. 그녀가 그에게 끌리는 만큼 그도 그녀에게 끌리는 것이 틀림없다. 그녀와 함께하기 위해 그는 많은 것을 건 반면 그녀는 자긍심 외엔 아무것도 잃을 게 없었다. 그리고 사실 생각해 보면 더럽다거나 이용당한 기분이거나 후회스럽지 않았다. 지금은 아니었다. 아침에는 어떨지 모르지만.

딜레이니는 두꺼운 베이지색 카펫이 깔리고 2층 데크로 통하는 프렌치 도어가 달린 방에 들어섰다. 회녹색과 베이지색 줄무늬 베개와 이불이 깔린 커다란 나무 침대가 있었다. 한쪽 서랍장 위에 열쇠가, 다른 서랍장엔 펼쳐보지 않은 신문이 내던져져 있었다. 꽃무늬나 레이스, 장식술은 눈을 씻고 찾아봐도 없었다. 이건 남자의 방이었다. 석조 맨틀 위에 사슴 머리 박제가 걸렸으며 침대는 정리되지 않았고 리바이스가 의자에 걸쳐져 있었다.

스탠드 옆에 그가 병을 내려놓자 딜레이니는 그의 셔츠 단추를 허리까지 풀어내렸다.

"드디어 벌거벗은 너를 볼 시간이네."

그렇게 말하고 그녀는 따스한 피부를 손바닥으로 쓸어올렸다. 그녀의 손가락이 그의 배에서 가슴까지 난 검은 체모를 갈랐다. 그녀는 흰 면 셔츠와 멜빵을 그의 어깨에서 벗겨냈다.

그는 한 손으로 셔츠를 뭉쳐 바닥에 내던졌다. 그녀의 눈길이 그의 팽팽한 피부, 넓은 가슴, 짙은 털에 둘러싸인 납작한 갈색 젖꼭지를 훑었다. 그녀는 침을 꿀꺽 삼켰다. 혹 자신이 침을 흘리고 있지는 않나 확인하고 싶었다. 뇌리에 떠오르는 단어는 딱 하나뿐이었다.

"우와."

그녀는 그의 평평한 배에 손을 가져다댔다. 갈비뼈로 손을 미끄러뜨리며 회색 눈을 들여다보았다. 그녀가 그를 벌거벗기는 동안 그는 반쯤 내리감은 눈꺼풀 아래로 그녀를 지켜보고 있었다. 그는 아름다웠다. 다리는 길고 근육으로 탄탄했다. 그녀의 손가락이 그의 팔뚝을 휘감은 문신을 더듬었다. 그의 가슴과 어깨를 어루만지고 등과 엉덩이로 손을 미끄러뜨렸다. 그녀의 탐색이 아래로 향하자 그가 그녀의 손목을 움켜쥐고 주도권을 가져갔다. 천천히 그녀의 옷을 벗기더니 부드러운 플란넬 시트에 그녀를 눕혔다. 그의 따스한 몸이 그녀의 몸을 눌러왔고, 그는 천천히 시간을 들여 사랑을 나눴다.

아까와는 다른 손길이었다. 그의 손은 그녀의 몸을 헤맸고 홍분되는 느긋한 키스로 그녀를 유혹했다. 뜨거운 입과 매끄러운 혀로 그녀의 젖가슴을 희롱했고 그녀에게 들어왔을 때의 움직임은 느리고 억제되어 있었다. 그는 그녀의 얼굴을 양손으로 감싸 시선을 얽은 채 자신은 자제하고 그녀를 미치게 몰아갔다.

그녀는 정점에 가까워 옴을 느끼며 눈을 질끈 감았다.

"눈 떠."

그의 목소리는 쉬어 있었다.

"나를 봐. 널 가게 할 때 내 얼굴을 보라구."

그녀의 눈꺼풀이 뜨이고 그의 강렬한 시선을 응시했다. 그의 요구가 어딘지 마음에 걸렸지만 그가 더욱 세게, 깊게 돌진해 오자 꾸준한 압력과 함께 쌓여 가는 뜨거운 저릿저릿함을 제외한 모든 것을 잊었다.

다음날 동트기 직전 그녀를 바래다 준 닉이 그녀의 집 문 앞에서 작별 키스를 하고 나서야 그 생각이 다시 났다. 차를 몰아 사라지는 닉을 지켜 보며 딜레이니는 자신의 얼굴을 손으로 감싸고 있던 그의 눈을 떠올렸다. 마치 멀리서 그녀를 지켜보는 듯한, 그러면서 동시에 그녀를 안고 키스 하며 미치게 몰아가는 사람이 닉 알레그레자임을 알아주길 원하는 듯한 표정.

그는 침대에서 그리고 나중에 욕조에서 사랑을 나눴지만, 두 번 다 억 제할 수 없는 다급함과 필요로 그녀를 가졌던 비품 창고에서의 급하고 굶주린 정사와는 달랐다. 레이크 쇼어 호텔에서 그의 가슴에 짓눌려 있 을 때처럼 상대가 자신을 절실히 원한다고 느낀 적은 단 한 번도 없었다.

'널 가져야겠어, 당장.'

그녀만큼이나 절박해져서 그는 그렇게 말했었다. 그의 손길은 다급하 고 탐욕스러웠으며 그녀는 느리고 꾸준한 애무보다 그쪽을 훨씬 더 갈망 했다.

딜레이니는 아파트 문을 닫고 코트 단추를 풀었다. 그들은 다시 만나 자는 얘기를 하지 않았다. 그는 그녀에게 전화하겠다고 하지 않았고, 그 게 아마 최선임을 알면서도 그녀는 실망감에 마음이 무거웠다. 닉은 여 자가 굉장한 섹스 외에 다른 것을 기대할 수 없는 부류의 남자이며 다음 번 같은 건 아예 생각도 안 하는 쪽이 상책이다. 그렇지만 그럴 수가 없 었다.

눈이 덮인 무성한 솔숲 위로 해가 떠올랐다. 은색 빛이 부분적으로 언 호수를 가로질러 닉의 집 옹벽 아래까지 뻗어왔다. 그는 침실의 프렌치 도어 앞에 서서 데크를 가로질러 희미한 어둠을 내쫓는 환한 햇살을 지 켜보았다. 조그마한 다이아몬드들이 박힌 듯 눈이 반짝이는 바람에 너무 나 눈이 부셔 고개를 돌릴 수밖에 없었다. 시트와 이불이 끝까지 밀쳐진 침대에 그의 눈길이 가닿았다.

이제 알았다. 이제 늘 원해 왔던 대로 그녀를 안고 어루만지는 것이 어 떤지 알았다. 이제 그의 제일 오래된 환상, 그의 침대에서 그를 깊숙이

받아들인 딜레이니가 그의 눈을 바라보는 것이 어떤지 알았다. 그녀가 그를 원하는 것이. 그녀에게 쾌락을 주는 것이.

닉은 여자들과 어울릴 만큼 어울려 봤다. 어쩌면 몇몇 남자들보단 많을지도 모르지만 소문만큼은 아니었다. 느린 걸 좋아하는 여자, 빠른 걸 좋아하는 여자, 난잡스런 여자, 정상위만 고집하는 여자. 그가 행위를 주도해야 한다고 생각하는 여자, 그를 즐겁게 하기 위해 지나치게 애쓰는 여자. 몇몇 여자와는 우정을 나누었고 나머지는 두 번 다시 보지 못했다. 대부분은 입과 손으로 무엇을 해야 할지 알고 있었고 몇몇은 거의 잊어버린 취중 에피소드에 불과했지만, 그들 중 누구도 그가 자제력을 잃게 만들진 못했다. 딜레이니 전에는 아무도.

일단 그녀를 창고로 끌어들이자 돌이킬 수 없었다. 그녀가 그를 먹어치우고 싶다는 듯이 키스하며 다리를 그의 엉덩이에 감고 단단해진 것에 문질러대자 뜨겁고 촉촉한 그녀 안에 자신을 묻는 것 외에 그 어떤 것도 중요하지 않았다. 헨리의 유언도, 호텔 직원에게 발각당할 가능성조차도 그녀를 소유하는 것 외엔 어떤 것도 중요하지 않았다. 그리고 그렇게 하자 그 감각에 거의 무릎이 꺾일 뻔했다. 그를 중심까지 뒤흔들고 그가 섹스에 대해 안다고 생각했던 모든 것을 뒤바꾸었다. 섹스는 어떤 땐 느리고 편안하며, 어떤 때는 빠르고 땀으로 끈적끈적했지만 딜레이니와 했을 때 같은 적은 한 번도 없었다. 불덩어리에 얻어맞은 듯한 기분은 한 번도 없었다.

이제 알았다. 차라리 몰랐으면 좋았을 것을. 가슴에 허한 구멍이 뚫렸고, 그녀를 바싹 껴안고 자신을 떠나지 못하게 하고 싶은 것만큼이나 그녀를 미워하고 싶었다. 하지만 그녀는 가버릴 거다. 그 조그만 노랑 차를 타고 휑하니 트룰리를 떠나버릴 거다.

이제 알았다. 그리고 그건 지옥이었다.

15

딜레이니는 라나의 젖은 머리를 손가락으로 빗어 내리며 살롱 거울로 뜯어보았다.

"여기까지 자르면 어떨까요?"

그녀는 손을 귓가에 가져다대며 물었다.

"턱선이 짧아서 쇼트 보브하면 진짜 근사해 보일 거예요. 뒤를 비스듬히 해서 말아 올려도 되고."

라나는 고개를 한쪽으로 기울이고 자신의 모습을 살폈다.

"앞머리는요?"

"이마가 시원해서 굳이 앞머리를 내지 않아도 돼요."

라나는 크게 숨을 들이쉬었다 천천히 내쉬었다.

"그렇게 해요."

딜레이니는 빗을 집어들었다.

"내가 이에 드릴로 구멍이라도 낼 듯이 그럴 건 없잖아요."

"4학년 때 이후로 머리를 짧게 쳐본 적이 없어요."

라나는 은빛 케이프 아래로 손을 올려 턱을 긁었다.

"로나도 머리를 짧게 친 기억이 없고."

딜레이니는 라나의 머리칼을 몇 부분으로 나누어 집게로 고정시켰다.

"정말로요?"

그녀는 가위를 집어들었다.

"참, 동생이 아직도 닉 알레그레자와 만나요?"

그녀는 별 관심 없이 그냥 지나가는 말인 듯 물었다.

"네. 이따금 만나죠."

"오."

딜레이니는 2주 넘게, 리사의 결혼식날 밤 이후로 그를 만나지 못했다. 뭐, 보기는 했다. 시내 경영인 연합 회의에서 방 저쪽에 있는 그를 봤고, 메인과 1번가의 교차로에서 정지 신호에 걸려 미끄러지다 그의 지프 옆구리를 헨리의 커다란 캐딜락으로 들이받을 뻔하기도 했다. 그녀는 간신히 오른쪽으로, 그는 왼쪽으로 틀었다. 그날 저녁 닉이 그녀의 자동응답기에다 메시지를 남겼다.

"우라질 스노우타이어 좀 장만해."

그러곤 끊어버렸다. 그 이후 어제 그녀가 쓰레기통을 비우고 있는데 그와 소피가 사무실 뒷문으로 나올 때까지 그를 보지 못했다. 지프의 운전석 쪽에 멈춰 서서 그녀를 쳐다보는 그의 눈은 뜨거웠고 그녀의 온몸을 더듬었다. 그녀는 품안의 쓰레기통은 까맣게 잊은 채 뱃속을 뒤트는 감정에 넋이 나가 멍하니 서 있었다. 소피가 불렀지만 닉은 대답하지 않았다. 아무 말도 하지 않았다.

"가자, 닉 삼촌."

그는 어깨 너머로 조카를 돌아보고 딜레이니에게로 눈길을 돌렸다.

"아직도 스노우타이어 안 달았군."

"아…… 응."

그의 눈을 응시하자 머리가 어찔하고 속이 이상했다.

"어서어, 닉 삼촌."

"알았어, 소피."

돌아서기 전 그의 시선이 마지막으로 그녀를 훑었다.

"로나가 닉을 만난 지 몇 주는 되었을 걸요."

라나의 말에 생각에 잠겨 있던 딜레이니는 퍼뜩 정신을 차렸다.

"최소한 닉이 전화해서 보자고 한 적은 없는 듯해요. 그랬다면 로나가 내게 말했을 테니까."

딜레이니는 라나의 목선을 따라 머리를 쳐냈다.

"쌍둥이들간의 유대감이 있어 서로에게 모조리 털어놓나요?"

"우린 서로에게 모조리 얘기하지 않아요. 그래도 같이 자는 남자에 대해선 얘기하죠. 하지만 걘 나보다 분방한 편이고 더 재미있는 이야깃거리들이 있어요. 로나랑 게일은 마주 앉아 닉에 대한 얘기를 서로 교환하곤 했어요. 물론 게일이 자기가 알레그레자 부인이 될 기회가 있다고 생각했던 시절의 얘기지만."

딜레이니는 집게를 떼고 천천히 머리를 빗어 내렸다.

"이젠 그렇게 생각 안 한대요?"

"지금은 별로. 닉이 자기와 동거할 거라고 자신만만해했지만, 그는 집에 와서 밤을 보내자고 청한 적조차 없는 걸요."

그는 딜레이니한테도 청하진 않았다. 그 당시, 그녀는 닉과 밤을 보낼 뜻이 전혀 없었다. 자신이 아침마다 얼마나 끔찍한 몰골인지 익히 알고 있었으며, 잡지 표지모델 같은 모양으로 침대에서 나오지 않을까 싶은 사람과 함께 일어날 뜻은 전혀 없었다. 하지만 그의 '여자들' 중 한 명이 되고 싶지도 않았다. 그가 자신과 함께하기 위해 엔젤 비치와 실버 크릭을 잃을 위험을 감수했으니만큼 자신은 특별하다고 생각했다. 라나가 전에 했던 말도 기억하고 있었고. 닉은 여자를 집으로 데려가지 않지만, 그녀는 데려갔다. 그래서 어쩌면 자신은 다른 여자들과 다를지도 모른다고 희망을 품었으나 그는 전화조차 걸지 않았으니 아닌 모양이다.

"크리스마스 패션쇼에 참석해요?"

딜레이니가 라나에게 물었다. 닉 얘기는 더 하고 싶지 않았다.

"아뇨, 하지만 맥주전문점의 겨울 축제 얼음 조각 만드는 일을 도울 거예요."

닉 애기는 지나갔고 그들은 추수감사절을 어떻게 보냈는지 얘기했다. 딜레이니는 물론 어머니 집에 갔었다. 맥스도 있었고, 그녀가 기억하는 한 완전히 긴장을 푼 첫번째 명절이었다. 뭐, 거의 완전히. 어머니는 크리스마스 패션쇼 일로 그녀를 졸랐다. 머리핀부터 신발 스타일까지, 딜레이니가 무슨 계획을 세우고 있는지 알고 싶어했다. 그웬은 정장 구두를 권했다. 딜레이니는 가지고 있지도 않은 허벅지까지 오는 부츠를 언급하여 어머닐 기겁하게 했다. 그웬은 '근사한 앤 클라인 정장'을 권했다. 딜레이니는 가지고 있긴 하지만 트롤리에 발을 묶인 이후로 맞지 않게 된, '비닐로 된 근사한 고양이 의상'을 입을까 생각한다고 말했다. 그러자 맥스가 끼어들어 자신이 칠면조를 자르겠다고 제안했다.

커트를 마치고 나자, 라나는 새 헤어 스타일을 너무나 맘에 들어하며 팁으로 10달러를 더 줬다. 트롤리에서 그건 정말 보기 드문 찬사였다. 다시 살롱이 비자 딜레이니는 머리카락을 쓸어내고 예약 장부를 확인했다. 3시 반 커트와 드라이까지 한 시간이 좀 안 남았다. 살롱을 연 이래 두번째 남자 손님이었는데 조금 걱정이 되었다. 어떤 남자들은 그녀가 반시간 동안 자기네들의 머리칼을 만지작거렸으니 당연히 끝나고 모텔에서 한잔하고 싶어할 줄 안다. 어느 손님이 그녀의 직업을 성적 접근으로 해석할지는 절대 예측불가였다. 결혼 여부는 전혀 상관이 없다.

기다리는 동안 그녀는 창고의 비품을 세며 특정 검은 지프차 소리에 귀를 기울이는 게 아니라고 스스로에게 말했지만, 사실 그랬다.

샴푸 타월 숫자를 세고 몇 십 개 더 주문을 적어 넣었다. 와네타 덕분에 펑거 웨이브 로션도 필요했고. 막 재고 조사를 마칠 무렵 조심스런 자갈 밟는 소리가 뒤쪽 공터에서 들려왔다. 그녀는 꼼짝 않고 다시 들릴 때까지 귀를 기울였다. 미처 어쩌자고 생각하기도 전에, 작은 쓰레기통을 들고 천천히 뒷문을 열었다.

소피가 은색 캐딜락의 앞쪽에 서서 와이퍼를 한 손으로 들어올리고 있었다. 다른 손에는 하얀 봉투가 들려 있었다. 아이는 봉투를 와이퍼 아래 밀어넣었고, 딜레이니는 뭐가 쓰여져 있는지 안 봐도 알 수 있었다.

"너였구나."

홱 돌아선 소피의 눈은 휘둥그랬고 손이 파란 파카의 가슴께로 올라갔다. 입이 떡 벌어졌다가 탁 다물렸다. 아이는 딜레이니만큼이나 경악한 듯했다. 딜레이니는 네가 사이코 스토커가 아니어서 고맙다고 해야 할지 못된 계집애라고 소리쳐야 할지 알 수가 없었다.

"난 그저…… 그저……."

아이는 더듬거리며 봉투를 잡아채 주머니에 쑤셔넣었다.

"네가 뭘 하고 있었는지 알아. 나한테 또 경고문을 남길 생각이었지."

소피는 가슴에 팔짱을 꼈다. 터프한 척하려 했지만 그 얼굴색은 발치에 깔린 눈과 막상막하였다.

"너희 아버지한테 전화해야겠구나."

"아빠 신혼여행중이에요."

아이는 아니라고 부정하는 대신 그렇게 말했다.

"영원히는 아니지. 돌아올 때까지 기다리면 돼."

"맘대로 해요. 아빠 안 믿을걸. 단지 리사 때문에 언니한테 친절한 거야."

"너희 닉 삼촌은 날 믿을 거야. 닉은 다른 두 편지에 대해 알아."

아이의 팔이 양옆으로 툭 내려갔다.

"삼촌한테 말했어요?"

마치 딜레이니가 뭔가 잘못을 저지른 쪽인양 그렇게 외쳤다.

"그래, 그리고 닉은 내 말을 믿을 거야."

속으론 아니면서도 그녀는 확신을 담아 그렇게 말했다.

"네가 협박장을 남긴 장본인이라고 하면 그는 별로 기뻐하지 않을걸."

소피는 고개를 저었다.

"말하면 안 돼요."

"왜 주위를 어슬렁거리며 나한테 겁을 주려 했는지 말해 보렴. 그럼 닉한테 전화하지 않을지도 모르지."

소피는 오랫동안 그녀를 응시하다가 뒤로 몇 걸음 물러났다.

"그럼 삼촌한테 전화하든 말든 맘대로 해요. 난 그냥 아니라고 하면 되니까."

딜레이니는 소녀가 주차장에서 사라지는 모습을 지켜보고 살롱으로 들어왔다. 소피가 잘못을 저지르고 그냥 빠져나가게 둘 수는 없지만, 문제는 어떻게 해야 할지 모른다는 것이었다. 그녀는 아이들을 어떻게 다뤄야 하는지에 대한 경험이 없었고, 리사가 신혼여행에서 돌아왔을 때 이런 폭탄을 떨어뜨리고 싶지도 않았다. 게다가 리사도 나름대로 소피와의 사이에 문제가 있을 텐데 거기에 이것까지 더하고 싶진 않았다. 그럼 닉이 남는다. 과연 그가 날 믿어 줄까?

다음날 오후 아직도 궁리하고 있는데 3시 반에 소피가 살롱으로 들어왔다. 스톡스베리 부인의 가발에서 눈길을 든 딜레이니는 앞문 근처를 어슬렁대는 그 애를 발견했다. 숱 많은 머리 양쪽을 꽃핀으로 고정했고 조그만 얼굴에 검은 눈은 커다랬다. 커다란 코트를 입은 겁에 질린 꼬마 애처럼 보였다.

"잠깐만 기다려."

그녀는 아이에게 그렇게 외치고 손님에게로 주의를 돌렸다. 하얀 가발을 노부인의 머리에 씌우고 스티로폼 머리에 고정시킨 검은 헬멧 모양 가발을 건넸다. 스톡스베리 부인에게 경로 할인을 해주고 문까지 부축했다.

딜레이니는 소피에게로 주의를 돌리고 아이가 입을 열길 기다렸다. 잠깐 머뭇거린 다음 소피가 말했다.

"어젯밤 닉 삼촌한테 전화 안 했죠."

"했는데 네가 아직 모르는 것일 수도 있지."

"안 한 거 알아요. 아빠랑 리사가 돌아올 때까지 삼촌 집에서 살고 있으니까."

"맞아. 안 했어."

"오늘 얘기했어요?"

"아니."

"언제 말할 거예요?"

"아직 모르겠어."

아이의 눈썹 사이에 깊게 주름이 졌다.

"날 고문할 셈이에요?"

딜레이니는 열세 살 소녀가 폭탄이 떨어지길 기다리며 겪었을 고뇌는 미처 생각하지 못했다. 그녀는 씨익 미소지었다.

"그래. 내가 언제 어디서 말할지 넌 절대 알 수 없을걸."

"좋아, 언니가 이겼어요. 난 언니에게 겁을 줘서 마을을 떠나게 하고 싶었어요."

소피는 가슴에 팔짱을 끼고 딜레이니의 머리 뒤 한 곳을 바라보았다.

"미안해요."

어쩌 미안해하는 듯이 들리지 않았다.

"왜 그랬니?"

"그럼 언니가 빼앗아갔던 모든 것을 삼촌이 갖게 될 테니까. 삼촌네 아빠는 언니한테 모든 걸 주고 삼촌은 구멍이 숭숭 뚫린 청바지와 티셔츠를 입어야 했다구요."

딜레이니는 닉이 뭐든 구멍이 숭숭 뚫린 옷을 입었던 것을 본 기억이 없었다.

"난 헨리의 의붓딸이었어. 우리 엄마가 닉의 아버지랑 결혼했다고 해서 내가 발가벗고 다녀야 했겠니? 닉이 무슨 옷을 입고 다녔는지가 정말로 내 탓이라고 생각해?"

"어, 언니네 엄마가 헨리와 결혼하지 않았다면……."

"그럼 헨리가 근사한 아빠가 되었을 거라고?"

딜레이니가 끼어들었다.

"닉을 사랑하고 원하는 건 뭐든 사줬을 거라고? 너희 할머니와 결혼했을 거라고?"

소피의 얼굴 표정을 보아하니 바로 그런 생각임을 알 수 있었다.

"그렇게 되지 않았을 거야. 내가 트룰리에 왔을 때 닉은 열 살이었는데, 그 십 년 동안 그의 아버진 결코 닉을 인정하지 않았어. 다정한 말한 마디 안 했지."

"그야 어찌되었을지 모르는 일이죠."

"차라리 돼지 등에 날개가 돋아나 훨훨 날길 빌지. 어림도 없는 소리."

딜레이니는 고개를 내저었다.

"코트 벗고 이 안으로 와."

소피의 갈라진 머리끝을 단 일 분도 더 보고 있을 수가 없었다.

"왜요?"

"네 머리 샴푸하게."

"아침에 학교 가기 전에 감았어요."

"그리고 갈라진 끝을 잘라낼 거야."

딜레이니는 세면대 옆에 서서 살롱 앞쪽을 바라보았다. 소피는 꿈쩍도 하지 않았다.

"닉에게 전화해서 네가 편지를 보냈단 얘기를 해야 할지 말아야 할지 아직도 모르겠다."

다시 인상 쓴 얼굴로 아이는 코트를 벗고 안으로 들어왔다.

"난 머리 자르기 싫어요. 긴 게 좋다구요."

"잘라도 여전히 길 거야. 다만 끝이 풀린 밧줄처럼 보이지 않게 될 뿐이지."

딜레이니는 순한 샴푸와 컨디셔너를 써 머리를 감기고 아이를 살롱 의자로 데려갔다. 빗질하고 끝을 쳐냈다. 만약 이 황홀한 검은머리가 거울 속에서 그녀를 향해 얼굴을 찌푸리고 있는 소녀 외의 다른 사람에게 달려 있었다면, 스타일리스트의 천국에 있는 셈일 텐데.

"믿지 못할지도 모르지만, 너희 닉 삼촌은 헨리가 내게 남긴 유산을 원치 않아. 그리고 나도 분명히 닉이 받은 걸 원치 않고."

"그럼 왜 늘 삼촌 주변을 어슬렁거리며 춤추고 키스하고 아플 때 삼촌이 바래다 주게 만들어요? 나도 유언에 대해 다 알고 있고, 언니가 삼촌 쳐다보는 거 봤어요. 할머니도 봤고. 삼촌을 남자친구로 삼고 싶은 거야."

내가 진짜 그를 그런 식으로 쳐다봤나?

"닉하고 난 친구야."

딜레이니는 갈라진 머리끝을 5센티미터 잘라내며 말했다. 진짜 친구일까? 그녀는 그에 대한 자신의 감정을 알 수 없었고 그가 자신에게 어떤 감정을 갖고 있을지 두려웠다. 그가 아무런 감정도 갖고 있지 않을까 두려웠다.

"넌 그냥 친구인 남자애들 없니?"

"몇 명, 하지만 그건 달라요."

그들은 둘 다 침묵에 잠겼고 딜레이니는 닉과 그에 대한 자신의 감정에 대해 생각했다. 질투는 확실했다. 그가 다른 여자와 함께 있는 생각만 해도 속이 뒤틀렸다. 언제 다시 보게 될지 초조하고 궁금하며, 아무래도 만나지 않는 쪽이 상책이란 깨달음에 낙담했다.

그녀는 소피의 나머지 머리를 풀고 끝을 살짝 쳐내 어깨에서 안쪽으로 쉽게 말리게끔 했다. 커다란 둥근 브러시를 집어들고 머리를 말리기 시작했다. 대체로 딜레이니는 혼란스러웠다.

"왜 친절하게 구는 거예요?"

"그런지 아닌지 어떻게 알아? 아직 네 뒷머리를 보지 않았잖니."

그녀는 소피에게 손거울을 주고 의자를 빙글 돌렸다.

머리가 무참히 동강나지 않은 걸 본 소녀의 눈에 안심한 기색이 밀려왔다.

"나 돈 없는데."

"돈은 됐어."

딜레이니는 케이프와 목 스트립을 치우고 의자를 낮췄다.

"누가 머리를 어디서 잘랐냐고 묻거든 커팅 엣지에서 했다고 해. 하지만 집에 가서 네 아름다운 머리칼을 독한 걸로 감아서 다시 엉망이 되면 헬렌의 헤어 헛에서 잘랐다고 하고."

아이에게서 희미한 미소를 본 듯도 했지만 확신할 수 없었다.

"앞으로 협박장 보내지 말아. 그리고 사과는 네가 진심으로 할 때 받아들이지."

돌처럼 굳은 얼굴로 소피는 자신의 모습을 살폈다. 아이의 눈이 딜레이니의 눈과 마주쳤고, 소피는 살롱 앞으로 가서 자기 코트를 집어들었다. 소피가 문을 나선 다음 딜레이니는 인도를 걸어가는 아이를 지켜보았다. 소피는 반 블록을 간 다음 손가락으로 머리를 쓸어 넘기고 고갯짓으로 휙 넘겼다. 딜레이니는 미소지었다. 만족한 손님의 징표.

그녀는 창문에서 몸을 돌리고 소피의 가족이 어떻게 생각할까 궁금해했다.

다음날 아침 그녀는 크리스마스 시즌을 위해 살롱을 장식하다 그 대답을 발견하게 되었다. 가죽 재킷과 플래티넘 오클리 선글라스 차림의 닉이 살롱 앞문으로 들어왔다. 딜레이니는 막 커피를 올려놓고 9시 반 예약 준비를 하던 참이었다. 와네타 반담이 월례 핑거 웨이브를 하러 비틀비틀 들어올 때까지 반 시간이 남아 있었다.

"네가 머리를 잘라 줬다고 소피가 그러더라."

딜레이니는 투명 테이프와 녹색 덩굴장식을 작업대에 내려놓았다. 심장이 한 박자 빠르게 뛰었고 그녀는 한 손을 배에 얹었다.

"응, 맞아."

그는 선글라스를 벗어들고 그녀의 검은 터틀넥과 짧은 퀼트 스커트에서 검은 부츠까지 쭉 훑어보았다.

"얼마 내면 돼?"

그는 오클리를 재킷 주머니에 찔러넣고 수표책을 꺼냈다.

"됐어."

그가 다시 그녀의 눈으로 눈길을 들어올렸고, 그녀는 그의 가슴으로 시선을 내렸다. 그의 눈을 보면 생각할 수가 없었다.

"가끔은 그냥 광고 목적으로 하기도 해."

그녀는 작업대로 몸을 돌려 소독된 빗이 꽂힌 통을 정리했다. 뒤에서 그의 발소리가 들렸지만 하던 일에 정신을 집중했다.

"그리고 자기가 그 협박장을 남긴 장본인이라더군."

딜레이니는 그가 다가오는 동안 거울에 비친 그를 쳐다보았다. 그는 재킷 지퍼를 내렸다. 재킷 아래엔 파란 플란넬 셔츠 자락을 리바이스 안으로 넣어 입었으며 가죽 벨트를 하고 있었다.

"그 애가 말했다니 놀랍네."

"네가 머리를 잘라 준 다음, 소피는 엄청나게 죄책감을 느끼기 시작해서 어젯밤 고백했어."

그는 그녀 바로 뒤에 멈춰 섰다.

"소피가 공짜 커트를 상으로 받아야 한다고는 생각되지 않는데."

"난 그런 뜻으로가 아니…… 아…….."

거울을 통해 닉을 쳐다본 딜레이니는 무슨 말을 하려 했었는지 까먹었다. 그는 정말이지 그녀의 정신 건강에 해로웠다. 너무나 가까워서 그녀가 조금만 뒤로 기대면 그의 널찍한 가슴에 맞닿을 터였다.

"그런 뜻으로 뭔가?"

서늘한 아침 공기 내음이 그에게 묻어 있었다. 그녀는 깊이 숨을 들이쉬어 그의 내음을 폐 속 깊이 빨아들였다.

"딜레이니?"

"으음?"

그녀는 뒤로 기대어 어깨를 그의 가슴에, 엉덩이를 그의 사타구니에 눌렀다. 그는 단단했고 완전히 흥분해 있었다. 그가 한 손을 그녀의 배에 대고 바싹 끌어당겼다. 딜레이니는 그의 눈길을 따라 그녀의 배에 넓게 벌려진 그의 긴 손가락을 보았다. 그의 엄지가 오른쪽 젖가슴 아래를 스쳤다.

"오늘 아침 첫 예약이 언제야?"

그녀의 귓가에 대고 그가 물었다. 그녀의 터틀넥을 잡아당겨 목 옆에 키스했다. 눈이 스르르 감겼고 그녀는 고개를 한쪽으로 기울여 그가 더 잘 닿게 해주었다. 그는 날 좋아해. 틀림없어.

"한 20분 후."

"우리 둘 다에게 필요한 걸 15분이면 해줄 수 있어."

그의 손가락이 면 셔츠 너머로 그녀의 민감한 살을 스쳤다.

그녀는 그를 향한 사랑에 빠져들고 있었다. 수면 아래 격렬한 저류처럼 자신을 잡아당기고 발밑을 휩쓰는 감정을 느낄 수 있었으며, 그녀가 할 수 있는 일은 아무것도 없었다. 그녀는 놀랄 만큼 잘생긴 그의 얼굴을 쳐다보고 말했다.

"난 단지 네 여자 중 하나가 되고 싶지 않아, 닉. 그 이상을 원해."

그는 시선을 들어 그녀와 눈을 맞췄다.

"뭘 원하는데?"

"내가 여기 있는 동안, 너의 유일한 여자가 되고 싶어. 나뿐이야."

그녀는 말을 멈추고 크게 숨을 들이쉬었다.

"나하고만 사랑을 나눴으면 해. 다른 여자들은 정리하고."

그의 손이 움직임을 멈추고 그는 한동안 그녀를 쳐다보았다.

"너와 일종의 연애 관계를 맺기 위해 내가 섹스하는 다른 여자들을 정리하라 이거지…… 6개월 동안?"

"그래."

"그럼 난 대가로 뭘 얻지?"

그가 그 질문을 할까 두려웠다. 그에게 해줄 수 있는 대답이라곤 단 하나뿐인데, 그가 그걸론 충분치 못하다고 생각할지도 모른다.

"나."

"6개월 동안."

"그래."

"내가 왜 그래야 하지?"

"왜냐하면 난 너와 사랑을 나누고 싶은데, 다른 누구와 널 공유하긴 싫으니까."

"넌 '사랑'이란 단어를 많이 쓰는구나."

그는 몸을 펴고 그녀의 배로 손을 떨궜다.

"날 사랑해?"

그녀는 자신이 그를 사랑하고 있을까 봐, 그리고 그게 무슨 의미일지무지무지 겁이 났다.

"아니."

"잘됐네, 나도 널 사랑하지 않거든."

그는 한 걸음 물러서서 재킷 지퍼를 올렸다.

"나에 대해 사람들이 뭐라고 하는지 너도 알지, 말괄량이. 난 한 여자에게 충실할 수 없고, 넌 내가 노력하고 싶게 만들 만한 말은 한 마디도 안 했어."

그는 몇 걸음 뒤로 더 물러났다.

"화끈하고 격렬한 섹스를 원하거든, 어디로 날 찾아와야 할지 알 테지. 몇 달 동안 네가 던져주는 찌꺼기나 애걸복걸할 놈을 원하면, 다른 사람을 찾아봐."

그녀는 그가 무슨 일로든 애걸복걸하길 원치 않았으며 그의 말이 정확히 무슨 뜻인지 알 수 없었다. 다만 자신이 그에겐 충분치 못하다는 것 외엔. 그가 가버린 후 딜레이니는 몸을 공처럼 웅크리고 울고만 싶었다. 어쩌면 그가 제안한 15분을 받아들여야 했을지도 모르지만, 그녀는 그것보단 이기적이었다. 그녀는 남자를, 특히 닉을 공유할 수 없었다. 그를 혼자서 독점하고 싶었다. 불행히도 그는 같은 기분이 아니었다. 그녀와 함께 있기 위해 그가 무릅쓴 위험 때문에, 그녀는 그가 자신에게 끌린다고 확신했었다. 아닌 모양이었다.

이제 닉을 사랑한다는 것이 어떤 의미인지 생각할 필요가 없다. 그 영향이나 앞으로 어떻게 할지 고려하지 않아도 된다. 그녀가 할 일은 남은 6개월을 견뎌내는 것뿐이다.

16

트룰리 겨울 축제의 서막을 여는 크리스마스 퍼레이드에서 산타 역을 맡은 마티 휠러가 고주망태로 취해 썰매에서 머리부터 거꾸로 떨어져 의식을 잃는 바람에 몇 십 년간 전해질 스캔들이 시작되었다. 마티는 키가 작고 퍼그 애완견만큼이나 땅딸했으며, 영장류만큼이나 털투성이였다. 그는 6번가의 셰브론에서 자동차 정비를 하고 쿵푸 도장의 사범이기도 했다. 그야말로 남자 중의 남자. 마티가 퍼레이드 전에 만취했다는 데 충격받은 사람은 아무도 없었다. 그러나 그의 속옷은 군중들로 하여금 말문을 잃게 만들었다. 응급요원들이 그의 산타 복장을 풀어 밝은 핑크색 코르셋이 드러나자 모두들 경악했다. 43살의 독신남을 늘 '조금 괴상하다'고 여겨온 와네타 반담만 빼고.

딜레이니는 속옷 차림의 마티를 보지 못한 게 아쉬울 따름이었지만 공제조합 회관에서 패션쇼 장식을 하느라 바빴다. 무대를 은색 별과 반짝이, 소나무 가지와 크리스마스 전구로 꾸몄다. 무대 뒤에는 전등을 단 거울과 의자들을 가져다놓았다. 그리고 젤과 무스, 커다란 헤어 스프레이와 호랑가시나무 가지를 가져왔다. 트룰리 사람들은 헤어 쇼 스타일처럼 극단적인 것을 받아들일 준비가 되어 있지 않을 터였다. 이 사람들에게 장미 넝쿨이나 새 둥지는 안 되겠지. 그녀는 1인 당 10분에서 15분에 할 수 있는 올린머리와 땋기 사진들을 가져왔다.

쇼는 7시 시작 예정이었고, 6시 반 무렵 딜레이니는 한창 작업중이었다. 머리를 땋고 말아올리고 위로 뒤집고 아래로 뒤집었다. 꼬고 말아넣고 말아올리고 최신 소문을 들으면서, 내심 자기 대신 마티가 입방아 대상에 오른 데 안도했다.

"팻시 토머슨이 병원 간호사한테 들었는데 글쎄 마티가 레이스 끈팬티도 입고 있더래요."

시장의 아내 릴리 태너시가 자신의 적갈색 머리를 왕관 모양으로 올리는 딜레이니에게 알려주었다. 릴리와 어린 딸은 똑같이 빨강과 녹색 호박단으로 차려입었다.

"코르셋하고 끈팬티가 빅토리아스 시크릿*이라더군요. 그런 야시시한 걸 상상할 수 있겠어요?"

딜레이니는 다년간 많은 게이 헤어 스타일리스트와 일해 왔지만, 복장 도착자는 한 번도 만난 적이 없었다. 어쨌든 그녀가 아는 한에선.

"최소한 싸구려는 아니네요. 난 야시시한 것보단 싸구려가 더 찝찝하거든요."

"우리 그이는 밑 뚫린 나일론 팬티를 사다주지 뭐예요."

의자에 앉아 자기 차례를 기다리던 여자가 털어놓았다. 그녀는 엘프로 분장하여 옆에 선 어린 딸의 귀를 막았다.

"세 사이즈는 작은데다가 너무 싸구려라 내가 삼류 창녀가 된 기분이더라구요."

딜레이니는 고개를 설레설레 저으며 릴리의 머리에 호랑가시나무 열매를 몇 개 달았다.

---

* 슈퍼모델들이 등장하는 유혹적인 광고로 유명한 속옷 브랜드.

"싸구려 란제리만큼 여자를 창녀처럼 느끼게 만드는 것도 없죠."

그녀는 커다란 캔을 집어다 릴리의 머리에 스프레이를 뿌렸다. 다음으로 시장의 딸 미스티가 펄쩍 의자에 올라앉았고 딜레이니는 아이의 머리를 어머니와 똑같이 해주었다. 자기 머리를 직접 한 여자 몇몇은 저쪽에 따로 떨어져 서 있었다. 베니타 알레그레자도 그 중에 끼어 있었다. 눈한 켠으로 딜레이니는 닉의 어머니가 친구들과 얘기하는 모습을 지켜보았다. 베니타는 아마 50대 중반일 텐데 족히 열 살은 더 먹어 보였다. 딜레이니는 베니타의 이마와 입가에 주름을 새긴 것이 유전일까 아니면 한일까 궁금해했다. 어머니를 찾아 주위를 둘러본 그녀는 이미 완벽하게 머리를 하고 행동에 나선 어머니를 보고 전혀 놀라지 않았다. 헬렌은 아무 데도 보이지 않았지만 딜레이니는 그녀의 불참에 놀라지 않았다.

딜레이니의 의자에 앉은 이들은 나이와 스타일면에서 가지각색이었다. 어떤 이들은 우아한 벨벳을, 어떤 이들은 정교한 가장 의상을 입었다.

딜레이니가 제일 마음에 들어한 분장은 자신은 겨울 부인*으로, 세네 살 된 아이는 눈송이로 가장한 젊은 엄마였다. 무엇보다 그녀가 놀란 것은 사탕과자로 가장하고 나타난 리사가 프랑스식으로 머리를 땋아달라고 했을 때였다. 딜레이니는 친구가 몇 주 전 신혼여행에서 돌아온 이래 몇 번 만나 이야기를 나눴다. 두어 번 점심식사를 같이 했지만, 리사는 참가 예정이란 소리를 한 적이 없었다.

"언제 쇼에 나오기로 결정했어?"

"지난 주말. 나하고 소피가 뭔가를 함께하면 좋을 듯해서."

딜레이니는 주위를 돌아보았다.

"소피는 어디 있는데?"

한순간 소피가 보낸 쪽지에 대해 리사가 알고 있을까 싶었지만, 그랬다면 지금쯤 리사가 말했으리라.

"옷 갈아입어. 루이와 닉을 도와 얼음 조각을 했거든. 락스퍼 공원에

---

* 하늘에서 깃털 베개를 털어 세상에 눈을 내리게 한다는, 옛날 이야기의 등장인물.

데리러 가서 보니까 모자도 안 썼고 코트 지퍼는 열어둔 채더라. 내일쯤 앓아 눕지 않는다면 기적이지."

"뭘로 갈아입어?"

"우리가 만든 나이트가운. 영화 <크리스마스의 악몽>에서 영감을 얻었어."

"이제 소피와 같이 살게 되니 어때, 잘 되어가?"

딜레이니는 리사의 머리를 모아 정수리에서 셋으로 나누며 물었다.

"우리 둘 다에게 커다란 변화지. 아이가 부엌 식탁에서 먹었으면 좋겠는데, 걘 평생 놓아기르는 닭마냥 아무 데서나 먹어도 잔소리 안 듣고 자랐거든. 그런 사소한 문제들이지. 걔가 열세 살만 아니었으면 쉬웠을 텐데."

리사는 거울을 쳐다보고 목둘레의 잎새를 가다듬었다.

"루이랑 난 아기를 갖고 싶어. 하지만 소피가 나에게 익숙해질 때까지 기다려야 할 거 같아."

아기. 딜레이니는 열 손가락을 다 써서 리사의 머리를 뒤로 땋고 꼬았다. 리사와 루이는 아이를 가질 계획이란다. 딜레이니는 남자친구조차 없고, 자기 인생의 남자를 생각할라치면 한 사람만이 뇌리에 떠오르는데. 닉. 그녀는 최근 그에 대해 아주 많이 생각했다. 심지어는 자면서도. 얼마 전 또 다른 악몽을 꾸었는데, 다만 이번엔 시간도 흘러갔고 차도 사라지지 않았다. 마음대로 트롤리를 떠날 수 있었지만 다시 닉을 보지 못한단 생각에 가슴이 찢어졌다. 어느 쪽이 더 괴로운지 알 수가 없었다. 같은 마을에 살면서 그를 무시하는 것과, 같은 마을에 살지 않아 그를 억지로 무시하지 않게 되는 것. 혼란스럽고 우울했으며 그냥 운명에 순응하여 노처녀답게 고양이나 사야 하지 않을까 싶었다.

"마티 휠러 얘기 들었겠지."

그녀는 생각을 딴 데로 돌리려 말했다.

"물론이지. 도대체 뭣 때문에 남자가 산타 복장 아래 코르셋을 입을 마음이 들었는지 궁금해. 너도 알다시피 진짜 불편하잖니."

"레이스 끈팬티 얘기도 들었어?"

딜레이니는 고무 밴드로 땋은 머리의 끝을 묶어 실핀 아래로 밀어넣었다. 리사가 일어나서 의상을 가다듬었다.

"세상에. 그 끼는 걸?"

"난 생각만 해도 쓰리더라."

긴 나이트가운에 손수건을 머리에 두르고, 부끄럽고 미안한 마음을 내색하지 않으려 애쓰는 소피가 몇 걸음 떨어져 서 있는 것이 눈에 들어왔다.

"너도 머리 땋아줄까?"

소피는 고개를 젓고 눈길을 돌렸다.

"우리 차례예요, 리사."

리사가 무대를 향해 떠난 후, 딜레이니는 네바 밀러의 머리를 뒤집힌 포니테일로 말아주고 그녀의 네 딸 머리를 땋아주었다. 네바는 교회와 남편 팀 목사, 주님에 대해 끊임없이 얘기했다. 그녀의 입은 '난 다시 태어났어, 예수님께선 너보다 날 더 사랑하셔'란 미소를 띠고 있어서, 딜레이니는 네가 하프타임 동안 풋볼 팀에게 오랄 섹스를 해줬던 거 기억하냐고 묻고 싶은 충동이 들었다.

"너도 내일 우리 교회 와라."

네 명의 딸들을 무대로 이끌며 네바가 말했다.

"우린 9시부터 정오까지 예배드려."

차라리 영겁의 세월을 지옥 불길에 타고 말지. 딜레이니는 남은 물품들을 챙기고 어머니를 찾으러 갔다. 새해까지 어머니를 보지 못할 테니 작별 인사를 하고 여행 잘 다녀오시라고 말하고 싶었다. 수년간 딜레이니는 그녀를 불쌍히 여겨 저녁식사에 초대한 친구들과 크리스마스를 보내 왔다. 올해는 완전히 혼자일 테고, 어머니를 껴안고 듀크와 돌로레스를 잘 보살피겠노라 약속하면서 자신이 정말로 예전처럼 집에서 크리스마스를 보내고 싶어했음을 깨달았다. 특히 이제 맥스가 함께하게 된 만큼. 맥스는 어머니가 딜레이니의 인생 전반에 대해 잔소리하지 않게 정신을 분산시키는 재주가 있는 듯했다.

헨리의 캐딜락에 짐을 싣는 그녀의 머리 위에 눈이 떨어져 내렸다. 장갑 없이 차창 성에를 긁어내서 손이 얼었다. 그녀는 지치고 어깨가 욱씬거렸으며, 살롱 뒤의 코너를 너무 빨리 돌았다. 캐딜락이 주차장 안을 옆으로 미끄러져 들어가 마침내 뒷 범퍼로 알레그레자 건설의 문을 가로막으며 멈춰 섰다. 딜레이니는 알레그레자 형제가 내일 일하지 않으리라 여겼고 어쨌든 그걸 신경쓰기엔 너무 피곤했다. 그녀는 잠옷으로 갈아입고 침대로 기어들었다. 오래 자지도 못한 듯한데 누가 문을 두들겨댔다. 그녀가 침대 옆 협탁 위 시계를 흘긋 보는 동안에도 쾅쾅 소리는 계속되었다. 일요일 아침 아홉 시, 포치에 서서 문을 두들겨대는 사람이 누군지는 안 봐도 뻔했다. 닉. 그녀는 붉은 실크 로브를 집어들었지만 세수나 머리 빗질까지는 하지 않았다. 쉬는 날인 그녀를 이렇게 일찍 깨워놨으니 그가 기겁을 해도 싸지.

"도대체 왜 이래?"

분노의 신처럼 그녀의 아파트 안으로 쳐들어온 닉의 입에서 나온 첫마디였다.

"나? 미치광이처럼 문을 두들겨댄 사람은 내가 아닌걸."

그는 가슴에 팔짱을 끼고 고개를 한쪽으로 기울였다.

"겨울 내내 도로를 미끄러져 다닐 작정이야, 아님 그러다 죽을 때까지?"

"내 걱정한단 소린 말아 줘."

그녀는 실크 허리끈을 단단히 묶고 그를 지나 부엌으로 향했다.

"날 진짜로 좋아하지도 않으면서."

그는 그녀의 위쪽 팔뚝을 움켜쥐고 잡아 세웠다.

"너의 신체 부위 중 몇 군데 좋아하는 곳이 있거든."

그의 얼굴을 쳐다본 그녀는 한일자로 꾹 다물린 입술, 사선을 그린 눈썹, 그리고 그의 눈에 소용돌이치는 욕망을 보았다. 그는 그녀가 본 그 어느 때보다도 화가 나 있었지만 그녀를 원한다는 사실을 숨기진 못했다.

"날 원한다면, 내 조건 알지. 다른 여자 정리."

"그래, 그리고 내가 네 마음을 바꿔놓는 데 2분이면 충분하리라는 거

우리 둘 다 알고."

그의 말에 반박하면 그는 단지 그녀가 틀렸음을 증명하라는 도발로 받아들인다는 걸 그녀는 여러 달 전에 배웠다. 자신이 유혹에 저항할 수 있으리라고 믿고 싶었지만, 깊은 내면에선 1분하고도 30초는 너끈히 남지 않을까 겁났다. 딜레이니는 그의 손아귀에서 팔을 빼내고 부엌으로 들어갔다.

"헨리 차 키 내놔."

그가 뒤에서 외쳤다.

"왜?"

그녀는 커피메이커에 물을 채웠다.

"뭘 하려고? 훔치게?"

쾅하고 문 닫히는 소리가 대답이었다. 그녀는 커피메이커를 카운터에 내려놓고 거실로 들어갔다. 손가방 내용물이 커피 테이블 위에 쏟아져 있었고 열쇠가 없어졌다는 감이 왔다. 그녀는 포치로 달려나갔고, 첫번째 계단의 눈에 발이 파묻혔다.

"야!"

그녀는 그의 머리 꼭대기를 향해 외쳤다.

"뭘 하려는 거야? 내 열쇠 내놔, 나쁜 놈!"

그의 웃음소리가 들려왔다.

"어디 내려와서 가져가 봐."

그녀는 맨발로 눈밭을 걸을 만한 이유를 몇 가지 생각해 낼 수 있었다. 불타는 건물, 쥐의 출몰, 초콜릿 치즈 케이크 한 조각. 하지만 헨리의 캐딜락은 그 중의 하나가 아니었다.

닉은 은빛 자동차에 휙 올라타서 시동을 걸었다. 차창을 좀 긁어내고 사라졌다. 한 시간 후 그가 돌아왔을 무렵, 딜레이니는 옷을 다 챙겨 입고 앞문에서 그를 기다리고 있었다.

"내가 보안관한테 전화 안 한 게 다행인 줄 알아."

그녀는 계단을 올라 다가오는 그에게 말했다.

닉은 그녀의 손을 잡고 열쇠를 손바닥에 떨구었다. 그의 눈은 그녀의 눈과 같은 높이에, 그의 입은 그녀의 입술과 몇 인치 떨어져 있었다.

"진정해."

진정해? 심장은 달음질치고 숨결은 목에 걸린 채 그녀는 그가 키스하기를 기다렸다. 너무나 가까워서, 그녀가 만약 조금만 몸을 숙이면······.

"그러다 저 세상 갈라, 좀 천천히 다녀."

그렇게 말하고 그는 몸을 돌려 계단을 도로 내려갔다.

달음질치는 심장이 실망감에 낙담한 느린 박자로 바뀌었다. 난간 너머로 그녀는 그가 사무실로 들어가는 모습을 지켜보곤 아래 주차된 캐딜락으로 내려갔다. 창문 너머로 어젯밤 그녀가 뒷좌석에 던져넣은 헤어 스프레이와 젤이 보였다. 긁힘 없음. 움푹 파인 데 없음. 차는 언제나와 똑같아 보였다. 이제 번쩍거리는 네 개의 새 스노우타이어가 달려 있다는 점만 빼고.

월요일 아침은 딜레이니가 대기 코너에 놓으려 산 조그만 트리에 크리스마스 전구를 달 수 있을 만큼 느긋하게 시작되었다. 겨우 1미터짜리였지만, 살롱 안이 솔향으로 가득했다. 정오 무렵이 되자 손님들의 발길이 잦아졌고 5시 반에 닫을 때까지 꾸준한 상태를 유지했다. 얼음 조각 심사가 6시에 락스퍼 공원에서 시작될 예정이었고, 그녀는 서둘러 청바지와 성조기가 앞에 그려진 베이지색 면 스웨터, 그리고 닥터 마틴 신발로 갈아입었다. 얼음 조각보다는 어제 헨리 차의 타이어를 갈아준 특정 바스크 남자를 찾는 데 더 관심이 있었다.

그녀가 공원에 도착했을 무렵엔 주차장은 거의 꽉 찼고 심사가 진행중이었다. 해가 지고 공원 가로등이 우뚝 솟은 환상의 얼음 세계를 비추고 있었다. 딜레이니는 3미터짜리 미녀와 야수, 덩치 큰 산사나이와 짐노새, 만화영화 캐릭터인 마법의 용 퍼프를 지나쳤다. 조각마다 섬세하게 세부 묘사가 되어 어두운 밤과 환한 불빛 속에 살아났다. 그녀는 인파를 뚫고 <오즈의 마법사>의 도로시와 강아지 토토, 커다란 오리, 미니밴 크기만

한 암소를 지나쳤다. 찬 공기에 귀가 얼었고 그녀는 맨손을 모직 코트 주머니에 찔러넣었다. 서쪽 끝에서 사람들과 심사관들에게 둘러싸인 알레그레자 건설의 얼음 조각을 찾아냈다. 닉과 루이는 얼음 젤리과자와 막대사탕까지 갖춘 과자집을 조각했다. 집은 사람이 걸어 들어갈 수 있을 만큼 컸지만 심사를 마칠 때까지 밧줄을 둘러 출입을 막고 있었다. 딜레이니는 닉을 찾아 두리번거리다 형과 함께 한쪽에 선 그를 보았다. 그는 하얀 테두리를 두른 검은색 노스 페이스(등산용품 브랜드) 파카와 청바지, 작업용 부츠 차림이었다. 게일 올리버가 옆에 서서 그와 팔짱을 끼고 있었다. 뜨거운 질투가 딜레이니의 뱃속에서 울렁거렸고, 만약 그가 시선을 들어 그녀와 눈을 마주치지 않았다면 용기를 잃고 그냥 지나쳐버릴 뻔했다.

그녀는 어쩔 수 없이 그를 향해 나아갔지만 루이에게 말을 걸었다. 그게 더 쉬웠으니까.

"리사는 어디 있어요?"

"소피하고 화장실에 갔어."

루이의 짙은 갈색 눈이 딜레이니에게서 닉에게로, 그리고 다시 딜레이니에게로 돌아왔다.

"금방 올 테니까 여기서 기다리지."

"사실 닉하고 얘기하고 싶어요."

그녀는 몸을 돌려 마음을 어지럽히는 혼란스런 감정의 원인인 남자를 올려다보았다. 그의 얼굴을 응시하며 어떻게 해서인지 자신을 매혹시키며 동시에 괴롭히던 소년을 미칠 듯이 사랑하게 되었음을 알았다. 이제 둘 다 어른이 되었지만 아무것도 변하지 않았다. 그는 단지 그녀를 괴롭히는 새롭고 더 나은 방법을 찾아냈을 뿐이다.

"잠깐 시간 있으면, 얘기 좀 해."

아무 말 없이 그는 게일의 팔을 풀고 그녀를 향해 다가왔다.

"무슨 일이야, 말괄량이?"

그녀는 그들 주위의 사람들을 둘러보고 그의 얼굴을 쳐다보았다. 그의 뺨은 빨갰고 어둠 속에 입김이 하얗게 보였다.

"스노우타이어 고맙단 말을 하고 싶었어. 오늘 사무실에 찾아갔더니 네가 오지 않았더라. 그래서 여기서 찾을 수 있을까 하고."

그녀는 부츠 발가락을 내려다보았다.

"왜 그랬어?"

"뭘?"

"헨리의 차에 스노우타이어 달아준 거. 나한테 타이어를 준 남자는 아무도 없었어."

초조한 웃음소리가 그녀의 입술 사이에서 새어나왔다.

"진짜 상냥한 행동이었어."

"난 원래 진짜 상냥한 남자야."

그녀의 입 한끝이 올라갔다.

"아니, 안 그래."

딜레이니는 고개를 젓고 그에게로 눈길을 들어올렸다.

"넌 대부분의 경우 무례하고 고압적이야."

그가 미소짓자 하얀 이가 내보였고 눈가에 주름이 졌다.

"무례하고 고압적이지 않을 땐 어떤데?"

그녀는 주먹을 쥐고 언 손에 입김을 호호 불었다.

"뻣뻣하지."

"그리고?"

그가 그녀의 손을 잡아 자신의 따스한 양손으로 감쌌다.

그녀의 시야 한구석에 그들을 향해 다가오는 게일이 잡혔다.

"그리고 내가 안 좋은 때 찾아왔네."

딜레이니는 그에게서 손을 빼내어 주머니에 쑤셔넣었다.

"나중에 너 안 바쁠 때 얘기할게."

"나 지금 안 바빠."

바로 그때 게일이 다가와 그의 옆에 섰다.

"안녕, 딜레이니."

"안녕, 게일."

"토요일 밤 패션쇼에는 갈 수가 없었어."

게일은 닉을 올려다보고 미소지었다.

"다른 일이 있어서 말이야. 하지만 올해 네가 헤어를 아주 잘했다고 들었어."

"모두들 즐거운 시간 보낸 것 같구나."

딜레이니는 한 걸음 뒤로 물러섰다. 질투가 뜨거운 칼날처럼 속에서 뒤틀렸고 닉과 게일이 함께 있는 모습에서 어서 벗어나야만 했다.

"다음에들 봐."

"어디 가?"

닉이 물었다.

"듀크와 돌로레스를 살펴봐야 해."

자신의 귀에조차 처량맞게 들렸다.

"그리고 친구들을 만날 거야."

딜레이니는 자존심을 살리기 위해 거짓말을 덧붙이며 손을 흔들곤 돌아섰다. 성큼성큼 세 걸음만에 닉이 그녀를 따라잡았다.

"차까지 바래다 줄게."

"그럴 필요 없어."

딜레이니는 그를 올려다보고 그의 어깨 너머 게일을 쳐다보았다. 게일은 주차장으로 향하는 그들을 응시하고 있었다.

"네 애인이 화내겠다."

"게일은 내 애인이 아냐. 그리고 게일 걱정은 안 해도 돼."

그는 딜레이니의 손을 잡아 자기 코트 주머니에 넣었다.

"왜 네가 헨리의 개들을 살펴봐야 하는데?"

그들은 램프에 앉아 있는 램프 요정 지니를 지나쳤다. 게일에 대한 그의 말을 믿어야 할지 알 수 없었지만, 지금으로선 그 화제는 내버려두기로 했다.

"엄마가 맥스 해리슨이랑 여행가셨어."

그가 그녀와 손가락을 깍지끼자 뜨거운 저릿저릿함이 그녀의 손목까지 번졌다.

"유람선에서 둘이 크리스마스를 보내실 거야."

지니 앞에 몰려든 인파를 비켜가면서 닉은 발걸음을 늦췄다.

"네 크리스마스는?"

저릿저릿함이 팔꿈치까지 그리고 더 위로 올라왔다.

"엄마가 돌아오면 하지. 별일 아냐. 난 명절 때 혼자 있는 데 익숙하니까. 어쨌든 여길 떠난 이후로 진짜 크리스마스를 보낸 적이 없는걸."

그는 한동안 아무 말도 없이 공원 가로등과 어둠 아래를 걸어갔다.

"쓸쓸하게 들려."

"별로. 보통은 날 불쌍히 여기는 사람들을 찾아내거든. 게다가 내 결정으로 떨어져 있었던 거야. 돌아와서 실망시켜 드려 죄송하다고 사과하고 부모님이 원하는 딸인 척 행동할 수도 있었지만, 선물 몇 개와 크리스마스 케이크는 내 자존심이나 자유와 바꿀 만큼의 가치는 없어."

딜레이니는 어깨를 으쓱하고 의도적으로 화제를 바꾸었다.

"내 질문에 대답 안 했어."

"뭐였지?"

"타이어. 왜 그랬어?"

"네가 헨리의 그 커다란 괴물을 그냥 몰고 다니면 아무도 무사할 수가 없으니까. 네가 애들 두어 명 치는 건 시간 문제였어."

그녀는 그의 그늘진 옆얼굴을 올려다보았다.

"거짓말."

"맘대로 생각해."

그는 그녀를 염려한다는 걸 인정하려 들지 않았다.

"얼마 주면 돼?"

"크리스마스 선물인 셈 쳐."

그들은 커브를 틀어 주차장으로 들어와 브롱코와 밴 사이를 지났다.

"난 너한테 줄 게 아무것도 없는데."

"아니, 있어."

그는 멈춰 서더니 그녀의 손을 자기 입으로 올렸다. 그녀의 손가락 마디에 그가 입술을 문질렀다.

"무례하고 고압적이고 뻔뻔하지 않을 땐…… 나 어떤데?"

어둠 속이라 그의 얼굴을 제대로 볼 수가 없었지만, 굳이 보지 않아도 그가 손등 너머로 자신을 응시하고 있다는 걸 알 수 있었다. 그의 입술만큼이나 확실하게 그의 시선을 느낄 수 있었다.

"넌……."

바로 그곳, 발가락이 얼어붙는 영하의 주차장에서 그녀는 자신이 녹아내려감을 느낄 수 있었다. 그와 함께하고 싶었다.

"넌 내가 늘 생각하는 남자야."

그녀는 손을 빼내고 까치발을 하고 섰다.

"네 잘생긴 얼굴, 벌어진 어깨, 그리고 네 입술 생각을 해."

그녀는 그의 목에 팔을 감고 몸을 밀착시켰다. 그는 그녀의 등을 아래위로 쓸어내리며 꼭 껴안았다. 귓가에 쿵쿵 소리가 들렸고 그녀는 차가운 코를 그의 귀 바로 아래 묻었다.

"그리곤 너를 핥는 생각을 하지."

그의 손이 우뚝 정지했다.

"온통 다."

혀끝으로 그의 목을 건드렸다.

"예수님, 요셉, 그리고 마리아시여."

그가 신음했다.

"친구들 언제 만나?"

"무슨 친구들?"

"오늘밤 친구들 만난다며."

"아, 그거."

아까 거짓말한 걸 까맣게 잊고 있었다.

"중요한 약속 아냐. 내가 안 온대도 섭섭해하지 않을걸."

그는 몸을 젖혀 그녀를 쳐다보았다.

"개들은?"

"진짜로 좀 내보내 줘야 해. 게일은?"

"걱정 말랬잖아."

"게일이랑 만나?"

"만나지."

"둘이 섹스해?"

어둠 속에서 찌푸린 그의 입매가 보였다.

"아니."

마음이 부풀어올라 딜레이니는 그와 입을 맞추고 뜨거운 키스로 그를 탐닉하여 숨가쁘게 했다.

"나랑 같이 가."

"헨리 집에?"

"응."

그는 한동안 아무 말도 하지 않았고 그녀는 그가 무슨 생각을 하는지 알 수 없었다.

"내가 거기로 갈게."

그가 마침내 말했다.

"루이한테 얘기 좀 해야 하고, 그 담엔 약국에 들러야 해."

이유를 물을 필요는 없었다. 닉은 그녀와 입을 맞추고는 가버렸다. 그녀는 그가 걸어가는 모습을 지켜보았다. 보폭 넓고 자신감 넘치는 걸음걸이로 그는 공원으로 돌아갔다.

어머니 집으로 차를 몰고 가면서 딜레이니는 오늘밤은 닉이 자신의 것이라고, 그것 외엔 아무것도 상관없다고 스스로를 타이르려 했다. 스노우 타이어가 눈을 파고들어 지면에 닿는 희미한 진동을 느끼며 오늘밤으로 충분하다고, 그렇게 믿으려 애썼다.

어머니 집의 대문을 열자 듀크와 돌로레스가 꼬리를 흔들어대며 젖은 혀로 반겨 맞았다. 그녀는 개들을 내보내고 갈색 개들이 잔뜩 쌓인 흰 눈

속에 배까지 파묻혀 뛰노는 동안 길가에 서 있었다. 이번에는 장갑을 잊지 않고 나와 듀크가 입으로 받기 놀이를 할 수 있게 눈뭉치를 몇 개 뭉쳤다.

어쩌면 자신이 그에게 충분하다고 닉을 확신시킬 수 있을지도 모른다. 그가 다른 누군가와 사귀고 있지 않다고 믿고 싶었다. 게일과 섹스하지 않는다고 한 그의 말을 믿고 싶었지만 완전히 신뢰할 수는 없었다. 그녀는 돌로레스에게 눈뭉치를 던졌다. 눈뭉치가 옆구리에 맞자 사냥개는 어리벙벙해서 주위를 돌아보았다. 딜레이니는 그들 사이에 섹스 이상의 것이 있음을 알았으며, 닉도 분명히 그 사실을 알고 있다. 그녀를 쳐다볼 때의 그의 눈에서 볼 수 있었다. 그 눈빛은 뜨겁고 강렬했으며, 오늘밤 이후 어쩌면 그녀만을 원할지도 모른다.

'난 한 여자에게 충실할 수 없고, 넌 내가 노력하고 싶게 만들 만한 말은 한 마디도 안 했어.'

그는 날 원해. 나도 그를 원하고. 그는 날 사랑하지 않아. 난 가슴이 아릴 정도로 그를 사랑하는데. 그녀의 감정은 사랑이란 터널을 통과하는 느리고 온화한 흐름처럼 진행되지 않았다. 닉과 관련된 일이 전부 그렇듯, 그에 대한 사랑은 그녀를 강타하여 어리둥절하게 넋을 빼놓았다. 너무나 혼란스러워 웃고 싶기도 했고 울고 싶기도 하고 그냥 드러누워 머릿속이 전부 정리될 때까지 일어나지 않고 싶기도 했다.

다시 눈을 뭉치던 그녀는 진입로를 올라오는 헤드라이트 불빛이 눈에 들어오기 전에 지프 엔진소리를 먼저 들었다. 4륜 구동 차량이 차고 앞 불빛 아래 멈춰 서자 듀크와 돌로레스는 마당을 껑충껑충 뛰어가 운전석 옆에서 미친 듯이 컹컹 짖어댔다.

"안녕, 녀석들아."

닉이 몸을 숙여 개들의 귀 뒤를 긁어 주고 시선을 들었다.

"안녕, 말괄량이."

"꼭 날 계속 그렇게 불러야겠어?"

그는 다시 듀크와 돌로레스에게로 눈길을 내렸다.

"그래."

딜레이니는 눈뭉치를 던져 그의 이마를 맞췄다. 눈이 흩어져 검은머리와 검은 파카 어깨에 하얗게 뿌려졌다. 천천히 그는 몸을 펴고 고개를 내저어 하얀 눈송이를 흩날렸다.

"나와 눈싸움을 벌이지 않을 만큼은 똑똑할 줄 알았는데."

"뭘 어쩔 건데? 또 내 눈을 시꺼먼 밤탱이로 만들게?"

"아니."

그녀를 향해 다가오는 그의 부츠 소리가 조용한 대기 중에 불길하게 울렸다. 딜레이니는 눈을 더 집어 장갑 낀 손으로 뭉쳤다.

"뭐든 수상쩍은 짓 하면 진짜 후회하게 될 줄 알아."

"어이구 겁나라, 말괄량이."

그녀가 던진 눈뭉치가 그의 가슴에 맞아 부서졌다.

"옛날에 빚진 거야."

그녀는 한 걸음 마당으로 물러나다 하얀 눈에 무릎까지 푹 빠졌다.

"네가 나한테 진 빚은 한둘이 아니지."

그는 그녀의 윗팔뚝을 붙잡아 닥터 마틴 부츠 끝이 땅에 닿을락 말락 할 정도로 끌어올렸다.

"내가 네 빚을 다 받아내고 나면, 넌 일주일 동안 걷지도 못할걸."

"어이구 겁나라."

그녀는 이죽거렸다. 닉이 반쯤 뜬 눈으로 자신을 쳐다보자, 딜레이니는 그가 자신을 끌어안고 키스할 줄 알았다. 그렇지 않았다. 그는 그녀를 뒤로 확 내던졌다. 깜짝 놀란 꺅 소리가 입 밖으로 튀어나가며 그녀는 몇 피트를 날아 큰대자로 눈 위에 떨어졌다. 깃털 베개 위에 떨어진 듯한 느낌이었고, 그녀는 어안이 벙벙한 채 누워 한껏 빛을 발하는 별들로 가득한 밤하늘을 올려다보았다. 듀크와 돌로레스가 컹컹 짖으며 그녀 위로 뛰어올라 얼굴을 핥아댔다. 들뜬 개들의 헐떡거림 너머로 낮은 웃음소리가 들렸다. 그녀는 개들을 밀쳐내고 일어나 앉았다.

"나쁜 자식."

그녀는 목 뒤와 장갑 안에서 눈을 털어냈다.

"일으켜 줘."

딜레이니는 한 손을 치켜들고 닉이 자신을 일으켜 세울 때까지 기다렸다가 온 힘을 다 써서 그를 끌고 땅으로 쓰러졌다. 우왓 소리와 함께 그가 그녀 위로 무너졌다. 방금 벌어진 일이 믿겨지지 않는 듯 그의 눈가에 웃음기가 돌았다.

그녀는 깊이 숨을 들이쉬려 했으나 그럴 수가 없었다.

"너 꽤 무겁다."

그가 그녀를 안은 채 몸을 굴리자, 정확히 그녀가 원했던 자세가 되었다. 그녀의 다리가 그의 다리 옆에 놓였고, 그녀는 그의 옷깃을 양손으로 움켜쥐었다.

"형님하고 부르면 곱게 놔주지."

그는 '너 돌았냐'는 눈으로 그녀를 올려다보았다.

"여자한테? 어림도 없어."

개들은 그들이 허들이라도 되는 양 위로 넘어다녔고, 딜레이니는 눈을 한 줌 쥐어 그의 얼굴에 떨어뜨렸다.

"이거 봐라, 듀크. 바스크 눈사람이야."

닉은 맨손으로 그을린 피부에서 하얀 눈송이를 털어내고 입술에서 핥아냈다.

"이 빚은 너한테 기쁘게 받아내기로 하지."

그녀는 고개를 숙여 그의 아랫입술을 혀끝으로 쓸었다.

"내가 대신 해줄게."

그의 목에 턱 걸린 숨과 그녀의 팔을 잡은 그의 손아귀의 힘에서 반응이 느껴졌다. 그녀는 뜨거운 입에 키스하고 혀를 빨아들였다. 입을 떼었을 때 그녀는 그의 골반에 걸터앉아 있었고 그녀의 코트가 그들 주위에 펼쳐져 있었다. 청바지 너머로 딜레이니는 길고 단단하며 노골적으로 자신을 밀어붙이는 그를 느낄 수 있었다.

"주머니에 고드름이 들은 거야? 아니면 날 만나 반가운 거야?"

"고드름?"

그는 그녀의 코트 아래로 손을 밀어넣어 허벅지까지 쓸어올렸다.

"고드름은 차갑지. 넌 뜨거운 30센티미터짜리 위에 앉아 있다고."

딜레이니는 어이가 없어 밤하늘로 눈을 들어올렸다.

"30센티미터시라."

그가 크긴 하지만, 그 정도는 아니었다.

"공인된 사실이야."

딜레이니는 깔깔대며 그에게서 굴러 내려왔다. 하지만 뜨겁다는 얘긴 맞을지도. 그는 확실히 그녀에게 불지르는 법을 알고 있었다.

"엉덩이가 꽁꽁 얼었어."

그가 일어나 앉자 듀크와 돌로레스가 달려들었다.

"어이, 자."

그는 개들을 밀어내고 딜레이니를 일으켜 세웠다. 그녀는 그의 파카에서, 그는 그녀의 머리칼에서 눈을 털어냈다. 포치에서 발을 굴러 눈을 털어내고 그들은 안으로 들어갔다. 딜레이니는 파카를 받아 현관 옆 옷걸이에 걸었다. 그가 주위를 돌아보는 동안 그녀는 그를 살펴볼 기회를 얻었다. 그는 물론 플란넬 셔츠 차림이었다. 무늬 없는 빨강 플란넬 셔츠 자락을 물 빠진 리바이스 청바지 안에 넣어 입고 있었다.

"전에 여기 온 적 있어?"

"한 번."

그의 눈길이 그녀에게로 돌아왔다.

"헨리의 유언장이 공개되던 날."

"아, 그렇지."

딜레이니는 주위를 둘러보며, 지금껏 여기 온 적이 없었던 것처럼 새로운 눈으로 현관을 보려 노력했다. 전형적인 빅토리아 시대풍이었다. 흰 페인트와 벽지, 짙은 나무와 판자, 페르시아에서 들여온 두꺼운 수제 깔개, 대형 골동품 괘종시계. 모든 것이 고급스러우며 조금은 위압적이었고, 두 사람 다 헨리가 아버지 노릇에 관심이 있었더라면 닉이 이 거대한 집에서 자라났으리란 사실을 의식하고 있었다. 닉은 자신이 운이 좋다고 여기고 있을까?

그들은 문가에서 젖고 얼어붙은 부츠를 벗었고, 그녀는 자신이 부엌에서 아이리시 커피를 만드는 동안 그는 거실에서 불을 피우면 어떻겠냐고 제안했다. 10분 후 부엌에서 돌아온 딜레이니는 전통적인 벽난로 앞에 서서 맨틀 위에 걸린 헨리 어머니의 초상화를 올려다보는 그를 발견했다. 알바 모건 쇼와 유일한 손자는 아주 약간만 닮았을 뿐이었다. 조상의 유산 가운데 선 닉은 주위와 동떨어져 보였다. 드러난 들보와 암석 그리고 부드러운 플란넬 시트가 있는 그의 집 쪽이 그에게 훨씬 더 어울렸다.

"어떻게 생각해?"

그녀는 테이블에 유리 쟁반을 내려놓으며 물었다.

"뭘?"

그녀는 딜레이니가 트롤리에 오기 훨씬 전 도시로 옮겨간 헨리 어머니의 초상화를 가리켰다. 헨리는 1980년 어머니가 죽기 전까지 일 년에 몇 번 그웬과 딜레이니를 데리고 찾아갔고, 딜레이니가 기억하는 한 저 초상화는 상당히 미화된 것이었다. 알바는 키가 크고 삐적 마른데다 황새처럼 가는 골격의 여자였고, 딜레이니는 그녀의 퀴퀴한 담배 냄새와 헤어 스프레이 냄새를 떠올렸다.

"너희 할머니 말야."

닉은 고개를 한쪽으로 기울였다.

"난 어머니 쪽을 닮아 다행이고, 넌 의붓딸이라 운이 좋았다."

딜레이니는 웃음을 터뜨렸다.

"감추지 말고. 정말로 어떻게 생각하는지 말해 봐."

닉은 몸을 돌려 딜레이니를 쳐다보며 만약 자신이 말하면 그녀가 어떤 반응을 보일까 궁금해했다. 그녀의 금발과 커다란 갈색 눈, 아치형의 눈썹과 핑크색 입술을 눈길로 훑었다. 그는 최근 여러 가지 일들을, 결코 실현되지 않을 일들을, 생각하지 않는 쪽이 최선인 일들을 생각했다. 남은 평생 딜레이니와 아침에 함께 일어나고 그녀의 머리칼이 하얗게 세어

가는 것을 지켜본다든가 하는 일들을.

"꼰대가 지금쯤 꽤나 기뻐하고 있겠다 생각했어."

그녀는 그에게 머그잔을 건네고 자신의 잔을 들어올려 후후 불었다.

"왜?"

커피를 한 모금 마시자 위스키 기운에 그의 위장까지 화끈하게 달아올랐다. 그는 그 느낌이 좋았다. 그녀를 떠올리게 했으니까.

"헨리는 우리가 맺어지길 원치 않았는걸."

닉은 진실을 말해 줘야 하나 궁리하다가, 그러지 말아야 할 이유가 없다는 결론을 내렸다.

"아니야. 그는 우리가 맺어지길 원했지. 그래서 네가 여기 트룰리에 발이 묶이게 된 거야. 너희 어머니 벗삼아 드리란 소리가 아니라구."

그녀의 이마에 새겨진 잔주름은 그의 말을 털끝만큼도 믿지 않는다고 말하고 있었다.

"내 말 믿어."

"알았어, 왜?"

"정말로 알고 싶어?"

"응."

"좋아. 죽기 몇 달 전, 헨리는 내게 모든 것을 주겠다고 제의했어. 그웬에게 좀 남기긴 해야겠지만, 손자를 안겨주기만 하면 나머진 전부 내게 주겠다 했지. 넌 완전히 배제해 버리고."

그는 잠시 말을 멈췄다.

"난 지옥으로나 가라고 했어."

"헨리가 왜 그랬을까?"

"서자가 무자식보단 낫다고 여긴 모양이야. 그리고 내가 아이를 안 가지면 그 우량한 쇼 가문의 혈통이 나와 함께 죽어버릴 테니까."

딜레이니는 얼굴을 찌푸리고 고개를 설레설레 저었다.

"알았어. 하지만 나와는 아무 상관이 없잖아."

"있고 말고."

그는 그녀의 빈 손을 잡아 끌어당겼다.

"미친 소리로 들리겠지만, 엔젤 비치에서의 옛날 일 때문에 헨리는 내가 널 사랑한다고 생각한 거야."

그는 그녀의 손가락 마디를 엄지로 문질렀다.

그녀의 눈길이 그의 얼굴을 살피곤 돌아갔다.

"맞아. 미친 소리네."

닉은 그녀의 손을 놓았다.

"날 믿지 못하겠거든 맥스에게 물어봐. 전부 알고 있으니까. 맥스가 유언장 초안을 잡았어."

"그래도 이해가 안 되긴 마찬가지야. 너무 틀어질 요소가 많은데, 헨리는 그런 걸 운에 맡길 사람이 아냐. 예를 들어, 헨리가 죽기 전에 내가 결혼하면? 그가 몇 년을 살지 모르는데, 내가 그간 수녀라든가 뭐 그런 게 될 수도 있잖아."

"헨리는 자살했어."

"말도 안 돼."

그녀는 다시 고개를 저었다.

"그런 짓을 하기엔 너무 자기 자신을 사랑하는 사람이었는걸. 헨리는 작은 연못의 대장 물고기 노릇을 좋아했다구."

"전립선암으로 죽어가고 있었고 어차피 살 날이 몇 달 안 남은 몸이었지."

그녀의 입이 약간 벌어졌고, 눈을 몇 번 깜박였다.

"아무도 나한테 말해 주지 않았어."

그녀의 미간에 다시 주름이 졌다.

"우리 엄마도 이 일에 대해 알아?"

"암과 자살에 대해선."

"왜 엄마가 나한테 말 안 해줬을까?"

"나야 모르지. 네 어머니한테 물어."

"너무 괴상망측하고 제멋대로라, 생각하면 할수록 딱 헨리가 할 만한 일처럼 여겨져."

"헨리는 늘 목적이 수단을 정당화하고, 돈이면 뭐든 된다는 주의였으니까."

닉은 벽난로 불 쪽으로 몸을 돌리고 커피를 마셨다.

"그 유언은 자신이 죽은 후에조차 모두를 조종하기 위한 수단이야."

"헨리가 널 조종하기 위해 날 이용했단 뜻이네."

"그래."

"그리고 넌 그래서 그를 싫어하고."

"그래. 빌어먹을 인간."

"그럼 이해가 안 돼."

그녀가 그의 옆에 와 섰고 그는 그녀의 목소리에서 혼란스러움을 들을 수 있었다.

"넌 왜 오늘밤 여기 온 거야? 왜 날 피하지 않았어?"

"노력했지."

그는 머그를 맨틀 위에 놓고 불꽃을 응시했다.

"하지만 그렇게 쉽지 않아. 헨리가 한 가지는 제대로 봤지. 그는 내가 널 원하는 걸 알고 있었어. 유산을 잃을 위험에도 불구하고 내가 널 원하리란 걸 그는 알고 있었어."

한동안 둘 사이에 침묵이 흐르고, 그녀가 물었다.

"왜 오늘밤 여기 온 거야? 우린 전에도 했었잖아."

"끝나지 않았어. 아직."

"왜 다시 위험을 감수하는 거야?"

왜 그녀는 계속 그를 밀어붙일까? 만약 대답을 원한다면 들려주겠지만, 그는 그녀가 좋아할 거란 생각은 들지 않았다.

"왜냐하면 네가 열셋인가 열넷 무렵부터, 벌거벗고 기꺼이 안겨오는 너를 생각해 왔으니까."

닉은 깊이 숨을 들이쉬고 천천히 내쉬었다.

"루이와 내가 친구들하고 같이 호숫가에 나갔는데, 너랑 다른 여자애들도 거기 나와 있었을 때부터. 다른 애들은 기억 안 나, 단지 너만. 넌 풋사과색의 광택 나는 수영복을 입고 있었지. 원피스 수영복이었고 야한 것과는 거리가 멀었지만, 앞쪽에 달린 지퍼 때문에 난 미칠 지경이었어. 친구들과 얘기하며 음악을 듣는 널 지켜보며, 그 지퍼에서 눈을 뗄 수가 없었던 기억이 나. 그때 처음으로 네 젖가슴을 알아챘지. 그 지퍼를 끌어 내려 조그맣고 뾰족한 그걸 보고 싶다는, 네 몸의 변화를 보고 싶다는 생각밖에 안 나더라. 아플 정도로 단단해져서 기둥만 해진 내 그걸 아무도 못 보게 배를 깔고 엎드려 있어야만 했어. 그날 밤 집에 가서 네 방 창문으로 기어 들어가는 상상을 했지. 금발머리를 베개에 부채처럼 펼친 채 자는 네 모습을 지켜보는 상상을. 그리곤 네가 일어나 날 기다리고 있었다고 말하며, 양손을 뻗어 날 네 침대로 맞이하는 거야. 난 시트 사이로 파고 들어가 네 셔츠를 밀어올리고 네 팬티를 끌어내리지. 넌 내가 마음 대로 그 조그만 젖가슴을 만질 수 있게 해주고, 네 다리 사이도. 몇 시간 동안 그런 상상에 빠져 있었지. 난 열여섯 살이었고 섹스에 대해 알 거 모를 거 다 알고 있었어. 넌 어리고 순진하고 아무것도 몰랐지. 넌 트롤리의 공주님이고, 난 시장의 사생아. 난 네 발에 입맞출 자격도 되지 못했지만, 그렇다고 속이 뒤틀릴 만큼 너를 원하는 걸 멈출 수는 없었어. 내가 아는 여자애들 중 하나한테 전화를 걸어 불러낼 수도 있었지만 그러지 않았어. 그냥 너에 대해 상상하고 싶었지."

그는 다시 깊이 숨을 들이쉬었다.

"아마 날 변태라고 생각하겠지?"

그녀는 나직이 웃었다.

"그래, 기둥만한 크기의 변태."

어깨 너머를 돌아본 닉은 웃음기로 반짝이는 딜레이니의 갈색 눈을 보았다.

"화 안 나?"

그녀는 고개를 저었다.

"날 역겹다고 생각하지 않아?"

그조차 종종 자신이 그렇지 않나 생각했는데.

"솔직히 말해, 기분 좋은걸. 모든 여자들이 평생 한번쯤은 자신을 두고 공상에 잠긴 남자가 최소한 한 명은 있었다고 상상하길 좋아할 거야."

그녀가 아는 건 절반조차 안 된다.

"어, 뭐, 이따금씩 네 생각을 하긴 했지."

그녀는 그에게로 돌아서서 그의 셔츠 제일 아래 단추로 손을 가져갔다.

"나도 네 생각했어."

내리뜬 눈꺼풀 아래로 닉은 빨강 플란넬 위에 놓인 그녀의 하얀 손을, 그의 허리로 향하는 그녀의 가는 손가락을 내려다보았다.

"언제?"

"여기로 돌아왔을 때부터."

그녀는 그의 셔츠자락을 청바지에서 빼냈다.

"지난주엔 이걸 생각했어."

그녀가 몸을 앞으로 숙여 그의 납작한 젖꼭지를 혀로 쓸었다. 그것은 가죽처럼 단단해졌고, 그는 그녀의 머리칼에 손가락을 박아넣었다.

"또 뭐?"

"이거."

그녀는 그의 바지 단추를 풀어내리고 한 손을 그의 팬티 안으로 집어넣었다. 그녀가 부드러운 손바닥으로 그를 꼭 움켜쥐자, 그는 골수까지 느꼈다. 그녀는 뿌리부터 끝까지 위아래로 쓸어내렸고 그는 거기 서서 그 모든 것을 받아들였다. 그의 손가락 사이 매끄러운 그녀의 머리칼 촉감, 그의 가슴과 목에 와닿는 촉촉한 그녀의 입. 그녀의 피부에서는 옅은 파우더 같은 향기가 났고 그녀가 키스할 때면 위스키와 커피 그리고 욕망의 맛이 났다. 그는 그녀의 혀가 자신의 입 속에, 그녀의 손은 자신의 바지 속에 있는 이 순간이 너무나 좋았다. 그녀가 자신을 만질 때 그녀의 얼굴을 들여다보는 것이 좋았다.

그는 그녀의 스웨터를 벗기고 베이지색 브래지어 후크를 풀고는 이 여자에 대해 자신이 꿈꾸었던 수많은 환상을 생각했다. 그걸 다 합해도 진짜와는 비교할 수조차 없었다. 그는 그녀의 하얀 젖가슴을 하나씩 손으로 감싸고 완벽한 핑크빛 젖꼭지를 애무했다.

"널 온통 다 핥고 싶다고 말했었지."

그의 바지와 팬티를 허벅지로 끌어내리며 그녀가 속삭였다.

"이 생각도 했어."

그녀는 청바지와 양말 차림으로 그의 앞에 무릎을 꿇고 뜨거운 입안에 그를 머금었다. 폐에서 공기가 훅 빠져나가고 그는 균형을 잡기 위해 발을 어깨 너비로 벌렸다. 그녀는 끝부분에 키스하고 아래쪽을 살며시 애무했다. 그는 부르르 떨며 딜레이니의 가는 머리칼을 그녀 얼굴에서 치우곤 그녀의 긴 속눈썹과 매끄러운 뺨을 내려다보았다.

닉은 보통 그 무엇보다 오랄 섹스를 선호했다. 그런 때 늘 여자에게 선택을 맡겼다. 하지만 끝은 그녀 안 깊숙이에 자신을 묻고 눈을 들여다보고 내고 싶었다. 그녀가 몸 안에서 자신을 꽉 조이는 것을, 격렬하게 쥐어짜는 것을 느끼고 싶었다. 피임 기구 사용을 잊고 자신이 물러난 후에도 오래오래 그녀 안에 자신의 일부를 남기고 싶었다. 다른 여자에게는 이런 식으로 느껴본 적이 절대 없었다. 그는 더 많이, 실현 가능하리라 생각조차 못했던 일들을 원했다. 단지 하룻밤이 아니라 더 오래 그녀를 자신의 것으로 하고 싶었다. 평생 처음으로, 여자 쪽에서 그에게 원하는 것보다 그가 더 많이 원했다.

마침내 닉은 그녀를 일으켜 세우고 청바지 주머니에서 콘돔을 꺼냈다. 그리곤 그걸 그녀의 손바닥에 놓았다.

"입혀 줘, 말괄량이."

레이첼 깁슨
Truly Madly Yours

17

부드럽게 등을 애무하는 손가락의 움직임에 딜레이니는 잠에서 깨어났다. 눈을 뜬 그녀는 코에서 일 인치도 안 떨어진 닉의 넓은 가슴을 응시했다. 그녀는 배를 깔고 엎드린 자세였고 환한 아침 햇살 한 조각이 그의 그을린 피부를 가로질렀다.

"좋은 아침."

확신할 수는 없었지만 그가 정수리에 키스한 것 같았다.

"지금 몇 시야?"

"여덟 시 반쯤."

"젠장."

그녀는 몸을 굴렸다가 하마터면 바닥에 떨어질 뻔했다. 다행히 그가 그녀의 팔뚝을 움켜쥐고 벌거벗은 한쪽 다리를 그녀 골반 위로 걸쳐 추락을 막았다. 얇은 꽃무늬 시트만이 둘을 갈라놓고 있을 뿐이었다. 그녀는 소녀 시절 아침마다 봐왔던 핑크색 캐노피로 눈길을 들었다. 싱글침대는 한 사람이 쓰기에도 작았으니, 한 사람에다 닉만한 덩치의 남자는 말할 것도 없었다.

"아홉 시 예약이 있어."

용기를 모아 그를 쳐다보자 최악의 두려움이 확증되었다. 그는 아침에도 눈부셔 보였다. 어깨 길이 머리카락은 한쪽으로 흘러내렸고 수염 자국으로 턱이 가뭇가뭇했다. 짙은 속눈썹 아래 그의 눈은 아침 8시 반치고는 지나치게 강렬하고 또렷했다.

"취소할 수 없어?"

그녀는 고개를 내젓고 옷을 찾아 두리번거렸다.

"10분 안에 나가면 시간에 맞출 수 있을 거야."

그에게로 시선을 돌린 딜레이니는 그녀의 용모를 빠짐없이 기억하려는 듯이, 혹은 흠집을 찾는 듯이 쳐다보고 있는 그를 발견했다. 뺨이 달아오르는 것을 느끼며 그녀는 가슴에 시트를 붙들고 일어나 앉았다.

"나 엉망으로 보이는 거 알아."

하지만 그는 그녀가 반쯤 시체가 된 듯이 쳐다보지 않았다. 어쩌면 다행히 평생 한번쯤 눈 밑이 거무죽죽하지 않을지도 모른다.

"그렇지?"

"진실을 원해?"

"응."

"알았어."

그는 그녀의 손을 잡고 손바닥에 입맞췄다.

"스머프로 분장했을 때보단 나아 보여."

그의 눈가에 주름이 하나 졌고, 딜레이니는 손가락 끝에서 가슴으로 번지는 따스한 저릿저릿함을 느꼈다. 이것이 그녀가 사랑하는 닉이다. 그녀를 놀리면서 키스하는 닉. 그녀를 울고 싶게 만들면서도 웃게 만들고 마는 남자.

"거짓말해 달라고 할걸."

그녀는 그렇게 말하고 9시 예약을 잊어버리기 전에 손을 빼냈다. 바닥에 내던져진 옷을 발견하고, 그에게 등을 돌린 채 최대한 빨리 주워 입었다.

그녀 뒤에서 닉이 일어나면서 침대 스프링이 푹 들어갔다. 그는 벌거 벗은 채 전혀 스스럼없이 방을 돌아다니며 자기 옷들을 챙겼다. 한 손에 양말을 들고 그녀는 그가 다리를 리바이스에 집어넣고 단추를 채우는 모습을 지켜보았다. 잔인한 아침 햇살 아래, 닉 알레그레자는 백 퍼센트 일급 잡지 화보감이었다. 인생이란 불공평하다니까.

"키 줘, 내가 차 데워 놓을게."

딜레이니는 양말을 신었다. 그녀를 위해 차를 데워 놓겠다고 한 남자는 지금까지 아무도 없었고, 그녀는 자그만 배려에 감동받았다.

"내 코트 주머니에 있어."

그가 방을 나간 다음, 딜레이니는 세수하고 이 닦고 머리를 빗었다. 그녀가 집 문을 잠글 무렵, 헨리의 캐딜락 창문은 깨끗했다. 그녀의 차 창문 성에를 긁어준 남자 역시 지금까지 아무도 없었다. 새 스노우타이어가 흰색과 은색 배경으로 까맣게 반질거렸다. 그녀는 눈물이 날 것 같았다. 아무도 그녀의 안전과 건강에 신경써 준 적이 없었다. 옛 남자친구 에디 카스틸로만 빼면. 운동광인 에디는 그녀의 식생활을 염려했었다. 그녀에게 생일 선물로 야채 써는 기계를 줬었지만, 주방용품은 스노우타이어에 비교할 수가 없다.

그녀는 언제 다시 닉을 만날 수 있을지 묻지 않았다. 그도 청하지 않았다. 그들은 연인으로서 밤을 보냈지만 둘 중 누구도 사랑이란 말은커녕 저녁식사 약속 언급조차 하지 않았다.

딜레이니는 첫번째 손님 지나 피셔보다 간신히 몇 분 전에 살롱에 도착했다. 지나는 딜레이니 일 년 학교 후배로 다섯 살 아래의 아이들이 셋 있었다. 그녀는 열두 살 이후로 허리까지 기른 숱 많은 머리를 고수했다. 딜레이니는 그걸 어깨 길이로 자르고 길게 층을 냈다. 빨강색 부분 염색을 하여 아기 엄마를 다시 젊어 보이게 했다. 지나 다음으론, 클레어 데인즈처럼 보이고 싶다는 여자애의 머리를 커트했다. 열한 시에 예약 없이 온 손님을 받았고, 드디어 샤워를 하게 정오에 살롱을 닫았다. 그녀는 닉의 전화나 지프 소리를 기다리고 있지 않다고 스스로에게 말했으나,

물론 기다리고 있었다.

그날 저녁 여섯 시까지 그에게서 아무 소식이 없자, 딜레이니는 캐딜락에 올라타고 크리스마스 쇼핑을 하러 갔다. 아직 어머니 선물을 사놓지 않았고 결국 에디 바우어(아웃도어 전문 브랜드)를 입은 사람들이 웅성거리는 관광객 대상의 비싼 가게에 가게 되었다. 어머니 선물감은 찾지 못했지만, 닉의 눈과 똑같은 회색의 커다란 플란넬 셔츠에 70달러를 날렸다. 그걸 빨강 은종이로 포장을 해들고 집으로 가져가 식탁에 올려놓았다. 자동응답기에는 메시지가 하나도 없었다. 혹시나 싶어 발신자 전화번호도 체크해 봤지만 그는 걸지 않았다.

다음 날도 그에게선 소식이 없었고, 크리스마스 아침이 되자 평생 그어느 때보다도 외롭게 느껴졌다. 용기를 내어 닉에게 크리스마스 인사를 하려 전화했지만 그는 받지 않았다. 딜레이니는 그가 집에 있으면서 자신을 피하는 건 아닌지 확인하러 차를 몰고 그의 집 앞을 지나가 볼까 생각했다. 마침내는 어머니 집으로 듀크와 돌로레스를 보러 갔다. 최소한 바이마라너 개 두 마리는 그녀를 보고 기뻐했다.

정오 무렵, 그녀는 영화 <크리스마스 스토리>*를 보며 전에 없이 꼬마 랠피에게 감정 이입이 되어 좀비 상태로 빠져들었다. 그녀는 가지지 못할 것을 원하는 기분이 어떤지 알았다. 그리고 아이에게 끔찍한 토끼 의상을 입히는 엄마를 둔 기분이 어떤지도 알았다. 랠피가 막 빨강색 비비탄 장난감 총으로 자기 눈을 쏘려 하는 순간 현관 벨이 울렸다. 개들은 고개를 들었다가 다시 떨구어, 경비견으로는 별 소용이 없음을 증명했다.

가죽 재킷과 오클리 선글라스의 닉이 포치에 서 있었다. 느긋하며 관능적인 미소로 입가가 올라간 그의 얼굴 앞에 입김이 서렸다. 그는 설탕에 굴려 홀딱 먹어치울 수 있을 만큼 근사해 보였다. 딜레이니는 그를 들여놔야 할지 지난 이틀간 마음 졸이게 한 죄로 면전에서 문을 쾅 닫아버려야 할지 알 수 없었다. 그의 손에 들린 반짝이는 황금색 상자가 그의

---

* 어린 소년 랠피는 크리스마스 선물로 비비탄 장난감 총을 몹시도 받고 싶어하지만 엄마는 그러다 눈을 쏘게 될 거라고 질색함.

운명을 결정했다. 그녀는 그를 들어오게 했다.

그는 선글라스를 주머니에 찔러넣고 미슬토* 가지를 꺼내 그녀의 머리 위로 쳐들었다.

"메리 크리스마스."

그의 따스한 입이 그녀의 입을 덮었고, 그녀는 발끝까지 키스를 느꼈다. 그가 그녀를 쳐다보려 물러나자 그녀는 그의 뺨을 손바닥으로 감싸 끌어내렸다. 그녀는 자신의 감정을 감추려고조차 하지 않았다. 그러려고 애썼다 한들 성공했을지 확신할 수 없었다. 그녀는 그의 어깨와 가슴을 어루만지고, 성이 차자 털어놓았다.

"보고 싶었어."

"어젯밤 늦게까지 보이시에 있느라."

그는 몸무게를 한쪽 발에 싣고 그녀에게 상자를 불쑥 내밀었다.

"네 거야. 찾는 데 시간이 좀 걸렸어."

딜레이니는 황금색 상자를 응시하며 매끄러운 포장지를 한 손으로 쓸었다.

"기다렸다 나중에 열까 봐. 너 줄 선물을 내 아파트에 두고 왔거든."

"아니."

그는 그저 형을 집행하여 어서어서 끝내기만을 원하는 사형수처럼 밀어붙였다.

"지금 열어봐."

그녀의 손길 아래 매끄러운 포장지가 한번에 홱 뜯겨나갔다. 얇은 종이 한가운데엔 미인대회에서 주는 것 같은 모조 다이아몬드 왕관이 놓여 있었다.

"헬렌이 고등학교 때 네 학년 여왕 왕관을 훔쳐갔으니, 더 나은 걸 주려고."

왕관은 커다랗고 화려했으며 그녀가 본 중에 가장 아름다운 것이었다.

---

* 크리스마스 장식으로 쓰는, 나무에 기생하는 겨우살이 식물. 이 아래에 선 여자에게는 키스해도 된다는 풍습이 있음.

그녀는 입술이 떨리지 않게 아랫입술을 지그시 물고 왕관을 들어낸 다음 상자는 닉에게 넘겨주었다.

"너무 예뻐."

모조 다이아몬드가 빛을 받아 현관에 불꽃을 흩뿌렸다. 그녀는 왕관을 머리 위에 얹고 코트걸이 옆의 거울을 쳐다보았다. 반짝이는 보석들이 하트와 리본 모양을 그렸고 가운데 하나는 나머지보다 컸다. 그녀는 눈을 깜박여 눈물을 삼키고 거울 속의 그에게로 눈길을 들어올렸다.

"내가 받은 중 최고의 크리스마스 선물이야."

"마음에 든다니 기쁘다."

그는 커다란 손을 그녀의 배에 댔다가, 스웨터 아래로 가슴까지 올라왔다. 레이스 브래지어 위로 그녀를 감싸쥐며 뒤에서 당겨 안았다.

"어젯밤 보이시에서 돌아오는 길에, 이것 외엔 아무것도 안 걸치고 있는 널 생각했어."

"여왕과 사랑을 나눠 본 적 있어?"

그는 고개를 젓고 씨익 웃었다.

"네가 처음이야."

그녀는 닉의 손목을 잡아 텔레비전을 보고 있던 일광욕실로 데려갔다. 그는 느리고 나른한 손길로 그녀의 옷을 벗기고 그녀로 하여금 아름다우며 사랑받는다고 느끼게 해주었다. 바로 그곳, 그녀 어머니의 레몬색 소파 위에서. 그녀는 그의 따뜻한 등과 엉덩이를 손가락으로 쓸어내리고 매끄러운 어깨에 입맞췄다. 영원토록 지금 이 순간의 기분을 느낄 수 있다면. 그가 민감한 젖가슴에 키스하자 그녀의 심장은 부풀어올랐고, 그가 뜨거운 남성을 그녀 몸 안 깊이 묻었을 때, 그녀는 준비된 것 이상이었다. 그는 그녀의 머리 양옆에 손을 짚고 그녀의 눈을 응시하며 천천히 그녀 안으로 거듭거듭 밀고 들어왔다.

그녀는 그의 얼굴을, 그녀에 대한 열정으로 생생한 회색 눈을, 키스로 젖은 그의 입술을 올려다보았다. 그의 숨결은 가빴다.

"사랑해, 닉."

그녀가 속삭였다. 그는 잠시 꼼짝 않더니 더 깊이, 더 강하게 거듭거듭 돌진했고, 그녀는 평생 가장 달콤한 순간으로 머리부터 거꾸로 떨어지는 것을 느낄 때까지 계속 사랑을 속삭였다. 그의 나직하고 원초적인 신음 그리고 기도와 욕설이 섞인 중얼거림이 들려왔다. 그리고는 그의 몸무게 전부가 그녀 위로 무너졌다.

점차 느려지는 닉의 호흡에 귀기울이는 동안 일말의 불안감이 딜레이니의 가슴에 자리잡았다. 그녀는 그에게 사랑한다고 말했다. 그리고 그녀로 하여금 사랑받는다고 느끼게는 해주었지만, 그는 그 말을 하지 않았다. 그가 지금 자신에 대해 어떤 감정인지 알아야 했지만, 동시에 대답이 두려웠다.

"닉?"

"으음?"

"얘기 좀 해."

그가 고개를 들어 그녀의 눈을 들여다보았다.

"잠깐만."

그는 그녀에게서 빠져나가 호텔 창고에서의 광적인 첫번째 순간 이후 빼먹지 않았던 콘돔을 버리려 벌거벗은 채 방에서 나갔다. 팬티를 찾아 살피던 딜레이니는 등나무 칵테일 테이블 아래에서 발견해 입었다. 매초마다 불안감이 자라갔다. 만약 닉이 날 사랑하지 않으면? 어떻게 견뎌낼까, 그리고 뭘 어째야 좋을까? 그녀가 소파 쿠션 뒤에서 막 브래지어를 찾아냈을 때 닉이 돌아왔다. 그는 그녀의 손에서 브래지어를 빼앗아 옆으로 내던졌다. 그녀를 자신의 품에 감싸 그 어느 때보다도 꼭 껴안았다. 그의 따스한 품안에서, 그녀의 머리를 채우는 그의 살내음 속에서 딜레이니는 그는 날 사랑한다고 속으로 뇌였다. 그녀는 인내심은 별로 없는 편이지만, 그가 그 말을 할 때까지 기다릴 수 있다. 대신 마치 현관문이 열리는 듯한 나무와 경첩 삐걱이는 소리를 듣고 그녀는 굳어졌다.

"방금 들었어?"

그녀는 속삭였다.

그는 그녀의 입술에 손가락을 대고 귀를 기울였다. 문이 쾅 닫히며 그녀를 화들짝 행동에 돌입하게 했다.

"맙소사!"

그녀는 닉의 품에서 뛰어나가 제일 가까이에 있는 옷가지인 닉의 플란넬 셔츠로 손을 뻗었다. 소매에 팔을 쑤셔넣고 있는데 복도에서 발소리가 탁탁탁 났다. 닉의 청바지는 소파 뒤 어딘가에 떨어져 있었고, 그가 막 딜레이니 뒤에 가 섰을 때 그웬이 들어왔다. 기묘한 기시감이 딜레이니의 등골을 타고 올라왔다. 빛줄기 아래 서 있는 어머니의 머리칼이 햇빛을 받아 크리스마스 천사처럼 반짝거렸다.

그웬은 쇼크로 휘둥그래진 푸른 눈으로 딜레이니와 닉을 번갈아 보고 또 보았다.

"지금 이게 어떻게 된 일이야?"

딜레이니는 셔츠 앞을 여몄다.

"엄마…… 난……."

비현실적인 느낌으로 머리가 먹먹해진 채 그녀의 손가락은 단추를 채웠다.

"집엔 웬일이에요?"

"여긴 내가 사는 곳이야!"

닉이 그녀의 배에 한 손을 얹고 끌어당겨 딜레이니의 어머니에게서 자신의 몸을 가렸다.

"알아요. 하지만 엄만 유람선에 있어야 하잖아."

그웬은 닉을 손가락으로 가리켰다.

"저 남자가 내 집에서 뭘 하는 거지?"

조심스레 딜레이니는 단추 채우기를 마쳤다.

"어, 고맙게도 나와 같이 크리스마스를 보내줬어요."

"벌거벗었잖아!"

"어, 그렇죠."

그녀는 그를 더 잘 가리려 셔츠 자락을 넓게 펼쳤다.

"닉은…… 저기……."

딜레이니는 입을 다물고 어깨를 으쓱했다. 빠져나갈 방도는 없다. 들통난 거다. 다만 이제 그녀는 순진한 열여덟 살 여자애가 아니었다. 몇 달이 모자라는 서른이었고 닉 알레그레자를 사랑했다. 그녀는 성숙한 독립 여성이지만, 어머니가 일광욕실에서 벌거벗은 그들을 발견한 일은 달갑지 않았다.

"닉과 난 데이트해요."

"나라면 데이트 이상이라고 말하겠다. 어떻게 이럴 수 있니, 딜레이니? 어떻게 저런 남자와 어울릴 수가 있어? 그는 바람둥이에 우리 가족을 증오한단 말이야."

그웬은 닉에게로 주의를 돌렸다.

"또 내 딸한테 손을 댔군. 하지만 이번엔 곱게 못 빠져나갈걸. 넌 헨리의 유언 조항을 어겼어. 네가 모든 것을 잃도록 하고 말 거다."

"그 유언에는 털끝만큼도 신경 안 씁니다."

그의 손가락이 딜레이니의 배를 덮은 플란넬을 스쳤다.

딜레이니는 어머니가 위협을 실천에 옮기리라는 걸 알 만큼 어머니에 대해 잘 알았다. 또한 어떻게 막아야 할지도 알았다.

"만약 누구에게고 이 일에 대해 말하면, 다시는 엄마와 말도 않겠어요. 일단 6월에 떠나면 다신 날 못 볼 걸요. 십 년 전 내가 떠나고 나서 날 다시 못 볼 거라 생각했다면, 어디 두고봐요. 이번에 떠나면 내가 어디 있는지도 말 안 할 거예요. 삼백만 달러를 갖고 떠나 절대로 찾아오지 않을 거라구요."

그웬은 입술을 앙다물고 가슴께에 팔짱을 꼈다.

"이 얘기는 나중에 하자구나."

닉의 손이 아래로 떨어졌다.

"내 엉덩이를 보고 싶지 않다면, 내가 옷 입는 동안 나가 계시죠."

그의 어조는 면도날처럼 날카로웠다. 딜레이니는 전에도 그 어조를 들은 적이 있었다. 세 사람이 헨리의 사무실에 모여 있을 때. 헨리의 유언장이 공개되던 날. 그가 가시를 곤두세웠다고 뭐라 탓할 수 없었다. 이 상황은 못 견디게 어색했고, 어머니는 최상의 환경에서도 몇몇 사람들에게서 최악의 면모를 끌어내니까.

그웬이 몸을 돌려 나가자마자 딜레이니는 빙글 돌아섰다.

"미안해, 닉. 엄마가 저런 말해서. 헨리가 네게 남긴 재산을 엄마가 건드리지 못하게 할게, 약속해."

"신경 꺼."

그는 바지를 찾아 다리를 쑤셔넣었다. 그들은 침묵 속에 옷을 입었고, 그녀가 현관까지 바래다 주었을 때 그는 작별 키스도 안 하고 휑하니 가버렸다. 그녀는 별일 아니라고 자신을 다독이며 어머니를 찾으러 갔다. 어머니는 그녀가 하려는 말을 좋아하지 않겠지만, 딜레이니는 어머니를 위해 사는 삶을 그만둔 지 오래였다. 그녀는 부엌에서 기다리고 있던 어머니를 찾아냈다.

"왜 집에 왔어요, 엄마?"

"맥스가 나한테 안 맞는 남자란 사실을 발견했다. 너무 비판적이야."

어머니는 악문 잇새로 말했다.

"지금 그 일이 문제가 아냐. 그 남자가 내 집에서 뭘 하고 있었지?"

"말했잖아요. 나와 함께 크리스마스를 보내고 있었다고."

"차고 앞에 주차된 게 그의 지프라고 생각했지만, 분명 내가 잘못 봤겠지 했다. 내 평생에 그와…… 네가…… 이 집에서 볼 줄이야. 하고 많은 남자 중 닉 알레그레자라니. 그는……."

"닉을 사랑해요."

딜레이니가 말을 잘랐다. 그웬은 식탁 의자 등받이를 움켜쥐었다.

"우습지도 않은 소리. 넌 나한테 앙갚음하려 말로만 그러는 거야. 내가 크리스마스에 널 혼자 남겨두었다고 화가 난 거지."

가끔 어머니의 논리는 마음을 움찔하게 했지만, 늘 뻔한 일이었다.

"닉에 대한 내 감정은 엄마와는 아무 상관없어요. 난 그와 함께 있고 싶고, 그렇게 할 거예요."

"알겠다."

어머니의 얼굴이 굳어졌다.

"내 감정에 대해선 신경쓰지 않는단 소리냐?"

"물론 신경쓰죠. 내가 사랑하는 남자를 엄마가 싫어하지 않았으면 좋겠어요. 지금 당장으로선 잘됐다고 기뻐하실 수 없다는 거 알지만, 어쩌면 내가 닉과 사귄다는 사실을, 그와 함께 있어 행복하다는 사실을 그냥 받아들이실 수 있겠죠."

"말도 안 돼. 닉하고 어떻게 행복해지겠니. 우리에게 이러지 말아라."

딜레이니가 고개를 젓자 왕관이 한쪽으로 미끄러졌다. 그녀는 왕관을 벗어 서늘한 모조 다이아몬드를 손가락으로 쓸었다. 아무 소용없다. 어머니는 결코 변하지 않으리라.

"헨리는 돌아가셨어요. 이젠 내가 엄마의 유일한 가족이라고요."

그녀는 그웬을 쳐다보았다.

"난 닉을 원해요."

닉은 석조 벽난로 앞에 서서 소피와 함께 트리에 달았던 깜박이 전구를 응시했다. 맥주병을 입가로 들어올리고 고개를 젖히자 불빛이 흐릿하게 뭉개졌다.

진작에 알았어야 했다. 지난 며칠간 그는 환상을 현실로 살았다. 그 조그만 핑크색 침대에서 잠든 그녀를 껴안고 집과 개, 그리고 두어 명의 아이들을 상상했다. 그의 인생을, 남은 평생 그와 함께하는 그녀를 상상했고, 공기보다도 더 그걸 원했다.

'일단 6월에 떠나면 다신 날 못 볼 걸요 십 년 전 내가 떠나고 나서 날 다시 못 볼 거라 생각했다면 어디 두고봐요 이번에 떠나면 내가 어디 있는지도 말 안 할 거예요 삼백만 달러를 갖고 떠나 절대로 찾아오지 않을 거라구요'

그는 바보였다. 그녀가 떠날 줄 알고 있었는데, 자신이 그녀를 머무르게 만들 수 있다고 생각하기 시작해 버렸다. 그녀는 그에게 사랑한다고 말했다. 많은 여자들이 똑같은 소릴 했었다. 그가 안에 파묻혀 두 사람에게 쾌감을 주는 바로 그 순간에. 그게 늘 진담인 것은 아니었고, 그는 정말인지 확인하겠다고 뭉그적거리는 타입의 남자가 아니었다.

현관 벨이 울리자 그는 딜레이니일 줄 알았다. 하지만 문간에 서 있는 여자는 게일이었다.

"메리 크리스마스."

그녀는 그렇게 말하며 밝은 색의 상자를 내밀었다. 주의를 딴 데로 돌릴 일이 필요했기에 그는 그녀를 들어오게 했다.

"난 선물 준비하지 않았는데."

그는 문가에 그녀의 코트를 걸고 부엌으로 데리고 갔다.

"괜찮아. 그냥 쿠키니까. 별거 아냐. 조시랑 둘이 좀 많이 만들었거든."

닉은 상자를 카운터에 놓고 그녀를 훑어보았다. 게일은 타이트한 빨강 드레스에 굽이 가는 빨강 하이힐을 신고 있었다. 안에 빨강 가터 말고는 아무것도 안 입었다는 데 내기를 걸 수도 있었다. 그녀는 과자 이상의 것을 배달하러 왔지만, 그는 조금도 흥미가 일지 않았다.

"아들은 어디 있고?"

"오늘밤은 애 아빠가 데리고 있어. 밤새도록. 우리 둘이 당신 욕조에서 즐거운 시간을 좀 보낼 수 있지 않을까 하고."

5분 사이 두 번째로 현관 벨이 울렸고, 이번에는 딜레이니였다. 그녀는 손에 빨강 은박 포장 선물을, 그리고 입술엔 미소를 띠고 포치에 서 있었다. 게일이 그를 따라나와 그의 어깨에 손목을 척 걸치는 걸 보자 그녀의 미소는 죽어버렸다. 그 손을 치워버릴 수도 있었지만, 그는 그러지 않았다.

"들어와. 게일하고 난 막 욕조에 뛰어들려던 참이야."

"난……."

그녀의 충격받은 눈길이 그들 사이를 왕복했다.

"난 수영복을 안 가져왔어."

"게일도 마찬가지야."

그는 그녀가 무슨 생각을 하는지 알면서도 그냥 내버려두었다.

"너도 필요 없을 거고."

"어떻게 된 거야, 닉?"

그는 게일의 허리에 한 팔을 감아 끌어당겼다. 맥주를 한 모금 들이키고 너무나 사랑한 나머지 가슴속이 뒤틀리는 아픔과도 같은 여자를 쳐다보았다.

"넌 어른이잖아. 알아서 감 잡아."

"왜 이러는 거야? 아까 있었던 일 때문에 화났어? 우리 엄마가 입 밖에 내지 못하게 하겠다고 말했잖아."

"난 이거든 저거든 손톱만큼도 상관 안 해."

그녀에게 상처 주는 자신을 막고 싶었다 해도 그럴 수가 없었다. 그는 다시 무력한 어린애가, 그녀를 원하지만 지켜보기만 할 수 있을 뿐이라 미칠 듯한 어린애가 된 기분이었다.

"너도 우리랑 같이 욕조에나 들어가지?"

그녀는 고개를 저었다.

"셋은 너무 많아, 닉."

"아니, 셋이야말로 끝내주게 좋지."

그는 자신이 결코 그녀의 눈에 담긴 고통을 잊지 못하리란 사실을 알았다. 그래서 게일에게로 눈길을 돌렸다.

"어때? 3인 섹스할 준비되었어?"

"삼……."

그는 다시 딜레이니를 쳐다보고 한쪽 눈썹을 치켜올렸다.

"어때?"

그녀는 빈 손을 들어올려 자기 모직 코트의 가슴께를 움켜쥐었다. 뒤로 한 걸음 물러났고 입이 움직였으나 아무 말도 나오지 않았다. 그는 몸을 돌리는 그녀를 지켜보았다. 반짝이는 빨강 선물은 까맣게 잊혀진 채 그녀의 손에 들려 있었고, 그녀는 차를 향해 달려갔다. 그녀에게 떠나지 말아 달라고 애원하기 전에 보내는 게 낫다. 지금 끝내는 게 낫다. 닉 알레그레자는 그 누구에게도 사랑해 달라고 애원하지 않는다. 지금까지도 없었고, 앞으로도 없을 것이다.

그는 거기에 서서 그녀가 자신의 인생에서 사라지는 모습을 지켜보았다. 속이 갈가리 찢겨지고 있었다. 그는 게일에게 그녀의 코트를 건네주며 말했다.

"나하고 있어 봐야 별로 재미없을 거야."

그리고 평생 처음 그녀는 눈치 있게 그의 마음을 바꾸려 들지 않았다.

혼자서 그는 부엌으로 들어가 맥주병을 하나 더 땄다. 자정 무렵엔 짐빔을 끝장냈다. 닉은 평소 고약한 술꾼은 아니었지만, 기분이 고약했다. 잊기 위해 마셨건만 마시면 마실수록 더 생각났다. 그녀의 살내음, 부드러운 머릿결과 입에서 느껴지는 맛. 그는 귓가엔 그녀의 웃음소리가, 입가엔 그녀의 이름이 맴도는 채 소파에서 잠들었다. 여덟 시에 일어났을 땐 머리가 지끈거렸고 아침으로 뭔가 필요하단 걸 알았다. 그는 보드카 병을 집어들고 보드카에 오렌지 주스를 약간 탔다. 세 잔째 술과 일곱 알째 아스피린을 해치우고 있을 때 형이 들어왔다.

닉은 가죽 소파에 퍼질러 누워 대형 화면 텔레비전의 채널을 리모컨으로 이리저리 돌리고 있었다. 그는 누가 왔는지 올려다보지조차 않았다.

"꼴이 개판이구나."

닉은 채널을 돌리고 잔을 비웠다.

"기분도 개판이야. 그러니 가보지 그래."

루이는 방을 가로질러 가 텔레비전을 꺼버렸다.

"우린 네가 어젯밤 크리스마스 만찬에 올 줄 알았어."

닉은 빈 잔과 리모컨을 테이블에 놓았다. 그리곤 꼭 그의 어머니가 식당 벽에 걸어놓은 예수 그림처럼 방 저쪽 뿌연 빛에 둘러싸인 루이를 쳐다보았다.

"못 갔어."

"그건 확실하구나. 무슨 일이냐?"

"형이 상관할 바 아냐."

머리는 지끈거리고 혼자 내버려두었으면 할 뿐이었다. 두 달쯤 술에 취해 있으면, 어제 한밤중쯤부터 그를 멍청이라 부르며 평생 최대의 실수를 저질렀다고 말하는 끈질기고 귀찮은 머릿속의 목소리를 알코올이 없애 줄지도 모른다.

"리사가 오늘 아침 딜레이니와 얘기했어. 왠지 굉장히 상심한 모양이던데. 혹시 무슨 일인지 아냐?"

"그래."

"그렇다라. 무슨 짓을 했어?"

닉이 일어서자 방 안이 두 번 빙글빙글 돌다 멈추었다.

"자기 일이나 신경쓰시지."

그는 루이 옆을 지나가려 했지만 형이 멱살을 움켜쥐었다. 그는 플란넬 셔츠를 쥔 루이의 손가락을 내려다보았고, 도무지 믿어지지가 않았다. 두 형제는 15년 전 어머니 집 뒷문을 떨어져나가게 한 이래 육체적으로 싸운 적이 없었다.

"도대체 왜 이러는 거냐?"

루이가 입을 열었다.

"거의 평생 넌 하나만을 원했어. 단 하나. 딜레이니 쇼 마침내 네가 원하는 걸 얻게 될 듯이 보이자마자, 망쳐버릴 일을 저지르는구나. 걔가 널 미워하도록 일부러 상처를 주고. 늘 하던 대로. 알아? 걘 널 미워해."

"무슨 상관이야?"

닉은 형의 짙은 갈색 눈으로 시선을 들어올렸다.

"형은 딜레이니를 좋아하지조차 않으면서."

"괜찮게 생각해. 하지만 중요한 건 내 감정이 아냐. 넌 걜 사랑하잖아."

"상관없어. 걘 6월이면 떠날걸."

"걔가 그러든?"

"그래."

"가지 말라고 말해 봤어? 둘 사이를 위해 무슨 노력이든 한 거야?"

"그래 봤자 아무 소용없었을 거야."

"그야 모르는 일이지. 그리고 결과를 알아보는 대신, 넌 평생 사랑해

온 여자를 그냥 보내버렸어. 도대체 왜 이래? 겁쟁이냐?"

"씨팔, 꺼져."

루이의 주먹이 번쩍 하는 걸 제대로 보기도 전에 그의 얼굴에 와서 꽂혔다. 머릿속에서 불꽃이 터지고 닉은 뒤로 호되게 넘어져 나무바닥에 뒤통수를 찧었다. 눈앞이 흐려지고 기절하나 싶었다. 불행히도 드러난 들보가 분명히 초점이 맞아가며 시야가 맑아졌다. 머리가 둘로 쪼개진 기분이었다. 광대뼈가 욱씬거리고 골이 쑤셨다. 그는 신음을 내뱉고 조심스레 눈을 만졌다.

"두고 봐, 일어나기만 하면 혼쭐을 내줄 테니."

형이 다가와 그를 내려다보았다.

"이래 가지고선 십 년 전부터 산소탱크를 밀고 다니는 백스터 노인네도 혼쭐을 못 낼 거다."

"형이 내 머리를 박살내 놨어."

"아니, 네놈 머린 단단해서 그럴 일 없어. 마룻바닥이 박살나면 났지."

루이는 바지 주머니에서 열쇠고리를 꺼냈다.

"왜 딜레이니가 널 미워하게 만들었는진 모르겠지만, 술이 깨면 네가 큰 실수를 저질렀음을 깨닫게 될 거다. 너무 늦지 않기를 바랄 뿐이야."

그는 얼굴을 찌푸리고 손가락으로 동생을 가리켰다.

"샤워 좀 해라, 닉. 아예 양조장 냄새가 나."

루이가 떠난 후, 닉은 몸을 일으켜 비틀비틀 침실로 올라갔다. 다음날 아침까지 자고 대형 트럭에 치인 듯한 기분으로 깨어났다. 샤워를 했지만 별로 나아지지 않았다. 뒤통수가 아프고 한쪽 눈은 시꺼멓게 멍들었다. 그게 최악은 아니었다. 루이가 옳다는 깨달음이 더 아팠다. 그가 딜레이니를 그의 인생 밖으로 내몰았다. 그러면 머릿속에서도 그녀를 몰아낼 수 있을 줄만 알았다. 기분이 나아질 줄 알았다. 지금만큼 기분이 저조한 적이 없었다.

'겁쟁이냐?'

딜레이니를 얻기 위해 애쓰는 대신 그는 오래된 습관으로 돌아섰다.

기회를 잡는 대신 그녀가 자신에게 상처 주기 전에 먼저 그녀에게 상처 입혔다. 위험을 감수하는 대신 쳐내버렸다. 양손으로 그녀를 꼭 붙잡는 대신 밀어내 버렸다.

그녀는 그를 사랑한다고 했는데, 그가 몽땅 망쳐버린 게 아닐까? 그는 그녀의 사랑을 받을 자격이 없을지도 모르지만, 그걸 원했다. 만약 그녀가 널 더 이상 사랑하지 않는다면? 그 끈질긴 작은 목소리가 물었다. 벌써 그녀가 날 사랑하도록 만든 적이 있잖아. 다시 할 수 있을 거야.

닉은 옷을 입고 평생 최대의 모험을 위해 문을 나섰다. 딜레이니의 아파트로 갔지만 그녀는 집에 없었다. 토요일인데 살롱 문도 닫혀 있다. 좋은 징조가 아니었다.

그는 헨리의 저택으로 향했지만, 그웬은 그와 말도 하지 않으려 했다. 딜레이니가 그를 보지 않으려 숨어서 피하는 게 아닌가 싶어 차고를 들여다보았다. 헨리의 캐딜락이 안에 있었다. 조그만 노랑 미아타가 없어졌다.

닉은 마을을 다 뒤지며 그녀를 찾아다녔고, 시간이 흐를수록 더욱 절박해졌다. 그녀를 행복하게 해주고 싶었다. 엔젤 비치나 아니면 그녀가 원하는 곳 어디든 그녀에게 집을 지어주고 싶었다. 그녀가 피닉스나 시애틀, 채터누가에 살고 싶다 해도 상관없다. 자신이 거기서 그녀와 함께 살기만 한다면. 그는 꿈을 원했다. 모든 것을 원했다. 이제 그녀를 찾기만 하면 된다.

그는 리사에게 물었지만 그녀는 딜레이니로부터 소식을 듣지 못했다고 했다. 월요일 아침 그녀가 살롱 문을 열러 나타나지 않자, 닉은 맥스 해리슨을 찾아갔다.

"딜레이니에게서 무슨 말 들으신 거 없습니까?"

변호사의 사무실로 들어가며 그가 물었다.

맥스는 그를 쳐다보고 대답하기 전 뜸을 들였다.

"어제 전화를 받았죠."

"어디 있나요?"

다시 변호사는 뜸을 들였다.

"어차피 곧 알게 되겠지요. 마을을 떠났습니다."

그 말이 바윗돌처럼 그의 가슴에 쿵 내려앉았다.

"제길."

닉은 의자에 주저앉아 턱을 문질렀다.

"어디로요?"

"말 않던데요."

그는 손을 허벅지로 떨구었다.

"무슨 소립니까, 말 않았다뇨? 전화했다면서요."

"그랬죠. 자기가 마을을 떠나 유언 조항을 어겼다고 말하려 내게 전화했어요. 이유나 어디로 가는지는 안 말했고. 물어봤지만 말해 주지 않더군요. 아마 내가 그웬한테 말할 거라 생각했나 봅니다."

맥스는 고개를 한쪽으로 기울였다.

"즉 당신이 딜레이니의 유산을 갖게 된단 뜻이죠. 축하합니다, 6월이 되면 모든 걸 받게 되겠군요."

닉은 고개를 내젓고 공허한 웃음소리를 냈다. 딜레이니 없이는 아무것도 없다. 그에겐 아무것도 없다. 그는 헨리의 변호사를 쳐다보고 말했다.

"딜레이니가 떠나기 전 우리 둘은 관계를 가졌습니다. 프랭크 스튜어트에게 말하고 딜레이니가 실버 크릭과 엔젤 비치의 부동산을 받을 수 있도록 두 분이서 처리해 주세요."

맥스는 이 모든 난장판에 정떨어지고 지긋지긋해하는 눈치였다. 닉은 그 기분을 알 만했다.

맥스를 찾아간 지 2주가 흘렀지만, 그는 여전히 아무 소식도 듣지 못했다. 그는 그웬과 맥스 해리슨을 쫓아다녔고, 딜레이니가 예전에 일하던 살롱에 전화했다. 지난 6월 그만둔 이래 그녀 소식을 들은 적이 없다는 대답이었다. 닉은 미칠 것만 같았다. 이젠 어디를 찾아야 할지 알 수 없었다. 바로 자기 가족 안을 찾아야 할 줄은 결코 몰랐다.

"딜레이니 쇼가 보이시에서 일한다더라."

아무렇지도 않게 수프를 한 모금 넘기며 루이가 말했다.

닉의 내부에서 모든 것이 정지했고 그는 형을 올려다보았다. 그와 루이 그리고 소피는 어머니 집 식탁에 앉아 점심을 먹고 있었다.

"어디서 들었는데?"

"리사. 딜레이니가 자기 사촌 알리의 살롱에서 일한다더군."

천천히 닉은 수저를 내려놓았다.

"안 지 얼마나 됐어?"

"며칠 됐지."

"그러면서 내게 말 안 했단 말야?"

루이는 어깨를 으쓱했다.

"네가 알고 싶어하는 줄 몰라서."

닉은 자리에서 일어났다. 형을 덥석 껴안아야 할지 머리에 한 방 먹여야 할지 결정할 수가 없었다.

"내가 알고 싶어한다는 거 알잖아."

"딜레이니를 다시 만나기 전에 우선 네 자신을 추슬러야 한다고 생각했을지도."

"왜 닉이 그 계집애를 만나고 싶어해?"

베니타가 물었다.

"그 애가 한 일 중 제일 잘한 건 마을을 떠난 일이야. 드디어 일이 제대로 되었지."

"제대로라면 헨리가 진작에 책임을 받아들여야 했죠. 하지만 그는 뒤늦은 일이 되고 나서야 내게 관심을 가졌고요."

"그 계집애와 그 엄마만 없었던들, 헨리는 진작에 널 부양하려 했을 게다."

"차라리 돼지 등에 날개가 돋아나 훨훨 날길 비시죠."

소금과 후추로 손을 뻗으며 소피가 말했다.

"어림없는 소리예요."

루이는 놀라 눈썹을 치켜 떴고 닉은 웃음을 터뜨렸다.

"소피아."

베니타가 헐떡거렸다.

"어디서 그런 고약한 말을 들었지?"

제 아버지와 삼촌부터 시작해서 텔레비전까지, 그럴 만한 곳은 여럿 있었다. 하지만 아이의 대답이 닉을 놀라게 했다.

"딜레이니요."

"봐라!"

베니타는 일어나서 닉에게로 갔다.

"그 계집애는 하등 득될 게 없어. 상종하지 말아라."

"보이시에 가서 그녀를 찾으려는 판이니 그건 좀 어렵겠군요. 전 딜레이니를 사랑해요. 그리고 그녀한테 결혼해 달라고 애원할 거고요."

베니타는 멈춰 서더니 닉이 자기 목이라도 조른 듯이 손을 목으로 올렸다.

"늘 제가 행복하길 바란다고 하셨죠. 딜레이니는 절 행복하게 하고, 이제 더 이상 그녀 없이 살지 않겠어요. 딜레이니를 돌아오게 하기 위해서라면 전 뭐든지 할 거예요."

닉은 말을 멈추고 어머니의 경악한 얼굴을 쳐다보았다.

"제 행복을 기뻐해 주실 수 없다면, 최소한 그런 척이라도 할 수 있을 때까지 거리를 두고 계세요."

인정하기 싫고, 결코 입 밖에 내어 그리 말하지 않겠지만, 딜레이니는 핑거 웨이브가 그리웠다. 사실, 와네타가 그리웠다. 하지만 참견꾼 늙은 할머니에 대한 그리움 이상이었다. 트룰리가 그리웠다. 사람들이 자신을 아는 곳에서의 삶이, 자신이 대부분의 사람들을 아는 곳에서의 삶이 그리웠다.

그녀는 앞치마에서 집게를 빼내 작업대에 놓았다. 그녀 양쪽에선 스타일리스트들이 커트하고 빗질하고 있었다. 보이시 시내에 있는 알리의 살롱은 개조한 창고에 위치하고 있었으며 모든 것이 유행의 첨단을 달렸고 새로웠다. 그녀가 전에 늘 일하고 싶어했던 그런 류의 살롱이었지만, 이젠 달랐다. 이건 그녀의 살롱이 아니다.

딜레이니는 빗자루를 들고 마지막 손님의 머리카락을 쓸어냈다. 지난 십 년간 과거도, 지난 사연도, 고난의 중학 시절을 함께 보낸 여자친구들도 없는 곳에 살아왔다. 늘 손에 잡히지 않는 무언가를 찾아, 뿌리를 내릴 수 있는 완벽한 장소를 찾아 네 개의 주(州)를 떠돌았다. 그 완벽한 장소를 바로 자신이 떠났던 그곳에서 찾다니 얼마나 아이러니한가. <오즈의 마법사>의 도로시 같은 기분이었다. 다만 그녀는 절대 돌아가지 않으리란 점이 다를 뿐. 이젠 절대로.

보이시는 근사한 도시였고 여러 가지가 있었다. 하지만 이곳엔 복장도착자 산타나 국경일마다 벌이는 퍼레이드가 없다. 작은 마을의 고동과 두근거림이 없다.

이곳엔 닉이 없다.

그녀는 머리카락을 쓸어 무더기로 만들곤, 쓰레받기를 들었다. 닉과 한 마을에 있지 않으니 기분이 나아져야만 마땅했다. 그렇지 않았다. 그녀는 그를 사랑했고, 앞으로도 그러리라는 걸 알았다. 과거를 떨치고 닉 알레그레자를 잊을 수 있기를 바랐지만, 같은 주를 떠날 수조차 없었다. 그를 사랑하지만 그의 이웃에서 살 수는 없었다. 삼백만 달러를 준다 해도. 떠나겠다는 결정은 그다지 힘들지 않았다. 남은 5개월간 다른 여자들과 어울리는 닉을 보며 살 수는 없었다. 전세계의 돈을 다 준다 해도.

딜레이니가 머리카락을 쓰레기통에 버리는데 문에 단 종이 울렸다. 어자들이 헉 숨을 들이쉬는 소리와 쿵쿵 울리는 부츠 소리가 들렸다.

"무엇을 도와드릴까요?"

"고맙습니다."

가슴 아리게 익숙한 목소리가 말했다.

"찾던 사람이 저기 있군요."

몸을 돌리자 닉이 팔 길이쯤 떨어져 서 있었다.

"무슨 일이야?"

"너와 이야기하고 싶어."

그는 머리를 짧게 잘랐다. 짙은 앞머리 한 가닥이 곱슬거리며 이마에 드리워졌다. 그는 그녀의 숨을 막히게 했다.

"나 바빠."

"5분만 줘."

"나한테 선택의 여지가 있어?"

딜레이니는 닉이 아니라고 말하리라고, 그럼 지옥으로나 꺼지라고 말할 수 있으리라 여기고 물었다. 그는 한쪽 발에 몸무게를 싣고 청바지 앞주머니에 두 손을 찔러넣었다.

"그래."

그의 대답에 놀라, 그녀는 옆자리에서 일하는 알리에게로 돌아섰다.

"5분 안에 돌아올게요."

그렇게 말하고 그녀는 문을 향해 걸어갔다. 닉을 바로 뒤에 달고 복도를 지나 공중전화 옆에 멈춰 섰다.

"5분이야."

그녀는 벽에 등을 기대고 가슴 위로 팔짱을 꼈다.

"왜 그렇게 급히 마을을 떠났어?"

그녀는 새 스웨이드 플랫폼 구두를 내려다보았다. 기분이 나아지라고 샀지만 도움이 되지 않았다.

"떠나야만 했어."

"왜? 넌 그 돈을 꽤나 절실히 원했잖아."

"보다시피 돈보다 떠나는 쪽이 더 절실했나 보지."

"맥스에게 너와 나 사이에 대해 말했어. 엔젤 비치와 실버 크릭은 이제 네 거야."

딜레이니는 자신의 몸을 꽉 끌어안고 무너지지 않으려 기를 썼다. 자신은 신경쓰지도 않는 멍청한 부동산 얘기나 하고 있다니 믿어지지가 않았다.

"왜 말했어?"

"내가 모두 물려받는 게 옳지 않은 듯해서."

"그 말을 하러 왔어?"

"아니. 네게 상처를 준 거 안다고, 미안하다고 말하러."

그녀는 눈을 감았다.

"상관없어."

상관하고 싶지 않았기에 그녀는 그렇게 말했다.

"나는 널 사랑한다고 말했는데, 넌 게일에게 전화해서 섹스하러 너희 집에 오라고 불렀지."

"난 전화하지 않았어. 게일이 그냥 찾아온 거고 우린 섹스하지 않았어."

"무슨 상황인지 나 다 봤어."

"아무 일도 없었어. 절대로. 넌 내가 보이고 싶어한 걸 보고, 내 의도대로 오해한 거야."

그녀는 눈길을 들어 그와 눈을 맞췄다.

"왜?"

닉은 깊이 숨을 들이쉬었다.

"널 사랑하니까."

"하나도 안 웃겨."

"알아. 내가 사랑한 여자는 너뿐이야."

그녀는 그를 믿지 않았다. 그를 믿을 수가, 다시 자신의 마음을 걸 수가 없었다. 그가 상처 주었을 때 너무나 아팠다.

"아니, 넌 날 혼란스럽게 하고 열받게 만들길 좋아하는 것뿐이야. 넌 진짜로 날 사랑하지 않아. 넌 사랑이 뭔지 모른다구."

"아냐, 알고 있어."

그의 눈썹이 처졌고 그는 그녀를 향해 한 걸음 내딛었다.

"평생 널 사랑해 왔어, 딜레이니. 너를 사랑하지 않았던 날을 단 하루도 떠올릴 수 없을 정도로 눈뭉치로 널 기절시켜 넘어뜨렸던 그날 너를 사랑했어. 널 집에 바래다 줄 수 있게 네 자전거 타이어를 펑크냈을 때도 밸류라이트의 선글라스 진열대 뒤에 숨은 너를 봤을 때도 그리고 네가 그 개자식 토미 마컴을 사랑할 때도 널 사랑했어. 엔젤 비치에서 널 내 차 후드에

늪혔던 그날 밤 너의 머리칼 내음이나 살결 감촉을 결코 잊은 적 없어. 그러니 내가 널 사랑하지 않는다는 소린 하지 마. 그러……."

목소리가 떨렸고 그는 그녀를 손가락으로 가리켰다.

"그러니까 그런 말하지 마."

그녀의 시야가 흐릿해지며 손가락이 팔을 파고들었다. 그를 믿고 싶지 않았지만, 동시에 그 무엇보다도 그를 믿고 싶었다. 그의 품안에 몸을 던지고 싶은 만큼 그에게 펀치를 날리고 싶었다.

"그야말로 딱 너다워. 내가 막 너는 덩치 큰 나쁜 놈이라고 생각하면, 넌 날 속여 아니라고 생각하게 만들지."

눈물 한 방울이 아래 속눈썹을 타넘자 그녀는 쓱 문질러 닦았다.

"하지만 넌 정말 나쁜 놈이야, 닉. 내 마음을 아프게 해놓고선 이제 여기 와서 사랑한다고 말하면 내가 몽…… 몽땅 이…… 잊어버릴 줄 알고?"

그녀는 자제력을 잃기 직전 말을 마치고 눈물을 터뜨렸다.

닉은 그녀를 감싸 품에 안았다. 그녀는 모르지만, 그는 그녀를 놓아줄 계획이 없었다. 이젠 절대로. 앞으론 절대로.

"알아. 내가 나쁜 놈이란 거, 뭐라 변명할 말이 없다. 하지만 너를 만지고 사랑하면서, 네가 날 떠날 계획이란 생각을 하니 미칠 것만 같았거든. 두 번째로 사랑을 나누고 나서, 어쩌면 네가 나와 함께 있기로 할지도 모른다고 생각하기 시작했어. 너와 내가 남은 평생 매일 함께 깨어나는 걸 생각했지. 심지어는 아이들 생각, 네가 임신했을 때 호흡법 강좌를 같이 들을 생각도 했어. 미니밴을 하나 살 수도 있고. 하지만 그웬이 집에 왔고, 네가 떠나버릴 거라고 말하자 내가 또 환상에 빠져 있었구나 싶더라. 네가 정말로 떠날까 봐 겁이 나서, 더 빨리 떠나게 만들었지. 다만 네가 마을을 떠날 줄은 생각 못했어."

그녀는 그의 가죽 재킷 안에서 훌쩍거렸지만 말은 하지 않았다. 그녀는 그를 사랑한다고 말하지 않았다. 그는 속으로 죽어가고 있었다.

"제발 무슨 말이든 해봐."

"미니밴? 내가 미니밴 타입으로 보여?"

정확히 그가 바라던 반응은 아니었지만, 나쁜 징조도 아니었다. 아직 그더러 지옥으로나 꺼지란 소린 안 했다.

"날 사랑한다고 말해 주면 네가 원하는 건 뭐든 사줄게."

그녀가 그를 올려다보았다. 그녀의 눈은 젖어 있었고 화장이 번졌다.

"날 매수할 필요는 없어. 널 너무 사랑해서 다른 건 아무것도 생각할 수가 없는걸."

안도감이 몰려와 닉은 눈을 감았다.

"하느님 감사합니다, 네가 날 영원토록 미워할까 두려웠어."

"아냐, 그게 늘 문제였지. 널 더 미워해야 하는데 그럴 수가 없어."

그녀는 한숨에 실어 말하고 그의 짧은 머리칼을 손가락으로 쓸었다.

"머린 왜 잘랐어?"

"전에 나더러 자르라고 그랬잖아."

그는 엄지손가락으로 그녀의 눈물을 훔쳐냈다.

"네 마음을 도로 얻는 데 도움이 될까 해서."

"머리 근사하네."

"근사한 건 너야."

그는 살며시 그녀에게 키스하며 그녀의 입술을 맛보았다. 그의 혀가 그녀의 입안으로 들어가 그녀의 정신을 멍하게 하기 위해 혀를 부드럽게 애무하며 한편으론 그녀의 왼손을 잡아 3캐럿 다이아몬드 반지를 약지에 끼웠다.

그녀는 뒤로 물러나 자기 손을 내려다보았다.

"말로 청해도 됐을 텐데."

"네가 '노'라고 말할 위험을 무릅쓰라고? 안 되지."

딜레이니는 고개를 젓고 그에게로 눈길을 되돌렸다.

"'노'라고 말하지 않을 거야."

닉은 깊이 숨을 들이쉬었다.

"나와 결혼해 주겠어?"

"그래."

그녀는 그의 목에 팔을 감고 목 옆에 키스했다.

"이제 집으로 데려가 줘."

"네가 어디 사는지 모르는데."

"아니. 트룰리 말야. 집으로 데려가 줘."

"진심이야?"

닉이 물었다. 자신이 그녀를, 가슴을 욱죄이는 행복을 얻을 자격이 없음을 알지만 그래도 어쨌든 움켜쥐었다.

"어디든 네가 원하는 곳에서 살아도 돼. 네가 좋다면 회사를 도로 보이시로 옮길 수도 있고."

"난 집에 가고 싶어. 너와 함께."

그는 그녀의 눈을 들여다볼 수 있을 만큼 뒤로 몸을 뺐다.

"너한테 뭘 줘야 네가 나한테 준 것에 비할 수 있을까?"

"그냥 날 사랑해 줘."

"그건 너무 쉬운걸."

그녀는 고개를 저었다.

"아니, 안 그래. 넌 내가 아침에 어떤 몰골인지 봤잖아."

그녀는 왼손을 펼쳐 그의 가슴에 대고 손가락을 가만히 쳐다보았다.

"너한테 내가 뭘 줄 수 있을까? 난 아침에 근사해 보이는 잘생긴 남자와 굉장한 반지를 얻었는데. 넌 뭘 얻지?"

"내가 내내 원해 왔던 유일한 것."

닉은 그녀를 꼭 껴안고 미소지었다.

"널 얻었지, 말괄량이."

< 끝 >